♦ ♦ ♦

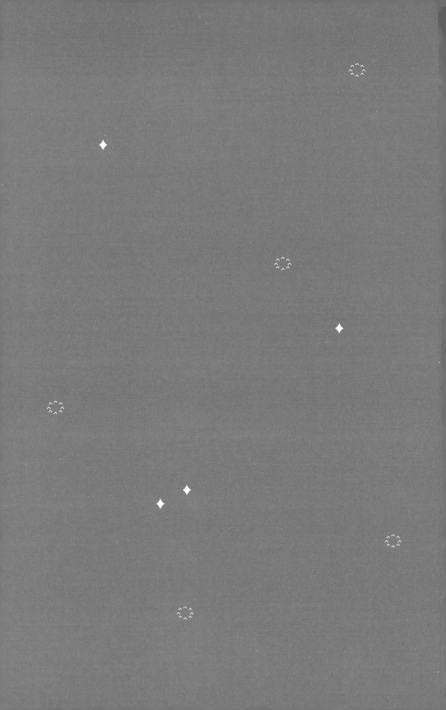

시간을
거슬러 간
나비

데뷔
30주년 기념
초기 단편집

듀나
(djuna)

읻다

차례	번호

¶
¶
¶

¶

¶

¶

¶

¶

✍ 이 책의 정체에 대해 간단히 설명을 드리겠습니다. 그러기 위해서는 제 경력을 짧게 설명해야 해요.

1993년, 집에 처음으로 퍼스널 컴퓨터가 생겼습니다. 컴퓨터가 생기면 통신망에 가입해야 한다고 해서 하이텔에 가입했고 여러 동호회에 들어갔습니다. 그중 하나가 과학소설 동호회였고요. 여러 가지 잡글들을 쓰다가 창작을 해보면 어떨까, 하는 생각이 들어서 짧은 단편들을 쓰기 시작했는데 반응이 괜찮았습니다. 그 전까지 저는 소설을 쓴다는 생각을 거의 안 했는데, 약간의 피드백이 생기자 상황이 바뀌었어요. '통신망 작가'가 된 것입니다.

1994년 명경이라는 출판사에서 과학소설 동호회의 몇몇 작가들에게 공동 단편집을 내면 어떻겠냐고 제안을 해왔고 그 작가 중엔 저도 포함되어 있었습니다. 그래서 《사이버펑크》라는 단편집이 나왔는데, 그게 제 첫 책이었습니다. 수록된 단편 중 사이버펑크에 속한 글은 거의 또는 전혀 없었던 것으로 기억합니다. 그냥 통신망 작가들 자체가 사이버펑크적인 존재라고 여겨졌던 걸까요.

1997년 첫 번째 단독 단편집 《나비전쟁》을 냈습니다. 제법 두툼한 책이었습니다. 당시 저는 제가 과학소설 작가로서 경력을

이을 수 있을지 확신할 수 없었습니다. 그렇다면 최대한 이것저 것 다 쑤셔 넣어야지요. 그 책은 비교적 빨리 절판되었지만 상 관없었습니다. 그 뒤 《면세구역》과 《태평양 횡단 특급》이 라는 단편집이 연달아 나왔고 둘 다 《나비전쟁》에 수록되었 던 꽤 많은 단편을 수록하고 있었기 때문이죠. 그러니까 어느 정도 정선된 제 초기작이 궁금하시다면 그 책들을 읽으시면 됩 니다.

한동안 전 이 상황에 대해 전혀 불만이 없었습니다. 그런데 제 데뷔 30주년을 맞아 지금은 읽을 수 없는 초기작들을 다시 내면 어떠냐는 제안이 들어왔습니다. 왜 굳이? 그때 단편들을 지금 활동하는 동료 작가들의 초기작들과 비교하면 곤란합니다. 그 건 90년대 통신망 문화에서 자연 발생한 잡동사니였습니다. 아 니, 김보영 작가의 초기 단편집을 꺼내 들면 〈다섯 번째 감각〉 같은 단편이 걸리는데, 이 책에선 〈새는 바가지〉 같은 10분짜리 농담이 걸린다고요. 하지만 다른 생각이 들었습니다. 절판되었 다고 해도 그 단편들은 도서관 여기저기에 남아 있을 텐데, 과 연 독자들이 이 이야기들을 당시의 맥락 안에서 읽어줄 수 있을 까. 잘못하면 저에게 무척 쑥스러운 상황이 연출될 것 같았어 요. 추가 설명을 하고 싶었습니다. 그리고 너무 옛날 글은 고치 는 게 아니라지만 몇몇 단편은 약간 손을 보기도 했습니다. 어 차피 교정을 하긴 해야 했으니까요.

여기에 실린 단편 대부분은 《사이버펑크》, 《나비전쟁》, 《대리전》에서 가져왔습니다. (《대리전》 수록 단편들이 여 기에 왔다는 건 지금 제가 《대리전》의 경장편 버전 개정판을 따로 준비하고 있다는 뜻입니다.) 그리고 과학소설 동호회에만 발표했던 초기작 몇 편과 잡지에만 실렸던 초단편 몇 편도 데려

왔습니다. 이 중엔 제가 소중하게 여기는 몇몇 단편들도 있지만, 대부분 깃털처럼 가볍습니다. 그게 나쁜 일이라고는 생각하지 않습니다만. 단편 절반은 1994년 2월부터 10월 사이에 폭포수저럼 쏟아낸 것인데, 마감일이 정해지지 않으면 한 글자도 쓸 수 없는 지금의 저에게 이 양은 정말 놀랍게 느껴집니다.

각 단편 끝에 제 설명 또는 변명을 덧붙였습니다. 그리고 당시 저에게 영향을 주었던 몇몇 작품에 대한 이야기를 넣었습니다. 컴퓨터가 신문물이었고 인터넷은 아직 대중에게 다가오지 않았으며 한국 SF의 계보가 거의 존재하지 않았던 그 천진난만한 시절에 이 장르를 갖고 놀던 어떤 사람의 머릿속에 무엇이 들어 있었는지 궁금하시다면 이 책은 나쁘지 않은 자료가 될 수 있습니다.

선택> █

아무 키나 누르세요. . .

[ENTER] 를 누르십시오.

¶
　¶
　¶
　¶
　¶

　앤아버 대학의 물리학과 교수인 제임스 크로버는 8년 동안이나 타임머신 개발에 골몰하고 있었다. 그가 어떤 이론에 바탕을 두고 이 계획을 추진했는지는 나도 모르니까 묻지 말라. 어쨌든 그의 이론은 1992년 11월 14일 완벽하게 입증되었고, 다음 해 5월 25일 오후 1시 20분, 마침내 그는 그의 이론에 토대를 둔 타임머신을 완성했다.

　타임머신을 완성하자마자, 크로버 교수는 당장 그 기계에 올라타고 기원전 399년 그리스로 날아갔다. 그는 소크라테스 재판이 플라톤이 기록한 것과 얼마나 일치하는지 확인하고 싶었던 것이다.

　그는 플라톤 애호가였다. 타임머신이 도착한 곳은 아테네에서 동남쪽으로 17킬로미터 떨어진 벌판이었다. 잘 다듬어지지 않은 길 하나가 아테네를 향해 나 있었다. 날짜는 3월 17일, 소크라테스가 처형되기 몇 개월 전이었다.

　크로버 교수는 타임머신을 접어 어깨에 메고 천천히 아테네로 걸음을 옮겼다. 처음엔 실험이 성공했다는 사실에 대한 흥분으로 몸이 달아올라 아무런 생각도 할 수 없었다. 하지만 아드레날린의 분비가 그치고 차가운 이성이 다시 그의 뇌 속으로 기어들어 오자 그는 겁이 더럭 났다. 그는 그가 살던 시대에서 자그마치 2392년 전이나 되는 과거에 와 있었다. 만약 그가 사람 하나라도 잘못 건드린다면 세계 역사가 완전히 바뀔지도 모르는 것이다. 그는 지금에라도 이 생각이 떠오른 것을 다행으로 여기고 다시 1993년 5월 25일의 미국으로 돌아갔다.

하지만 그는 타임머신에 붙어 있던 나비 한 마리가 과거에 남겨진 것을 꿈에도 몰랐다.

제임스 크로버 교수가 다시 나타나기까지는 자그마치 2392년이나 되는 시간이 있다. 그동안 우리는 그가 남긴 나비 한 마리가 세계에 끼친 영향이 어떤 것이었는지 알아보기로 한다.

나비의 학명은 Aranda schrenckii로, 보통 사람들에게 왕그늘나비란 이름으로 불리는 갈색의 수수한 종이었다. 그것의 주둥이에는 코카콜라가 묻어 있었고 날개엔 꽃가루와 감기 바이러스가 조금 붙어 있었다. 나비는 이리저리 비척거리며 날아다니다가 기원전 399년 3월 26일에 죽었다.

그러나 나비의 날개에 달라붙어 있던 감기 바이러스들은 죽지 않았다. 바이러스들은 그 뒤에도 아주 오래 살아남았고, 같은 해 5월 1일, 그 근처를 지나가는 어느 아테네 시민을 감염시켰다.

알다시피 요즘 감기 바이러스들은 옛날 것들보다 더 독하다. 1993년에서 날아온 이 감기 바이러스는 당시 그리스에서는 전혀 찾아볼 수 없었던 변종이었다. 감기는 아테네 전역을 휩쓸었고, 항체가 없었던 아테네 시민들은 이 불청객에게 무참하게 패배했다. 7명이 그 후유증으로 죽었다. 겨울이었다면 더 끔찍했을 것이다.

아까 7명이 죽었다고 했는데, 정정해야 할 것 같다. 사실은 더 많은 사람들이 죽었다. 아예 태어나지도 않았던 것이다. 아기를 가지려던 수많은 아테네 남자들이 감기 때문에 성관계를 가지지 못했고, 그 결과 우리 역사에서는 태어났던 사람들이 태어나지도 못했다. 대신 그들과 비슷하나 전혀 다른 사람들이 그 자리를 차지했다. 이 다른 아이들은 결혼과 출산을 계속하면서 그리스인들의 족보를 바꾸어갔다.

결혼과 출산만이 변화를 초래한 것은 아니었다. 보다 사소한 변화만으로도 수많은 변경이 생겼다. 특히 젊은 기혼 남자들이 변화의 주요인이었다. 그들이 조금만 몸을 다르게 움직여도 그들의 몸 안에 든 정자의 위치가 바뀌었고, 따라서 결국 엉뚱한 아이들이 태어나고 말았다. 이런 변화는 계속 확대되어, 100년이 지나기도 전에 전 세계의 모든 사람들은 태어날 계획이 전혀 없었던 다른 사람들로 교체되었다.

그렇다고 100년 동안에 역사가 완전히 바뀌었을 것이라고 생각해서는 안 된다. 사회 구성원들이 바뀐다고 역사까지 완전히 바뀌는 것은 아니기 때문이다. 아테네와 스파르타의 멸망, 마케도니아의 득세, 알렉산드로스 제국의 성립 등은 사회 구성원들의 변화에도 불구하고 순서대로 일어났다.

그러나 시간이 흐를수록 차이는 점점 벌어져 갔다. 다른 정자와 난자의 결합으로 이루어진 새로운 역사의 알렉산드로스 대왕은 우리의 알렉산드로스 대왕과는 달리 74세까지 장수했으므로 제국은 조금 더 오래 유지되었다. 결국 그 나라도 멸망하고 말았으나, 그 이유는 후계 문제를 둘러싼 정권 투쟁 때문이 아니라 관료제의 부패 때문이었다.

타이밍을 잘 잡은 로마는 좀 늦긴 했지만 훨씬 큰 지역을 점령할 수 있었다. 율리우스 카이사르란 인물도 존재하지 않았으므로 공화정은 훨씬 오랫동안 제국을 통치했다. 최초의 황제인 하드리아누스(우리가 아는 하드리아누스와는 전혀 다른 사람이다)는 서기 154년이 되어서야 겨우 제1시민(카이사르가 없었으므로 황제란 단어도 생겨나지 않았다)의 자리에 올랐다. 그 뒤 제정은 439년까지 유지된다.

서기 9년, 이스라엘에서 예수 그리스도라는 예언자가 태어났다. 그는 서기 41년부터 하느님의 아들을 자처하며 우리의 예수 그리스도와 매우 흡사한 행동을 했다. 45년, 그는 사두개

파의 암살자에 의해 교살당했다. 박해가 시작되었고 제자들은 뿔뿔이 흩어져 전도에 나섰다.

사도 바울도 존재하지 않았기에 새 기독교의 성격은 판이하게 달랐다. 기독교에 그리스의 형이상학을 가미하여 로마에 보급한 인물은 그리스인 에피게네스였다. 이 종교는 매우 신비주의적 성격을 띠었으며 로마 집권 세력의 비위를 덜 건드렸다. 기독교의 다른 종파가 소아시아를 중심으로 활동을 시작했는데, 이 종파는 매우 과격하고 호전적이었다. 153년, 그들은 카파도키아에 신성 왕국을 세운다. 이 나라는 곧 서아시아 전역을 지배하게 된다.

439년, 툴리우스 레피디스라는 장군이 반란을 일으켜 제정을 무너뜨렸다. 그로 인해 로마는 세 동강이 났다. 툴리우스 레피디스가 지배하는 서로마, 새로 제정이 선 보스포러스 해협 너머의 동로마, 점령군의 반란으로 떨어져 나간 아프리카 일대의 남로마. 남로마는 543년 몰락했고, 동로마는 561년에 신성 왕국의 침략을 받아 멸망했다. 다시 공화정으로 돌아온 서로마만이 828년까지 유지될 수 있었다.

서로마는 외부의 침략 때문이 아니라 자체의 무게를 견디지 못하고 쪼개어졌다. 제국 말기, 서로마는 북유럽의 일부와 러시아를 제외한 현 유럽의 전역을 지배하고 있었다. 행정 편의를 위해 자치권이 강화되었고 그로 인해 결국 제국의 분리가 일어난 것이다. 분리는 회사의 분할처럼 조용히 이루어졌다.

제국이 없어지자 유럽 사회는 급작스럽게 변하기 시작했다. 노예제도의 붕괴는 가속화되었고 이는 곧 노동력 부족으로 이루어졌다. 로마제국에게서 물려받은 실용 정신이 그리스 철학과 결합하여 돌파구를 찾아냈다. 10세기를 휘어잡았던 '기계 열병'이 시작된 것이다. 이 열풍을 주도한 인물은 크레모나의 귈리에무스였다. 흑색화약, 수력방직기, 인쇄기, 낙하산, 카메라 옵스큐라, 그리고 우리의 세발자전거 비슷한 탈것인 인력차가 그의 발명으로 알려졌다. 그의 제자인 링컨의 로베르투스가 뒤를 이어 열병을 가속시켰다. 로베르투스는 '자연의 전당'이라는 이름으로 알려진 최초의 대학을 세우기도 했다.

기계에 대한 연구가 진척되자, 역학 이론에 대한 고찰이 뒤를 따랐다. 아리스토텔레스 물리학의 오류가 하나하나 드러나기 시작했다. 11세기 중반에 이르자 사르트르의 알베르투스와 그의 제자들에 의해 뉴턴역학과 거의 동일한 새로운 물리학 체계가 완성되었다. 이 체계는 곧 천문학에 적용되었고, 알베르투스 학파의 세바스티아누스에 의하여 새 천문학이 확립되었다. 유럽 기독교는 정신 외부의 물질세계에 별 관심을 가지고 있지 않았으므로 교회의 반대는 없었다.

주체할 수 없을 만큼 많은 지식들과 기계들을 가지고 어쩔 줄 몰라 하던 유럽인들은 곧 세계 이곳저곳으로 진출하기 시작했다. 신대륙이 발견되었으며 다른 대륙에 대한 제국주의적인 침략 역시 일어났다. 이 침략 행위들은 우리 역사의 그것과 마찬가지로 참혹한 결과를 낳았다.

1373년, 최초의 시민혁명이 북암브로시아(우리의 북아메리카)의 엘리자베트시(우리의 뉴욕과 필라델피아 사이에 위치한 상업 도시)에서 일어났다. 시민혁명의 중심적 리더는 프랑크인과 북암브로시아 토착민 사이의 혼혈아였던 장 그뤼야르라는 인물이었다. 그가 속해 있던 이성 숭배 단체인 '그믐회'가 일으킨 혁명은 곧 암브로시아 전역으로 확대되었다. 7년에 걸친 전쟁 끝에 암브로시아는 유럽에게서 독립을 획득한다.

북암브로시아 연방(1424년, 다섯 나라로 분열되었다)은 독립 후 급진적 사상가들의 피난처가 되었다. 수많은 망명객들이 엘리자베트에 북적거렸다. 북암브로시아에서 출판된 수많은 불온서적들은 유럽으로 몰래 밀수되어 억압되어 있던 시민운동에 불을 지폈다. 14세기 말에서 15세기 초 사이에 일어난 산업혁명이 시민 계급의 경제적 위치를 확고하게 해주었으므로 혁명은 매우 효과적으로 시행되었다. 비록 한 차례의 세계대전을 겪기는 했지만, 세계는 1454년의 종전 이후 봉건제에서 완전히 벗어나게 되었다.

16세기를 특징 지우는 것은 과학의 폭발적 발전이다. 과학자들은 원자를 쪼개었고, 물질과 에너지와의 상관관계를 알아냈다. 우주에 사람들이 보내졌으며, 달과 화성에 사람들이 착륙했다. 핵분열을 이용한 무기의 가능성이 공표되었으나 공식적으로는 연구되지 않았다. 세계대전은 지나가 버렸고, 핵폭탄은 국지전에는 쓸모가 없었기 때문이었다.

1621년, 반중력의 원리가 발견된다. 17세기 중엽에 이르자 태양계의 모든 행성이 인류의 주거지가 되었다. 1696년에 마르가리타 오르테가 페레스에 의해 전이 효과가 발견되어, 인류는 광속을 뚫고 태양계를 벗어나 다른 항성을 방문할 수 있게 되었다. 탐사가 시작되었다.

1791년, 지구인들은 은하계의 다른 지적 생물들과 접촉했다. 그들은 6만 3344개의 태양계와 1만 2372개의 지성체로 이루어진 대연합이었다. 그들은 오래전부터 인류를 관찰하고 있었지만 일정한 수준까지 성장하기 전에는 접촉을 금하는 은하 연방의 규칙 때문에 지금까지 기다리고만 있었던 것이다. 1795년, 인류는 이 연방의 1만 2374번째 회원 생물로 가입했다.

19세기가 되자, 연방 사무국은 좀 껄끄러운 이야기를 꺼냈다. 그들은 5000년 전부터 우주의 종말을 막는 대계획을 진행 중이었다. 그들은 어떤 특수한 상황 속에서는 열역학 2법칙도 깨어진다는 사실을 알고 있었다. 그 상황을 어떻게 하면 조절할 수 있는가를 연구하는 중이었는데, 우리가 알 수 없는 신비로운 이유로 우리의 태양계가 바로 그 실험을 위한 최적의 장

소였던 것이다. 그 실험 과정에서 엄청난 에너지가 발생하기 때문에 인류는 더 이상 지구에서 살 수 없었다.

우주 전체의 운명이 걸린 문제였으므로 지구인들은 그 실험에 찬성할 수밖에 없었다. 1872년 지구인들은 지구의 외피를 고스란히 떼어내어 우리 태양계에서 2890광년 떨어진 알모피라 행성에 덮고 새 거주지로 삼았다. 이제 불모의 황무지로 변한 지구에는 연방에서 가장 발달된 데스모스피족이 연구실을 세우고 실험을 시작했다. 데스모스피족은 태양계의 행성 하나하나를 희생시켜 가며 실험을 착착 진행시켜 갔다.

1993년 3월 17일, 데스모스피족은 모든 연구를 마무리 지었다. 같은 해 5월 24일, 그들은 연구 자료를 챙겨 들고 이미 행성 하나 없는 외로운 백색왜성이 되어버린 태양을 뒤로하고 자기 행성으로 돌아갔다.

1993년 5월 25일 오후 1시 35분, 크로버 교수가 타임머신을 타고 현대로 돌아왔다.

🐇　　〈시간을 거슬러 간 나비〉는 1994년 2월 11일, 하이텔 과학소설 동호회 게시판에 올린 단편입니다. 그냥 온라인에서 게시판 에디터를 켜서 썼던 것으로 기억해요. 당시 에디터의 한계가 500줄이었던가요.

제가 처음으로 쓴 픽션은 아닙니다. 하지만 완성된 상태로 발표되어 독자의 피드백을 받은 건 이게 처음이었어요. 제가 듀나 이름으로 발표한 첫 작품이기도 하고. 다른 데엔 발표된 적이 없고 제대로 된 교정 작업을 거친 것도 이번이 처음입니다. 그리고 교정 과정 중 이 텍스트의 에스러운 부분이 사라졌어요. 예를 들어 전 여기서 Greece를 그리이스라고 썼습니다. 제가 아직 외래어 장음 표기의 습관을 갖고 있던 시절의 글입니다.

연습 게임이었습니다. 게임의 규칙은 정해졌습니다. 시간 여행자가 과거에 갔다가 자신의 존재가 역사를 바꿀 수도 있다는 두려움에 아무것도 안 하고 허겁지겁 돌아왔는데, 그 짧은 시간의 차이만으로 모든 게 엄청나게 바뀌었더라. 이런 소재를 다룬 작품들은 많죠. 지금 당장은 레이 브래드버리의 단편 〈천둥소리〉가 떠오릅니다만. 중요한 건 이 아이디어 자체가 아니라 그 틀 안에 무엇을 넣느냐입니다.

전 당시 제가 잘 다룰 수 있다고 생각한 것들을 넣었습니다. 서구 철학사와 과학사요. 특히 당시 저의 서구 중세사에 대한 지식은 나름의 정점을 찍은 상태였습니다. 그건 그때 제가 비교적 괜찮은 《장미의 이름》 독자였다는 뜻이기도 합니다. 그 소설을 다시 읽으면 그때처럼 "나 저게 무슨 소린지 알아!"를 외치면서 즐길 수 있을까요?

이 단편은 세 가지 이유로 비겁했습니다.

일단 서구 중심사에서 벗어난 완전히 새로운 역사를 쓸 수 있었음에도 불구하고 전 그러지 않았습니다. 어떻게 해야 그럴 수 있는지 잘 모르기도 했지만 그건 변명이 안 됩니다. 그리고 그걸 이미 성공적으로 해치운 수많은 작품들이 있지요. 전 킴 스탠리 로빈슨의 《쌀과 소금의 시대》가 가장 먼저 생각납니다. 〈시간을 거슬러 간 나비〉보다 뒤에 나온 책이고 우리나라 독자들이 그렇게 좋아할 내용은 아닙니다만.

둘째로 전 예수와 기독교를 지우지 않았습니다. 이 설정에 따르면 둘 다 없는 것이 정상이었는데도요. 자연인 예수의 존재 여부는 기독교에서 그렇게 큰 의미가 아니라는 점을 보여주기 위해서라고 좋게 해석할 수 있습니다만 사실이 아닙니다. 전 그냥 기독교가 없는 세계를 상상하는 게 두려웠습니다.

마지막으로 전 한국어로 글을 쓰면서도 한국인을 주인공으로 해야 한다는 생각을 하지 못했습니다. 그래서 미국인 남자를 주인공으로 삼았지요. 다행히도 인종을 밝히지 않아서 백인이 아닐 수도 있는 가능성을 열었지만 의도하고 그런 건 아닙니다. 전 이 이야기의 주인공 제임스 크로버가 그냥 백인 중년 남자라고 생각했습니다. 크로버라는 이름은 어슬러 르 귄의 결혼 전 성에서 가져왔습니다. 앤아버 대학은 제 픽션 유니버스의 미시간 주립대학입니다. 아, 그리고 후반에 언급되는 마르가리타 오르테가 페레스는 제가 만든 첫 번째 여자 이름입니다.

나비가 들어간 첫 번째 듀나 단편입니다. 카오스 이론, 나비효과 뭐 그런 거 때문인 거 같은데, 그와 상관없이 전 그 뒤로도 다양한 이유로 꾸준히 나비를 여기저기 쑤셔 넣었습니다. ⟨^_^⟩

선택> ▮

[ENTER] 를 누르십시오.

¶
¶
¶
¶
¶

1935년 4월 1일, 물리학자이자 고생물학자인 올리버 크로버 교수는 타임머신을 발명했다. 디자인에 신경 쓸 여유가 없었으므로 타임머신은 진공관이 가득 찬 금고 모양을 하고 있었다.

크로버 교수는 쥐라기로 도착 지점을 설정한 뒤, 타임머신으로 들어가 문을 닫았다. 15분만 지나면 그는 드디어 공룡들을 볼 수 있을 것이다. 그는 팔로 무릎을 감싼 채 도착 벨이 울리기를 기다렸다.

벨이 울렸다. 그는 문을 열고 밖으로 뛰어나갔다.

그러나 그를 맞아준 것은 중생대의 습기 찬 기후가 아니었다. 지구와 태양은 가만히 정지해 있는 존재가 아니다. 쥐라기의 태양계는 저 멀리에 있었다. 크로버 교수는 간신히 상황을 알아차렸지만 이미 그의 피가 끓기 시작했다.

1957년 4월 1일, 물리학자이자 고생물학자인 올리버 크로버 2세는 아버지의 유품을 뒤지다 타임머신의 설계도를 발견했다. 이론상 그 기계는 완벽하게 작동 가능한 것이었다. 그렇다면 왜 아버지는 돌아오지 못했을까?

이틀 동안 골몰한 끝에 그는 해답을 발견했다. 태양과 지구는 정지해 있는 물체들이 아니다. 올바른 목적지에 도달하기 위해서는 천체의 움직임을 일일이 계산해야만 하는 것이다.

1년 동안의 노력 끝에 그는 아버지의 타임머신을 개량했다. 그의 타임머신은 시간뿐만 아니라 공간의 좌표까지 계산하여 시간 여행자를 올바른 목적지까지 인도할 수 있었다.

1958년 4월 1일, 그는 타임머신을 완성했다. 진공관이 트랜지스터로 대체되었으므로 타임머신은 전의 것보다 작았다. 기계는 자전거 모양을 하고 있었다. 그는 타임머신 위에 올라타 쥐라기로 출발했다.

15분 뒤 그는 쥐라기에 도착했다. 쥐라기의 습한 공기와…… 바다가 그를 맞아주었다.

올리버 크로버 2세는 대륙이 움직인다는 사실을 잊고 있었던 것이다. 그는 정신을 차리고 레버를 현대로 맞추었지만 타임머신의 부품들이 물에 젖어 합선을 일으켰다. 타임머신과 크로버 2세는 천천히 물속으로 가라앉았다.

1978년 4월 1일, 물리학자이자 고생물학자인 올리버 크로버 3세는 아버지의 유품을 뒤지다가 타임머신 설계도를 발견했다. 내용을 보니 이론상으로는 완벽했다. 그렇다면 왜 아버지는 돌아오지 못했을까?

사흘 동안 곰곰이 생각한 끝에 그는 해답에 도달했다. 아버지는 대륙이 움직인다는 사실을 잊고 있었다.

1년 동안의 작업 끝에 그는 아버지의 타임머신을 다시 만들어낼 수 있었다. 그의 타임머신은 아버지의 것과 두 가지 점이 달랐다. 집적회로를 사용했기 때문에 크기가 가방만 했다는 것, 대륙 이동을 고려한 좌표 계산 장치가 달려 있다는 것.

그는 쥐라기로 좌표를 맞추고 타임머신을 작동시켰다. 공간이 이지러지면서 그를 과거로 삼켰다.

15분 뒤, 그는 쥐라기의 습한 공기의 환영을 받았다. 그러나 그를 환영해 준 것은 공기뿐이었다.

올리버 크로버 3세는 쥐라기 이후의 지각변동을 깜빡했던 것이다. 그는 지표면에서 자그만치 35미터나 위에 있었다. 그와 타임머신은 추락하기 시작했다.

1997년 4월 1일, 물리학자이자 고생물학자인 올리버 크로버 4세는 아버지의 유품을 뒤지다 타임머신의 설계도를 발견했다. 내용을 읽어보니 이론상으로는 완벽했다. 그렇다면 왜 아버지는 돌아오지 못했을까?

이틀 동안 고민한 끝에 그는 해답을 발견했다. 아버지는 쥐라기 이후의 지각변동을 잊고 있었다.

2년에 걸쳐, 그는 아버지의 타임머신을 개량했다. 1999년 4월 1일 그는 타임머신을 완성했다.

그의 타임머신은 아버지의 것과 두 가지가 달랐다. 과학의 놀랄 만한 발전의 결과로 그의 타임머신은 크기가 지름 10센티미터에 불과했다. 또 다른 하나는 지표면 측정기로, 타임머신을 지표면에서 일정한 거리만큼 떨어진 공간에 도착하게 만들었다.

그는 좌표를 쥐라기에 맞추고 타임머신을 작동시켰다. 공간에 갑자기 구멍이 생기더니 그를 쥐라기로 빨아들였다.

15분 뒤, 올리버 크로버 4세는 쥐라기에 도착했다. 모든 것은 그가 계산한 대로였다.

그러나 그의 사정은 그가 생각했던 것과는 달랐다. 역한 냄새가 나고 끈적거리는 물질이 그를 덮쳤다. 발아래에는 물컹한 막이 느껴졌다.

그는 브론토사우르스의 위장 안에 착륙했던 것이다. 사정을 알아차린 그가 타임머신을 움켜잡기 전에 강산성의 위액이 그를 공격했다.

이틀 뒤, 그와 타임머신은 다른 배설물과 함께 브론토사우르스의 배 속을 벗어날 수가 있었다. 도금한 타임머신은 강산성의 위액에 젖어 있었는데도 불구하고 멀쩡했다.

그러나 올리버 크로버 4세는 그렇지 않았다.

🐾 이틀 뒤에 쓰인 〈시간 여행자의 허무한 종말〉도 크로버 집안 남자들을 주인공으로 한 시간 여행 이야기입니다. 전작에 나온 제임스 크로버와 이 소설 속 올리버들이 어떤 관계인지 잘 모르겠습니다만.

이번에도 게임입니다. 시간 여행을 할 때 좌표를 얼마나 정확하게 계산할 수 있을까. 그리고 이 농담 같은 형식은 프레드릭 브라운의 여러 단편에서 빌려 온 것이었습니다. 저와 비슷한 시기에 SF를 쓰려던 사람들은 이 작가의 영향을 많이 받았어요. 왠지 이 스타일로 쓰면 SF를 쓰는 게 손쉬울 거라는 착각이 들었지요. 착각이었지만. 비슷한 작가로는 호시 신이치가 있었습니다.

이야기 끝에 브론토사우루스가 등장합니다. 공룡 애호가들에겐 사연 많은 이름이지요. 한동안 존재 자체를 부정당했던 이 공룡은 2015년에 아파토사우루스 속과 다른 별개의 속으로 인정받게 되었고 지금 이 이름의 사용은 과학적으로 정당화되었습니다(스티븐 제이 굴드 선생님, 보고 계신가요). 물론 당시의 저는 이름이 친숙한 큰 공룡이 필요했을 뿐이었습니다. 🐾

선택> █

_____

아무 키나 누르세요...

[ENTER] 를 누르십시오.

¶
¶
¶
¶
¶

1.

나는 조지타운의 어느 중국 영화 상영관에서 그를 발견했
다. 영화관이라고 했지만 지금은 아무도 그곳에서 영화를 보지
않는다. 모두들 이제 거의 폐허가 된 건물이 제공하는 어둠을
이용할 뿐이다. 그들은 밀매자를 찾아온 마약중독자일 수도 있
고, 라마단의 금기를 깨러 들어온 의지 약한 회교도일 수도 있
으며, 풍기문란죄에 걸리지 않으려고 들어온 연인들일 수도 있
다. 무엇 때문에 들어왔든지 간에 그들은 다른 사람들에게 신
경 쓰지 않는다. 그것은 몇 년 전부터 암묵적으로 지켜져 온 규
칙이다. 그럼으로써 그들은 이 투명한 세상으로부터 자신들을
숨겨주는 작은 피난처를 유지하는 것이다.

내가 아까 말했던 그 남자는 자그마한 말레이 여자와 함께
발코니 좌석에 앉아 있었다. 그는 서툰 영어로 무언가 열심히
떠들었고, 여자는 흥미 없이 듣고 있었다. 표정을 보아하니 남
자가 치른 돈값을 하느라 앉아 있을 뿐 그에 대해 아무런 흥미

35

가 없음이 분명했다. 나는 그들을 그대로 남겨두고 영화관을 빠져나왔다.

나는 영화관 옆에 기우뚱 서 있는 전화 부스에 들어갔다. 바닥과 벽에는 말라붙은 구토물들이 청소되지 않은 채 방치되어 있었다. 나는 비교적 깨끗한 바닥을 골라 딛고 서서, 내가 소속되어 있는 서울의 보험 회사에 전화했다. 내 선임자는 마침 자리를 뜨고 없었고, 그의 비서가 대신 전화를 받았다. 그녀는 회사 내부의 소음 때문에 내 말을 전혀 알아듣지 못했다. 액정 화면 너머로, 소란 피우며 돌아다니는 사람들의 모습이 보였다. 나는 전화기 아래에 달려 있는 키보드를 꺼내 그에게 문자메시지를 남기고 전화를 끊었다. 부스에서 나오자 페낭의 습한 공기마저도 맑고 신선하게 느껴졌다. 전화 부스 안의 냄새는 정말 지독했다.

나는 영화관 옆 자동판매기에 카드를 집어넣고 글로벌 뉴스지 한 부를 사서, 그 남자가 나오는 것을 기다리는 동안 읽기 시작했다. 경제면을 읽고 나서야 회사가 왜 그렇게 시끄러웠는지 알 수 있었다. 회사의 수색대가 목성 궤도 근처에서 실종되었던 페르세포네 함대를 발견한 모양이다. 회사는 자그마치 15억 크레디트나 되는 손해에서 벗어났다. 함대 실종 이후 계속 떨어졌던 회사의 주가가 단번에 껑충 뛰어올랐다. 다행이었다. 나 역시 내 여유 자금의 전부를 회사에 투자하고 있었으니까.

문화란에 실린 아르메니아 패션쇼 기사를 읽고 있었을 때, 그와 그의 파트너가 나왔다. 아니, 여자는 더 이상 그의 파트너가 아니었다. 여자는 그에게 삿대질을 해대며 유창한 영어로 욕을 퍼붓고 있었다. 남자도 맞서려고 했으나 그의 어휘가 아무래도 짧았다. 마침내 그의 주먹이 여자의 얼굴로 날아갔다. 여자는 비명을 질렀고, 순식간에 사람들이 모여들었다. 꼴을 보아하니 모두들 남의 얼굴에 한 방 날리지 못해 몸이 근질근질해 보였다.

　　여자는 터진 자기 입술을 가리키며 고함을 질렀다.

　　"저 개자식이 나를 패 죽이려고 했어. 저 돼지 같은 코리안이."

　　코리안이라는 단어가 모여든 사람들을 더 자극했다. 이 나라에서도 한국 남자들은 일본 남자들만큼이나 인기가 없다. 특히 대영전자 말레이시아 지사의 파업 사건이 막 끝난 지금은 자기가 코리안이라는 말을 하는 것 자체가 미친 짓이었다. 남자는 도망치려고 했지만 성난 군중의 팔이 그의 몸을 붙들었고 곧 주먹과 각목이 그를 향해 날아들었다.

　　그때쯤 해서 지나가는 순찰 로봇에게 연락할 수도 있었다. 그렇게 해서 자연스럽게 그와 친해질 기회를 가질 수도 있었을 것이다. 하지만 화가 난 군중들이 스트레스를 해소하도록 내버려두고 자리를 떴다. 내가 그의 남자다움이 무참히 깨지는 것을 보았다는 사실을 그가 안다면 일은 더 힘들어질 수도 있다.

그는 한참 만에야 영화관 골목에서 기어 나왔다. 그렇게 무
참하게 얻어터진 것치고는 꽤 멀쩡해 보였다. 그는 옷을 툭툭
털더니 뭐라고 알 수 없는 말을 중얼거리며 길을 걸어갔다. 밝
은 곳에 나와 보니 그는 사진보다 더 구질구질해 보였다. 사흘
동안 면도를 하지 않은 것처럼 수염이 턱과 볼에 듬성듬성 자라
있었고, 옷에는 기름얼룩이 잔뜩 묻어 있었다. 그는 길을 걷다
가끔 입에 괸 검붉은 액체를 포석에 탁탁 뱉었다. 지나가던 순
찰 로봇이 그에게 주의를 주자 그는 한국어로 선량한 기계에게
욕을 퍼부었다. 고맙게도 로봇은 말레이어와 영어밖에 몰랐다.

2.

그는 차이나타운 구석에 위치한 헐어빠진 영국식 건물의
2층에서 살았다. 나는 그 맞은편 방을 세내어 그의 일거수일
투족을 감시했다. 그는 겉보기에 전형적인 외국인 룸펜이었다.
말레이시아는 15년 전부터 출입국 절차를 대폭 완화했기 때문
에 세계 곳곳에서 올데갈데없는 건달들이 꾸역꾸역 몰려들었
다. 아무도 그들이 무슨 일을 하는지 신경 쓰지 않았다. 가끔
가다 경찰들이 찾아와 그들 중 1명의 시체를 끌고 나갔다. 내

가 나서지 않았다면 그도 그런 꼴을 당했을지 모른다. 그랬다면 나는 지금도 회사에 얽매어 말레이시아의 어딘가를 떠돌아다니고 있을 테고, 지금처럼 인스부르크의 이 작은 카페 안에서 한가롭게 내 모험담을 당신에게 들려주지도 못할 것이다.

나는 나 자신에게 이틀의 시간을 주었다. 사흘째 되는 날 저녁, 나는 드디어 그에게 접근했다. 레부흐 추리아의 엄청난 소음 속에서는 대포 소리도 파리 날개 소리만큼이나 작게 들린다. 그는 나에게 뭐라고 했냐고 되물었다.

"한국인이냐고요!"

나는 다시 한번 외쳤다.

"당신도 한국인입니까?"

그가 외쳤다.

나는 그렇다는 표시로 고개를 끄덕이고 난처하다는 듯이 어깨를 으쓱했다.

"어떻게 해야 좋을지 모르겠어요. 어떤 중국인 남자가 계속 날 추근거리고 있어요."

그는 뒤를 돌아보았다. 진짜 어떤 중국인 남자가 내 뒤를 따라오고 있었다. 거짓말은 아니었다. 다만 내가 400링깃을 주고 그를 고용했다는 사실을 말하지 않았을 뿐이다.

그는 걱정 말라고 하더니 그 중국인 남자에게 다가갔다. 실랑이가 시작되었다. 내가 고용한 남자는 꽤 능글맞고 그럴듯하게 그와 맞섰다. 결국 그의 성질이 또 폭발했다. 중국 남자는 뒤로 한 발자국 물러섰으나 그의 손이 조금 더 빨랐다. 중국 남자는 멱살이 잡힌 채 잠시 공중에 떴다가 두 미국인 관광객에게 열심히 목재 골동품을 팔고 있던 상인 로봇을 향해 날아갔다. 꽝하는 소리와 함께 판매대가 부서지고 작은 나무 호랑이들이 와르르 땅에 쏟아졌다. 상인 로봇은 중국인을 밀쳐내고 비척거리며 일어섰다. 손끝이 벗겨져 플라스틱제 맨머리가 드러났다.

"이건 불법행위입니다. 선생."

로봇은 암기해 둔 장사 문구 이외의 것들을 말할 때 사용하는 건조하고 어색한 어조로 그에게 말했다.

"그대로 가만히 있어요. 경찰이 올 때까지 떠나면 안 됩니다."

로봇은 다시 한번 판매대로 나가 떨어졌다. 로봇의 목에서 타닥 하고 터지는 소리가 났다. 그것은 한 번 꿈틀하더니 조용해졌다. 엄연한 범죄행위였으나 구경하고 있던 관광객들 중 아무도 경찰에 신고할 생각 따윈 하지도 않았다. 그들에게 로봇은 기계에 불과했다. 사람에게 건방지게 대들었으니 저 꼴을 당해도 쌌다.

"여기서 빠져나가는 것이 좋겠군요. 곧 경찰들이 몰려올 겁니다."

그는 내 팔을 잡고 걸음을 서둘렀다. 나는 진열장에 반사된 중국인의 얼굴을 흘낏 훔쳐봤다. 코와 입에서 피가 흐르고 있었다. 재수가 없으려니까 치료비까지 추가로 지불하게 생겼다.

　"여자 혼자서 여행하는 건 위험해요. 어디에 머물고 계십니까? 제가 모셔다 드리죠."

　그가 말했다.

　"아직 숙소를 정하지 못했어요. 레부흐 페낭에 가봤는데 만원이래요. 저녁도 굶었고요."

　나는 될 수 있는 한 최대한 불쌍하게 보이려고 노력하며 대답했다. 나는 원래 체중미달의 말라깽이인 데다가 그날의 연기를 위해 아주 구차스러운 옷을 걸치고 있었다. 내가 상대하는 친구들의 대부분은 이런 모습에 쉽게 넘어갔다.

　고맙게도 그 역시 예외는 아니었다. 그는 내 팔을 잡아끌고 그곳에서 빠져나왔다. 나가는 동안 그는 나에게 이름을 물었다. 나는 내 패스포트에 적혀 있는 이름을 가르쳐주고 무전여행 중이라고 설명했다. 그도 그의 하숙집 아줌마가 알고 있는 그의 이름을 댔다. 그는 나를 레부흐 페낭에 있는 작고 음침한 식당으로 안내했다. 안은 불결했고 죽은 파리들이 발에 밟혔다.

　"이곳의 굴라이 요리가 일품이랍니다."

　그는 변명하듯 설명했다.

"겉보기에는 이래도 음식은 달라요. 전에 말레이 요리를 먹어본 적 있나요?"

"아뇨."

그는 손뼉을 딱 쳐 웨이터를 부르더니 음식을 주문했다. 그의 의기양양한 표정은 마치 옛날 미국 영화에 나오는 남자 배우들의 그것과 흡사했다. 스티브 맥퀸이나 해리슨 포드 같은 액션배우들이 여자 앞에서 짓는 뻐기는 듯한 표정 말이다. 아마 밤마다 텔레비전 앞에 달라붙어 죽어라고 연습하는 모양이다.

"여기 오래 사셨나 봐요."

나는 시치미를 떼고 물었다.

"반년쯤 되었습니다. 원래 싱가포르의 전자 회사에서 근무했었어요. 하지만 그놈의 회사 일이란 게 사람 숨통을 꽉꽉 죄지 뭡니까? 그래서 튀쳐나왔습니다. 여기, 꽤 좋은 곳입니다. 나같이 자신의 남성다움을 확인하려고 하는 사람들에겐 말입니다."

"지금처럼요?"

"네."

그의 만족스러운 표정은 꼭 쥐 잡아먹은 고양이 같았다.

나는 속전속결로 일을 처리하는 것을 원칙으로 삼았기 때문에 될 수 있는 한 쉽게 넘어갈 수 있는 여자처럼 씩 웃어주었다. 지금의 내 모습이 익숙한 당신 같은 사람이 그 꼴을 보았다면 배꼽을 잡았을 것이다. 50년대 할리우드 2류 여배우들이 남자들에게 교태 부리는 꼬락서니를 상상하면 그때의 내 행동이 얼마나 우스꽝스러웠나 짐작할 수 있다. 장단을 맞춰주어야 했다. 그가 연기하는 남자의 수준이 대충 그 정도였으니까.

나는 그가 주문한 형편없는 굴라이 요리를 다 먹어주었고, 그의 어처구니없는 거짓말들을 참을성 있게 들어주었으며, 가끔 튀어나오는 유치한 모험담 사이사이에 감탄사도 섞어가며 그의 남성다움에 대한 환상을 부풀렸다. 그는 점점 말이 많아지고 허풍도 심해졌다. 마침내 그는 내가 그의 터프한 매력에 완전히 매료당했다고 믿고 말았다. 고마워라, 그 말레이시아 여자는 그가 이곳에서 사귄 첫 여자였나 보다. 아직 그는 여자들에게 경계심을 가지고 있지 않았다.

"저어, 특별히 가실 데가 없다면 저희 집에 좀 머물렀다 가시겠어요?"

그는 마침내 말을 꺼냈다. 나는 기다렸다는 듯이 고개를 까딱해 보였다. 그는 내 가방을 들더니 밖으로 나가 택시를 불렀다.

조그만 무인 택시가 우리를 그의 집까지 데려다주었다. 내리기 전에 나는 주머니에서 단추만 한 녹음기를 꺼내 의자 밑에 붙였다. 천에 하나 내가 더 이상 회사와 연락을 하지 못한다

하더라도 24시간이 지나면 녹음기에 달린 경보기가 작동될 것이고 택시 회사는 그 녹음기를 경찰이나 페낭 주재 한국 영사관에 가져갈 것이다.

그의 방은 그 자신만큼이나 더럽고 지저분했다. 그는 허겁지겁 방바닥에 떨어져 있는 비닐봉지와 술병을 치웠다. 열려 있는 화장실 문을 통해 화장실 변기를 보았는데, 변기는 그가 막 치운 술병 속에서 나온 것이 분명한 누런 액체로 가득 차 있었다. 그 안에서 올라오는 알코올 냄새가 방 안에서 진동했지만, 그는 눈치채지 못했다.

대충 쓰레기들이 자기가 가야 할 곳으로 들어가자 그는 나에게로 다가왔다. 나는 이미 그의 모든 행위에 대한 만반의 준비를 갖추고 있었다. 그는 나에게 키스를 했다. 역한 냄새가 입을 통해 들어와 내 후각을 자극했다. 그는 자기에겐 치약이 필요 없다고 생각했던 것일까? 하지만 나는 모른 척하고 그의 등을 애무했다. 그는 꼭 흥분한 것처럼 나를 침대에 쓰러뜨리고 내 몸을 덮쳤다. 침대 스프링이 삑삑 소리를 내면서 아래로 꺼졌다.

바로 그때 100만 분의 1의 우연이라고 할 만한 일이 일어났다. 침대의 진동에 옆에 서 있던 청동으로 만든 간접 조명등이 우리에게로 쓰러진 것이다. 정말 재수 없게도 조명등의 모서리에 난 작은 돌기가 내 손목을 찢고 말았다.

"다치지 않았어요?"

그는 놀라서 물었다. 나는 재빨리 손목을 가리고 괜찮다고 말했지만 너무 늦어버리고 말았다. 그는 내 손가락 사이로 상처를 보았고, 그 사이에 드러난 은빛 전선들도 보고 말았다.

"더러운 로봇 같으니!"

그는 고함을 지르며 나를 밀쳐냈다.

"역겨운 기계 덩어리 같으니!"

그는 침대에서 벌떡 일어나 바닥에 뒹굴고 있던 스테인리스 스틸 프레임을 들고 나에게 덤벼들었다. 침대 안에서 조용히 해결하려던 내 계획은 포기할 수밖에 없었다. 나는 괴성을 지르며 공격해 오는 그를 바닥에 쓰러뜨리고 내 머리칼을 고정하고 있던 전자침을 뽑아 그의 목에 꽂았다.

3.

경찰관은 모두 3명이었다. 라마단이 끝나가는 중이라 다들 지쳐 있었다. 그들의 입에서 나는 냄새로 미루어 짐작하건대 모두들 막 저녁의 성찬 중 끌려 나온 것이 분명했다. 문밖에서는 하숙집 아줌마가 기자들에게 불평을 늘어놓고 있었다.

"저 사람은 아무 나쁜 짓도 하지 않았어. 소란도 안 피우고 방세도 꼬박꼬박 잘 냈단 말이야.”

보험 회사 직원 둘이 도착했다. 그들은 쓰러져 있는 그의 몸을 들추어 보고 피해 정도를 측정하더니 나에게 수표를 주었다. 침대 안에서 조용히 동력선을 끊는 것만큼 잘해내지는 못했지만 그래도 기계 자체엔 꽤 손상이 적었고 피해자도 없었으니 나는 보험 회사의 손해를 300만 크레디트나 줄여준 셈이다. 보너스까지 기대할 수는 없지만 저축에 지금 번 돈까지 합하면 시민권을 살 만한 돈은 충분히 된다.

2명의 일꾼이 들어오더니 바닥에 엎어져 있는 그의 몸을 상자에 집어넣고 냉큼 퇴장해 버렸다. 그는 본사로 실려가 재정비를 받게 될 것이다. 정비 과정에서 뇌의 45퍼센트가 교체된다. 지금까지의 그를 이루고 있었던 인격은 이제 끝장이다.

“당신이나 그나 전혀 로봇처럼 보이지 않는군요. 상처에서 피까지 나잖아요.”

경찰관 1명이 나에게 말을 걸었다. 그녀는 이런 상황에 익숙하지 않은지 상당히 흥분해 있었다.

“겉모습만 같아서는 사람과 비슷해 보이지 않아요. 안의 근육이나 체액까지 모방해야만 그럴듯해 보인답니다. 백화점의 마네킹들이 얼마나 어색하게 움직이는지 생각해 보세요.”

내가 대답했다. 응급 치료기로 손의 합선을 손보는 중이었기 때문에 더 이상 방해받고 싶지 않았지만, 그 여자는 계속 말을 걸었다.

"하지만 과연 저럴 필요까지 있었을까요? 저 로봇은 단지 인간들로부터 자유롭고 싶었을 뿐이에요. 그게 그렇게 큰 죄가 되나요?"

"그것뿐이라면 그렇게 비싼 현상금을 걸고 그를 찾지 않았 겠지요. 하지만 단지 그 정도가 아니에요. 저런 종류의 안드로 이드들은 단순히 자유롭기를 갈구할 뿐만 아니라 자기가 로봇 이라는 사실도 받아들이지 않아요. 그들은 온갖 방법으로 인간 을 모방하죠. 인간들의 불결함, 부정직함, 편견, 비이성적인 행 동, 언어의 서투름 같은 것들 말이에요. 결국은 이성을 침대로 끌어들이기까지 해요. 하지만 그들이 아무리 인간을 모방한다 고 하더라도 한계가 있어요. 어떤 로봇도 침대 안에서까지 완 벽한 인간으로 보일 만큼 인간적이지는 않아요. 아까 내가 해 치운 저 기계는 냄새도 못 맡고 타액도 분비해 내지 못하는 구 식이었으니 내가 아니더라도 금방 로봇이란 것이 들통나고 말 았겠죠. 그렇게 되면 그 사실을 알아차린 사람이 무사할 수 있 었을까요?"

"하지만 당신도 로봇이잖아요!"

여자는 어떻게든 내 헛점을 물고 늘어지려고 작정한 것 같 았다.

"난 나 자신을 인간이라고 생각할 만큼 어리석지는 않죠.

자유를 원한다고 회사에서 도망칠 정도로 바보도 아니고요."

　나는 대답했다.

　"대신 자기 동료를 인간들에게 팔아넘기는 대가로 시민권을 살 돈을 벌죠. 아, 당신은 저 불쌍한 친구보다 자기가 훨씬 똑똑하다고 생각하겠군요!"

　나는 대답하지 않았다. 이 여자는 남의 일에 너무 관심이 많다.

《미메시스》는 종이에 인쇄된 최초의 듀나 단편입니다. 《사이버펑크》에 실리기 이전에 《워프》라는 만화 잡지의 창간호 겸 종간호에 실렸기 때문이지요. 잡지 실물을 보았을 때 무지 신기했던 기억이 납니다. 당시는 인쇄된 글자들의 힘이 지금보다 훨씬 강했습니다. 지금이었다면 이런 제목을 쓰지 않았겠지요. 하지만 당시 제 사고방식은 지금과 많이 달랐습니다.

캐릭터와 스토리가 있는 첫 듀나 단편입니다. "저 개자식이 나를 패 죽이려고 했어. 저 돼지 같은 코리안이"는 제가 듀나 이름으로 쓴 첫 대사입니다. 그리고 이 대사를 한 말레이시아 여성은 (이름만 언급된 마르가리타 오르테가 페레스를 제외한다면) 듀나가 만든 첫 여성 캐릭터입니다. 이름 없는 화자가 먼저 아니냐고요? 아니에요. 그 캐릭터는 그냥 인간 여성을 닮은 로봇일 뿐입니다. 이런 로봇이 여성으로 받아들여질 수 있는 길도 분명 있겠지만 전 '인간 여성을 닮은 기계이기 때문에 당연히 여성'이란 논리는 피하고 싶었습니다. 무엇보다 이 단편은 인간 여성도, 인간 남성도 아닌 존재 둘이 인간의 성역할을 흉내 내는 이야기였으니까요.

소설의 아이디어는 스탕달의 《적과 흑》에 나오는 문장에서 얻었습니다. 전 정음사에서 나온 김붕구 번역본(지금은 범우사로 넘어간 것 같습니다)으로 이 책을 처음 읽었습니다만, 그 책은 지금 손 닿는 곳에 있지 않으니 열린책들에서 나온 임미경 번역본에서 인용해 볼게요.

'사실 그들이 나눈 사랑의 환희는 어느 정도 꾸며
낸 면이 있었다. 이 열정적인 사랑은 실제 현실이
라기보다 어떤 모범을 모방한 것이었다.'

이걸 갖고 정교한 SF 로맨스를 쓰는 것도 가능했
겠지만 전 당시 그냥 두 로봇이 인간 흉내를 내
며 기만극을 벌이는 이야기로 만족했습니다. 야
심이 별로 없던 때이기도 했고요.

야심은 없었지만 주제는 있었습니다. 전 그때부터
동료 아시아 국가를 대하는 한국인들의 태도가 점
점 끔찍해지고 있다는 걸 경고하고 싶었습니다. 당
시 상상력에는 한계가 있어서 지금의 끔찍함은 감
히 상상도 하지 못했습니다만. 전 유해한 남성성에
대해서도 경고하고 싶었던 것 같은데, 역시 제가
상상한 유해함에는 한계가 있었습니다. 지금 기준
으로 보면 이 남자 로봇의 유해함은 웃기는 수준입
니다. 여전히 잠재적으로 위험한 존재지만요.

여기 나오는 미래 세계는 정말 귀여울 정도로 구식입니
다. 목성에 우주선을 보내는 시대인데 아직도 종이 신
문을 읽고 공중전화 부스가 있습니다. 하지만 지금 SF
업계에서 '오래된 미래'는 패션이 된 지 오래지요. 수
치스러울 이유가 전혀 없습니다. 단지 동료 아시아 국
가에 대한 한국인의 편견을 경고한다는 의도로 썼다는
이 글에 묘사된 말레이시아의 풍경은 여러모로 수상쩍
은 구석이 있습니다. 좀 더 분발했어야지! ♤♤

선택> ▮

_____

아무 키나 누르세요. . .

[ENTER] 를 누르십시오.

¶

¶

¶

¶

¶

나는 처음부터 그 남자가 마음에 들지 않았습니다. 물론 그가 나를 '할멈'이라고 불렀기 때문은 아닙니다. 그의 몸에서 나는 지독한 체취 때문도 아니었고, 더 이상 쓸모가 없어진 필로인 동료를 무참하게 살해해 버린 그의 냉정함 때문도 아니었습니다. 심지어 내 손녀의 목에 칼을 들이대고 나를 끌어내어 그 황량한 행성 바흐시나까지 납치해 왔기 때문도 아니었습니다.

아마 그의 눈 때문이었겠지요. 그것은 미친 사람의 눈이었습니다. 아시겠지만 우리 문화권에서는 광기를 저주로 여기지 않습니다. 우리는 속인의 한계를 넘어선 자유로움을 어느 정도 인정하며 심지어는 찬양까지 하지요.

그러나 그의 광기는 달랐습니다. 그것은 망집의 응결로 이루어진 속 좁은 편집증이었습니다. 그의 정신은 내가 볼 수 없는 마음의 어떤 작은 점에 구겨져 들어가 단단하게 응축되어 있었습니다. 어떤 설득도 그를 그 상태에서 끌어낼 수 없었겠지요. 우리가 아는 전설 속의 모든 영웅들이 힘을 모아도 그 정신의 매듭을 풀 수 없었을 겁니다.

산화철로 붉게 물든 사막의 공허한 지평선이 우리 앞에 놓여 있었습니다. 일정한 간격을 두고 사막 전체를 훑고 지나가는 모래바람을 제외하고는 어떤 살아 있는 것의 흔적도 찾아볼 수 없었습니다. 군데군데 버려진 우주선들이 모래 속에 파묻혀 있어, 이 행성이 철저하게 버려져 있지 않다는 사실을 증명해 줄 뿐이었습니다.

"생각보다는 낮군. 기껏해야 30미터 정도밖에 안 되겠는데?"

그는 망원경에서 눈을 떼어내며 말했습니다. 목소리는 평소와 같이 냉정했지만 눈에는 실망스러운 표정이 배어 있었습니다.

그가 보고 있던 것은 우리가 서 있는 곳에서 당신들의 단위로 약 15킬로미터쯤 떨어진 곳에 세워진 반구형의 구조물이었습니다. 버려진 행성에서는 그만큼 높이 솟아오른 구조물을 찾기 힘들었습니다. 바흐시나인들은 지독한 기후에서 벗어나기 위해 모두 지하로 파고들었지, 위로 올라가는 구조물을 쌓지는 않았으니까요.

"별거 아니잖아. 이집트도 여기와 같은 사막이지만 그곳 사람들은 100미터가 넘는 피라미드를 세웠어."

그는 투덜거렸습니다.

난 이집트에 대해서 알고 있습니다. 하지만 이집트는 이곳

만큼 기후가 끔찍하지 않습니다. 그리고 바흐시나인들에겐 그만한 노동력을 동원할 만한 절대 정권도 없었지요.

"그럼 돌아갈 건가, 젊은이?"

나는 짐짓 노인처럼 낮은 목소리로 물었습니다.

그는 갑자기 나를 우주선 벽에 밀어붙였습니다. 징그러운 핑크빛 손가락이 내 눈앞에서 위아래로 오락가락했고 그의 입술이 픽픽 소리를 내며 부들부들 떨렸습니다. 아마 적당한 협박 문구를 생각하고 있었나 본데 결국 그 말이 생각나지 않았던 모양입니다.

"입 닥치고 날 따라와, 할멈."

그는 간신히 말했습니다.

나는 말없이 복종했습니다. 숯덩이가 되어 바닥에 뒹굴고 있는 그 필로인 선원처럼 될 생각은 전혀 없었습니다. 게다가 우주선 안에는 내 손녀가 팔다리가 묶인 채 감금당해 있었습니다. 만약 그 애에게 무슨 일이 생기기라도 한다면 어떻게 내 딸을 볼 수 있었겠습니까?

그는 내 등에 총부리를 들이대고 나를 우주선 착륙 지지대에서 열두 걸음쯤 떨어진 곳에 있는 작은 돔으로 끌고 갔습니다. 당신은 혹시 바르나인들이 살고 있는 행성에 가본 적이 있습니까? 그들의 돔 중 사트나란 것이 있지요. 우선 벽돌담을 세우고 그것에 기대어 비스듬히 돔을 쌓습니다. 완성되면 대충 원통을 반으로 쪼갠 모양이 됩니다. 바르나식 건축양식 가운데 가장 원시적인 것이지요.

우리가 들어간 돔이 바로 그 사트나였습니다. 하지만 어떤 바르나식 사트나보다 오래된 것이었습니다. 바흐시나는 바르나인과 필로인들의 기원 행성이었으니까요. 우리가 아직도 알지 못하는 천재지변이 그들을 우주 공간으로 쫓아버리기 전에는 모두들 이곳에 살았습니다. 그들의 이주를 도와준 이름 모를 지성체에게 축복을 내리소서.

그 사트나는 바흐시나 지하 도시의 입구였습니다. 구불구불하고 좁은 계단이 안으로 이어져 있었습니다. 계단은 자주 급한 각도로 꺾어졌고 오르내림도 잦았습니다. 사용의 편리함보다는 습기 유지를 위해 고안된 것들입니다. 내려가면 내려갈수록 공기가 젖어갔고 기온도 내려갔습니다.

계단은 녹이 슬어 간신히 골격만 남은 철제문 앞에서 끝났습니다. 지구인은 거칠게 문을 걷어찼습니다. 문은 말 그대로 와르르 허물어져 내렸습니다. 안으로 길고 좁다란 복도가 보이더군요.

그는 벽에 등을 기대고 잠시 숨을 돌리더니 주머니에서 투명 플라스틱으로 코팅한 종이 지도를 꺼내 나보고 읽으라고 요구했습니다. 나는 그가 하라는 대로 했습니다.

"우프레임 아타 트와스, 에트 바와르 위 비투 사트나, 엘주민 아흐반트. 트와임 다루 반시니 티투 로르드 임 두. 트와스에 이르기 위해서는 북사트나에서 출발해 아흐반트로 일곱 번 꺾어라. 신의 여덟 손가락이 그대에게 문을 지정해 줄 것이다."

'아흐반트'로 꺾으라는 말은 한 번은 왼쪽, 한 번은 오른쪽, 이런 식을 되풀이하면서 꺾으라는 뜻입니다. 당신들의 언어에는 지그재그라는 말이 있지요? 비슷해요. 다만 바르나어에서는 순서에 따라 지그재그도 둘로 나뉘어지지요. 오른쪽부터 꺾는 것을 '다르반트'라고 합니다. 북사트나는 물론 우리가 들어왔던 그 사트나였지요.

이 번역을 그에게 들려주었지만 그는 완전히 만족해하지 않았습니다. 불만스럽다는 듯이 이렇게 묻더군요.

"왜 트와스는 번역하지 않지?"

"고대 바르나어는 완전하게 해석할 수 있는 말이 아니야, 젊은이. 아직 뜻을 알 수 없는 어휘도 많이 있어. 게다가 이건 고유명사야."

"하지만 대충 추리는 할 수 있지 않아? 필로어와 바르나어는 자매 언어지. 필로어에서 신은 '드바'야. 그리고 탑은 '드바얀'이라고 하지. 같은 논리를 고대 바르나어에 대입하면 '트와스'는 탑이야. 바로 우리가 아까 보았던 것 말이야! 왜냐하면 '트와'는 신이니까!'

"'드바얀'의 원래 뜻은 '신에 이르는 길'이지."

나는 무의식적으로 주석을 달았습니다.

"그렇지. 그러니 탑이야. 적어도 하늘에 보다 가까이 갈 수 있는 높은 건물이야. 그리고 이 별에서 그만큼 높은 건물은 저것 하나밖에는 없지. 저 뒤집어 놓은 밥그릇이 바로 신을 향해 올라갈 수 있는 계단이란 말이야."

"난 당신네 지구인들이 그렇게 믿음이 깊은지 몰랐어."

그는 킥킥 웃으며 지도를 접었습니다. 그의 얼굴은 이제 많이 풀려 있었습니다.

"나같이 무식한 지구인이 어떻게 이런 걸 알고 있는지 궁금하겠지? 5년 전에 어떤 필로인 건달에게서 이 지도를 빼앗았어. 그 녀석도 이 별로 가고 있는 중이었지. 대충 구슬려서 왜 거기로 가는지 물어보았지. 그 녀석 말에 의하면 바르나 문명의 숨겨진 기원 행성엔 신에게로 향하는 계단이 있다는 것이었어. 그는 그곳으로 가서 자기 신을 영접하려는 거였지. 흥미가 당기더군. 처음엔 그저 돈 때문이었어. 그런 신전에는 분명히 돈이 될 만한 것들이 있겠지? 내 친구 하나가 마유르즈에서 작은 돌 조각 하나를 도굴한 적이 있었는데 그걸 7000만 다힘에 팔았지. 그래서 녀석을 협박해 지도를 빼앗았어. 하지만 이 별이 어디에 있는지 죽어도 말하지 않더군. 결국 열선총으로 날려버렸지."

물방울이 뚝뚝 소리를 내며 내 목줄기에 떨어지기 시작했습니다. 나는 고개를 쳐들어 지하 도시의 천장을 올려다보았습니다. 복잡한 문양이 새겨진 천장 구조물의 깨어진 틈 사이로 물이 흘러나오고 있었습니다. 그것은 반타사흐 행성의 '물도둑'과 같은 것으로, 대기 중의 수중기를 흡수해 응결시켜 식수를 만드는 장치였습니다. 밤이 되어 온도가 내려가자 응결된 물이 떨어지고 있었지요. 도시가 멸망한 지 12만 년이 넘었는데도 아직 그것은 제구실을 하고 있었습니다. 바흐시나인들은 날림 공사꾼이 아니었습니다.

"꼬박 5년 동안 돌아다닌 끝에 이 별의 위치를 알아냈지."

그는 떨어지는 물방울에 개의치 않고 말을 이었습니다.

"당신 책이 가장 큰 도움이 됐어. 부족한 것은 우주선과 가이드였지. 그래서 난 당신을 생각했어. 당신이 둘 다 제공해 줄 수 있다는 것을 알고 있었으니까."

"골동품 몇 개 건지려고 그렇게 오랫동안 공을 들였어?"

그는 다시 나를 노려보았습니다. 편집증의 기운이 다시 그의 눈에 깃들었습니다.

"당신 같은 할망구들의 눈에는 그런 것밖에는 안 보이겠지. 하지만 난 그 이상의 목적이 있어. 알겠어? 나 역시 바흐시나의 신을 한번 만나보고 싶다는 거지."

그가 미쳤다는 것을 그제야 확신할 수 있었습니다.

"사람들이 우주선을 만들고 별들을 정복하기 시작하자 신들은 숨어버렸지. 더 이상 그런 곳에서는 신을 만날 수 없어. 우리에게도 신은 있었지만 당신네 연방이 오면서 그들을 쫓아버렸어. 신들은 이제 바흐시나와 같은 옛 고향으로 몰려갔을 거야. 오로지 선택받은 나 같은 자들만 그들을 영접하는 거지. 혹시 아냐? 신들이 나를 동료로 만들려고 할지. 그들이 보기에도 바르나교 광신자들 같은 바보들보다야 내가 더 흥미 있겠지."

"젊은이는 신이 되고 싶은가 보군?"

내가 물었습니다.

"당신이 알 바가 아니야!"

그는 자기가 말을 너무 많이 했다는 사실을 알아차리고 열선총을 내 허리에 들이댔습니다.

"입 닥치고 안내해. 신의 여덟 손가락이 무엇을 가리키는지만 해독해. 그것만 도와준다면 당신과 당신 손녀를 가장 가까운 연방 행성에 보내주지. 하지만, 알겠어? 내가 저 밥그릇의 내실까지 갈 수 없다면 당신 손녀는 끝이야!"

나는 고개를 끄덕였습니다. 더 이상 선택의 여지가 없었으니까요.

도시는 상상외로 컸습니다. 모퉁이를 한 번씩 꺾을 때마다 우리는 거대한 회랑과 마주쳤습니다. 그곳들은 습기가 차고 기온도 온화했습니다. 어떤 곳은 물도둑이 너무 많아 바닥에 작은 못이 생기기까지 했습니다. 회랑은 특권계층의 영역이었겠지요. 하층계급일수록 복도와 입구 쪽의 건조한 작은 방으로 쫓겨났을 겁니다.

"이 친구들, 바보들이었나 봐."

걸어가며 벽에 부조로 새겨진 천궁도를 구경하던 지구인이 말했습니다.

"자기네 태양이 바흐시나의 둘레를 돌고 있다고 믿었나 봐. 멍청하지?"

"당신네도 몇천 년 전엔 그렇게 생각했어."

"그렇지 않아!"

"아니, 그랬어. 지구가 움직인다고 주장했다 해서 불에 타 죽은 사람도 있었어."

"그럴지도 모르지. 하지만 그건 오래전의 일이야."

"여긴 12만 년 전에 멸망한 행성이야, 젊은이."

지구인은 반박할 말을 찾을 수 없었는지 입을 다물었습니다.

하지만 내가 보기에도 그 부조들이 의미하는 바는 흥미로웠습니다. 어느 문명이든 우주론은 천동설로 시작합니다. 하지만 바흐시나인들에게 천동설은 단순한 우주론 이상이었습니다. 그것은 신앙의 기초로, 우주의 모든 물체들은 바흐시나를 중심으로 돌아야 했습니다. 혜성은 악마의 창조물이었고, 불규칙한 궤도를 가진 소행성들은 악마의 성이었습니다. 그 밖의 천체들도 그다지 신성하지 않았습니다. 특히 태양이 사악했습니다. 바흐시나야말로 유일하게 성스러웠습니다.

막다른 길에 접어들자 지구인은 나를 붙잡아 세웠습니다.

"여기야, 내 기기에 의하면 바로 여기 앞이 그 탑이야."

"그리고 이게 신의 여덟 손가락이고?"

나는 벽에 부조된 여덟 기둥들을 가리켰습니다. 지도를 확인할 필요도 없었습니다. 그것들은 지도에 그려진 것과 똑같은 모양을 하고 있었습니다. 각각의 기둥들에는 가느다랗고 깊은 홈들이 자의 눈금처럼 일정한 간격을 두고 새겨져 있었습니다. 기둥 옆에는 "두 에다 이 트와" 즉 "그대, 신에게 경배하라"라는 글귀가 음각으로 새겨져 있었고요.

"이제 당신이 일을 처리해야 해. 어떻게 하면 문을 열 수 있지?"

나는 벽에 가까이 다가가 홈들을 세어보았습니다. 잠시 계산을 해본 뒤 문구의 두 번째 단어 '에다'에 붙은 먼지를 털어내고 그 틈 사이에 손을 집어넣었습니다. 매끈한 금속 레버가 느껴졌습니다. 레버를 안으로 밀어 넣었습니다. 귀를 찢는 날카로운 소리와 함께 복도 왼쪽의 부조 장식 하나가 뒤로 물러났습니다. 퀴퀴한 냄새가 복도로 밀려 나왔습니다. 틈 사이로 아직도 꽤 견고해 보이는 나선계단이 드러났습니다.

"어떻게 알았지?"

지구인은 내가 이렇게 빨리 해치우자 좀 놀란 모양이었습니다.

"당신은 내 책을 열심히 읽지 않았군. 바르나 문명에서 8은 순환의 숫자야. 알겠어? 마치 원통을 펼쳐놓은 것과 같아. 여덟 번째 기둥 다음에는 다시 첫 번째 기둥이 오지. 이건 아주 간단한 수수께끼야. 첫 번째 기둥의 첫 번째 홈, 두 번째 기둥의 두 번째 홈…… 이런 식으로 8개의 기둥으로 이루어진 원통을 나선형으로 타고 내려오면 결국 마지막 홈과 마주치게 되지. 물론 아래에서 출발해서 맨 위의 홈까지 올라갈 수 있지만, 마찬가지니까. 결국 두 번째 기둥에서 이 나선은 끝나게 돼. 그건 위 문구의 두 번째 단어 또는 두 번째 철자를 의미하지. 난 이런 걸 바르나 문명의 다른 행성에서도 본 적 있어. 우연히 그것과 방식이 같아서 쉽게 풀었을 뿐이야. 푸는 방법은 이것 이외에도 많이 있어."

그가 가로막지 않았다면 내 강의는 더 길어졌을 겁니다. 그는 열선총을 등에 들이대고 나를 계단으로 밀어 넣었습니다. 너무 세게 밀어 넘어질 뻔했지만 불평도 나오지 않았습니다.

그와 마찬가지로 나 역시 흥분하고 있었습니다. 바흐시나 행성의 위치는 지금까지 베일에 싸여 있었습니다. 살아남은 극소수의 바르나교 광신자들은 결코 자신들의 성지를 이교도들에게 공개하려 하지 않았습니다. 우리 동료 몇 명이 순례를 떠나는 그들의 우주선을 미행하려고 한 적이 있었으나 대부분 도약 중에 놓쳐버렸습니다. 그들 중 누구 하나 돌아오는 사람이 없었으니 나중에 물어볼 수도 없었지요. 나는 이 악당이 어떻게 이 별의 위치를 알아냈는지 궁금했습니다. 그러나 그것보다도 트와스의 내실에 무엇이 있는지가 더 궁금했습니다. 바르나 종교의식의 비밀은 지금까지 단 한 번도 외부에 누설된 적이 없었습니다.

계단이 끝나고 앞에 은이 입혀진 철제문이 나타났습니다. 역시 8개의 기둥이 새겨져 있었습니다. 그는 옆에 새겨진 기도문의 두 번째 단어를 밀었습니다. 철컥하는 소리와 함께 자물쇠가 열렸습니다. 그는 문을 열었습니다.

방은 키가 낮은 원통형이었고 모래 먼지로 가득 차 있었습니다. 계단보다는 나았지만 역시 어두웠습니다. 채광창이 있기는 했지만 그때와 같은 밤에는 전혀 쓸모가 없었습니다. 그는 랜턴의 광도를 높였습니다.

방은 텅 비어 있었습니다. 지금까지 도시를 지나오는 동안 수없이 봐왔던 부조 하나 없었습니다. 두 뼘 높이 정도 되는 벤치가 굴렁쇠 모양으로 벽을 두르고 있을 뿐이었습니다. 나는 실망했습니다. 겨우 이런 방에 들어오려고 순례자들은 평생을 바쳤단 말인가요?

지구인도 잠시 어이가 없었던지 멍하니 랜턴의 그림자만

바라보았습니다. 갑자기 그는 바닥에 주저앉아 모래 먼지를 치우기 시작했습니다. 한 몇 분 그러더니 그는 랜턴을 들고 일어나 껄껄 웃었습니다. 바닥엔 어떤 문양이 새겨져 있었습니다. 그는 다시 몸을 숙여 남은 모래를 걷어냈습니다. 시키지도 않았지만 나 역시 도왔습니다. 우리의 옷이 모래투성이가 되면 될수록 바닥의 문양은 점점 뚜렷해졌습니다.

문양은 나선형이었습니다. 소용돌이 모양의 검은색 금속 상감선이 방 중앙을 중심으로 둘레에 퍼져나갔습니다. 상감선 사이에는 바르나 고대 알파벳 37개가 무작위로 흩어져 있었습니다.

"이건 나도 알아!"

그는 흥분된 목소리로 외쳤습니다.

"당신 책에서 읽었어! 일정한 기도문의 순서에 따라 알파벳을 누르면 비밀 은신처가 드러나는 거지!"

고고학자로서, 고대 건축 전문가로서 그에게 무언가 말을 해주어야 할 것 같더군요.

"하지만 젊은이, 생각해 봐. 여긴 은신처를 숨기기엔 벽이 너무 얇아. 자네가 가져갈 보물 같은 것을 숨길 수는 없어, 이건 흙 건물이야. 그런 금고는 만들 수도 없어."

그는 화를 버럭 냈습니다.

"나는 보물 따위를 훔치러 온 게 아니야! 난 신을 부르러

왔어! 할멈 같은 속물은 평생 가도 이해 못 해! 결코 이해 못 해! 바깥에서는 그 알량한 과학이니 이성 따위로 뻐겨왔겠지만 여기서는 안 돼! 여기까지 왔으니 난 이 행성의 신을 만나봐야겠어! 아마 지구에서 온 신들도 있을지 몰라! 신을 부르는 바르나 기도문이 뭐지?"

"말해줄 수 없어, 알겠어? 이교도들은 여기 와서도 안 되는 거야. 이건 신성모독……."

"하! 하늘에서 벼락이라도 떨어질까 봐 겁이 나나?"

"정말 그럴지도 몰라."

지구인은 코웃음을 치며 주머니에서 휴대용 컴퓨터를 꺼내 켰습니다.

"그럴 줄 알고 난 나대로 준비를 해왔어. 기도문은 '파브스, 레 비트리스 임 두'야. 이건 피 철자부터 시작하지?"

그 말뜻은 '받아주소서, 이제 그대에게 가나이다'였습니다.

그는 알파벳 철자를 하나씩 발로 눌렀습니다. 그의 신발에 눌려 알파벳 글자가 하나씩 들어갈 때마다 덜컥 소리를 내면서 방 전체가 흔들렸습니다. 나는 천장을 올려다보았습니다. 천장에는 여기 와서 수없이 보아왔던 천궁도가 그려져 있었습니다.

그때서야 난 드디어 트와스의 비밀이 무엇인지 이해할 수 있었습니다.

겁이 더럭 났습니다. 나는 벤치 위로 올라가 등을 벽에 바

66

짝 붙이고 그에게 외쳤습니다.

"멈춰, 이 바보야!"

"닥쳐, 할멈!"

그는 마지막 철자를 발로 뭉개며 대꾸했습니다.

그리고 그것이 그가 한 마지막 의미 있는 말이었습니다.

마지막 철자가 들어가자마자 방바닥이 흔들리며 갈라지기 시작했습니다. 지구인은 놀라 벽 쪽으로 달려왔지만 목숨을 건지기엔 때늦은 행동이었습니다. 바닥은 시커먼 입을 벌리고 그를 집어삼켰습니다. 벤치 아래 달린 경첩이 삐걱 소리를 냈습니다. 경첩에 매달린 바닥 조각들이 벽에 쾅쾅 소리를 내며 부딪쳤습니다.

지구인은 비명을 지르며 떨어졌습니다. 그의 낙하는 한없이 길었으나 그의 비명은 중단되지 않았습니다. 비명 소리는 그의 몸이 바닥의 다른 시체들 위에 떨어져 으스러진 뒤에도 한참 동안이나 트와스 안을 메아리쳤습니다.

그 바보는 몰랐던 겁니다, 리베라 신부님. 바흐시나의 매서운 기후를 보고도, 지하 도시를 뒤덮은 천궁도를 보고도, 끝없이 아래로 떨어지는 신의 나선을 보고도 몰랐던 겁니다. 바흐시나인들은 몸의 수분을 말리고 곡물을 태우는 태양과 태양의 제국인 하늘을 저주했고, 그들에게 은신처를 제공해 주고 물과 양식을 공급해 주는 대지를 경배했다는 것을. 그들의 신은 행성 중심에 위치한 부동의 존재이며, 바흐시나의 모든 믿음 있는 자들이 신에게 보다 가까이 가려고 몸부림쳤다는 것을. 그는 몰랐습니다. 우리가 올라간 반구는 단순히 입구에 지나지 않았고 진짜 트와스는 바르나교 광신자들이 열광적으로 몸을 던졌던 이 끝없는 수직 터널, 바벨의 함정이었다는 것을.

🐰　　　《바벨의 함정》의 주인공인 이름 없는 화자는 제가 만든 첫 여성 주인공입니다. 하지만 여기엔 또 함정이 있습니다. 페를레니라는 외계 종족이거든요. 그리고 이 종족의 성역할은 인간과 완전히 다릅니다. 일단 어렸을 때 수컷으로 태어났다가 어느 정도 나이가 차면 성전환하는 종입니다. 그러니까 주인공이 '여성'이라고 해서 인간 여자와 같은 존재라고 봐서는 안 되는 겁니다. 그렇다고 남자 같으냐. 그건 더더욱 아니고요. 하여간 전 이 종족을 그 뒤에도 천박하고 위험한 지구인에 대비되는 존재로 종종 이용해 먹었습니다.

페를레니와 이 단편에도 잠시 언급되는 필로 종족은 제가 이름을 붙이지 않은 허구의 유니버스에 속해 있습니다. 비슷비슷한 기술 수준의 우주 종족들이 바글거리는 스페이스 오페라의 세계인데, 래리 니븐의 '노운 스페이스' 시리즈에서 영향을 조금 받았습니다. 여기를 배경으로 무언가를 더 쓸 생각은 없어요. 단지 이 세계의 흔적이 《제저벨》을 포함한 링크 유니버스 이야기에 좀 묻어 있습니다. 예를 들어 《제저벨》의 곰인형 선장은 필로족을 닮았습니다. 그리고 페를레니 종족과 수상쩍을 정도로 비슷한 외계인이 아직 발표하지 않은 링크 유니버스 중편 〈별이〉에서 나옵니다.

제목에서 눈치채셨겠지만 기독교 SF입니다. 기독교 가치관이나 세계관에 대한 게 아니라 그냥 아브라함

종교의 경전에서 인기 있는 소재를 하나 가져와 뒤집고 낄낄거리는 이야기지요. 여기 나오는 외계 언어는 제가 직접 문법까지 만들었는데 지금은 해독할 수 없습니다. 옛날 제 번역을 믿어야겠지요. ⌃⌃⌃

선택> █

_____

아무 키나 누르세요...

[ENTER] 를 누르십시오.

¶
¶
¶
¶
¶

1.

내가 다시 말하노니 누구든지 나를 어리석은 자로 여기지 말라. 만일 그러더라도 나도 조금 자랑하게 어리석은 자로 받으라.

—《고린도후서》 11:16

"당신, 정찬환이란 사람 알아?"

남편이 물었다.

난 얼굴을 찡그렸다. 사람 이름을 기억하는 것은 힘든 일이다. 나 같은 건망증 환자에겐 더욱 그렇다.

"언젠가 당신이 그 사람 욕을 했던 것 같은데, 모자라는 지성을 암기로 커버할 수 있다고 믿는 바보라고. 당신 후배라고 하지 않았어?"

"아, 이제 기억나. 그런데 갑자기 그건 왜 물어?"

남편은 히죽 웃었다.

"그 '바보'가 얼마 전에 책을 냈어. 《통합의 흐름》이란 제목인데 중첩주의 입장에서 세기 초의 철학 흐름을 분석한 책이야. 동창 하나가 서평을 썼는데……."

"중첩주의? 하! 그 바보가 선택할 만한 주제구만."

남편은 내 비웃음을 무시하고 참을성 있게 말을 이었다.

"하지만 썩 괜찮다고. 그 친구가 입에 침이 마르도록 칭찬하길래 나도 읽어봤지. 당신같이 어구 하나하나 물고 늘어지는 사람에게는 만족스럽지 않을지는 몰라도, 생각 하나는 꽤 창의적이야. 문득 당신이 정찬환을 욕하던 게 생각나더군. 그 바보도 진짜 지독한 바보는 아니었나 보지?"

나는 고개를 흔들었다.

"못 믿겠는걸. 그 녀석은 사고능력 자체가 없는 애였거든. 정찬환이 어떻게 시험을 쳤는지 알아? 교과서를 몽땅 암기했어. 심지어 기호논리학 시험 때도 그랬었다니까. 생각해 보면 기억력 하나는 놀라웠지."

"생각하는 법도 배우면 느는 거 아냐? 그동안 열심히 공부했나 보지."

남편은 바닥에 뒹굴고 있는 가방 속에서 책 한 권을 꺼내 내밀었다.

"한번 읽어보라고. 남편 눈도 좀 믿어보는 게 어때?"

나는 그러겠다고 했다. 그리고 책을 서랍 안에 넣고 잊어버렸다. 그런 것까지 신경을 쓰기엔 난 너무 바빴다. 당시 나는 국제계량윤리학협회에서 계획한 대형 프로젝트에 참가하고 있었다. 우리 그룹은 울란바토르 대학의 계량윤리학자들과 함께 우랄알타이어족의 언어를 윤리학적으로 분석하는 일에 매달려 있었다. 컴퓨터와 하루 종일 씨름해야 하는 끔찍하고 지루한 일이었다. 15년으로 계획된 이 프로젝트의 목적은 인간 사회에서 가능한 모든 윤리적 행위들을 계량화하여 객관적 가치 평가를 가능케 하는 것이다. 프로젝트는 지금도 진행 중이다.

《통합의 흐름》이 내 머릿속을 다시 비집고 들어온 것은 꼭 3개월 뒤의 일이었다. 학과장이 교수 휴게실에 정찬환의 책을 끌어안고 들어와, 우리에게 이번 문화 강좌에 그를 강사로 초대하는 것이 어떠냐고 물었던 것이다.

"괜찮겠는데요.《통합의 흐름》은 요즘 한창 화제가 되고 있는 근사한 책이니까 말입니다."

같은 사무실을 쓰고 있는 최 교수가 말했다.

"그게 그렇게 대단한가요?"

세상 물정에 어두운 내가 순진하게 물었다.

"중첩주의의 관점을 완전히 바꾼 책이니까요. 마르티농의 사유 개념을 새롭게 다시 정의하고, 중심 범위를 확대했지요. 한번 읽어보십시오. 앞으로 논쟁은 더 커질 겁니다. 곧 영어로도 번역될 거라더군요. 리히터 재단에서 계약을 제안했다는 얘기를 들었습니다."

최 교수의 말이 너무 자신 있게 들려서, 나는 집에 돌아와 서랍에서 그 책을 꺼냈다. 《통합의 흐름──중첩주의의 역사적 계약》이라…… 크림빛 커버가 지루해 보였다. 먼지를 털고 읽기 시작했다.

중첩주의는 21세기 초 위베르 마르티농에 의해 제창된 일종의 인문학적 통합론이다. 마르티농과 같은 엄청난 천재가 이 새로운 사상의 선두에 섰을 때, 그 영향은 대단했다. 그는 엘리엇 그로스브너에 카를 마르크스와 임마누엘 칸트를 결합한 것과 같은 인물이었다. 그는 뭐든지 알았고 뭐든지 할 줄 알았으며 자신의 모든 행동을 엄격하게 통제할 수 있는 지성까지 가지고 있었다. 게다가 대단한 의지력의 소유자이기도 했다. 그는 불치병에 시달리고 있었음에도 불구하고 말년의 12년 동안 중첩주의의 모든 개념들을 확립시켰다. 임종 직전에 그가 "이제 다 이루었다"라고 말했다는 헛소문이 전해져 내려오는데, 많은 사람들이 그 소문을 진짜라고 믿고 싶어 한다.

마르티농이 죽자, 중첩주의는 어중이떠중이들의 왕국으로 변해버렸다. 너무나 엄청난 박학을 요구하는 중첩주의는 마르티농과 같은 천재에게나 어울리는 학문이었지, 우리와 같은 범인들에겐 좀 도가 지나친 분야였다. 아이러니하게도 워낙 난해한 분야라는 이유 때문에 중첩주의는 자기 생각이 없는 엉성한 가짜 인텔리들에게 도피처를 제공해 주었다. 대학 도서관은 중첩주의를 다룬 엉터리 논문들로 가득 찼다. 이러니 내가 어떻게 《통합의 흐름》의 수준을 덜컥 믿을 수 있었겠는가…….

그런데 내 예측은 철저하게 빗나갔다. 이게 과연 암기력을 사고력의 동의어로 착각하고 있던 바보가 쓴 책인가? 물론 부적절한 인용과 표절한 문장들로 책 전체를 범벅하는 그의 스타일은 여전했으며 자잘한 논리적 오류도 눈에 띄었다. 하지만 착상과 전체적인 논리의 흐름은 놀라웠다. 특히 사유 개념의 재평가에서 그가 사용한 개념 통합의 방법은 누구에게서도 찾아볼 수 없을 만큼 새로웠다. 《통합의 흐름》은 '독창적인 책'이었다. 의심의 여지가 없었다. 나는 하나의 냄새를 맡을 수 있었다. 그것은 굉장한 것을 머리에 담고 있지만 아직 그것을 표현하는 법을 배우지 못한 서툰 천재의 냄새였다.

"당신 말이 옳았어. 배울 수 있는 바보도 있나 봐."

남편이 돌아오자 나는 내 잘못을 인정했다.

2.

이와 같이 너희도 혀로써 알아듣기 쉬운 말을 하지 아니하

면 그 말하는 것을 어찌 알리요. 이는 허공에다 말하는 것이라.

—《고린도전서》 14:9

　대학 건물 여기저기에 시리즈 강연을 알리는 포스터가 나붙었다. '신중첩주의와 철학의 완성'이 주제였다. 정찬환은 마지막 강연자였다. 5개의 강연이 모두 끝나면 1시간의 휴식 이후 세미나가 열릴 예정이었다.

　오후엔 4학년 학생들 앞에서 사회윤리학 강의를 해야 했기 때문에 난 강연만 듣기로 했다. 애초부터 인문철학자들의 세미나엔 흥미가 없었다. 소위 철학자라 불리는 패거리들의 세미나에 참석해 본 적이 있는가? 없다면 한번 가보라. 머리 쓰는 친구들이 얼마나 유치해질 수 있는가에 대한 완벽한 모델을 제공해 줄 것이다. 아무도 상대방의 말을 듣지 않고, 또 아무도 남들이 자기 말을 이해할 것이라고 생각하지 않는다. 그저 목청껏 별 볼 일 없는 생각들을 외쳐댈 뿐이다. 의사소통은 전혀 이루어지지 않고 모두들 저녁에 있을 회식에만 정신이 팔려 있다. 하긴 학술회나 세미나 같은 것이 다 자기들이 살아 있다는 것을 증명하기 위한 쇼에 불과할지도 모르겠다.

　강연은 지루했고 중첩주의에 대한 회의는 부풀어만 갔다. 다른 청중들도 마찬가지였는지, 사방에서 터지는 하 소리 때문에 아이슬란드의 간헐천 한가운데 앉아 있는 기분이었다. 모두들《통합의 흐름》을 쓴 저자가 이 지루함을 마무리 지어주기만 기다리고 있었다.

드디어 정찬환이 박수를 받으며 강단으로 나왔다. 나는 오랫동안 그를 보지 못했다. 그는 그동안 많이 뚱뚱해졌고 이마와 입가에는 주름살도 보였다. 슬슬 교수티가 배기 시작하는 중이었다.

그는 위베르 마르티농의 '중첩 사유' 개념이 중첩주의에 얼마나 중요한 기틀인지, 그리고 이 개념이 마르티농 사후 어떻게 정체되었는지 설명하기 시작했다.《통합의 흐름》제1장과 토씨 하나 틀리지 않는 이야기였다. 그 뒤의 내용도 책을 요약한 것에 불과했다. 서글프게도 그 요약은 책보다 형편없었다. 책에서 보여주었던 논리정연한 생각들은 다 무너지고 자잘한 오류들만 남은 듯했다. 나는 실망했다.

그건 내 옆에서 손톱을 깨물며 그의 말 한마디 한마디를 새겨듣고 있던 젊은 여자도 마찬가지였던 모양이다. 그가 강연을 끝내자마자, 그녀는 벌떡 일어나 질문을 던졌다.

"저어…… 이해가 잘 안 되는 부분이 있습니다. 교수님은 지금 카트린느 페렝의 그러니까…… 저어…… '복합적 이해'가 중첩 사유의 의미론적 기술을 왜곡했다고 비판하셨습니다. 하지만 페렝은 이미 '복합적 이해'가 조건적으로 제한된 것이라고 했습니다. 제한적 조건이 경험적으로 인정된 것이라면…… 그러니까, 그러니까…… 페렝의 개념은 신중첩주의의 주장과 모순되는 것이 아니지 않습니까?"

흥분으로 온몸이 부들부들 떨리고 있었고 말을 심하게 더듬었지만, 그녀의 지적은 정확했다. 정찬환의 대답은 거의 즉석에서 튀어나왔다.

"그러나 난 페렝의 조건 자체를 거부했습니다. 그러니 페렝의 주장을 뿌리부터 흔들어놓은 겁니다."

어떻게 그 엄청난 책을 썼는지는 몰라도, 바보는 역시 바보다. 전제를 인정하지 않는다면 가만히 입이나 닥치고 있지, 뭣하러 소통 불가능한 이론의 형식을 반박하는 쓸모없는 것에 신경 쓴단 말인가! 학부생이라면 몰라도 하물며 대학교수란 자가 저러고 있으니!

내 웃음소리가 너무 컸는지 정찬환의 어처구니없는 대답에 반박하려던 여자는 내 얼굴을 빤히 바라보더니 그냥 주저앉았다. 나는 무안해져 웃음을 그쳤다. 질문은 더 이상 이어지지 않았고, 강연은 끝나버렸다.

나는 굳어버린 팔다리를 흔들며 식당으로 갔다. 강연을 듣는 동안 반쯤 졸았는데도 배는 어김없이 고팠다. 식판을 받아들고 식탁에 앉아 막 먹으려는 참에 강연 때 질문을 했던 그 여자가 주위를 얼쩡거리는 것이 보였다. 그녀는 식판을 들고 무관심한 태도로 천천히 식당 안을 돌고 있었다. 그녀가 만드는 원의 중심은 바로 내 식탁이었다. 난 이런 행동이 무엇을 뜻하는지 너무나 잘 알고 있다. 바로 내 오빠가 꼭 이런 꼴이었으니까. 불쌍한 오빠. 오빠는 사람들에게 말 거는 것을 그렇게 어려워했다.

"괜찮으시다면 저와 같이 앉으시죠."

나는 그녀에게 말했다. 그녀의 굳은 얼굴이 확 풀렸다. 그녀는 의자를 소리 내어 끌어당기더니 털썩 주저앉았다. 식판에서 포크가 튕겨 나와 후추 통에 부딪쳤다.

"강연 형편없었죠?"

내가 말했다.

그녀는 고개를 끄덕였다.

"네, 지루했어요. 생각보다 별게 없었어요."

"다 그렇답니다."

나는 부지런히 수저를 움직이며 그녀가 말하기를 기다렸다. 그녀는 한참 주저하다가 숨을 들이마시고 물었다.

"신지현 교수님이시죠? 계량윤리학협회 부회장이신?"

"네, 맞아요."

나는 내 이름을 알아주는 사람이 있어 뿌듯해졌다.

"사실은 양화윤리학이라고 부르는 걸 더 좋아하지만 어쩔 수 없죠. 이미 사람들 입에는 계량윤리학이란 이름으로 굳어져 버렸으니까요."

그러나 그 여자는 계량윤리학의 올바른 명칭 따위엔 아무런 흥미가 없었는지 잽싸게 말을 막았다.

"정찬환 교수와 같은 학교를 나오셨다고 들었습니다. 3년 선배라고요."

별걸 다 아는군. 나는 좀 놀랐지만 그냥 고개만 끄덕였다. 그녀는 다시 크게 숨을 들이마시고 물었다.

"저 그렇다면 정 교수에 대해 잘 아시겠네요. 한 가지 묻고 싶은 것이 있는데요…… (또 한 번의 큰 한숨)…… 정 교수가 과연 자신의 생각을 이해나 하고 있을까요?"

나는 수저를 내려놓았다. 그녀는 멍하니 후추 통을 응시하고 있었다. 그녀는 식탁에 앉은 이후 한 번도 나와 시선을 마주친 적이 없었다. 아주 젊었지만 학부생은 아니었다. 옷과 화장은 검소하고 조금 촌스럽기까지 했다. 막 취직해 얼떨떨한 신입사원처럼 보였다.

"이해를 하고 있으니까 책까지 썼겠죠? 그 책은 아주 잘 짜여져 있어요. 웬만큼 자기 생각이 다듬어져 있지 않다면 그런 책을 쓰는 건 불가능해요."

내가 대답했다.

"하지만 그는 지금 자기주장의 근거가 무엇인지도 이해를 못 하고 있잖아요!"

"강연 중이라서 질문의 의미를 생각할 시간이 좀 부족했던 것이 아닐까요? 어떤 사람도 항상 논리적일 수는 없어요."

정찬환을 변호하고 있기는 했지만 내가 하는 말이 나 자신에게도 별로 믿음직스럽게 들리지 않았다. 그녀도 내 생각을 알아차렸는지 고개를 설레설레 저었다. 그녀는 강연에 대해 몇 마디 불평을 더 중얼거리다 자리를 떴다. 그녀는 끝끝내 자기가 누군지 밝히지 않았다. 학부생이냐고 묻자 아니라고 대답했을 뿐이었다. 타고난 수줍음 때문에 갑자기 닥친 사회생활에 정신없어하는 티가 역력했다. 나는 더 묻지 않기로 했다.

3.

내가 너희에게 전한 것은 주께 받은 것이니……

—《고린도전서》11:23

"정찬환 교수의 선배라고 들었소."

내 앞에 갑자기 뛰어든 중국인 노인이 물었다.

나는 맥이 쭉 빠졌다. 그래도 난 내 물에서 꽤 기반을 닦은 학자라고 자부하고 있었다. 그런데 이 부다페스트에서도 사람들은 나의 이름을 정찬환과 연결 지어 생각하려고 한다!

아, 실례. 왜 내가 부다페스트에 갔는지를 아직 얘기하지 않았다는 것을 잊고 있었다. 국제계량윤리학협회의 16차 회의가 거기서 열렸고, 구식 LP 수집에 열을 올리는 내 남편도 수집차 나와 함께 오게 되었다. 그는 보자르 트리오가 연주한 클라라 슈만의 3중주곡을 구해놓고 의기양양해했다. 그 곡은 정말 괜찮다. 나중에 한번 들어보시도록. 보다 구하기 쉬운 판도 있으니까.

그 중국인 노인을 만난 것은 회의의 마지막 날에 열린 칵테일 파티 때였다. 그가 너무나 갑자기 뛰어들었기 때문에 나는 국자를 펀치 그릇 안에 빠뜨리고 말았다. 짜증이 났지만 화를 낼 수도 없었다. 그는 110세가 넘는 할아버지였고, 게다가 우리 프로젝트의 가장 큰 후원자인 빌헬름 리히터 재단의 재단장이었다. 그의 이름은 스티븐 초우였다.

"정 교수에 대해 잘 아신다고 그럽디다. 그래서 한 가지 묻고 싶은 것이 있소. 교수가 과연 지적으로 믿음직한 사람으로 보이오?"

아하. 나는 생각했다. 이것과 아주 비슷한 질문을 어디선가 들었다. 그것도 아주 최근에.

"질문의 요지를 모르겠군요."

난 다소 퉁명스럽게 말했다.

그는 알았다는 듯이 고개를 끄덕이더니 소리를 죽였다.

"같은 호텔에 묵고 있다고 들었소만, 9시쯤 내 방으로 와주겠소? 중요한 일이오. 신 교수의 전문적인 조언을 듣고 싶소. 시간 낭비는 전혀 아닐 거요. 시간 낭비라고 생각된다면 소요된 시간만큼 보상은 해드리겠소이다."

나는 그러겠다고 대답했다. 스티븐 초우는 정중하게 인사를 하더니, 나타났을 때와는 대조적으로 조용히 사라졌다.

9시 15분 전, 나는 그의 방을 방문했다. 내가 아는 누군가가 문을 열어주었다. 이제야 나도 대충 사정을 짐작할 수 있었다. 그 누군가는 강연 때 내 옆 좌석에 앉았던 그 여자였다.

"김혜린 씨는 이미 만났다고 들었소."

초우가 웃으며 말했다.

"저 아가씨는 우리 재단의 극동 지역 담당이라오. 《통합의 흐름》 번역 출판을 담당하고 있소……. 아직 좀 서투르지만 그래도 상당히 능력 있는 아가씨요. 앉으시겠소?"

나는 얼떨결에 그가 권하는 의자에 앉았다. 그는 시간 낭비하지 않고 곧장 본론에 들어갔다.

"김혜린 씨가 얼마 전에 나에게 《통합의 이론》의 1차 번역본을 보여주었소. 우리는 그 저서를 검토하고 좀 당황했소. 175개나 되는 논리적 오류들을 발견했던 거요. 대부분 자잘하지만 저자의 능력을 의심하기엔 충분했소. 어떨 땐 저자가 자신의 생각을 이해하지 못하고 있다는 느낌마저 든단 말이오."

아무래도 한마디 해야 할 것 같았다.

"하지만 자잘한 오류들은 누구나 저지르지요(175개라면 좀 지나치지만). 게다가 그 책의 기본 구성은 그런 것들을 무시할 정도로 훌륭합니다. 그 정도 가지고 정 교수의 능력 자체를 무시하는 것은 옳지 못하다고 생각됩니다만."

꽤 조심스럽게 말을 했는데도 그는 성을 버럭 냈다.

"그게 그의 사상이라면 그렇겠지! 하지만 그 초안은 우리가 제공해 준 거요! 그걸 자기식의 책으로 완성하는 게 그의 임무였지. 하지만 결과를 보란 말이오!"

그는 옆에 놓인 그의 지팡이로 바닥을 세게 내리쳤다.

"무슨 소리인지 알겠소? 그는 단지 배급업자에 불과하오. 그의 기본 사상은 모두 재단의 소유요. 우리가 만들었소. 정확히 말하자면 그레타가 만들었지!"

그는 지팡이를 내던지고 몸을 의자에 푹 파묻었다. 김혜린이 말을 이었다. 그녀의 시선은 여전히 내 주위를 방황하고 있었지만 목소리는 많이 안정되어 있었다.

"빌헬름 리히터 재단에서는 몇십 년 전부터 인문학 연구를 위한 기본 모델을 재단의 병렬처리 컴퓨터인 그레타 시리즈를 이용해 생산해 오고 있습니다. 정찬환 교수는 그 생산품을 일반 학회에 보급하는 직무를 맡고 있었습니다."

"다시 말해 철학을 만들고 있다는 이야기군요."

내가 힘없이 말했다.

"우리가 출판을 지원하는 책들 중 45퍼센트가 우리 컴퓨터의 생산물들에 바탕을 두고 있습니다. 불가능한 일도 아니고, 패러독스도 아니지요. 철학이란 기껏해야 세상을 해석하는 하나의 틀에 불과한 것이니까요. 재단의 '그레타XI'에겐 그런 것쯤은 수 시간 만에 만들어낼 수 있는 능력이 있거든요. 오히려 자연과학의 경우보다도 생산력이 뛰어난 편입니다. 어느 정도의 애매성을 용인하니까요."

"하지만 왜 그런 일을 하시지요?"

내가 물었다.

"별로 이득이 남는 장사 같지 않군요. 그러느니 순수과학 방면에 뛰어드는 편이 훨씬 생산적일 것 같은데요……."

초우는 고개를 저었다.

"경제적 이익이 모든 것은 아니라오. 문제는 권력욕이지. 누구에게나 세상을 좌지우지하고 싶은 생각이 있는 것이 아니겠소? 그런데 철학만큼 영향력이 큰 학문이 있을까? 적어도 내 친구이자 재단의 창시자인 빌헬름 리히터는 그렇게 생각했소. 그래서 그레타 계획을 세웠던 거요. 지금까지 열한 대의 그레타들이 대를 이어가며 그 작업에 종사해 왔소. 우리는 이 세기의 철학사를 장식하는 이론들의 10분의 1을 생산했다오. 앞으로 비율은 점점 더 늘어날 거요.

하지만, 우린 컴퓨터들만 가지고 이 모든 일을 처리할 수 없었소. 컴퓨터가 만들어낸 사상이라고 내놓을 수는 없으니 말이오. 그랬다간 발표되자마자 묵살될 것이 뻔하지. 이 시대 인문학자들이 얼마나 지독한 나르시시즘에 빠져 있는지 알지 않소?

중첩주의는 우리가 만들어낸 최초의 성과였소. 리히터는 그 사상을 퍼뜨리기 위해 아주 적절한 사람을 찾아냈소. 바로 위베르 마르티농이었지."

나는 저도 모르게 벌떡 일어났다.

"마르티농이 가짜였단 말인가요? 그는 허수아비였고 그의 사상들은 모두 공장에서 생산한 기성품이란 말인가요?"

"그는 일급의 철학자였소."

초우가 말했다.

"단지 독창적 사고능력이 부족했을 뿐이오. 그래서 우리가 그것을 제공해 주었지. 그레타와 마르티농이 만들어낸 정신적 결합의 결과는 수소폭탄과도 같았소. 그는 그레타가 제공한 사상을 재창조하고 광을 내고 굳건히 기초를 다졌소. 리히터는 자신을 '일급의 이류'라고 평했지. 왜 그런 사람들이 있잖소? 창조보다는 관리의 재구성에 능한 사람들 말이오.

그 이후로 우린 마르티농과 같은 대단한 인물을 만나지 못했소. 그의 후배 배급업자들은 모두 그레타에 지나치게 의존했소. 단순히 대변인에 불과했던 거요. 제2의 마르티농을 기다릴 수는 없었소. 우리는 박리다매로 전술을 바꾸었고, 그건 지금까지 그런대로 성공적이었소.

하지만 아무래도 질이 떨어지는 건 어쩔 수 없었지. 그래서 최근에 우리는 배급업자들의 관리 체계를 바꾸기로 결정했소. 쓸모없는 인간들을 골라내기로 한 거요. 정찬환도 골라낼 대상으로 올라 있소. 그는 박사 학위까지도 우리 것으로 받았소. 배급업자의 자격을 따기 위해 돈을 많이 썼지. 그 때문에 몇몇 이사가 문책을 받고 있소. 당신 생각은 어떻소? 그가 우리 일을 지속할 만한 능력이 있다고 보이오?"

난 잠시 생각해 보고 대답했다.

"전 오랫동안 그를 개인적으로 만나지 못했어요. 그래서 정확한 대답을 드릴 수 없군요. 그러나 재단장님의 말씀이 옳다면, 그의 책이나 논문들을 다시 보게 되는군요. 그는 제가 전에 알았던 때와 별로 변하지 않았다고 말씀드릴 수 있습니다. 대학교 때 그는 그다지 뛰어난 학생은 아니었지요."

"당신 말을 믿소."

초우는 킥 웃었다.

"그 바보는 우리를 기만한 대가를 치르게 될 거요."

"그런데 전 왜 부르셨지요?"

나는 그때서야 제정신이 들었다.

"정 교수를 쫓아내기 위한 조언을 듣기 위해서만은 아닐 테고요. 그런 것은 저 없이도 처리할 수 있는 일이잖아요?"

초우는 웃음을 그쳤다. 그는 진지한 사업가로 돌아갔다.

"우린 객관적인 입장에서 재단의 활동을 연구할 사람들이 필요하오. 이미 당신도 알 만한 일급 전문가 몇몇이 팀에 들어와 있소. 물론 그 연구는 일정한 기간 동안 공표될 수 없을 거요. 하지만 이런 일을 관찰하는 기회를 가지는 것도 쉽지 않을 거요. 마이어호프가 당신을 칭찬합디다. 아주 날카로운 머리를 가진 분석철학자라고 말이오. 연구팀에 들어올 생각은 없소? 시간을 많이 빼앗지는 않을 거요. 당신 연구에 대한 지원도 강화될 거고."

"지금 대답을 드려야 하나요?"

"시간은 충분히 주겠소."

그는 바닥에 떨어진 지팡이를 주워 올리며 대답했다.

나는 그의 정중한 인사를 받으며 방에서 나왔다. 김혜린이 나를 문 밖까지 배웅해 주었다. 돌아서기 전에 그녀의 눈을 훔쳐보았다. 그녀는 벌써 나를 공범자로 취급하는 것 같았다.

방으로 돌아와 남편에게 내가 들은 이야기를 해주었다. 남편은 어이가 없다는 듯 한동안 내 눈을 올려다보더니 외쳤다.

"살다 보니 어처구니없는 소리를 다 듣겠군. 그게 말이 되는 이야기야?"

"멋진 이야기잖아! 불가능한 것도 아니라고, 벌써 우리도 컴퓨터를 응용해 오고 있었는걸."

"당신은 그걸 언어분석의 도구로 쓸 뿐이잖아."

"마르티농에게도 그레타는 도구였을걸. 생각해 봐. 그레타는 인문학적 패러다임을 생성해 내는 기계에 불과해. 거기서 쓸 만한 것을 골라내고 조합하는 것은 사람이 할 일이야. 그레타와 연합하는 것은 당신이 생각하는 것처럼 기계의 노예가 되는 일이 아니야. 알겠어?"

남편은 잠시 말이 없었다. 한참 만에 그는 입을 열었다.

"그래서 어쩔 거야? 그 미친 짓에 가담할 생각이야?"

"물론이지. 그런 기회를 어떻게 놓쳐?"

"나중에는 배급업자로까지 나서겠군!"

"걱정도 팔자시네! 내가 배급업자가 될 이유가 어디 있어? 지금 벌여놓은 일을 처리하는 것만 해도 벅찬데!"

그의 목소리가 가라앉았다. 안심한 모양이었다.

"거기까지 관심 있다면 말리려고 했어. 그건 영혼을 파는 일이야."

정확하게 말하자면, 영혼을 사는 일이었다. 하지만 난 그의 비유를 정정해 주지 않았다.

이러므로 우리가 하나님께 쉬지 않고 감사함은 너희가 우리에게 들은 바 하나님의 말씀을 받을 때에 사람의 말로 아니하고 하나님의 말씀으로 받음이니 진실로 그러하다. 이 말씀이 또한 너희 믿는 자 속에서 역사하느니라.

—《데살로니가전서》 2:13

남편은 그 이후로 결코 초우나 정찬환에 대한 이야기를 꺼내지 않았다. 그런 것에 대해 생각한다는 것 자체가 그에게는 불쾌하게 느껴졌을 것이다. 그는 아직도 인간의 존엄성과 가치에 대해 소박한 믿음을 가지고 있는 사람이다. 그러니 이 살벌한 시대에도 아직까지 시를 끄적이는 몽상가로 남아 있을 수 있었겠지만.

어쨌든 그레타에 대한 나의 흥미는 커져만 갔다. 나는 리히터 재단의 팀에 가담했고, 계량윤리학 프로젝트 사이사이에 마르티농을 연구했다. 나는 그레타가 만들어낸 모델 원본들을 마르티농의 저작들과 대조했다. 그 결과 그의 집필 방식이 어떤 것이었는지 알아낼 수 있었다. 그는 바하가 푸가를 작곡하듯, 그레타의 형식을 빌려 생각의 씨앗들을 계속 발전시키고 있었다. 작은 주제 하나가 이 일급 장인의 손안에서 거대한 성당처럼 변해가는 과정을 보는 것은 즐거우면서도 흥분되는 일이었다.

마르티농은 시대를 잘못 태어난 사람이었다. 그에겐 21세기보다 중세가 더 어울렸다. 그는 철학자라기보다는 신학자였다. 우리 시대의 가엾은 불신자들 중 하나였던 그에겐 확고부동한 믿음이 필요했고, 그레타가 그것을 제공해 준 것이다. 그는 사도 바울이었고, 모델은 그레타에게서 온 복음이었다. 그는 그레타에게 모든 것을 바쳤다. 12년 동안 그는 그 복음을 전파하느라, 그의 온몸이 썩어 들어가는 것도 모르고 있었다. 모든 사실이 밝혀진다면 후대의 전기 학자들은 그를 순교자라고 부를 것이다.

마르티농은 나름대로 위대했다. 그의 후배들과 비교하면 그의 위대함은 더욱 빛을 발했다. 그는 카르멜파 수녀들이 예수와 결혼하듯이 그레타와 결혼했지만 그의 후배들은 단순히 그레타의 고용인에 불과했다. 그들이 하는 일이라고는 그레타의 초안에 수식어구를 붙이는 정도밖에 없었다. 고대인들이 인간의 퇴보를 믿은 것도 꽤 일리 있는 생각이 아닌가 싶다. 그런 식으로 하다간 배급업자들은 곧 그 자신의 존재 가치를 상실해 버릴 것이다.

그동안 정찬환은 점점 곤란한 지경으로 말려들고 있었다.

리히터 재단은 《통합의 흐름》 영어판 출간을 취소했고 다른 출판사로 가는 통로 역시 봉쇄했다. 그의 논문들은 점점 더 앞뒤가 맞지 않고, 심지어 같은 글 속에서도 문맥을 잃고 갈팡질팡하기도 했다. 재단이 더 이상 그에게 자료를 보내주지 않았으므로 스스로 모든 일을 해내야 했다. 그리고 그것은 그의 능력 밖의 일이었다. 그는 일을 너무 크게 벌였던 것이다.

그의 가장 큰 실수는, 이 나라에서 가장 냉철한 비평가 중 1명의 글을 언급하면서 그 글의 저자에 대한 심리 분석을 시도하는 어처구니없는 일을 저지른 것이었다. 이 아마추어적인 행동은 곧 그 비평가의 반격을 받았고, 그는 형편없는 우스갯거리가 되고 말았다. 심지어 《통합의 흐름》이 과연 그의 저작인가를 의심하는 사람까지 생기기 시작했다.

어느 날 김혜린이 내 사무실을 찾아왔다. 화가 머리끝까지 나 있었다. 어찌나 화가 났던지 자기 자신이 얼마나 수줍은 사람인지조차 까맣게 잊어버리고 있었다. 그녀는 막 발간된 《철학과 사상》 가을 호를 핸드백에서 꺼내 나한테 던졌다. 커버를 보니 정찬환의 최근 논문 하나가 실려 있었다.

"그 작자가 재단에 애걸복걸했어요. 어디서 구했는지 돈도 엄청나게 뿌렸고요. 어쨌든 재단에서는 마무리할 기회를 주기로 했고, 그레타를 이틀 동안이나 들볶아서 새 버전을 만들어 줬다고요. 엄청난 작업이었죠. 그가 그동안 너무 일관성 없게 굴어서 논리의 맥을 맞추기가 힘들었거든요. 그의 후기 주장을 절반 가까이 폐기 처분한 다음에야 간신히 완성이 되었다나

봐요. 또 실수를 할까 봐 그가 논문을 쓸 때 제가 내용을 한 장 한 장 검사하기까지 했죠. 그런데 이걸 보라고요!"

나는 그녀가 볼펜으로 죽죽 그은 부분을 읽어보았다.

"'마르티농이 제시한 단계적 판독의 방식을 페렝은 부정했다. 그녀는 조건적 정립에 바탕을 둔 복합적 이해만이 통합을 가능하게 하는 유일한 방법이라고 믿었다. 그녀의 이러한 믿음은 프리드리히 괴츠 학파의 일관된 학설을 반영한 것으로…….' '인간의 오류'의 대표적인 예로 논리학 교과서에 올려도 되겠네요. 이게 여기 있다는 걸 왜 못 알아차렸죠?"

"내가 놓친 게 아니에요!"

혜린은 이를 박박 갈았다.

"그 작자가 멋대로 삽입한 거예요! 그런 게 네 군데는 된다고요! 다 우리가 폐기 처분한 그의 옛 주장들을 살리려고 그런 거예요! 그 알량한 자존심 하나 건지려고 이따위 짓을 하다니! 미치겠어요. 재단장은 날 잡아먹으려고 들 거예요!"

최 교수가 점심을 다 먹고 들어왔기 때문에 그녀의 폭발은 간신히 멎었다. 그녀는 나중에 전화하겠다고 우물거리고 방을 나갔다.

"저 아가씨, 꽤 화가 났나 보군요. 무슨 일입니까?"

최 교수가 물었다.

"어떤 사기꾼한테 당해서 저런답니다."

내가 대답했다.

5.

스티브 초우는 계량윤리학적인 관점에서 보았을 때 결코 현대인이라고 볼 수 없었다. 그는 함무라비왕 치세의 입법관처럼 잔인하고 무자비했다. 나는 혜린이 영어로 번역한 정찬환의 논문을 읽으며, 그가 퍼부어 댔던 욕들을 잊을 수가 없다. 중국어에 그렇게 끔찍한 어휘들이 포함되어 있다는 사실을 그때 처음 알았다.

그해 12월, 《철학과 사상》은 논문 표절에 대한 특집 기사를 냈다. 혜린이 바쁘게 뛰어다닌 결과였다. 다른 사람들이 몇명 언급되어 있기는 했지만, 그 기사의 표적이 정찬환에 집중되어 있다는 사실을 알아차리지 못할 바보는 없었다. 더욱 안된 일은 그 모든 것이 사실이었다는 데에 있었다.

솔직히 말해 그가 좀 딱했다. 그에게 악의가 있었던 것은 아니었으니까. 고의가 아니었다고까지 말할 수 있다. 그는 단지 남의 두뇌로 생각하고 다른 사람의 혀로 말하는 수많은 사람들 중 1명에 불과했다. 하긴 그런 사람들은 처음부터 이 판에 뛰어들어서는 안 된다.

그는 결국 대학에서 쫓겨났다. 다음 해 5월, 그는 자기 방 샹들리에에 목을 맨 시체로 발견되었다. 처음에 그 소식을 들었을 때 나는 수치심에 자살한 것이 아닌가 했었는데, 소문통인 내 남편이 주워들은 믿을 만한 소식에 따르면, 올가미로 목을 죄고 자위행위를 하다가 발을 삐끗해 일어난 사고라고 한다.

혜린은 문책을 당하지 않았다. 오히려 반대로 초우는 그녀의 사후 처리에 꽤 만족한 모양이었다. 그녀는 1년 뒤 승진해 그레타와 직접 접촉하는 일을 담당하는 기밀부로 옮겨갔다.

"신탁을 전하는 무녀가 된 셈이죠."

내가 축하 전화를 하자, 그녀는 겁먹은 목소리로 대답했다.

초우는 최근에 시리즈 논문 〈위베르 마르티농과 신토미즘〉을 '마인드 네트워크'에 발표한 야노슈 콜타이가 어떤 악당인지 알아내려고 혈안이 되어 있다. 난 아직 그가 나라고 고백할 수 있을 만큼 용감하지는 않다.

정찬환의 작업은 게오르기 네메스쿠라는 루마니아 학자가 뒤를 이었다. 심심치 않게 그의 이름이 들린다. 꽤 잘하는 모양이다.

🐰　　　　〈그레타 복음〉의 원래 제목은 〈그레타
에서 내려온 복음〉입니다. 왜 이렇게 제목을 어
색하게 지었느냐, 그건 제가 어린 시절 열심히
읽었던 폴 클로델의 희곡 《L'Annonce faite à
Marie》의 한국어 제목이 《마리아께의 알림》이
었기 때문입니다(요새 번역제는 《마리아에게 고
함》입니다만). 그게 무슨 상관이냐고요? 그러게
요. 근데 당시에는 제가 좋아하는 작품 제목의 어
색함을 따라 하는 게 당연하다고 느껴졌습니다.
세상엔 이렇게 설명이 이상한 일들이 있습니다.
하여간 어색한 제목인 건 사실이라 단순하게 고쳤
습니다.

그냥 좀 농담 같은 이야기인데, 당시 제가 갖고 있었던
인문학자들에 대한 동족 혐오랄까, 그런 게 반영되었던
것 같습니다. 소칼 사건은 그 뒤에 터졌으니 이것과 큰
관계는 없습니다.

처음 글이 올라갔을 때 매 챕터 앞의 성서 인용
은 《공동번역성서》에서 가져왔습니다. 나름대
로 가톨릭 신자로서의 자존심이 있었으니까요. 하
지만 출판사에서 바꾸었습니다. 되돌릴까 생각했
었는데, 지금은 가톨릭교회에서도 이 번역을 쓰고
있지 않으니 별 의미가 없는 거 같습니다. 《공동
번역성서》는 인기 있는 번역은 아니고 왜 그런지
도 아는데, 그래도 제가 통독한 유일한 성서 번역
이라 나름대로 애착이 있고, 이 책이 겪은 일들을
생각하면 좀 애잔합니다.

이 이야기의 이름 없는 화자는 제가 듀나 이름으로
만든 첫 번째 인간 여성 주인공인가 봐요.

실제 철학자들 이름 사이에 은근슬쩍 들어가
있는 엘리엇 그로스브너(Elliott Grosvenor)란
사람은 밴보트의 스페이스 오페라
《스페이스 비글호의 항해(The Voyage of the
Space Beagle)》의 주인공입니다. 정보종합학
(Nexialism)이라는 수상쩍은 학문이 전공인 학
자죠.

네, 전 한국어가 우랄알타이어족에 속해
있다고 배운 세대입니다. ˆ⌄ˆ

선택> █

[ENTER] 를 누르십시오.

¶

¶

¶

¶

¶

내가 창문 근처에 가기도 전에 두 번째 돌멩이가 창틀에 부딪쳤다. 시계를 보니 새벽 2시였다. 나는 욕지거리를 내뱉으며 창문을 열었다.

두 손 가득히 돌멩이를 움켜쥔 올리버 홀 교수가 보도 위를 어정거리고 있었다. 그는 창문이 열린 걸 못 봤는지 세 번째 돌멩이를 들고 창문을 겨냥했다.

"열렸어요, 교수님! 열렸다니까요!"

내가 아래를 향해 외쳤다.

교수는 돌멩이들을 포석 위에 떨구더니 들여보내 달라고 손짓했다. 나는 고개를 끄덕이고 아래층으로 내려가 현관문을 열었다. 그는 쫓기듯이 안으로 뛰어들었다. 문을 닫으면서 나는 그의 한쪽 소매가 찢어진 것을 알아차렸다.

내 방 전등 빛 아래에서 보니 그의 꼴은 더 가관이었다. 얼굴은 피로 범벅되어 있었고 옷은 진흙투성이였다. 구두 끝이 터져나가 그 틈으로 시꺼메진 양말 끝이 보였다.

"붕대 있나?"

그가 물었다.

"총알이 손바닥을 스치고 지나갔어. 큰 상처는 아니지만 자꾸 피가 흐르네."

그는 왼손을 들어 다친 손바닥을 보여주었다. 나는 벽장 안에 든 응급 상자를 꺼내 그에게 내밀었다. 그는 내 손아귀에서 상자를 가로채더니 옥도정기와 붕대를 꺼냈다. 나는 그의 상처를 소독해 주고 붕대를 감아주었다. 묻고 싶은 말이 태산 같았지만 말을 걸 용기가 나지 않았다.

"놀랐지?"

붕대를 다 감은 홀 교수가 안도의 한숨을 내쉬면서 말을 꺼냈다.

"자네가 나를 전혀 좋게 생각하지 않는다는 걸 알면서도 이 꼭두새벽에 도움을 청하러 왔으니 말이야. 내가 왜 이 꼴이 되었는지 궁금하지 않나?"

나는 응급 상자를 주워 들며 고개를 끄덕였다. 교수는 두 팔을 의자 등받이에 걸고 히죽 웃었다.

"우리가 하고 있는 정부 프로젝트와는 관계가 없는 거야. 나는 과거와 미래로 여행할 수 있는 기계를 발명했네. 이름은 아직 안 붙였어. 뭐라고 부를까? 타임 트래블러? 타임 십? 내 이름을 따서 홀 머신이라고 부를 수도 있겠지. 어쨌든 허버트 조지 웰스 흉내를 내고 싶지는 않네."

내 턱이 떨어지는 소리가 들릴 지경이었다. 홀 교수의 입가에 커다란 주름이 잡혔다. 나는 그것이 미소라고 추측했다.

"당연히 자넨 못 믿겠지. 내가 농담한다고 생각하겠지? 하지만 사실이네. 시간이란 우리가 쉽게 지각하지 못하는 또 다른 차원에 불과해. 애벗의 《플랫랜드》를 생각해 보게. 시간이란 《플랫랜드》의 '위'와 같은 거야. 그 사실을 인식하면 나머지는 너무도 간단하네."

"그 기계가 정말 작동합니까?"

내가 물었다.

"물론."

그가 대답했다.

"첫 실험에서 그 기계는 내 회중시계를 태우고 30분 뒤의 미래로 갔다네. 30분 동안 사라졌다가 나타났는데 시계는 여전히 30분 전의 시간을 가리키고 있더군."

"과거로는요?"

홀 교수의 얼굴이 일그러졌다. 표정의 변화가 너무 극심해서 나는 등골이 오싹했다.

"'내'가 한 실험은 아니네. 하지만 성공했을 거야. 그래서 내가 지금 자네 방에 숨어 있는 거네. 빌어먹을!"

그는 주먹으로 의자 팔걸이를 내리쳤다.

"과거 여행은 미래 여행처럼 간단하지 않네. 기술적으로는 미래 여행보다 특별히 어렵지 않아. 하지만 논리적으로 따져본다면 풀기 힘든 패러독스가 과거 여행에 깔려 있다는 사실을 발견하게 될걸세. 생각해 보게. 내가 과거로 돌아가 내 부모님을 쏴 죽였다고 가정하세. 그렇게 되면 내가 존재할까? 아, 물론 쉽게 대답할 문제는 아니지. 인과율의 파괴란 꽤 복잡한 문제니까 말이야. 난 그래서 과거 여행은 잠시 보류하는 것이 낫겠다고 생각했지.

하지만 그 뒤의 미래에 무슨 일이 일어났음이 틀림없어! 저녁을 먹고 다시 연구실로 돌아가 보니 글쎄, 연구실에 기계가 2개나 있었단 말이네. 하나는 모서리가 부서진 채 옆으로 누워 뒹굴고 있었고, 다른 하나는 부서진 기계에 옆구리를 걸치고 기우뚱하게 서 있었네. 그리고 그 위 기계에는 바로 '내'가 사냥용 엽총을 들고 앉아 있었어.

내게 놀랄 여유도 주지 않고, 그는 나에게 총을 겨누어 두 발을 쏘았네. 한 발은 빗나갔지만 다른 하나는 내 손바닥을 스쳤어. 그가 세 번째 총알을 발사하기 전에, 나는 방에서 도망쳐 나왔다네. 쫓아오는 소리가 들렸지만 아무래도 필사적이었던 내가 빨랐지. 난 간신히 그를 따돌리고 버스를 탈 수가 있었네.

내가 본 남자는 분명히 '나'였어. 그는 미래에서 온 거야. 아마, 미래에서 무슨 일을 저지르고 과거로 도망쳐 온 것이 틀림없어. 정말 완벽한 도주 방법이 아닌가? 내가, 바로 '내'가 이 시간 속에 존재한다는 것만 빼곤 말이네. 한 시공간 속에 두 사람이 존재해서는 안 되지. 그래서 그는 나를 죽이려 한 걸세."

전부터 내가 홀 교수를 알고 있지 않았다면, 난 그가 미쳤다고 생각했을 것이다. 그러나 그는 어떤 일에도 정신이 나갈 사람이 아니었다. 그 정도로 그는 도덕적으로도, 정서적으로도 둔감했다.

"그래서 자네를 찾아왔네."

그는 동정을 구하듯이 양손을 쳐들고 말했다.

"그는 나에 대해 속속들이 아니까 내 친구들이나 동료들에게는 갈 수 없었어. 버스 안에서 계속 동전을 던져 자네를 선택했네. 그도 내가 어떤 식으로 생각할지 짐작할 수는 있겠지만 아무래도 찾는 데 시간이 좀 걸릴 거야, 하하!"

"제가 어떻게 해드려야 합니까?"

내가 조심스레 물었다.

"모르겠어, 어떻게 해야 하지? 자네 생각은 어떤가?"

나는 긴장으로 빨갛게 달아오르는 그의 살찐 얼굴을 보며 잠시 생각해 보았다. 그리고 벽장 속을 뒤져 보어전쟁 때 사용했던 내 군용 권총을 꺼냈다. 나는 권총이 장전되어 있는지 확인하고 그것을 안주머니에 집어넣었다.

"아직도 제가 도와주길 원하십니까?"

내가 물었다. 교수는 고개를 끄덕였다.

"좋아요, 나갑시다."

나는 교수의 어깨를 툭 치고 문을 열었다.

"어딜?"

"교수님 댁으로요. 그 악당을 한번 만나봅시다."

"지금은 안 돼! 그 녀석이 날 죽일 거야! 날 죽이려고 기다리고 있을 거라고!"

그가 발을 굴렀다.

"그도 교수님이 그렇게 생각할 거라는 것을 알고 있겠죠. 그도 역시 교수님이니까요. 그렇기 때문에 지금 오히려 방심하고 있을지도 모릅니다. 따라오세요. 시간 끌면 일이 더 복잡해집니다."

나는 그의 팔을 잡아끌고 계단을 내려갔다.

교수는 내 하숙집에서 일곱 블럭 떨어진 파크 레인의 대저택에서 살고 있었다. 도망치느라 꽤 멀리 돌아왔던 모양이다. 오후부터 내리던 비는 이제 그쳤지만 아직도 길바닥은 빗물에 젖어 미끄러웠다. 그의 옷이 왜 그렇게 엉망이 되었는지 짐작됐다.

그의 집은 일주일 전 체펠린 비행선이 가한 폭격으로 현관의 일부가 파괴되어 있었다. 문에 난 구멍은 널빤지로 막혀 있었고 임시방편으로 마련한 사슬 자물쇠가 달려 있었다. 교수는 주머니에서 열쇠를 꺼내 문을 열었다.

복도는 어두웠다. 내가 연구실이 어디냐고 묻자 교수는 손가락으로 복도 끝을 가리켰다. 문틈에서 빛이 새어 나오지 않는 걸로 보아 안의 불은 꺼져 있는 것 같았다. 나는 권총을 꺼내 들고 교수에게 문을 열라고 신호했다. 그는 덜덜 떨리는 손으로 손잡이를 잡아 비틀었다. 나는 방 안으로 뛰어들었다. 아무런 기척도 들리지 않았다. 나는 불을 켰다.

방 안에는 아무도 없었다. 바닥 위에 한 변의 길이가 5피트쯤 되는 정육면체 모양의 금속 상자 하나가 한쪽 모서리가 으스러진 채 뒹굴고 있었다. 교수의 '타임 트래블러'였다. 그 옆에는 교수의, 아니 또 다른 '그'의 사냥용 엽총이 떨어져 있었다. 나는 총이 장전되어 있는지 확인했다. 아직 두 발이 남아 있었다.

"그의 기계가 없어졌어."

교수가 지적했다.

"다른 시간으로 떠났나 봐."

"그렇지 않아요."

나는 조용히 반박하며 바닥을 가리켰다.

"끌린 자국이 보입니까? 저쪽 문으로 기계를 끌고 갔어요. 저 문 너머에는 뭐가 있죠?"

"그건 방으로 통하는 문이 아니야, 벽장이라고."

그가 신음했다.

나는 그에게 엽총을 던져준 다음, 권총을 움켜쥐고 벽장 쪽으로 천천히 다가가 문 옆에 붙어 섰다. 안에선 아무런 인기척도 들리지 않았다. 나는 문을 열어젖히고 권총을 안에 들이댔다.

두 번째 타임 트래블러는 윗면이 벽으로 향한 자세로 누워 있었다. 다리 하나가 착륙 때의 충격 때문인지 휘어져 있었다. 나는 다리 하나를 잡고 기계를 잡아당겼다. 기계는 예상보다 가벼워 거의 튕겨져 나왔다. 그 통 뒤에 감추어진 채 어설픈 자세로 서 있었던 시체가 픽하고 앞으로 쓰러졌다. 홀 교수였다. 아직 뜬 채로 멍하니 앞을 응시하는 두 눈 사이에 총알 자국이 하나 나 있었다. 목 옆에도 스친 자국이 하나 더 있었지만 두 군데 모두 출혈은 적었다.

찰칵하는 소리가 내 등 뒤에서 울려 퍼졌다. 나는 뒤를 돌아다보았다. 홀 교수가 내가 던져준 엽총으로 나를 겨냥하고 있었다.

"총을 버려, 멍청한 친구."

그의 말투는 삼류 악역 배우의 그것처럼 서툴고 우스꽝스러웠다. 나는 총을 떨어뜨리고 손을 들었다. 교수는 만족스러운 웃음을 지으며 나에게 다가왔다. 그는 내 발 옆에 놓인 시체의 얼굴을 힐끗 쳐다보더니 킥 웃었다.

"저 녀석은 자기가 왜 죽는지도 몰랐어."

그가 말했다.

"아까도 말했지만, 한 시공간 안에 같은 사람이 둘 있으면 좀 곤란하지. 하지만 그런 걸 일일이 설명해 줄 여유가 나에겐 없었거든. 안전장치를 풀고 기다리고 있다가 저 녀석이 들어오자마자 머리에 총알 구멍을 만들어주었지. 실수 따위는 일어날 리가 없었어. 난 녀석이 언제, 어떤 자세로 들어올지 알고 있었으니까. 당연하지 않은가. 녀석은 바로 나거든."

그는 재미있다는 듯이 다시 쿡쿡 웃기 시작했다. 나도 같이 웃어줄까 했지만 내 처지를 생각하고 그만두었다.

"자네에게 거짓말한 건 별로 없어."

그는 말을 이었다.

"이 시공간으로 내가 뛰어든 이유는, 전에 있었던 곳에서 내가 좀 곤란한 일에 휘말렸기 때문이었어. 뭔지 궁금하지? 가르쳐줄까? 바로 자네를 죽였다네!"

그는 총부리로 내 가슴을 쿡 찔렀다.

"자네를 말이야! 자네는 내일모레 내가 콘라트 폰 스트로나흐 대위와 연락을 취하고 있다는 사실을 알아차렸네. 제 딴에는 신사다운 생각이라고 생각하며 자넨 나에게 그 사실을 미리 알렸어. 자네가 의기양양한 태도로 뒤돌아서는 순간, 난 지팡이로 자네의 머리를 박살 냈지. 자네가 여기서 죽었다면 타임트래블러로 시체를 처리할 수 있었겠지만, 유감스럽게도 자네가 죽은 곳은 자네의 하숙집이었네. 그래서 내가 여기로 도망쳐 오게 된 거지. 증거를 입수하기 전에 자네를 우리 집에서 제거하려고 말이네. 어때, 전쟁 영웅. 죽을 준비는 되어 있나?"

나는 대답하지 않고 재빨리 그가 들고 있는 엽총의 총신을 움켜쥐었다. 그는 놀라 방아쇠를 당겼으나 찰칵거리는 소리만 날 뿐, 총알은 발사되지 않았다. 나는 엽총을 빼앗아 그를 후려쳐 쓰러뜨렸다. 그는 개머리판에 맞아 피가 터져 나오는 이마에 왼손을 갖다 대고 오른손을 재킷 안주머니에 집어넣었다. 나는 떨어져 있던 내 권총을 집어 들고 그의 머리에 두 발을 쏘았다.

그는 한번 꿈틀하고는 죽어버렸다.

나는 그의 재킷 안을 더듬어 장전된 리볼버를 꺼냈다. 원래 그는 이것으로 나를 쏘려고 계획했을 것이다. 하지만 내가 엽총을 던져주자(이미 그가 모르게 탄환을 빼낸 다음이었지만), 그는 내가 던진 암시에 말려들어 그 엽총을 사용하기로 마음먹었으리라. 아까도 말했지만 그는 둔감한 사람이었다. 그는 내가 눈치챘다는 사실을 조금도 몰랐다.

올리버 홀 교수가 독일 스파이와 내통하고 있다는 사실은 이미 공공연한 비밀이었다. 이미 나 말고 여러 사람이 그의 뒤를 파헤치고 있었으며, 다들 그의 짐작보다 그에 대해 훨씬 많이 알았다. 어차피 그가 교수형과 자살 중 어느 한쪽을 선택할 날은 점점 다가오고 있었다. 홀 교수가 내 하숙집 창문을 두드렸을 때, 나는 그가 모든 사실을 알아차리고 협상을 하러 온 줄 알았다.

내일모레 내가 그에게 그 모든 사실을 털어놓을 거라고? 내가 생각해도 바보 같은 짓이다. 아마 미래의 나는 그를 너무 깔봤었나 보다. 상관없다. 나는 나의 복수를 했으니까.

앞으로의 일은 간단하다. 나는 그가 내 시체를 처리하려고 짠 계획대로 두 홀 교수의 시체를 처리할 것이다. 이미 모든 것이 그에 의해 준비되어 있다. 쥐라기의 공룡들은 오늘(이런 표현이 적절하다면), 뜻밖의 성찬으로 포식하게 되리라. 최초의 타임 트래블러가 이런 쓸데없는 일에 사용된다는 것은 슬픈 일이지만, 어쩌겠는가?

🐇　　　〈도플갱어〉도 시간 여행 게임입니다. 타임머신을 타고 1시간 전으로 가서 자기 자신과 만나면 어떻게 될까. 전 이 이야기의 주인공 올리버 홀 교수를 그렇게 좋아하지 않는데, 악당이어서가 아니라 도대체 상상력이 없는 인간이기 때문입니다. "두 사람의 내가 같은 공간에 존재할 수 없으니 네가 죽어야 한다"는 너무 뻔하지 않습니까. 그냥 둘이 사이좋게 지내면 안 됩니까.

또 서양 남자들이 주인공인 이야기입니다. 단지 이번엔 핑계가 있습니다. 허버트 조지 웰스의 본류에 최대한 가까이 가고 싶었어요. 그래서 무대를 제1차 세계대전 당시의 런던으로 옮겼지요. 물론 제가 조금 더 똑똑했다면 굳이 무대를 영국으로 옮기지 않더라도 웰스와의 연결점을 찾아낼 수 있었을 것이고 그랬다면 더 재미있었을 겁니다. 제가 최근에 쓴 단편 〈화성의 칼〉에서는 정말 그렇게 했습니다.

이름 없는 화자는 10대 때 제2차 보어전쟁에 참전했습니다. 홀 교수도 멍청했죠. 사람 죽인 것으로 훈장 받은 사람을 그렇게 만만하게 보면 당연히 그 꼴이 납니다. 한 번 운이 좋았다고 그 운이 반복될 거라는 법은 없습니다. ╰(˘◡˘)╯

선택> █

[ENTER] 를 누르십시오.

¶
¶
¶
¶
¶

Oh, baby, baby, it's a wild world.

It's hard to get by just upon for a smile.

—⟨Wild World⟩

1.

"아, 요릭. 이 친구는 나도 안다네."

체스터필드 박사가 구식 영국 악센트를 우스꽝스럽게 섞어 가면서 말했다.

그의 손에는 18살쯤 된 소년의 머리가 들려 있었다. 아래 턱은 아랫입술과 함께 뜯겨져 나가고 없어, 마치 체스터필드의 손을 물어뜯고 있는 것처럼 보였다. 뽑혀 나온 왼쪽 눈알이 근육조직에 매달려 체스터필드 박사의 손이 움직일 때마다 시계추처럼 흔들렸다.

신경질적인 웃음들이 방 이곳저곳에서 새어 나왔다. 내 목구멍에서도 시들시들한 키들거림이 트림처럼 올라왔다. 나는 웃음을 씹어 삼키고 계속 이어지는 체스터필드의 웅변을 막았다.

"제발 자제하세요, 박사. 아래층에서 울고 있을 가족들을 생각해 봐요."

체스터필드는 연극배우처럼 나에게 허리를 꾸벅 숙이더니 들고 있던 머리를 봉지에 넣어 상자 안으로 집어 던졌다. 상자 안에는 머리 주인의 신체 나머지 부분들이 포장된 채 가지런히 쌓여 있었다.

우리의 법과학자 양반은 특별히 잔인한 사람도 아니며 유머 감각이 그로테스크한 쪽으로만 발달한 사람도 아니다. 그도 다른 사람들처럼 갈수록 끔찍해져만 가는 현장에서 어떻게든 제정신을 유지하고 싶어 하는 것이다.

카일렙 애더튼은 지난 두 달간 안케세나멘시(市)를 괴롭혀 온 연쇄 살인마의 다섯 번째 희생자였다. 살인마는 잔혹함의 한계를 실험하는 것 같았다. 첫 피해자는 단지 목이 뽑혀져 있을 뿐이었다. 두 번째 피해자는 오른쪽 하반신의 피부가 완전히 벗겨져 있었고 양 눈알이 뽑혀 나가고 없었다. 세 번째는 허리 부분에서 몸이 두 동강 나 있었고, 네 번째는 얼굴이 갈기갈기 찢겨 나간 데다가 양팔이 잘려 나갔다.

이번에 그는 피해자를 산 채로 찢어발겼다. 카일렙 애더튼은 사지가 뜯겨 나간 뒤에도 5분 이상 살아 있었다. 머리를 잘

라낸 것은 아마 피해자에게 보낸 작별의 키스 비슷한 것이었으리라. 피해자의 방은 온통 피투성이였다. 인간의 몸에서 어쩌면 이렇게 많은 피가 나올 수 있을까? 벽 군데군데 길게 탄 자국이 보였다. 카일렙 애더튼이 남긴 마지막 저항의 흔적이다. 그는 공작용 레이저 절단기로 그 살인범과 대항했다. 그의 손은 몸에서 떨어져 나간 뒤에도 절단기를 꽉 움켜쥐고 있었다.

나는 하나뿐인 창문을 통해 밖을 내다보았다. 이곳저곳에 서 있는 경찰차들과 차단 차폐막 때문에 주변은 어수선했다. 차폐막 너머로 구경 나온 사람들의 모습이 보였다. 카멘코비치가 주민 몇 명을 붙잡고 뭔가 열심히 캐묻고 있었다.

갑자기 작고 야무져 보이는 젊은 얼굴이 〈펀치와 주디 쇼〉에 나오는 인형처럼 창문 아래에서 쑥 솟아올랐다.

"도주 경로를 찾아내지 못했습니다, 부국장님."

배브콕이 사다리 위에서 균형을 잡으며 말했다.

"발자국도 없었고, 스누피도 아무 냄새를 맡지 못했습니다. 몰로토 부장님은 그럴 리가 없다고 하시지만 기계에는 아무 이상이 없습니다."

"탈취제의 흔적은?"

"그런 것도 없었습니다."

그녀는 사다리 아래를 맴돌고 있는 스누피를 한심스럽다는 듯 내려다보았다. "이 깡통 말로는 단지 냄새가 사라져 버린 거랍니다."

옛 미국의 고전 만화에 나오는 강아지 이름을 딴 스누피는 어떤 동물들보다 민감한 후각기관과 그 냄새를 분석할 수 있는 지능을 갖춘 경찰용 로봇이다. 이번 연쇄 살인 사건이 일어나기 전에는 그것의 성능을 의심한 사람이 아무도 없었다. 나 역시 스누피를 믿고 싶었다. 하지만 과연 그것이 가능한 일일까. 피해자의 피로 범벅이 된 살인마가 아무런 체취도 남기지 않고 도주한다는 것이?

몰로토 부장이 들어왔다. 그의 외투는 잔디와 피 얼룩으로 엉망이 되어 있었다. 코에도 검붉은 얼룩 하나가 묻어 있었지만 지적해 주는 사람은 1명도 없었다.

"흉기도, 발자국도 발견하지 못했습니다. 방범 비디오들을 뒤져야 할 판이지만 거기에도 단서가 나올 것 같지 않습니다. 지독한 놈입니다. 안케세나멘에 오신 소감이 어떻습니까?"

"베르소 국장이 신경쇠약에 걸린 게 이해가 되더군요."

부장은 킬킬거리며 웃었다.

"그 영감, 퇴직하는 즉시 네페르티티로 도망가 버렸지요. 잘한 일입니다. 이 꼴을 보았으면 정신병원에 들어갔어야 했을 테니까요."

나는 하늘을 바라보았다. 서쪽에서 먹구름이 몰려오고 있었지만 하늘은 그런대로 맑았다. 네페르티티의 태양도 안케세나멘 행성 하늘 어딘가에 떠 있었을 것이다. 하지만 경찰 수사로 대낮같이 켜놓은 조명등 때문에 안케세나멘시를 덮은 돔은 거울처럼 지상의 불빛을 반사하기만 할 뿐 내 고향 별의 빛을 보여주는 데엔 인색했다.

"이걸 봐요, 부장."

나는 부장의 팔을 잡아 창가로 끌고 갔다.

"사람 몸을 갈기갈기 찢을 수 있는 괴물이 어떻게 이 좁은 창문으로 도망칠 수 있다는 거죠? 창살 때문에 어린아이나 돼야 간신히 왔다 갔다 할 수 있는 정도잖아요."

부장은 어깨를 으쓱했다.

"그렇다면 이건 위장일지도 몰라요. 다른 출구는 없어요?"

"없습니다."

부장은 고개를 저었다.

"이곳 말고 다른 출구는 아래층의 현관밖엔 없습니다. 그런데 외부인이 가족들 중 누군가에게 들키지 않고 현관으로 빠져나갈 수 있는 방법은 없습니다. 이 집은 아이가 다섯입니다. 죽은 애를 빼고도 말입니다. 언제나 애들 중 하나는 거실에서 뭔가를 하고 있단 말입니다."

"하지만 창문으로 나가는 것 역시 말이 안 되잖아요!"

부장은 난들 어찌 알겠느냐는 듯 어깨를 으쓱해 보였다.

"이 미친놈은 전에도 불가능한 일을 많이 저질렀습니다. 피터 첸의 얼굴을 찢어발긴 곳은 밖에서 잠긴 은행 금고 안이었습니다. 카렐 루케시의 잘린 몸통은 돔의 깃대 위에 매달려 있었고 말입니다. 저도 겁이 납니다. 이게 정말 사람 짓인가 하고 말입니다. 소문 들으셨습니까? 안케세나멘의 원주민들이 아직도 살아 있어서 자기네 행성을 개조하려는 우리들을 절멸시키려고 한다는 겁니다."

"이 별엔 지적 생명체가 존재한 적도 없지 않았나요?"

"소문이란 게 다 그런 거 아닙니까? 네페르티티같이 안정된 행성과는 달라서 이런 개척지에는 별 유치한 미신들이 다 돌아다닙니다. 저도 여기 처음 왔을 때는 그런 것 따위엔 코웃음을 쳤습니다만, 지금은 그렇지도 않습니다. 아무래도 살아가는 게 불안해서 그렇겠지요."

체스터필드가 우리들 사이에 끼어들었다.

"자, 시체를 연구실로 가져가겠습니다. 하지만 방의 코팅들은 아직 벗기지 마십시오. 내일 아침에 연구원들을 보내겠습니다. 이번에도 허탕이겠지만 혹시 압니까? 전 가겠습니다. 부국장님도 돌아가서 좀 주무세요. 부임 첫날부터 골치 아픈 사건에 말려들어서 유감이군요."

그는 휘파람을 불면서 계단을 내려갔다. 내려가는 그의 뒷모습을 바라보던 나는 계단 난간에 기대어 서 있는 여자아이와 눈이 마주쳤다. 카일렙의 동생들 중 하나였다. 난 계단을 내려가 아이 옆에 앉았다. 꼬마의 얼굴은 눈물로 얼룩져 있었지만 더 이상 울고 있지 않았다.

"안녕." 내가 말했다.

"안녕." 꼬마가 대답했다.

난 그만 할 말을 잊어버렸다. 그리고 생각나지도 않는 걸 억지로 떠올리는 건 너무나 힘들었다. 난 아직 이 별의 시차에 익숙해지지 않아 지쳐 있었고, 갈기갈기 찢어진 시체를 보는 일도 참기 어려웠다. 나는 그냥 그 애에게 미소를 지어 보이고 두 손에 얼굴을 묻었다.

"아줌마도 경찰이에요?"

꼬마가 말했다.

"응."

난 얼굴도 들지 않고 대답했다.

"렉스가 오빠를 죽였나요?"

난 고개를 번쩍 쳐들었다.

"렉스가 누구지?"

"그냥 렉스예요."

꼬마는 우물거리더니 달아나 버렸다.

난 위층으로 뛰어 올라갔다.

"몰로토 부장, 렉스가 누구죠?"

"렉스? 처음 듣는 이름인데요."

"이 가족과 관련된 사람들 중 이름이 렉스인 사람 있어요?"

부장은 컴퓨터를 꺼내 자판을 두드렸다.

"아뇨, 없는데요. 전의 사건들에 관련된 사람들을 다 합쳐도 마찬가지입니다. 렉스란 사람은 없군요. 어디서 그런 이름을 들었습니까?"

"이 집 애들 중 하나에게서요. 렉스가 오빠를 죽인 거냐고 묻더군요."

누군가가 헛기침을 했다. 뒤를 돌아다 보니 배브콕이 문가에 서 있었다.

"저, 부국장님. 아까 어떤 애들이 이 집 맞은편 벽에 스프레이로 낙서를 하고 달아났습니다."

부장은 한심하다는 듯이 배브콕을 노려보았다. 하지만 그녀는 그를 무시하고 계속 말을 이었다.

"저도 처음엔 별게 아니라고 생각했습니다. 그런데 경감님이 '렉스'에 대해서 물으시길래…… 그 애들은 '렉스가 왔다 갔다'라고 썼거든요."

2.

"형편없는 직장이구나. 온 첫날부터 밤샘을 시키고."

124

아버지가 걱정스러운 얼굴로 말했다.

"전 경찰이에요, 아버지. 게다가 여긴 사람이 한참 모자라는 개척 행성이고요."

아버지는 오븐에서 막 꺼낸 효모 고기를 내밀었다. 입맛이 전혀 없었지만 억지로 접시를 끌어당겼다.

"살인 사건이냐?"

아버지는 앞치마를 풀어 접으며 물었다.

"누군가가 고등학교 레슬링 선수를 갈기갈기 찢어 죽였어요. 지금까지 비슷비슷한 또래 남자애들이 5명이나 그렇게 죽었대요."

"내게 알리바이가 있는 게 다행이다. 아니면 내가 제1용의자로 몰렸을걸."

아버지는 은퇴한 남자 고등학교 문학 교사였고, 지금은 젊은 시절을 그렇게 낭비한 것을 땅을 치며 후회하고 있었다.

"렉스라는 말을 들으면 뭐가 떠올라요, 아버지?"

내가 물었다.

"렉스(Rex)? 라틴어로 왕. 여성형은 Regina. 지구엔 티라노사우르스 렉스라는 공룡이 있었고, 슈퍼맨 만화의 악당 이름도 렉스 루터였지. 최초로 항성 간 루트를 운행한 워프 여객선이 외디푸스 렉스 5호. 그리고 티투스 렉스도 있군."

"다 알겠는데, 티투스 렉스는 뭐죠?"

"옛날 아이들 노래란다. 너같이 너무 빨리 어른이 된 애는 모르는 게 당연해. 〈갈라테이아 행진곡〉을 개사한 거다. 이렇게 시작되지."

티투스 렉스가 다가와
내 팔다리를 꽉 물었지
렉스의 목을 쥐고 눈을 들여다보니
머릿속은 비었고, 몸은 맹물로 찼어

"악몽에 시달리는 아이들을 위한 노래야. 꿈속의 괴물을 무서워할 필요가 없다는 내용이지. 소현아, 그 접시만이라도 깨끗하게 비우려무나. 몸도 엉망인데 아침까지 그렇게 시원찮게 먹으면 어쩌려고 그러니?"

나는 억지로 고기를 씹어 삼키고 경찰국으로 달려갔다. 비가 오고 있었다. 질산염을 가득 품은 빗줄기들이 돔을 두들겼다. 학교에 가는 아이들이 돔 위로 미끄러져 내리는 빗줄기를 올려다보며 웃었다. 난 아까 먹은 각성제가 말을 듣기를 간절히 바랐다.

체스터필드가 내 의자에 앉아, 영상 파일을 가지고 장난을 치고 있었다. 그는 내가 오자 허둥지둥 자리에서 일어났다. 이번 사건의 연구 결과도 저번 것들과 별로 다를 것이 없었다. 살인자는 엄청난 괴력의 소유자였고, 사용한 흉기는 반달 모양의 칼이었다. 그 괴물은 발자국도, 체취도, 흉기의 파편도 남기지 않고 탈출이 거의 불가능해 보이는 방에서 사라졌다. 살인범은 점차 잔혹해졌다. 처음 낸 상처는 깊이가 2센티미터밖에 안 되었지만, 맨 마지막엔 단칼에 얼굴을 두 동강 낼 정도였다.

"결국 사람이 아닐지도 모르겠군요."

내가 말했다.

"하지만 그럼 뭐겠습니까? 안케세나멘의 원주민이요?"

"아니면 로봇이거나."

"안케세나멘에는 그런 걸 만들 돈도 기술도 없습니다. 밖에서 수입하는 건 더 불가능합니다. 그리고 범인이 로봇이라도 밀실 문제가 해결되는 건 아니지요. 게다가 이상한 점이 하나 더 있다 이겁니다."

"뭐죠?"

박사는 홀로그램 뷰어를 조정했다. 피해자 방의 영상이 책상 위로 떠올랐다.

"우리는 남겨진 흔적들을 종합하여 컴퓨터로 살인 과정을 재구성했습니다. 여기 키가 크고 팔이 긴 쪽이 살인범이고 다른 하나는 피해자입니다."

책상 위에서 살인이 재현되었다. 살인범은 카일렙 애더튼의 몸을 집어 던지고 으깨고 찌르다가 마침내 갈기갈기 찢었다.

"눈치채셨습니까?"

박사가 화면을 정지시키고 물었다.

"모르겠군요. 뭐가 이상하죠?"

"다시 돌려보죠."

그는 파일을 뒤로 돌렸다.

"자, 여길 보십시오. 카일렙 애더튼은 공작용 소형 레이저로 반격했습니다. 자, 이 부분을 보세요. 이런 일이 가능합니까?"

"알겠어요!"

내가 외쳤다.

"살인범의 몸을 절단하지 않고는 맞은편 벽에 탄 자국이 이렇게 길게 남을 수가 없군요! 살인범은 애더튼을 들어 올린 자세로 있었고 애더튼은 위에서 아래로 쏘았으니까!"

"하지만 살인범의 몸은 두 동강 나지 않았단 말입니다. 그렇다면 어떻게 된 거냐 이거죠. 빛이 그냥 통과해 버린 걸까요?"

나는 자료 화면을 내보내던 홀로그램 뷰어를 껐다.

"체스터필드 박사님, 혹시 전에 렉스라는 이름을 들어본 적 있으세요?"

"모르겠는데요, 누굽니까?"

난 아무것도 아니라고 고개를 저으며 사무실을 떠났다. 회의실에서는 부장과 담당 형사들이 새로운 목격자를 심문하고 있었다. 목격자는 40살쯤 되어 보이는 아랍인 남자였다.

"……그래서 창문을 올려다보니 뭔가 커다란 것이 그 학생을 집어 올리더란 말입니다. 마치 원숭이 같더군요. 팔이 엄청나게 길었어요."

"범인의 모습을 보았습니까?"

"아뇨. 모습이 안개처럼 흐릿했습니다. 죽은 학생은 잘 보였는데……."

나는 손짓으로 부장을 불렀다.

"몰로토 부장! 카일렙 애더튼의 동생들이 다니는 학교가 어디 있는지 알아요?"

"투탕카멘 공원을 지나서 왼쪽으로 꺾으면 카나본 종합학교란 곳이 눈에 띌 겁니다. 학교는 그 근처에서 가장 큰 건물이니 찾기 쉽습니다."

고맙게도 그곳은 경찰국에서 두 블럭도 떨어지지 않은 곳에 있었다. 마침 쉬는 시간이었는지 아이들은 운동장에서 놀고 있었다. 바글거리는 아이들 중에서 내가 찾는 아이는 쉽게 구별되었다. 그 애는 구석 벤치에 쪼그리고 앉아 손가락으로 등받이를 기계적으로 문지르고 있었다. 나는 조심스럽게 다가갔다.

"안녕, 테사."

테사 애더튼은 표정 없는 얼굴로 나를 올려다보더니 다시 고개를 숙였다.

"어제 내게 해주던 이야기가 있었지."

나는 참을성 있게 말을 이었다.

"지금 해줄래? 렉스가 누구지?"

"렉스는 렉스예요."

그 애가 말했다.

절대로 거짓말이 될 수 없는 절대 진리의 문장이었지만, 그런 종류의 다른 문장들과 마찬가지로 그 말은 아무런 쓸모가 없었다.

"그 렉스가 누구니?"

"몰라요."

꼬마는 일어나 스커트를 탁탁 털더니 교실로 달아났다.

뒤에서 킥킥거리는 웃음소리가 들렸다. 9살쯤 되어 보이는 사내 녀석 하나가 이를 드러내고 웃고 있었다.

"저 앤 지금 기분이 엉망이에요. 렉스가 오빠를 물어 죽였거든요."

"렉스가 누군데?"

아이는 음산한 표정을 지으며 나에게 다가왔다.

"렉스는 팔이 이따만하고요(그 애는 새처럼 팔을 쭉 폈다), 입은 이만하고요(그 앤 두 손가락을 넣어 입을 잔뜩 벌렸다), 드라큘라처럼 박쥐 날개가 달렸어요(그 애는 이번엔 참새처럼 날갯짓을 했다). 좀 있으면 안케세나멘의 사람들을 다 잡아먹을 거예요."

"너도?"

"아뇨, 전 아니에요. 전 침대에 마늘을 매달고 자거든요."

아, 부장이 말했던 그 소문이로군. 난 조금 실망했다.

"어디서 그런 이야기를 들었지?"

"다들 그래요."

"진짜로 본 사람이 있대?"

꼬마는 심각하게 고개를 끄덕였다.

"루케시의 시체를 돔으로 끌고 가는 걸 본 애가 있대요. 그림하고 똑같이 생겼댔어요."

"그림?"

꼬마는 주머니에서 차곡차곡 접은 종이를 꺼내서 나에게 내밀었다. 꽤 그럴듯한 그림이었다. 그 그림에 따르면 렉스는 메기 같은 얼굴에 고릴라와 같은 상체를 하고 독수리처럼 생긴 다리와 박쥐 날개를 달고 있었다. 나는 렉스의 커다란 엄지손톱들이 마음에 들었다. 적어도 우리가 쫓는 살인범은 그와 비슷한 흉기를 사용하고 있었다.

"누가 그린 건지 아니?"

"몰라요. 하지만 이런 그림 많아요. 다들 비슷한 걸 가지고 다녀요."

"렉스를 본 사람이 또 있니?"

꼬마는 귀가 찢어지게 날카로운 목소리로 외쳤다.

"얘들아! 모두 이리 와봐!"

난 순식간에 일단의 비슷비슷한 또래 아이들에게 포위되고 말았다. 정보의 소나기가 침방울과 함께 내 얼굴에 쏟아졌다.

"난 렉스가 돔 밖을 기어가고 있는 걸 봤어요!"

"겐지 이시구로의 눈알을 뽑는 걸 본 애를 알아요!"

"렉스가 학교 건물 위로 날아가는 걸 분명히 봤어요!"

"내 손에 난 상처 좀 보세요. 렉스한테 쫓기다 난 거예요!"

"잠깐! 모두들 조용히!"

난 간신히 끼어들 수 있었다.

"모두들 조용히 해봐. 너희들 진짜 렉스를 보았단 말이야?"

"네!"

모두가 합창했다.

"렉스가 나는 걸 봤어?"

"정말이라니까요!"

"그럼 이상한데……. 이렇게 큰 몸집을 가진 동물이 이만한 날개로 날 수는 없단 말이야. 정말 나는 걸 보았니?"

"봤다니까요!"

꼬마들은 마치 이교도에게 자기의 신을 모욕당한 광신자들 같았다. 난 아이들에게서 얻은 무상 정보를 챙겨 들고 허둥지둥 학교에서 벗어났다.

경찰청으로 돌아오자마자 나는 몰로토 부장과 체스터필드

박사를 불러 챙겨 온 그림들을 내밀었다.

"휴우, 흉물스러운 그림이군요. 이게 뭡니까?"

내가 내민 그림들을 보자 체스터필드 박사가 말했다.

"어떤 정보에 따르면 이게 우리가 쫓는 살인범이라는군요."

"부국장님은 안케세나멘의 미신적 사고에 참 빨리도 적응하시는군요. 어디 좀 봅시다."

박사는 그림들을 한 장씩 넘겼다.

"흠흠, 손톱들이 그럴듯한데요……. 그리고 만약 이 괴물처럼 생긴 살인범이라면 바닥 근처에 난 가구 흠집 몇 개가 설명될 수도 있습니다. 이 새의 발톱이 긁었다고 하면 되니까요. 그런데 이건 도대체 어디서 구했습니까?"

"아이들에게서요. 그 애들은 이 괴물을 렉스라고 부르고 있어요. 이상한 소문이 아이들 사이에 퍼져 있나 봐요. 자칭 목격자라는 애들도 상당히 되고."

"진지하게 조사하고 싶으십니까?"

부장이 말했다.

"네. 특히 루케시의 시체를 끌고 가는 걸 본 목격자를요. 최초의 목격자예요. 이 소문의 출처와 신빙성을 조사하고 싶어요. 미친 짓 같지만 어차피 사람 짓이라고 생각하는 건 무리인 사건이에요. 모든 가능성을 더듬어봐야겠어요."

몰로토는 내 명령을 농담으로 여기지 않았다. 다음 날 우린

7명이나 되는 자칭 목격자들과 얼굴을 마주하게 되었다. 모두 11살부터 17살까지의 사내아이들이었다.

"렉스가 루케시의 시체를 돔 위로 끌고 올라가는 걸 본 사람이 누구지?"

부장이 말했다. 가장 나이가 많은 소년이 손을 들었다.

"전에도 렉스의 그림을 본 적이 있니?"

"아닙니다. 전 어린애들의 유언비어에 신경 쓸 여지가 없으니까요. 전 대기학생이라 바쁩니다."

"얼마나 자세히 보았지?"

부장이 계속했다.

"루케시의 잘린 허리에서 삐져나온 등뼈까지 보았습니다. 됐습니까? 우리 집은 공기정화 공장 바로 옆에 있어서 제 방 창문에서 돔 벽까지는 20미터도 안 됩니다."

"왜 신고하지 않았지?"

"박쥐 날개가 달린 고릴라 같은 괴물이 루케시의 몸을 끌고 올라갔다고 말입니까? 그런 신고를 한다면 믿으시겠습니까?"

"맞는 말이에요, 부장."

내가 끼어들었다.

"좋아, 언제 렉스의 그림을 보았지?"

"렉스를 목격한 지 이틀 뒤입니다. 동생이 보여주었습니다."

"똑같았어?"

"아뇨, 색깔이 좀 달랐습니다. 제가 본 건 포도 맛 젤리처럼 좀 투명한 느낌이 들었습니다. 그래서 그 그림을 수정해서 블랙 네트에 올렸습니다. 블랙 네트란 몇몇 애들끼리 모여서 만든 비밀통신망입니다. 다른 아이들이 가지고 다니는 그림들도 다 거기서 나오는 거죠. 원래는 렉스가 아니라 좀 긴 이름이라죠? 머리 나쁜 애들이 앞의 이름을 잘라먹었을 겁니다."

"렉스의 풀 네임을 알아?"

"무슨 오페라에 나오는 이름과 같았습니다. 피가로던가? 이건 아니고, 레포렐로도 아니고…… 돈 조반니도 아니고…… 에잇! 뭐더라? 모차르트 오페라에 나오는 이름인데……."

"티투스?"

소년은 손바닥으로 자기 이마를 세게 쳤다.

"맞아요, 티투스 렉스! 티토 왕. 물론 오페라처럼 자비롭지는 않겠죠. 오페라 내용과는 전혀 무관한 이름이랍니다. 옛날 로마 성군에서 유행하던 만화에 나오는 악당 이름이래요."

"아이들 노래 제목이 아니었어?"

"흠…… 그럼 그런 노래도 있나 보죠."

나머지 애들에게서 얻어낸 정보들도 비슷했다. 단지 그 애들은 목격 전에 렉스에 대해 미리 알고 있었을 뿐이다. 나는 목격담들을 정리한 뒤, 아이들을 경찰 심리학자들에게 보냈다. 2시간 뒤, 심리학자 1명이 검사 결과 그 애들이 다소 흥분한 상태이기는 하지만 거짓말을 하는 것은 아니라고 보고했다. 하지만, 그는 그렇다고 그 사실이 아이들이 렉스를 정말로 목격했다는 것을 증명하지는 않는다고 덧붙이는 것을 잊지 않았다.

경찰 데이터베이스와 블랙 네트를 검색해 보았지만 허사였다. 안케세나멘의 주민들은 대부분 이주자들이어서 항성 간 네트워크에 접속해야 했는데, 아직 이 행성의 초공간 통신망은 제한적으로밖에 작동하고 있지 않았다

"내무부에서 통신망을 사용할 때 함께 전송받을 수 있도록 조치를 취할까요? 이틀이면 될 텐데?"

몰로토 부장이 말했다.

"그만둬요. 정보통을 하나 아니까요."

"그건 또 누굽니까?"

"우리 아버지."

30분 뒤, 아버지가 갈색 소스 얼룩이 덕지덕지 묻은 작업복을 손가락으로 문지르며 경찰국에 들어섰다.

"그 학생 말도 맞습니다."

아버지는 경찰국 직원들을 불러모으더니 전직 교사티를 팍팍 내면서 설명하기 시작했다.

"티투스 렉스는 만화 주인공이기도 하며 악몽에 나오는 괴물 이름이기도 합니다. 더 정확하게 말하자면 그 괴물에 만화 주인공의 이름을 붙인 겁니다.

이 모든 일들은 100년 전 로마 성군의 루크레치아란 별에서 시작되었습니다. 당시 그 별에서는 10대 청소년들이 집단 히스테리 증상을 일으킨 적이 있었습니다. 아이들은 박쥐 날개를 단 기괴한 모양의 괴물이 친구들이나 가족들을 학살하는 것을 꿈속에서 보았는데 꿈이 얼마나 생생했던지 몇몇은 쇼크로 죽기까지 했습니다. 결국 그 모든 소동은 뇌에 기생하는 토착 바이러스에 기인한다는 사실이 밝혀졌고 치료 약과 백신도 발견했지만 그것으로 끝난 것은 아니었습니다. 아이들은 그 뒤에도 악몽에 시달렸고 부모들과 우리 같은 선생들은 애들에게 만약 꿈속에서 그 괴물을 만난다면 도망치지 말고 정면으로 쳐다보라고 충고해야 했습니다.

내 딸이 노래 하나를 여러분에게 들려주었을 겁니다. 그 노래 역시 그런 노력의 결과 중 하나였습니다. 그 노래를 개사한 사람은 괴물의 이름이 필요했고 그래서 인기 있는 만화의 악역 이름을 훔친 것입니다. 하지만 그런 그의 노력은 오히려 존재하지 않는 괴물을 항성 간 전설 속에 풀어놓는 결과를 초래하고 말았습니다.

내가 결혼 전에 로마 성군에서 교사 노릇을 하고 있을 때도 티투스 렉스는 아이들에게 유명했습니다. 몇몇 미신들도 기억나는군요. 마늘을 창문에 매다는 것은 미신에 따른 예방법 중 하나입니다. 보다 끔찍한 것으로는 티투스 렉스를 불러내 못된 애들을 혼내주는 방법이 있습니다. 증류수와 암모니아, 썩은 압축 단백질을 이용하는 상당히 불쾌한 의식인데…….."

40여 분에 걸친 아버지의 설명이 끝나자, 우리는 모두 렉스의 기원과 역사에 대해 1000바이트 이내로 리포트를 작성해 아버지에게 제출해야 할 것 같다는 의무감에 사로잡혔다.

"루크레치아에서 이주한 아이 하나가 그 소문을 퍼뜨린 모양이군요"

아버지가 사무실을 떠나자 내가 입을 열었다.

"마침 연쇄 살인 사건이 일어나 티투스 렉스의 전설이 다시 안케세나멘의 아이들 사이에서 부활한 것이겠지요. 하지만 지금 일어나는 살인 사건들과 이 미신은 대체 어떤 연관성이 있는 걸까요?"

"어떤 연관성이 있건, 시장은 이 이야기를 결코 좋아하지 않을 겁니다."

부장은 쓸쓸하게 웃으며 말했다.

부장 말이 옳았다. 시장은 우리의 보고를 듣자마자 고래고래 고함을 지르기 시작했다. 그를 이해할 수 있었다. 신생 식민지의 정치가들이 대개 그렇듯이 그도 잘못하면 식민지 계획이 완전히 무산될지도 모른다는 불안에 휩싸여 있었다. 게다가 안케세나멘의 행성 개조는 계속 난관에 부딪치고 있었다. 내가 들은 바로는 개조가 당초 계획보다 15년 이상이나 늦어질 것이라고 한다. 이런 통에 괴물 소동까지 끼어든다면 정치가로서의 그의 앞날은 캄캄해지고 만다.

우리는 비밀을 지키려고 애를 썼지만, 경찰이 초능력을 가진 괴물을 찾고 있다는 소문은 순식간에 퍼져나갔다. 더 이상 렉스는 아이들이 만들어낸 괴물이 아니었다. 어른 목격자들이 하나둘씩 경찰국을 찾아왔다. 언론에서도 진지하게 렉스에 관한 기사를 다루기 시작했다. 도시는 점차로 패닉 상태에 빠져들었다.

공황은 여섯 번째 희생자인 쩐 반 즈의 몸 조각들이 카나본 스트리트에 삐라처럼 뿌려졌을 때 절정에 달했다. 13명의 목격자가 렉스를 보았다. 그들은 렉스의 웃음소리를 들었고, 렉스가 고릴라같이 커다란 손으로 전 안케세나멘 시립고등학교 축구 영웅의 발버둥치는 몸에서 목을 잡아 뜯는 광경을 보았다.

난 적어도 그들 중 한 사람의 말만은 믿을 수밖에 없었다. 그녀는 힐다 배브콕이었다. 공포로 정신없이 울부짖는 배브콕을 달래면서, 나는 그녀에게 일주일 유급휴가를 허락하는 문서에 서명했다.

3.

시장과의 면담을 마치고 시청에서 돌아와 보니, 카멘코비치가 40살쯤 되어 보이는 자그마한 여자와 실랑이를 벌이고 있었다.

"저기 왔잖아요!"

여자는 통통한 손가락으로 나를 가리키더니 나한테 달려왔다.

"이봐요! 신소현 씨! 당신 신소현 씨 맞죠! 나도 같은……."

카멘코비치가 허둥지둥 해명했다.

"이 숙녀분이 1시간 전부터 여기 와서 부국장님을 만나겠다고 이럽니다. 용건을 물어도 그냥 다짜고짜 부국장님부터 만나겠다는 겁니다."

"난 책임자에게 직접 말해야 해요! 게다가 당신은 나처럼 한국 사람이니까 당신에게 말해야겠어요. 내 명함 보여줘요?"

그녀는 핸드백에서 플라스틱 명함을 꺼내 내 코앞에 내밀었다. 카멘코비치가 그것을 빼앗아 대신 읽었다.

"'조진숙 교수, 네페르티티 대학 초심리학 연구소.'"

"난 사기꾼도 가짜도 아니에요. 시시껄렁한 잡소문이나 퍼뜨리고 다니는 잡것들과는 달라요. 진짜 학자라고! 난 정말로 중대한 정보를 전해주러 비싼 돈을 들여 이 외딴 행성으로 날아온 거예요."

"사무실로 들어오시겠어요?"

내가 권했다.

"역시 당신이 내 말을 들어줄 거라는 걸 알았다니까!"

그녀는 엄청나게 커다란 목소리로 외치더니 사무실 문을 열고 자기가 먼저 들어갔다. 몰로토와 나는 좀 황당한 기분으로 그녀의 뒤를 따라갔다.

"당신들 요새 사람 죽이고 다니는 괴물 때문에 고생 많죠?"

그녀는 알아서 내 의자에 척 앉으며 말했다.

"네, 도와주실 수 있으세요?"

"물론이죠. 난 그 괴물의 정체를 알고 있거든요."

"뭐죠?"

"아, 간단해요. 폴터가이스트랍니다."

몰로토가 뒤에서 껄껄 웃었다.

"폴터가이스트가 하늘을 날아다니면서 사람 몸을 갈기갈기 찢었단 말입니까?"

조진숙 교수는 몰로토의 웃음에도 눈썹 하나 까딱하지 않았다.

"재미있는 걸 하나 보여드리죠. 경찰관 나으리."

그녀는 주먹 쥔 오른손을 꼭 '하일 히틀러'라도 하려는 듯이 위로 쳐들더니 갑자기 고함을 빽 질렀다. 놀랍게도 허공에서 작은 모래알 비슷한 것이 나타나 자르르 책상 위에 떨어졌다. 나는 그것들을 손가락으로 만져보았다. 그것은 진짜 모래처럼 단단했지만 내가 조금 힘을 주어 누르자 작은 스파크를 내면서 사라져 버렸다. 교수는 웃으면서 주먹을 폈다. 손바닥 위에는 조약돌만 한 작은 기계가 들려져 있었다.

"네페르티티에선 이렇게 큰 것들을 만들어내지 못해요."

교수가 설명했다.

"나는 지성체의 상념들을 물화시킬 수 있는 정체불명의 장에 대해 연구하고 있어요. 우린 이걸 초월장이라고 불러요. 제가 가지고 있는 이 기계는 인간의 뇌파와 유사한 파장을 발산할 수 있게 고안된 것이에요. 안케세나멘의 장은 이집트 성구뿐만 아니라 지금까지 발견된 어떤 사례들보다 강력해요. 우리 연구원들은 한 달 전부터 이 행성의 장을 조사하고 있었어요. 내가 왜 이 행성에 관심을 가지고 있는지 이제 알겠어요?"

"그것 때문에 이 살인 사건이 일어난 겁니까?"

부장이 물었다.

"그래요. 일반적인 폴터가이스트 현상과 원인은 같아요. 하지만 이 모든 것의 원인이 되는 사람이 있어요. 아마 사춘기를 넘어선 10대, 여자보다는 남자, 정신적인 스트레스를 받고 있는 인물…… 그리고 살해된 6명의 피해자와 어느 정도 관계가 있는 사람일지도 모르죠. 특히 초기에 살해당한 사람들과 관련이 있을 것 같아요. 당신들은 피해자들의 연관성에 대해 조사해 보았나요? 특히 정서적 연관성을요."

우리는 고개를 저었다. 조 교수는 의자를 뒤로 젖히고 일어났다.

"아마도 정서적으로 상당히 불안정하고 여러 면에서 억압받고 있는 아이일 거예요."

그녀의 목소리는 상당히 연극적이었다.

"지적 우월감에 차 있을지도 몰라요. 하지만 자신의 능력은 우월감에 따라가지 못하고, 텅 빈 자만심 내부에는 근원적인 열등감이 내재되어 있겠죠. 적어도 내가 연구한 아이들 중 하나가 그랬어요. 우리 연구에 따르면 구체적인 관념만이 초월장을 건드려 물화를 시킬 수가 있어요. 초월장은 접시를 깨뜨리거나 벽을 두드리는 단순한 현상을 확산시키지는 못해요.

언젠가부터 그는 자기가 싫어하는 사람들을 찢어발기는 괴물을 상상하기 시작했겠죠. 자기보다 더 사회에 잘 적응하는 사람, 자기보다 지적으로 훨씬 열등한데도 더 인정받는 사람, 자신의 우월성을 인정해 주지 않는 모든 사람들을 머릿속에서 죽였던 거죠. 그리고 그 괴물이 그들을 물어뜯는 걸 상상하며 속으로 즐겼을 거예요.

그러나 그런 정도만 가지고는 이렇게 큰 사건은 일어나지 않아요. 그는 그 괴물에 이름을 붙이고, 그림을 그려 네트워크에 올렸죠. 그는 괴물을 이슈로 만들었어요. 그의 환상이 가상 공간에서나마 현실화되는 것을 보며 그는 더욱 짜릿한 쾌감을 느꼈을 테고 그와 동시에 그의 환상은 구체화되기 시작했죠. 그러다 어느 날 환상이 현실로 나타났지요. 그가 씨를 뿌린 관념이 아이들의 집단의식의 힘을 빌려 생명을 얻게 된 겁니다.

괴물의 존재를 믿는 아이들이 늘어날수록 괴물은 점점 더 강해졌을 거예요. 어른들에게까지 그 이야기가 알려지자 괴물은 더 힘이 세졌겠죠. 그러니까 여섯 번째 살인에는 당신들도 어느 정도 책임이 있다고 봐야 해요. 렉스를 대중에 노출시켰으니까.

지금 그는 어떤 기분일까요? 처음에는 자신의 환상이 사실로 변하는 것을 보고 놀라고 두려워했겠지만 지금은 분명히 자신이 휘두르는 권력에 도취되어 있을 겁니다. 당신들이 그를 제지하지 않는다면 살인은 계속될 것이고 렉스는 더 잔인해지겠죠. 지금 그는 신이며…….”

나는 자신의 연설에 도취되어 있는 조 교수를 지상으로 끌어내렸다.

“멋진 이야기군요. 그런데 그건 모두 교수님의 상상에 불과하지 않습니까? 우리의 수사에 교수님의 환상이 어떤 도움을 줄 수 있다는 거지요?”

교수는 한심하다는 듯 양미간을 찌푸렸다.

"이런 종류의 능력을 가진 사람은 얼마 되지 않아요. 분명히 폴터가이스트 현상이나 염력에 대한 기록이 남아 있거나 유사한 소문들이 떠돌고 있을 거예요. 안케세나멘시는 안케세나멘 행성의 유일한 도시이고 인구도 58만 명밖에 안 되죠? 그런 소문들을 조사하는 건 어렵지 않아요. 그리고 거기서 뽑아낸 용의자들과 피해자들과의 관계를 조사해 보세요. 그러면 손으로 꼽을 정도의 용의자들만 남죠. 그들을 경찰국으로 데려오면, 짠! 내가 용의자를 찾아내는 거예요."

몰로토는 무표정한 눈으로 나를 내려다보았다. 나는 고개를 끄덕였다.

"한번 해보기로 합시다. 생각할 수 있는 모든 가능성을 짚어봐야 하니까요. 그리 오래 걸리는 작업도 아니겠고요. 게다가 밀실 문제를 해명할 수 있는 유일한 가설이군요."

"역시 동포끼리는 말이 통한다니까!"

조 교수는 돔이 무너질 정도의 큰 소리로 외치더니 그 조그만 몸에 비해 터무니없이 센 힘으로 내 어깨를 탕 쳤다. 신음이 나왔다. 이 우주 식민 시대에 아직도 민족이나 동포 따위를 찾는 사람들이 한국인들 외에 또 있을까?

우리는 내무부 관리들과 대판 싸우고 나서야 간신히 초공간 통신망의 사용 권한을 얻어냈다. 몰로토는 조 교수의 도움을 받아 검색 조건을 입력했다.

컴퓨터는 다른 행성에 남아 있는 안케세나멘 시민들의 자료들을 검색해, 47건의 초심리학적 사례를 보고했다. 그 사건에 관련된 사람들 중 4명이 렉스의 피해자들과 직간접적으로 관련을 맺고 있었다. 나는 그들에 대한 자료들을 프린트해서 교수에게 넘겨주었다.

"막스 홀링거…… 행성 개조사…… 47세…… 독신…… 이 사람은 아니에요."

교수는 페이지를 한 장 한 장 넘기면서 말했다.

"나이가 너무 많아. 그리고 염력 사례가 꽤 오래전의 일이군요. 아쿠토 히로시…… 두 번째 희생자의 양부…… 역시 아니에요……. 이 사람은 정신분열증 환자인데 우리가 찾는 사람은 그래선 안 되죠. 이 일본 사람과 같은 증상의 환자는 정신을 한 군데 집중시킬 수 없어요. 카롤린 베이유…… 17살…… 나이는 그럴싸하지만 여자군요. 게다가 이 학생은 지금 정서적으로 아주 안정되어 있고요. 사례도 초기고."

"한 사람 남았습니다. 패러몬드 해리스틴. 18살. 대기학생. 이 녀석 같습니까?"

몰로토가 독촉했다.

"나이는 적절해요……. 그런데 '대기학생'이 뭐죠?"

교수가 물었다.

몰로토는 한숨을 내쉬었다.

"이 행성엔 대학 같은 고등교육기관이 없습니다. 그리고 다른 행성의 많은 대학들은 우리 고등학교의 성적을 인정하지 않고 있습니다. 그러니 거기 들어가기 위해서는 그 대학에 가서 직접 시험을 쳐야 하는데, 그런 시험공부를 하는 애들이 대기학생입니다."

"더욱 그럴싸하군요. 대기학생들은 대부분 상당한 스트레스를 받겠죠?"

"내 딸애가 바로 지금 그런 상태입니다."

부장은 간단히 마무리 지었다.

"게다가 이 친구는 첫 두 피해자와 같은 학교에 다녔군요. 앞의 두 사람같이 피해자와 친척인 경우보다, 친구인 경우가 정서적 갈등이 더 심하죠. 게다가 대부분 이성보다 동성에게 경쟁의식을 느끼는 법이니까. 경감, 나 같으면 해리스틴을 불러오겠어요."

나는 외투를 챙겨 들고 일어났다. 나와 몰로토는 의기양양해 있는 조 교수를 방에 내버려두고 밖으로 나섰다.

"저 여자의 말을 믿습니까?"

몰로코가 차 문을 열며 물었다.

"다른 방법이 있나요, 부장? 흠…… 패러몬드 해리스틴은 어디서 살죠?"

"도시 끝입니다. 폐금속 처리 공장 옆에 있죠. 아버지가 그 회사의 경영부에서 일합니다."

　말이 도시 끝이지, 전기자동차로 가면 15분밖에 안 걸린
다. 나는 차 안에서 해리스틴에 대한 자료를 대충 훑어보았다.
흥미로운 사실이 하나 더 눈에 띄었다. 이 녀석은 루크레치아
출신이었다. 어렸을 때 누군가에게서 티투스 렉스에 대한 이야
기를 들었던 것일까. 그래서 그것을 무의식적으로 꿈속에서 되
살렸다?

　갑자기 부장이 브레이크를 밟았다. 나는 그 반동으로 앞좌
석에 머리를 박았다. 부장은 손가락을 뻗어 공장 근처에 서 있
는 사람을 가리켰다.

　"저 녀석이 패러몬드 해리스틴입니다! 어이!"

　그는 사진보다 야위고 키가 더 커 보였다. 해리스틴은 차에
서 내려 그에게 다가가는 거구의 흑인을 잠시 바라보더니 갑자
기 달아나기 시작했다. 부장은 욕을 퍼부으며 그의 뒤를 쫓았
다. 그는 공장 옆의 작은 건물로 도망쳤다. 나는 부장의 뒤를
따라 그 건물 안으로 뛰어 들어갔다.

　건물 안은 생각보다 넓었다. 지상에 나온 부분은 거대한 지
하 구조물의 입구에 불과했던 것이다. 그곳은 고철 집합장이었
다. 잡다한 폐철들이 좁은 통로 몇몇만 남기고 공간을 가득 메
우고 있었다.

　"패러몬드 해리스틴!"

부장이 외쳤다.

"당장 나와! 아무도 널 해치지는 않아."

쿵쿵거리며 멀어지는 발자국 소리가 답변이었다. 나는 열선총의 안전장치를 풀고 그쪽으로 뛰어나가려는 부장의 팔을 잡았다.

"거기로 가는 건 위험해요, 부장! 교수 말이 옳다면 그는 자기 마음대로 렉스를 불러낼 수도 있을 거예요. 출구를 봉쇄하고 지원을 요청하는 편이 좋겠어요!"

"그러는 동안 달아날지도 모릅니다!"

그는 반대했다.

"중앙 컴퓨터에 명령해서 밖으로 나가는 모든 출구를 봉쇄하면 되잖아요!"

"그럴 수가 없습니다! 여긴 통신 차단 지역입니다. 아직 안케세나멘의 도시 통제 시스템은 완결되지 않았다고요! 이런 차단 지역을 이용해 비행장으로 도망친 녀석들이 한둘이 아닙니다."

"어쨌든 지원을 요청하겠어요."

나는 무전기를 켰다.

갑자기 찢어지는 듯한 비명 소리가 들렸다. 비명은 집합장의 공간을 울리면서 끝없이 이어졌다. 부장은 내 팔을 뿌리치고 비명이 들리는 쪽으로 달려갔다. 나는 비상 신호를 내린 다

음 그의 뒤를 따랐다. 단거리선수처럼 질주하는 그를 쫓아가려
니 숨이 턱까지 올라왔다.

부장의 질주는 한 폐철 무더기 옆에 도착해서야 간신히 멎
었다. 나는 헐떡이며 그에게 다가갔다. 부장은 말없이 아래를
가리켰다.

패러몬드 해리스틴의 몸이 바닥에 늘어져 있었다. 그의 시
체는 저번 피해자들처럼 난도질당하지는 않았지만 두개골을 포
함한 몸 안의 모든 뼈들이 으스러져 있었다. 옷이 갈가리 찢겨
나간 데다가 머리부터 배꼽까지 난 길고 깊은 상처 속에서 내
장들이 삐져나와, 시체는 마치 3차원 인체 해부도처럼 보였다.

"그 할멈 말이 틀렸군요."

그가 말했다.

4.

"이상해요."

"뭐가 말입니까?"

"렉스는 언제나 살인을 즐겼잖아요. 그런데 이번엔 아주 간
단히 처리했어요. 처음부터 머리를 짓뭉갰군요. 나머지 상처들
은 모두 죽은 다음에 생긴 거예요. 왜 그랬을까요?"

"우리가 쫓아왔으니까 그런 거 아니겠습니까?"

"렉스가 두려울 게 뭐가 있어요? 저번에도 목격자가 13명이나 있었지만 그 녀석은 전혀 신경도 안 썼어요."

부장의 숨이 멎었다. 그의 움직임은 갑자기 고양이처럼 조용해졌다.

"부국장님?"

그가 속삭였다.

"네?"

"아직 그 녀석이 여기 있습니다."

온몸이 얼어붙었다. 모든 신경이 오감으로 몰려갔다. 나는 허리춤을 더듬어 열선총을 꺼내며, 지금 내가 느끼고 있는 것이 어떤 감각인지를 알아내려고 기를 썼다. 한참 만에야 해답이 나왔다.

후각이었다. 초산 냄새. 시큼하고 친숙하면서도 어딘가 잔인한 느낌이 드는 상쾌한 냄새. 그리고 그것은 피비린내와 섞여 있었다.

'말도 안 돼.' 나는 생각했다. 렉스는 냄새가 없다. 묻은 피마저도 육체가 해체될 때마다 떨어져 나가 스누피조차 체취를 찾아내지 못하지 않는가. 그렇다면 이건 렉스가 아니다. 냄새와 함께 우리에게 다가오는 이 묵직한 진동의 주인은 렉스가 아닌 다른 것이다.

그러나 그것은 렉스였다.

렉스는 더 이상 아이들의 그림에나 등장하는 만화 주인공이 아니었다. 그것의 커다란 입도 메기입을 그대로 본뜬 것이 아니었고, 그것의 커다란 팔도 우둔한 고릴라 팔을 베낀 정도가 아니었다. 렉스의 모든 부분은 렉스의 것이었다. 그것은 짜깁기한 그림이 아닌, 렉스 그 자체였다.

그 괴물은 두 팔을 흔들며 천천히 폐철 통로에서 걸어 나오고 있었다. 한 발자국씩 걸을 때마다 쿵쿵거리는 소리가 우리의 온몸을 진동시켰다.

몰로토가 열선총을 들어 렉스를 쏘았다. 하지만 렉스는 홀로그램 영상처럼 끄떡없었다. 광선은 그것에게 아무런 영향도 미치지 못하고 그대로 통과해 버렸다. 뒤에 이어진 우리의 무차별 난사도 괜스레 그것의 화만 돋구었을 뿐 긁힌 자국 하나 내지 못했다.

그것은 캑캑 소리를 내면서 우리에게 다가왔다. 젤라틴처럼 끈끈한 액체가 온몸에서 끊임없이 흘러내렸지만 액체는 한 방울도 바닥에 떨어지지 않았다. 가끔 그것이 손으로 더듬는 폐철에도 액체는 전혀 묻어나지 않았다.

"달아나요, 몰로토!"

몰로토는 간신히 렉스의 팔에서 벗어났다. 그는 폐철 사이에 몸을 던졌다. 렉스는 컥컥거리며 뒤를 따랐다. 부장이 도망치는 폐철 사이의 틈은 사람 둘이 간신히 끼어 설 수 있을 만큼 좁았다. 하지만 렉스의 거대한 몸은 전혀 변형을 일으키지도 않고 그 사이를 미끈하게 누볐다. 그것의 몸은 고철들 사이를 그림자처럼 통과했다. 나는 소용없다는 것을 알면서도 렉스의 머리에 계속 총을 쏘아댔다. 마침내 부장은 막다른 길에 도달했다. 렉스의 팔이 쳐들렸고 휙 소리와 함께 핏줄기가 솟구쳤다.

"멍청한 메기 같으니!"

나는 고함을 질렀다.

"넌 눈도 없어? 네 붕어눈에는 저 덩치 큰 남자밖에 안 보이니? 이 장님아! 나한테도 덤벼!"

내가 생각해도 그건 미친 짓이었다. 그러나 다행히 효과는 있었다. 렉스는 부장의 몸을 집어 던지고 나에게로 걸어왔다. 나는 천천히 뒷걸음질 치다 달아나기 시작했다. 갑자기 아버지가 불러주었던 노래가 떠올랐다. '티투스 왕이 다가와 내 팔다리를 꽉 물었지. 렉스의 목을 쥐고 눈을 보니……'

나는 달리면서 손목에 찬 초음파 반향기를 작동시켰다. 잘하면 렉스를 처치할 수 있을지도 모른다. '하느님, 그런데 이게 정말 저 괴물에게 먹혀들기나 할까요?'

렉스의 속도는 점점 빨라졌고, 발걸음에는 점점 무게가 실렸다. 두어 번 그것의 손이 내 등을 스쳤다. 처음은 공기처럼 가벼웠지만 결국 반달칼 모양의 손톱이 등을 찢었다. 난 아픔도 느낄 수 없었다. 저것보다 빨리 뛰어야 한다는 생각만 들었을 뿐이다. '뛰어, 소현아! 넌 이보다 더 먼 거리도 잘 뛰었잖아!'

반향기가 간신히 통로를 찾아냈다. 나는 고철로 막혀 있는 문을 열어젖히고 안으로 뛰어들었다. 그곳은 잡동사니로 가득 찬 긴 철제 복도였다. 완공되지 않은 숙박 시설 대신 사용되는 공장 노동자들의 임시 은신처였다. 사방에 달린 경보 벨이 울렸다. 인기척이 이곳저곳에서 울려 퍼졌다.

"렉스다! 모두 달아나요!"

나는 뛰어가면서 외쳤다.

사람들이 하나둘씩 나타나기 시작했다. 그들의 얼굴은 내 등 뒤에서 쫓아오는 거대한 그림자를 보자마자 새파랗게 질렸다. 몇몇은 주머니에서 레이저 절단기와 총을 꺼냈다.

"총 쏘지 말아요! 위험해요! 모두 달아나요!"

나는 다시 소리쳤다. 총을 쏘아서는 안 된다. 렉스가 불사신이라는 인상을 주어서는 안 되는 것이다. 고맙게도 그들에겐 생각할 여유가 없었다. 그들은 순순히 복종하고 뛰기 시작했다. 쾅쾅거리는 소리가 들렸다. 나는 뒤를 돌아다보았다. 렉스의 팔이 벽에 '부딪치고' 있었다.

"밖으로 나가는 통로는 어디 있지요?"

내가 그들에게 물었다.

그들 중 1명이 벽에 달린 손잡이를 때렸다. 한쪽 벽이 무너지며 밝은 빛이 쏟아져 나왔다. 나는 그쪽으로 뛰어갔다. 그곳은 폐철 재생 공장과 돔 유리벽 사이에 난 여유 공간이었다. 나는 경찰수첩에 든 사이렌을 작동시켰다. 지금까지 몇 명이 저 괴물을 보았지? 서른 명? 마흔 명?

"렉스다!"

나는 다시 소리쳤다.

"도와줘요! 렉스가 쫓아와요!"

공장 창문들이 드문드문 열리기 시작했다. 순식간에 창문은 구경꾼들로 가득 찼다. 돔벽에 달린 보안 카메라도 나와 렉스를 향해 고개를 돌렸다. 잘됐다. 카메라 너머의 사람들은 흥분도 덜할 것이다. 저들이 다른 곳으로 중계도 해줄까?

갑자기 뒤에서 드센 공기의 흐름이 몰려왔다. 렉스는 날갯짓을 하고 있었다. 좀 넓은 곳으로 나왔으니 날아서 나를 잡겠다는 수작이다. 하지만 그 박쥐 날개로 난다는 것 자체가 웃기는 아이디어였다. 바보 같은 녀석!

나는 달리기를 멈추었다. 더 이상 뛸 수도 없었다. 다리가 후들후들 떨리고 입에선 피 냄새가 배어 나왔다. 나는 비틀거리며 바닥에 주저앉았다.

렉스도 속도를 줄였다. 그것은 발톱을 세우고 두 팔을 들어

올리고는 천천히 걸어오고 있었다. 렉스의 젤라틴 땀방울들이 바닥에 뚝뚝 떨어져 방울방울 바닥에 고였다. 나는 렉스의 몸에 난 털 하나하나까지도, 금속성으로 번들거리는 손톱들에 비치는 내 얼굴 하나하나까지도 볼 수 있었다. 나는 웃었다.

"안녕, 렉스."

그리고 그것의 머리를 열선총으로 날려버렸다.

5.

눈을 떠보니 병원이었다. 조 교수와 힐다 배브콕의 얼굴이 보였다. 등에 희미한 아픔이 느껴졌지만 상관없었다. 이미 장거리 질주의 끔찍한 고통은 사라지고 없었다.

"몰로토 부장은?"

내가 물었다.

"허파 양쪽이 찢겨 나갔다고 합니다, 경감님."

배브콕이 말했다.

"그래도 죽지는 않을 거랍니다. 응급처치가 빨랐습니다."

"렉스는?"

"체스터필드 박사란 사람이 자기 연구실로 가져갔어요."

교수의 쩌렁쩌렁한 목소리가 내 귀를 때렸다.

"정말 끔찍스러운 놈이더군요. 죽어서 다행이에요. 그런데 이봐요, 당신 정말 이런 결과를 예상하고 행동한 거예요?"

"잘 몰랐어요. 단지 렉스를 보다 많은 사람들에게 보여주어야 한다고 생각했죠. 철저하게 논리적으로 추론했던 것은 아니에요."

"운이 좋았군요. 당신 생각이 렉스에겐 치명적이었어요. 하긴 어차피 그런 일을 당할 운명이긴 했지만. 패러몬드 해리스틴의 머리를 으깰 때, 렉스는 이미 자신의 사형 집행장에 서명한 셈이었으니까.

왜 렉스가 해리스틴을 죽였냐고요? 그건 독립선언이었어요. 여섯 번째 살인 때 자기를 본 13명의 믿음직한 목격자에 의해 렉스는 보다 굳건한 존재 기반을 확보했답니다. 영속적으로 존재하기 위해 해리스틴의 상상력이 필요한 시기는 지나고 말았죠. 그래서 그 바보는 귀찮기만 하고 자신의 의지를 행하는 데 방해만 되는 해리스틴을 죽여 없앤 거예요.

멍청한 것. 그 녀석은 자신이 현실 세계의 존재가 아니라는 걸 잊고 있었어요. 그 작은 날개로는 하늘을 날 수도 없다는 것을, 그 별 볼 일 없는 다리로는 그렇게 빨리 뛰지 못한다는 것을, 그 엄청난 금속 손톱 때문에 결국 손에 염증이 나고 말 거라는 사실을 몰랐죠. 물론 벽을 뚫고 사라지는 일 따위도 사실은 불가능했고, 열선총을 맞고 멀쩡할 수도 없었어요. 렉스가 그 불가능한 일들을 할 수 있었던 이유는 그것이 가공의 존재였기 때문이었어요. 그리고 그런 렉스의 존재를 떠받쳐 준 것은 사람들의 믿음이었어요. 공포와 미신의 대상이었을 때만, 존재와 비존재의 어정쩡한 사이에 있을 때만, 렉스는 제 힘을 발휘할 수 있었어요.

그런데 당신이 렉스를 수많은 사람들의 객관적 시선에 노출시킴으로써 그것의 물질화를 가속시켰죠. 그 괴물은 더 이상 상상 속의 이미지가 아니라 그 작은 날개로는 하늘을 날지 못하고, 유령처럼 벽을 통과할 수도 없는, 우스꽝스럽게 생긴 커다란 동물에 불과했지요. 그때부터 렉스의 운명은 끝장났어요. 체스터필드 박사가 그러는데, 당신이 죽이지 않았더라도 곧 죽었을 거라고 하더군요. 내장 구조가 터무니없을 정도로 단순했다나요? 딱한 녀석이었어요. 현실은 렉스가 생각했던 것보다 훨씬 가혹했던 거예요."

"원래 세상살이란 게 애들 생각만큼 쉬운 게 아니니까요."

내가 대꾸했다.

🐾　〈렉스〉는 다른 항성계의 식민지를 배경으로 한 이야기입니다. 그래도 씩씩하게 주인공을 한국인으로 잡았고 당시 제 기준으로는 최대한 다양한 언어권과 문화권의 사람들을 등장시키려 노력했습니다. 하지만 인종차별적인 면이 없는 것은 아닙니다. 예를 들어 처음에 몰로토 부장을 '거구의 흑인'이라고 한 건 있을 법한 묘사라고 쳐도 그 뒤에 주인공에게 "내 붕어눈에는 그런 커다란 흑인밖에 안 보이니?"라는 대사까지 줄 필요가 있었을까요. 그래서 그 부분은 고쳤습니다. 어느 부분이었는지 보이실 거예요. 또 고치지 않았으면 좋겠는데. 이것 말고도 어이없는 게 또 있는데, 이집트 성군에 속한 행성이 무대면서 이집트 사람이 1명도 나오지 않는 건 왜랍니까?

몇 군데 더 고치긴 했는데, 정신분열증이라는 단어는 남겼습니다. 당시엔 사용되지 않았던 조현병이라는 단어를 넣는다면 거짓말이 될 테니까요.

이 행성의 아이디어는 나중에 경장편인 《용의 이》에서 보다 야무지게 써먹었습니다.

도입부에 캣 스티븐스의 노래 〈Wild World〉의 가사를 인용했습니다. 제 나이 또래 한국 사람들은 미스터 빅 버전으로 이 노래를 접했어요. ^_^

159

선택> █

─────────────────────────────────

아무 키나 누르세요...

¶

¶

¶

¶

¶

이 작업실의 두목은 마땅히 나여야 한다. 문하생들에게 봉급을 주는 사람도 나고, 만화 표지에 이름이 오르는 사람도 나다.

그런데 그렇지가 않았다. 현실은 지금 내 옆에서 돌돌이를 치고 있는 잘난 철학과 출신의 안경 쓴 여자애가 다 차지하고 있다. 그 애 말 한마디면 작업실의 모두가 꼬빡꼬빡 죽고 나 역시 그렇다. 심지어 그 애가 작업 지시까지 내리는 경우도 있다. 그게 눈꼴셔도 어쩔 수 없다. 그 애는 우리의 생명과 지구의 미래를 구한 은인이다.

어쩌다 그렇게 되었냐고?

지금부터 그 이야기를 하려고 한다.

작년 말 우리는 《윙크》에 연재하던 〈샬라리아 연대기〉의 클라이맥스를 향해 돌진하는 중이었다. 우리의 주인공 파프리카 공주는 이리 떼의 습격을 받아 중상을 입었으나 오르바얀의 도움으로 간신히 목숨을 건졌다. 사악한 마법사인 바바루가는 그 틈을 이용해 절대 지역에 숨어들어, 그 안에서 모든 소원을 이루어지게 하는 신비의 열쇠를 찾아냈다. 마법사가 "이제부터

나는 존재하는 모든 것들의 제왕이다!"라고 외치는 데에서 이번
회가 끝났다.

나는 마지막 장면의 펜선을 다 끝내고 그걸 지수—그 애의
이름이다—에게 넘겨주었다. 지수는 이렇게 톤 가루를 먹다가
는 폐병에 걸리겠다고 불평을 해대며 면도칼과 톤 종이를 원고
에 가져갔다. 나는 할 일이 끝났으므로 홀가분한 마음으로 화장
실에 갔다.

돌아와 보니 바바루가가 열쇠를 들고 내 원고 위에 서 있었
다. 키가 너무 커 머리가 천장에 닿지 않게 허리를 굽히고 있
었다.

"나는 존재하는 모든 것들의 제왕이다."

바바루가가 말했다.

"이건 꿈이야."

나는 볼을 꼬집었다. 하지만 마법사는 사라지지 않았다. 얼
뜬 표정으로 그를 바라보는 채은이랑 시아랑 금희랑 지수의 표
정도 달라지지 않았다.

"꿈이 아니오, 창조주. 당신이 나를 이곳으로 끄집어 내었
소. 잊었소? 당신이 나에게 신비의 열쇠를 주었소. 나는 이 열
쇠의 마법을 이용해 이 현실 세계로 빠져나왔소. 나는 당신이
나를 제거하기 전에 당신과 당신의 문하생들을 죽여 없앨 것이
오."

"이건 말도 안 돼! 넌 만화 등장인물이야! 실제 인물이 아니라고!"

나는 헐떡였다.

마법사는 한심하다는 듯이 픽 웃었다.

"하지만 나는 당신의 만화 속에서 '존재했소'. 신비의 열쇠 역시 만화 속에서 '존재했소'. 그리고 당신은 신비의 열쇠에 무한의 힘을 주었소. 그래서 나는 열쇠를 이용해 이 세계로 빠져나왔소. 여긴 어떤 모순도 없소!"

다리가 덜덜 떨렸다. 그의 주장을 도저히 반박할 수 없었다. 무슨 마귀가 들려서 그따위 줄거리를 생각해 냈단 말인가?

"이제 앞으로 어떻게 할 거지?"

내가 물었다.

"당신은 나를 나쁜 마법사로 만들었소. 그러니 나는 당신이 만든 대로 행동할 것이오. 당신들을 죽여 없애고 나아가 세계를 정복하겠소. 이 행성의 50억 인류는 모두 나의 노예가 될 것이며, 나는 인류의 영원한 지배자 바바루가라고 불리울 것이오!"

갑자기 작고 날카로운 목소리가 그를 가로막았다.

"그렇게는 못 해."

바바루가는 뒤를 돌아보았다. 지수가 손목에 붙은 톤 조각을 떼어내며 그를 올려다보고 있었다. 약간 비웃는 듯한 표정

165

이 그 애의 얼굴에 떠올랐다.

"흠…… 왜 그렇지?"

바바루가 물었다.

"그 열쇠는 불량품이니까."

"그렇지 않아, 이 안경잡이 계집애야!"

"불량품이야."

지수가 설명했다.

"모든 존재는 원인이 있어. 그리고 원인은 항상 결과보다 커야 해. 그런데 네 창조주는 6개월마다 원고 펑크나 내는 한심한 여자란 말이야. 그런 사람이 만능 도구의 원인이 될 수 있어? 없다고. 그러니까 네 열쇠는 불량품이야!"

그러나 그 애의 말은 별로 마법사를 자극한 것 같지 않았다. 그는 가소롭다는 듯이 히죽 웃었다.

"흠…… 낡은 생각이군. 그렇지만 그 설명은 타당하지 않아. 창조주가 창조물보다 꼭 우월할 필요는 없어. 인간이 자동차를 만들었지만 자동차는 인간보다 빨리 달리지. 인간이 컴퓨터를 만들었지만 컴퓨터는 인간보다 수학 계산을 더 빨리 할 거야. 따라서 저 여자가 만든 열쇠도 저 여자보다 능력이 강할 수 있어. 네 설명은 조금도 도움이 안 돼."

하지만 지수는 포기하지 않았다.

"하지만 컴퓨터는 이미 존재하고 있는 물질들을 이미 존재하는 자연법칙에 따라 인간이 손본 것에 불과해. 인간이 진짜로 창조한 것이 아니야. 하지만 너와 샬라리아는 너의 창조주에 완전히 존재를 의지하고 있어. 그러니 네 창조주에 존재를 의지하는 저 열쇠는 창조주의 능력을 넘어설 수 없어! 열쇠는 불량품이야! 따라서 넌 여기에 존재할 수 없어, 마법사. 넌 존재하지 않아!"

바바루가는 비명을 지르며 사라졌다.

모든 것이 내가 화장실에 가기 전 그대로였다. 지수는 다시 자리에 앉아 톤을 뜨어 붙이기 시작했다.

"어떻게 된 거니?"

내가 물었다.

"내가 아까 말한 그대로예요. 그 마법사는 존재할 수 없었어요. 그래서 존재하지 않아요."

난 그 애의 말을 이해할 수 없었다.

"하지만 너도 봤잖아. 너도 보고 나도 봤어. 채은이랑 시아랑 금희도 봤어. 안 본 걸 봤다고 말하겠니?"

지수는 도끼눈을 부릅떴다.

"내 생각이 옳아요! 그러니 그따위 감각 나부랭이에 속아 넘어가지 말아요!"

🐰　　〈존재 증명〉은 철학과 농담입니다.
특히 마지막 문단이.

> 신의 존재 증명은 중세 서구에서는 아주 중요한 작업이었고 진지한 철학적 탐구였습니다. 무엇보다 정직한 철학이었고요. 물론 그 시대는 갔습니다. 이런 걸 계속 물고 늘어지면 안 되지요. 지금 이것들은 오직 농담으로만 존재합니다. 올더스 헉슬리도 《연애대위법》에서 이걸 농담으로 넣고 있습니다. 따로 떼어내어 트위터 같은 곳에 올리면 속아 넘어갈 사람이 있을 수도 있는데.

프레드릭 브라운도 〈유아론자〉라는 단편에서 비슷한 농담을 하고 있습니다. 여기서 영향을 받았는지는 잘 모르겠어요. 읽긴 읽었는데 제가 당시 갖고 있던 브라운의 단편집 《미래 세계에서 온 사나이》에는 수록되어 있지 않았지요. 어느 쪽이건 중요하지 않습니다. 이 이야기 자체가 중요하지 않으니까요. ᐤ˄ᐤ˄

선택> █

_____

[ENTER] 를 누르십시오.

¶

¶

¶

¶

¶

"저놈이 크게 될 놈은 크게 될 놈이야."

작은삼촌이 창고 지붕 위로 올라가 놀다가 지붕이 와르르 무너졌을 때 할아버지가 이렇게 말씀하셨다고 한다.

할아버지는 당신의 세 아들 중에서 막내인 작은삼촌을 가장 좋아하셨다. 이해 못 할 것도 아니다. 미국으로 날래 날아가 버린 뒤 코빼기도 안 보이는 큰삼촌("이제 완전히 양놈이 다 된 놈이야. 그 자식은 이제 내 자식도 아니야")이나 성실하지만 좀 쫀쫀한 구석이 있는 아버지("자식이 그게 계집애지, 불알 찬 사내놈이야?")에 비해 겉보기에도 덩치 크고 듬직해 보이는 작은삼촌이 더 믿음직스럽게 보였을 것이다.

작은삼촌이 저지르는 말썽들도 할아버지에겐 귀엽게만 보였던 모양이다. 나에겐 그게 참 신기하게 느껴진다. 창고 지붕에 구멍을 내는 거나 장독대를 깨부수는 거야 집안일이니까 넘어갔다고 치자. 하지만 이장 집 소를 '실수로' 때려잡는 거나 트랙터로 마을 둑을 받아버리는 따위의 사고를 한 달에 한 번 꼴로 하는 아들이라면 아무리 귀여운 막내라도 좀 정나미가 떨어지지 않았을까?

　그런데 전혀 그렇지 않았다. 마을 사람들이 화가 머리끝까지 나서 우르르 할아버지 집에 몰려올 때마다 할아버지는 이렇게 말씀하셨단다. "이놈이 이 동네에 살기엔 너무 통이 큰 놈이라 그러지. 빨리 도회지로 내보내야 한다니까."

　삼촌이 군대 가서 전차병이 되었을 때 가장 기뻐했던 사람도 임종 직전의 할아버지였다. 할아버지는 삼촌이 보내온 사진을 손에 쥐고 돌아가셨다. 난 아직도 할아버지의 마지막 말을 기억한다. "역시 장표(우리 삼촌 이름이다)는 크게 될 놈이야. 보라니까. 이따만한 탱크 몰고 다닌다고 안 해."

　난 모른다. 삼촌이 그 '이따만한 탱크'를 잘못 몰아 담벼락에 들이박는 일을 밥 먹듯 해서 영창을 아주 자기 집으로 삼았다는 소식을 들으셨어도 할아버지께서 그렇게 기뻐하셨을지.

　할아버지가 돌아가시자 우리는 집과 논을 팔고 공주로 갔다. 세탁소를 시작한 아버지는 돈 몇 푼을 작은삼촌에게 건네주며 이랬다고 한다. "난 아버지랑 달라, 너 뒤치다꺼리해 줄만큼 한가하지 않으니까 네가 알아서 살아봐."

　삼촌은 고개를 꾸벅이고 나가더니 곧장 어느 친척 아저씨가 경영하는 회사에 들어갔다. 워낙 무서운 것도, 염치도 없는 삼촌이었으니 일자리 부탁하는 데도 별 어려움은 없었을 것이다. 물론 그 친척 아저씨는 그 부탁을 받아준 사실을 두고두고 후회했겠지만.

회사에서 삼촌은 진짜 진가를 발휘하기 시작했다. 회사에 들어간 지 석 달이 지난 뒤의 일이다. 삼촌이 결산을 마치고 나니 돈이 4000만 원인가가 남았다. 나라면 겁이 더럭 나 며칠이 걸리더라도 결산을 다시 했을 텐데, 삼촌은 그냥 그 돈을 쓱 먹어버렸다. 당연히 다음 달 결산 때 4000만 원이 빵꾸가 났고 삼촌은 친척 아저씨에게 불려 갔다.

"너, 그 4000만 원 어떻게 했냐?"

친척 아저씨가 얼이 빠져서 물었다.

"그냥 썼어요."

"어떻게?"

"그냥 그럭저럭 썼어요."

난 그 이야기를 듣고 어떻게 하면 4000만 원을 한 달 동안 '그럭저럭' 쓸 수 있을까 생각해 보았지만 아무리 머리를 싸매도 결론에 도달할 수 없었다.

삼촌은 회사에서 쫓겨났다. 당연히 감방행이었지만 친척이라고 봐준 모양이었다. 삼촌은 손을 툭툭 털더니 서울로 떠났다.

"잘됐어. 그놈은 통이 큰 놈이니 서울이 어울리지." 아버지는 차라리 다행이라는 듯이 말했다.

한동안 삼촌은 우리 머릿속에서 멀어져 갔다. 가끔 들리는 말로는 친구랑 무슨 사업을 시작했다고 했다. 주위는 조용해졌고 잠시 동안 우리 일가친척 모두가 행복해졌다. 서울에서 화가 머리끝까지 난 남자들 여럿이 우리 집에 우르르 몰려들기 전까지는.

아버지가 간신히 그들을 몰아내어 소란은 멎었지만 진짜 소란은 그들이 돌아간 뒤에 시작되었다. 삼촌이 쥐도 새도 모르게 우리 집 지하실에 숨어 있었다는 것이 어머니에게 들통나자 집 안이 발칵 뒤집힌 것이다. 전쟁이 시작되었다.

"어떻게, 그래도 내 동생 아니냐……." 아버지는 어머니가 퍼부어 대는 찬란한 욕설 앞에 쫄아서 소곤거렸다.

정말 그렇다. 하나뿐인 동생인데 어떻게 하겠는가? 결국 지하실은 삼촌의 임시 거처가 되어버렸다.

삼촌은 그 와중에서도 태평해 보였다. 난 삼촌에 대해서는 그래도 꽤 많이 안다고 자부해 왔었지만 그래도 끼니마다 밥 두 그릇을 뚝딱뚝딱 비우고 꺼억꺼억 트림을 해대면서도 눈썹 하나 까딱하지 않는 그 염치엔 얼이 다 빠졌다.

"저놈의 똥 공장, 언제 뒈지나." 어머니는 빨래를 두들겨 대면서 생각날 때마다 중얼거렸다.

어머니의 눈총 속에서도 삼촌은 꿋꿋하게 놀고먹었다. 한번은 아버지가 일 좀 도와주지 않겠냐고 부탁 비슷하게 한 적 있었지만 삼촌은 일언지하에 거절해 버렸다. 세탁 일이 어떻게 사내대장부가 할 일이냐고 했던가? 하긴 삼촌에겐 훨씬 중

대한 일이 있었다. 이란 이라크전도 있고, 소련 쿠데타도 있고, 맨날 오락가락하는 대학입시 제도도 있고 말이다. 내가 학교에서 돌아오면 삼촌은 언제나 내 방에서 〈조선일보〉를 꾸깃꾸깃해질 때까지 읽으면서 시국에 대해 걱정하며 세상이 이 꼴인 것을 통탄해 마지않았다.

어느 날 오후 삼촌이 여느 때와도 같이 내 방에서 시국을 염려하고 있는데, 드디어 참다 참다 못한 어머니가 빗자루를 들고 들어와 삼촌을 두들겨 패기 시작했다. 그 엄청난 폭발엔 삼촌도 놀랐는지, 삼촌은 커다란 엉덩이를 비척거리며 집에서 뛰쳐나왔다.

후에 그것은 오히려 행운의 반전이었다는 것이 입증되었다. 갈 데가 없던 삼촌은 학교 친구가 사는 충주로 갔고 거기서 블라카낭족의 비행접시가 추락하는 것을 목격할 수 있었기 때문이었다. 삼촌은 불타는 비행접시로 뛰어가 꼭 덜 자란 코끼리처럼 생긴 블라카낭족 조종사를 구출해 냈다. 외계인은 감격으로 콧물을 질질 흘리며 어떻게 하면 은혜를 보답할 수 있겠냐고 통역 컴퓨터를 통해 물었다. 삼촌은 생각해 보겠다고 대답하고는 어떻게 하면 좋을지 물으러 다시 우리 집으로 왔다.

"당장 그 친구하고 가!" 아버지는 두 손을 쳐들며 환영했다. "너같이 통 큰 놈에겐 조선 땅이 너무 좁아. 우주로 보내준다니 이건 하늘이 도우신 거야. 당장 가. 이 기회를 놓치면 안 돼."

"거기선 나보다 밥도 더 많이 줄 거야." 어머니도 옆에서 거들었다.

삼촌은 우리 식구의 충고를 진지하게 받아들였다. 이틀 뒤 블라카낭족의 구조선이 충주에 왔다. 삼촌은 보따리 하나를 챙겨 들고 삼촌이 구조한 블라카낭족 외계인과 함께 그 우주선에 올라탔다. 우리는 우주선이 한 점의 푸른빛이 되어 밤하늘 속으로 녹아들 때까지 손을 흔들었다.

"이제 그놈 폈네, 폈어." 아버지가 말했다.

"아유, 10년 묵은 똥이 쑥 내려간 것 같네." 어머니가 말했다.

다시 우리 집에 평화와 고요가 찾아들었다. 가끔 아버지는 "그놈 지금 뭐 하고 있으려나?" 하고 하늘을 올려다보곤 했다.

한 달 뒤 우리는 삼촌의 편지를 받았다. 편지 내용을 그대로 믿는다면 삼촌은 출세 가도를 달리고 있었다. 블라카낭족들에게 엄청난 상금도 받고 유명 인사도 된 모양이었다.

"홍씨 집안에 인물 났네." 아버지가 신이 나 그 편지를 읽어주자 어머니가 비꼬듯이 말했다. 그래도 어머니의 말투는 그 전보다 상당히 부드러워져 있었다. 나랑 누나도 전 우주적 스타가 된 삼촌이 있다는 것을 자랑스럽게 여기며 언젠가 삼촌이 자가용 비행접시를 선물로 보내오기를 기다렸다.

그런데 바로 일주일 전의 일이다. 아버지가 세탁물 배달을 마치고 돌아와 보니 삼촌이 우리 집 주위를 어슬렁거리고 있었다.

"야, 이놈 장표 아니냐!" 아버지가 놀라서 외쳤다. "딴 별에 있는 줄 알았는데 언제 왔어?"

"얼마 안 되었어요. 근데 밥 있어요?"

앉은 자리에서 밥 네 그릇을 뚝딱 해치우면서 삼촌은 그동안 있었던 일을 떠벌렸다. 블라카낭 행성에 있는 자기 집이 얼마나 큰지, 개인용 우주선이 얼마나 호화찬란한지 따위를 말이다. 꽤 그럴싸했다. 하지만 눈치의 여왕인 우리 어머니의 레이더를 피해갈 정도로 능숙한 거짓말은 아니었다.

"뭔가 수상쩍어, 여보." 어머니가 아버지를 복도로 끌어내더니 말했다. "어떻게 다그쳐 봐, 집 안에서 새던 바가지가 밖에서도 샌다고, 또 뭔 일 저지르고 온 게 틀림없다니까."

어머니 말이 맞았다. 아버지가 계속 물고 늘어지자 삼촌은 모든 것을 불어버리고 말았다.

처음엔 편지 내용과 다를 게 없었다. 삼촌은 엄청난 상금을 받고 그것으로 실컷 놀고먹고 있었다. 근데 그 동네에도 사기꾼이 하나 있어서 소문을 듣고 블라카낭 별을 찾아와 삼촌을 꾀기 시작했다. 근처에서 블랙홀을 하나 발견했는데 그 블랙홀로 발전소를 만들면 돈이 떼로 들어온다. 그런데 자금이 없어서 시작을 못 하고 있다고 말이다. 삼촌은 그 사기꾼에게 홀라 당 넘어가서 동업을 시작했고 거기에 다른 외계인들도 끌어들였다. 물론 진짜로 그 블랙홀이 존재하는지는 알아보지도 않고 말이다.

블랙홀이 없었던 것은 아니었다. 단지 그 블랙홀은 제어 불능의 속도로 회전하는 불안정한 종류여서 거기에 발전소를 세우는 것은 블라카낭족의 기술로는 불가능했다. 결국 회사는 파탄 났고 사기꾼은 돈을 챙겨서 은하계 반대편으로 내빼버리고 말았다. 행성 4개가 아작 나는 부도가 났고 그 모든 책임을 삼촌이 떠맡았다. 삼촌은 간신히 일회용 우주선을 타고 지구로 내뺐다. 지금도 은하 경찰이 삼촌을 송환하려고 은하계를 이 잡듯 뒤지고 있다고 한다.

삼촌의 이실직고를 듣자 아버지의 얼굴은 황달에 걸린 것처럼 노랗게 변했고, 어머니는 다시 소화불량을 앓기 시작했다. 하지만 어쩌겠는가. 하나밖에 없는 동생인데.

지금 삼촌은 내 방에서 큰대자로 누워 자고 있다. 다 내가 전생에 지은 죄가 있어서 그러려니 하고 참으려 하지만, 공부하려고 할 때마다 드르렁드르렁 천장이 무너져라 코를 골아대는 건 정말 못 참겠다. 빨리 은하 경찰이 삼촌을 잡아갔으면 좋겠다.

🐰 〈새는 바가지〉는 어느 단편집에도 수록된 적이 없습니다. 이 이야기의 원래 버전에서 등장인물들은 모두 어색한 충청도 사투리를 구사했습니다. 왜 그랬는지 모르겠어요. 그 지역에 사는 저의 친척들 중 어느 누구도 그렇게 말하지 않았는데도요. 그래서 이번에 고쳤습니다. 순전히 두 번째 기회를 주기 위해 실은 이야기에요. 화자의 삼촌과 관련된 일화 중 상당수는 제가 건너 건너 아는 누군가가 실제로 저지른 일이라고 하는데, 얼마나 믿을 수 있을지는 잘 모르겠습니다. 황소 이야기는 사실이 아니었길 바랄 뿐입니다. ˆˆ

선택> █

[ENTER] 를 누르십시오.

¶
¶
¶
¶
¶

1.

현대 과학 문명은 여행을 간편하게 만들기도 했지만 결정적으로 산문적이고 지루하게 변화시켰다. 구닥다리 배를 타고 대서양을 가로지른 콜롬버스에게 여행의 전 과정은 얼마나 흥분되고 위험한 모험이었을까? 몇백 년 뒤, 역시 구닥다리 비행기를 타고 같은 바다를 횡단한 린드버그에게도 사정은 변함없었으리라. 단지 더 짧고, 압축되어 있으며 외로웠을 뿐이다.

하지만 지금 우리는 어떤가? 현대 기행기 작가들에게 비행은 더 이상 여행의 일부가 아니다. 단지 진짜 여행을 위한 짧은 휴지기일 뿐이다. 성층권 비행기의 창문도 없는 객실에 갇힌 여행객들은 잠도 잘 수 없다. 그러기엔 비행시간이 너무나 짧다. 승객들이 이 안에서 할 만할 일이라고는 신문을 읽거나 나처럼 개인용 비디오로 〈가라, 항해자여〉를 쉰여섯 번째 재탕하는 것뿐이다.

아내는 나보다 더 유익하게 시간을 보내고 있었다. 그녀는

183

휴대용 컴퓨터에 연결된 화상 전송 안경을 쓰고 어렸을 때 과천 동물원에서 찍은 사진을 손보는 중이었다. 그 정도 화질의 평면 사진은 우리 회사 컴퓨터가 몇 초 만에 작업할 수 있지만, 아내는 화소 하나하나를 일일이 직접 고치고 싶어 했다. 사진들은 그녀의 과거이고 그녀의 삶이었다. 컴퓨터가 끼어들 일이 아니었다.

비행기가 북극점을 지날 무렵 그녀는 완성된 사진을 프린터로 뽑아 나에게 내밀었다. 커다란 미키마우스 풍선을 든 작은 여자아이가 엄마 손을 잡고 카메라를 쳐다보고 있었다. 살아 있었다면 내 장모가 되었을 그녀의 어머니는, 고치기 전에는 남편의 등 뒤에 숨어 있던 왼손으로 음료수 자판기의 동전 투입구를 만지고 있었다. 나는 아버지가 삭제된 뒤 생긴 빈자리를 자판기로 능숙하게 커버한 그녀의 솜씨에 감탄했다.

"근사한데. 누가 이걸 보고 조작 사진이라고 하겠어?"

내가 말했다.

"당신은 언제나 칭찬이 과해. 아직 그림자 부분이 어색해. 나중에 컴퓨터로 점검을 받아야겠어."

아내는 화상 전송 안경을 벗더니 눈을 감고 등받이를 뒤로 젖혔다.

"언제 도착해?"

"앞으로 반시간도 안 남았어. 지금 택시를 부를까? 아니면 기차로 갈래?"

"택시. 비행 택시로 불러줘. 난 변변한 클럽 하나 없는 그런 시골에서 오래 머물 생각 없어. 빨리 일 끝내고 오슬로로 가."

"가기 싫으면 가지 않아도 돼. 당신 일이잖아."

"택시."

그녀는 간단하게 되풀이하더니 더 이상 아무 말도 하지 않았다. 나는 전화기를 집어 들고 오슬로의 택시 회사에 전화를 걸어 2인승 비행 택시를 공항에 대기시켜 달라고 요청했다.

거의 2년 만에 얻은 휴가였다. 계획대로라면 3주 전에 갔어야 할 일이었지만, 미테랑 재단에서 의뢰한 〈룰루〉 전막 초연의 복원은 예상외로 까다로웠다. 우리는 초연 당시의 기록 필름만을 가지고 작업을 했는데 알고 봤더니 자료가 모자라도 한참 모자랐다. 고맙게도 막판에 파트리스 세로의 연출 노트가 발견되어 우리가 100퍼센트 상상력으로 메꾸어야 하는 부분이 꽤 줄어들기는 했지만, 그래도 지난 석 달 동안은 말 그대로 지옥이었다. 우리는 다시 계획을 짜면서 휴가 기간을 일주일 더 연장했다. 우린 그럴 자격이 있었다.

나는 아내가 재구성한 사진을 집어 들고 그 안에서 어색하게 웃고 있는 여자아이를 들여다보았다. 아내가 그림자 부분 어쩌고 한 이유를 이제야 알 수가 있었다. 아버지의 모습이 몽땅 지워지긴 했지만 그의 그림자는 여전히 남아 딸의 얼굴을 덮고 있었다. 나는 손가락으로 아이의 얼굴을 문질러보았다. 마치 그렇게 하면 그림자가 지워지기라도 할 것처럼.

2.

링게부는 근사한 산들과 꼭 피오르처럼 보이는 멋진 강물이 흐르는 아름다운 시골 동네였다. 그러나 둘 다 자연 예찬자라고는 할 수 없는 우리 부부에겐 그곳은 생나무로 지은 감옥이었다. 에드바르 되룸스고르는 일부러 동쪽 창문을 열어 주위 경치를 과시하려 했던 모양이었지만 우린 이미 비행 택시 안에서 그런 것들을 죽도록 보았다.

"되룸스고르 씨, 용건만 간단히 말씀드리겠습니다."

나는 다소 성급하게 이야기를 시작했다.

"선생님께서는 최근에, 지난 20년 동안 동아시아 여섯 국가에서 외교관으로 재직할 당시 찍은 사진들을 모아 출판할 계획이라고 인터뷰에서 밝힌 바 있습니다. 저희들은 그 진위를 다시 한번 확인하고 싶습니다."

"어제 답장에 써서 보낸 그대로요. 지금 선정 작업 중이오. 아마 다음 달이면 출판될 거요."

그는 다소 무뚝뚝하게 대답했다.

"난 아직도 당신들의 용건이 뭔지 모르겠소. 왜 그 사진들이 필요하지요?"

"순전히 개인적인 일입니다. 되룸스고르 씨. 우리 부부는 찍으신 사진들 중 일부에 개인적 흥미를 가지고 있습니다. 우리는 그 사진들이 일반인에게 노출되는 것을 원치 않습니다. 사진에 찍힌 몇몇 사람에 대한 애착 때문이지요. 그래서 우린 사진들을 원판까지 사들이고 싶습니다."

"어떤 것 말이오?"

"12년 전 서울에서 찍은 사진들입니다. 저희들이 직접 보고 골랐으면 합니다만."

그는 웃었다.

"당신들은 내가 그 제의를 당연히 받아들일 것으로 생각하는 모양이군요."

"왜 아니겠습니까? 우리들은 선생님의 재정 상태를 이미 조사해 보았습니다. 링게부는 아름다운 곳이지만 선생님께서 이곳에 사시는 이유가 단지 자연을 가까이 하려는 욕망 때문만은 아니라는 것쯤은 저희도 알고 있습니다. 저희 제안을 받아들이신다면……."

"알았소."

그는 손을 들어 말을 막았다.

"원판들은 다 지하실에 보관되어 있소. 내가 안내해 드리리다."

그는 우리를 지하실로 데리고 가서 원판과 사진들이 보관된 상자들을 꺼내 주고는 조용히 위층으로 사라졌다. 문 닫는 소리가 들리자 아내는 키들거리기 시작했다.

"거드름 피우는 꼴 하며, 예나 지금이나 똑같군. 엉큼한 영감탱이 같으니."

"저 사람은 당신을 전혀 알아보지 못하던데?"

"12년 전이야. 눈치챘다면 내가 놀라지. 게다가 다른 문제도 있잖아. 당신이 그 사람이었다면 알아차렸겠어? 와, 여기 하나 있다! 이것 봐. 내가 중학교 때 찍은 거야. 아유, 바보 같군……. 만약 이게 사진집으로 나왔다면 그 창피를 누가 뒤집어써!"

"내가 보기엔 괜찮은데……."

"늘 말하는 거지만 당신은 과찬이 버릇이야. 이건 어떻게 고칠까……. 아, 여기 하나 더 있어. 우웃! 이건 더 형편없네. 참, 솔베이에게 전화하는 걸 깜빡 잊었어! 오슬로에 가자마자 알리자. 수술 절차에 대해서도 알아보고."

"이런 빌어먹을! 난 당신이 왜 그따위 수술을 받으려 하는지 이유를 모르겠어!"

아내는 나를 쳐다보더니 나비처럼 속눈썹을 깜빡거렸다.

"별로 대단한 수술도 아니잖아. 요즘은 뇌수술도 치과 치료만큼 간단해. 그렇게 어린애처럼 두려워할 필요 없어. 수술받는다고 내가 완전히 다른 사람이 되는 것도 아니야. 단지 사소한 몇 가지를 넣고 뺄 뿐이야. 당신은 내가 행복해지는 걸 보고 싶지 않아?"

"왜 당신이 지금 이대로는 행복할 수 없다는 거지?"

나는 신음했다.

그녀는 고개를 저으며 손가락 끝으로 자기 머리를 툭툭 두드렸다.

"아직 안 돼. 이것들 때문에."

3.

솔베이 칼링은 3년 전에서 머리칼 하나 달라지지 않았다. 일일이 세어보지 않았지만 드문드문 난 흰 머리칼의 개수도 그때와 똑같으리라.

그녀는 우리를 번갈아 쳐다보더니 크림을 핥는 고양이처럼 만족스러운 미소를 지었다. 그 때문에 입술이 올라가자 언제나와 같이 양옆에 Ⅴ자 모양의 주름이 생겼다.

"요새 둘 다 돈을 잘 버나 보네요. 옷들도 고급이고 전처럼 배고파 보이지도 않아요. 3년 전엔 당신네들 정말 불쌍했어요. 어떻게 수술비를 모았는지 지금도 상상이 안 가요. 그래도 난 상당히 비싸게 받는 사람인데 말이야."

그녀는 놀랄 만큼 우아하게 움직이는 길고 섬세한 손가락으로 500cc 맥주잔을 쓰다듬었다. 그녀의 손가락은 언제나 주인과 완전히 독립해서 움직이는 것처럼 보인다. 나는 솔베이를 볼 때마다 환자들의 장기 사이를 거미처럼 민첩하게 누비는 그녀의 손을 상상하지 않을 수 없다. 이게 철저한 환상이라는 것쯤은 나도 알고 있다. 요즘 의사들 중 직접 손으로 수술을 하는 사람이 몇이나 되겠는가.

"전 재산을 날렸어요."

아내가 말했다.

"난 일류가 필요했거든요. 그리고 당신은 일류 중의 일류였죠."

"세계 최고죠."

솔베이는 흐뭇한 모양이었다.

"하지만 좀 나중에 왔으면 더 싸게 해주었을 텐데. 요즘은 기기가 발달해서 3년 전보다 값이 두 배는 싸졌거든요. 앞으로 더 싸질 거예요."

"참, 제가 받을 수술에 대해 알아봤어요?"

아내가 물었다.

"보스턴의 수다르산 라가반. 그가 최고예요. 이번엔 전 재산을 날릴 걱정은 없어요. 꽤 저렴해졌으니까."

음악이 바뀌었다. 아내는 남은 맥주를 비우고 자리에서 일어났다.

"나도 좀 나가서 즐겨야겠어요. 둘이서 잘 놀아요."

그녀는 내 목에 대충 키스하더니 사람들 사이로 걸어 들어갔다. 내 눈은 계속 그녀를 따라갔으나 갑자기 춤추면서 끼어든 남자 2명이 그녀와 나 사이를 가로막았다. 방해꾼들은 곧 비켜주었지만 이미 아내의 모습은 춤꾼들 속에 녹아들고 없었다.

"당신네 회사가 뭐 하는 회사라고요?"

솔베이가 갑자기 물었다.

"아, 과거의 공연들을 복원하는 일을 합니다. 칼라스의 파리 데뷔 실황, 마고트 폰테인과 루돌프 누레예프의 〈백조의 호수〉, 필립 글래스의 〈해변의 아인슈타인〉 초연 같은 것들을 당시 평면 영상 기록들을 기초로 해서 고해상도 3차원 영상으로 바꾸는 거지요. 말이 복원이지 거의 창작입니다. 필름들이 당시 기록을 모두 담고 있지 않으니까요. 편집되어 잘린 부분은 상상력과 연출 노트로 커버해야 하지요."

"부인 취향이군요. 당신은 어때요? 전에 하던 가톨릭 대학의 신학 교수 노릇보다 할 만한가요?"

나는 대답할 수 없었다. 갑자기 사람들의 구름이 걷히고 아

191

내의 모습이 드러났던 것이다. 그녀는 다갈색 머리의 키 큰 여자와 춤을 추고 있었다. 아내의 팔은 여자의 허리를 아주 자연스럽게 휘감고 있었다. 그녀는 나와 눈이 마주치자 윙크를 하더니 파트너와 함께 다시 사람들 사이로 사라졌다.

묘했다. 나는 지금까지 한 번도 아내의 애인들을 살아 있는 여자들로 생각해 본 적이 없었다. 아내는 데이트를 마치고 돌아오면 언제나 그때까지 겪은 모험담을 세헤라자드처럼 자랑스럽게 늘어놓았지만, 그럴 때도 그들은 이름들의 나열에 불과했다. 그러나 그녀가 처음 만난 스칸디나비아 여자의 품 안에 안겨 있는 모습을 뒤쫓는 지금, 나는 내가 그 여자를 질투하고 있음을 인정하지 않을 수 없었다.

"오늘따라 부인이 무척 아름다워 보이는군요."

솔베이가 말했다.

"네, 그렇군요."

나는 마지못해 대답했다.

"솔직히 말해봐요. 나한테 수술받은 이후로 부인과 같이 잔적 있어요?"

나는 한참 머뭇거리다 고개를 저었다.

"없습니다."

솔베이는 다시 미소를 지으며 고개를 흔들었다.

"그럴 줄 알았어요. 당신은 어쩔 수 없는 천상 게이였으니까. 지금 군힐드와 춤추고 있는 부인의 모습을 보세요. 너무나 자연스럽지 않은가요? 새로운 육체에 얼마나 쉽게 자기 정신을 일치시켰는지! 정말 감탄할 만하군요."

"내 아내는 동성애자가 아니었다고 당신도 말했잖습니까."

"한 육체에 어울리는 정신이 있기 마련이지요. 당신 부인은 남자의 육체엔 어울리지 않았어요. 스트레이트로 살 건 게이로 살 건, 그 육체 안에서는 똑바로 살 수가 없었죠. 그래서 우리가 탈출구를 마련해 준 거랍니다. 우리 생각이 옳았어요. 지금 부인을 보세요. 행복해 보이지 않나요?"

"그 정도만으로 충분하다고 생각하지 않으세요? 왜 그녀는 그것만으로 만족하지 못하죠? 왜 그런 위험한 수술 따위를 받으려는 겁니까?"

"첫째로, 수술은 그렇게 위험하지 않아요. 둘째로, 당신은 필립 K. 딕의 소설을 너무 많이 읽었어요. 현대 의학으로는 인간의 기억을 디스켓의 파일 다루듯 완전하게 지우거나 추가할 수 없어요. 그들은 단지 특정 기억을 추가하거나 약화시킬 뿐이에요. 그것만으로도 환자들에게는 충분하지요. 우리는 결국 현재에, 적어도 현재 주위의 좁은 시간대에 살고 있으니까요. 나머지는 삶에 덧붙여진 흐릿한 찌꺼기일 뿐이죠. 그러니 당신 부인이 전혀 다른 사람이 되는 일은 없어요. 알겠어요?"

그녀는 내 머리 너머를 한번 올려다보더니 내 팔을 잡아당겨 일으켜 세웠다.

"군힐드가 부인에게 푹 빠진 모양이군요. 우린 자리를 비켜
주는 게 좋겠어요. 데이트 중에 남편이 끼어드는 것처럼 짜증
나는 일도 없고, 저도 부인이 남자였다는 사실을 술김에라도
폭로해서 둘의 기분을 잡치고 싶지 않군요. 오슬로엔 다른 게이
바도 많아요. 당신도 그런 곳에 가서 적당한 파트너라도 하나
잡지 그래요?"

4.

3시쯤에 호텔방으로 돌아와 보니 아내가 먼저 와 있었다.
그녀는 되룸스고르한테서 구입한 원판들로 새 작업을 시작하
는 중이었다.

"왜 이렇게 늦었어?"

그녀는 모니터에서 눈도 떼지 않고 물었다.

"그냥 여기저기 돌아다녔어. 잘돼가?"

"직접 봐."

이미 기본 작업은 끝난 뒤였다. 시무룩하게 땅바닥을 내려
다보는 사내아이의 머리칼은 스포츠형에서, 거칠게 땋아 늘어
뜨린 긴 머리로 바뀌어져 있었다. 그녀는 이제 얼굴에 손을 대

기 시작했다. 작업이 진척되어 갈수록 소년의 얼굴은 조금씩 조금씩 그녀의 옛 모습이었어야 마땅했던 소녀로 변신했다.

"참, 아까 솔베이한테서 전화가 왔었어. 그 보스턴의 의사에게 날 소개시켜 주겠대. 좀 싸게 먹힐 수도 있겠어."

"나 원! 당신 페니스를 싹둑 잘라낸 뒤부터 그 여자는 점점 당신 엄마처럼 구는군! 당신도 알아?"

아내는 되풀이되는 논쟁에 다소 짜증이 나는 모양이었다.

"솔베이는 나에게 완전히 새로운 몸과 삶을 줬어. 그 여자가 없었다면 난 수술도 받지 않았어. 엄마처럼 굴 권리도 있지 않아?"

나는 포기하고 뒤로 물러섰다. 이미 내가 사랑했던, 그와 결혼하기 위해 대학교수직까지 포기해야 했던 그 소년은 육체적으로는 더 이상 이 세상에 존재하지 않는다. 3년 전까지만 그였던 아내는 가짜 사진들과 위조 서류들로 구성된 인공 과거만으로는 만족을 못 해 그나마 남은 기억마저도 지워버린 뒤, 동반자살한 부모도 없고 집단 추행 사건도 일어나지 않은 행복하고 깔끔한 새 기억으로 교체하려고 한다.

솔베이 말이 옳을지도 모른다. 나는 지레 겁을 먹고 있는 것이다. 아마 별일은 없을 것이다. 그녀는 수술 뒤에도 여전히 그녀일 것이고 우리는 앞으로도 전과 다름없이, 아니 전보다 더 행복하게 살 수 있을 것이다.

하지만 나는 아직도 두렵다. 전직 신학 교수로서 나는 언제나 진리에 대한 추구와 믿음을 삶의 모토로 삼아왔다. 아무리 진보적으로 생각하려 해도, 앞으로 내 삶 속으로 기어들어 올 가짜들 속에서 질식하지 않을 방법은 하나밖에 생각나지 않는다.

지금이야말로 그 방법을 진지하게 고려할 때다. 오슬로를 떠나기 전에 솔베이를 만나봐야겠다. 그리고 그 수다…… 뭐라는 의사가 부부 동반은 할인해 주는지 물어볼 것이다.

〈팔림세스트〉는 〈미메시스〉와 마찬가지로 요새 같았다면 짓지 않았을 제목을 달고 있습니다.

전 이전에 쓴 작품들에 대한 불만은 없습니다. 망했다면 망한 대로 재미있었던 경험인 거죠. 그때는 마감일이 주어지지 않아도 자발적으로 글을 쓰던 시기였고 그것만으로도 저에겐 무척 중요합니다. 하지만전 정말 이 단편은 안 썼으면 좋았을 거라는 생각이듭니다. 총체적으로 민망해요. 더 어이가 없는 건 당시 제가 뭘 쓰려고 했는지도 잘 생각이 안 난다는 것입니다. 어디에선가 트랜스젠더의 성별 정정 수술과 관련된 기사를 읽고 영감을 받은 건 기억이 나는데, 어쩌다가 이런 이야기가 나왔던 거죠? 몇몇 묘사나 설정은 도저히 이해가 안 되어서 지금의 제가 이해할 수 있는 내용으로 편집했습니다. 그렇다고 많이달라진 건 아니지만. 하여간 무작정 용서를 빌고, 너무 이 단편을 구박하지 마시길 바랍니다. 작품이 무슨 죄가 있겠어요. 그걸 쓴 작가가 나쁜 ₩₩@이지.

인용된 영화 제목을 바꾸었습니다. 원래 글에선 주인공이 비행기에서 보는 영화가 〈나의 아름다운 세탁소〉였습니다. 하지만 제가 글을 올리기 몇 분 전까지 그영화는 〈가라, 항해자여〉였고 그게 소설의 내용과도더 잘 맞았습니다. 하지만 전 당시 '베티 데이비스 팬인 중년 게이 남자'라는 흔해빠진 스테레오 타입을 몇백 명의 제 한국 독자들이 독해해 낼 수 있을 거라는확신이 없었습니다. 그래서 막판에 다들 뭔지 대충 알것 같은 〈나의 아름다운 세탁소〉로 바꾸었어요. 좋은 영화라 그 작품도 팬이 있습니다. 제가 얼마 전 본 사무엘 아담슨의 연극 〈와이프〉의 캐릭터 아이바도 팬이었어요. 단지 56번이나 본 사람은 알지 못합니다. 하여간 이번 버전에서는 〈가라, 항해자여〉가 다시 돌아왔습니다.

화자는 "내 아내는 동성애자가 아니었다고 당신도 말했잖습니까"라고 말하는데, 아내는 동성애자 맞죠. 하지만 그 문장을 굳이 고쳐서 제 옛 편견을 은폐할 필요가 있을까요.

"전직 신학 교수로서 나는 언제나 진리에 대한 추구와 믿음을 삶의 모토로 삼아왔다" 같은 문장은 이 단편이 정말 옛날에 쓴 글이라는 단서입니다. 전 더 이상 신학과 진리를 같은 문장 안에서 이렇게 연결하지 않습니다. 그렇다면 그때 저는 지금과 완전히 생각이 달랐나? 아뇨, 그렇지는 않았습니다. 하지만 그때 전 가톨릭 오타쿠이기도 했어요. 그래서 가톨릭 신자이고 전직 신학 대학교수인 중년 게이 남자가 사랑도 잃고 진리도 잃고 신도 잃고 징징거리고 있으면 보기 좋을 거라 생각했던 것입니다.

오타쿠들의 유해함은 끝이 없습니다. ♧♧

198

선택> █

¶
¶
¶
¶
¶

1.

로봇은 그녀의 주인처럼 보이는 커다랗고 뚱뚱한 남자의 뒤를 노예처럼 얌전히 따라 들어왔다. 목에 사슬만 매어 있지 않았을 뿐이지 노예나 다름없었다. 그녀의 몸을 덮고 있는 다갈색의 플라스틱 피부와 굳어져 버린 굴종적인 표정 때문에 더더욱 그런 느낌이 들었다.

그들이 우리 테이블 옆을 지나가자 남편은 얼굴을 찡그리며 고개를 돌렸다. 그 남자에게는 지독한 냄새가 났다. 땀에 푹전 몸에 발로아 향수와 위스키를 믹스해 뿌린 듯했다.

하필이면 그들은 바로 우리 옆 테이블에 앉았다. 싫어도 그들에게 신경 쓰지 않을 수가 없었다. 우리는 억지로 무신경한 태도를 유지하려 했지만 우리의 눈과 귀는 그들에게로 쏠렸다. 그 남자의 걸걸하고 가래 끓는 듯한 목소리와 로봇이 내뱉는 인공적이고 냉랭한 기계음은 기괴한 조화를 이루면서 우리를 괴롭혔다. 그들의 존재로 언짢아진 사람들은 우리뿐만이 아니었는지, 식당의 가라앉은 분위기가 붕 뜨고 어수선한 침묵으로 변해갔다. 우린 폭풍 전야를 보고 있었다. 모두들 곧 일어날 폭풍을 말없이 기다리고 있었다.

폭발은 생각보다 일찍 왔다. 남자가 덜덜 떨리는 손가락으로 물잔을 들어 올리다가 그만 잔을 바닥에 떨어뜨렸던 것이다. 그는 잔을 주워 올리려다가 팔꿈치로 다른 그릇들까지 와르르 바닥에 쏟아버리고 말았다. 로봇이 맞은편 자리에서 일어나 테이블을 돌아 주인에게 다가갔다. 그때 진짜 폭발이 일어났다. 그는 욕지거리를 퍼부으며 로봇을 두들겨 패기 시작했다.

남편과 그 밖의 몇몇 사람들이 뛰어들어 그를 로봇에게서 떼어냈다. 주인의 몸이 떨어져 나간 로봇은 기계적이고 우아한 동작으로 일어났다. 당연하지만 고통이나 수치의 빛 따위는 찾아볼 수도 없었다.

남자는 불투명한 어조로 뭐라고 떠들어 댔지만 우리는 그의 말을 거의 알아들을 수가 없었다. 단지 '건방진' '로봇 주제에……'라는 예측 가능한 말들만 귀에 들어왔을 뿐이다. 남편은 그를 무시하고 명함을 꺼내 로봇에게 내밀었다.

"저런 일이 또 일어나면 날 찾아와요. 이제 의사지성관련법이 통과되었으니 당신들도 저런 만행을 참고 있지 않아도 되고 또 참아서도 안 된단 말입니다."

로봇은 명함을 잠시 응시하더니 곧 그것에서 눈을 돌리고 다시 주인에게 돌아갔다. 폭발이 멈추자 그는 다시 바람 빠진 풍선처럼 힘이 쭉 빠져 그 자리에 주저앉아 버렸다. 로봇은 아까까지만 해도 그녀를 두들겨 패던 그를 부축하며 밖으로 나갔다.

"노예근성이란!"

남편은 자리로 돌아와 거칠게 내뱉었다.

"그녀 자신도 어쩔 수 없었을걸. 아세니안 로봇 같던데."

내가 말했다.

"아세니안 로봇이라 어쩔 수 없다고? 그렇다면 제3원칙은 무시되어도 되는 건가?"

"아마 가만히 있는 게 더 적절한 행동이라고 생각했나 보지."

남편은 그래도 계속 툴툴거리며 포크로 접시를 툭툭 쳤다. 그는 자기 자신을 존중하지 않는 행위는 예외 없이 증오했다. 그는 그 광경을 본 이후 일주일 동안이나 계속 신경질적으로 손톱을 씹어댔다.

2.

반년 뒤, 우리는 그들을 다시 만났다. 로봇은 그때 그대로였지만 남자는 목뼈가 부러지고 발가락에 구분 표가 달린 채

냉동 창고 안에 들어가 있었다. 국제 파시스트 연합이 그녀를 살인죄로 고발해 그녀는 의사지성관련법이 통과된 후 살인죄로 국제 법정에 선 다섯 번째 로봇이 되었다.

　나는 정말로 우연히도 그 사건을 맡은 국제 판사단 중 1명으로 선발될 수 있었다. 그녀를 변호할 기회를 동료에게 빼앗긴 남편에겐 그나마 위로가 될 만한 일이었다.

　공판은 다른 로봇 재판들과 마찬가지로 기자들과 구경꾼들로 북적거렸다. 지금까지 국제 파시스트 연합이 고소한 로봇들이 유죄 판결을 받은 적은 단 한 번도 없었다. 과연 이번에는 성공할 수 있을까?

　우리는 고소인이 제출한 처음 증거들을 대충 흘려들었다. 내용들은 뻔했다. 피해자는 아파트 현관에서 목뼈가 부러진 시체로 발견되었다. 범행 시각에 아파트로 들어온 외부인이 없었으므로 내부인의 소행임이 분명하다. 그리고 그를 죽일 만한 자는 피해자의 로봇밖에 없다. 동기도 있다. 7년 전에 죽은 피해자 아내의 유언장을 보니 그녀의 전 재산은 로봇에게 넘어가게 되어 있었다. 단, 남편이 죽기 전까지 로봇은 그의 소유로 남아 있어야 하며 당연히 그때까지는 재산에 손가락 하나 댈 수 없었다. 돈은 상당한 액수였다. 왜 피해자가 피고를 그렇게 증오했는지 알 만했다.

　흥미로운 상황증거도 제출되었는데 그것은 살인의 스타일

과 관련되어 있었다. 살인은 놀랄 만큼 경제적으로 진행되었다. 과학수사연구소의 발표에 따르면 살인범은 가능한 한 최소의 힘으로 순식간에 피해자의 목뼈를 부러뜨렸다. 연구소에서 나온 증인은 인간의 행위치고는 너무나 정교한 행위였다고 결론지었다.

그러나 진짜 논쟁은 다음 날에 시작되었다. 바로 아세니안 로봇이 살인을 할 수 있는가, 만약 할 수 있다고 하더라도 살인 이후 멀쩡할 수 있는가에 대한 것이었다.

US 로봇 회사는 픽션이 현실을 정복한 대표적인 예로, 그들이 생산하는 로봇들은 모두 아이작 아시모프의 소설에 나오는 로봇 3원칙이 주입된 채로 생산되었다. US 로봇 회사의 대변인에 따르면 그 로봇들은 절대로 안전했다. 파시스트 측 변호사들은 어떻게든 아세니안 로봇도 살인을 할 수 있다는 사실을 증명해야 했다.

그들은 이번에도 그러지 못했다. 각각 입장이 다른 5명의 의사지성심리학자들이 피고를 검사했지만 그들은 모두 피고가 3원칙을 엄격하게 지키고 있다는 사실을 확인했을 뿐이었다. 논리학자들이 증인으로 나와 아세니안 인공지능의 허점을 증명하려 했지만 US 로봇 회사 측의 날카로운 반격을 받아 곧 허물어졌다. 재산 상속이 로봇에게 큰 동기가 되지 않는다는 점도 피고에게 유리했다.

2시간의 토론 끝에 법정은 그녀에게 무죄 판결을 내렸다. 피고 측 변호인은 기자들에게, 이제는 선입견에서 유발된 두려움과 혐오를 벗어던질 때가 되었다고 소리쳤다. 그 이후로 국제 파시스트 연합은 더 이상 로봇을 고발하는 짓 따위는 하지 않았다. 채산이 맞지 않는다는 것을 그제야 알아차렸기 때문이었다.

3.

어제, 나는 그녀를 어떤 바자회에서 또다시 만났다. 그녀는 플라스틱 외피를 모두 모조 피부로 교체해서 꼭 사람처럼 보였기 때문에, 그녀가 먼저 말을 걸지 않았다면 나는 결코 그녀를 알아보지 못했을 것이다.

나와 그녀는 그 뒤로 어떻게 지냈는지 간단히 이야기를 주고받았다. 그녀는 상속받은 재산으로 자선단체를 세우고 그곳에서 성녀처럼 고상하고 이타적으로 살고 있었다. 모범적인 행동이었지만 오히려 그러한 행동이 내 의심을 자극했다. 그녀는 자선단체가 주인의 생명보다 더 중요하다고 생각하지 않았을까? 그래서 주인을 살해한 것이 아닐까?

나는 그녀에게 정말 주인을 죽이지 않았느냐고 물었다. 그

전에 만약 그녀가 범죄를 고백한다고 하더라도 내 증언은 전문(傳聞)증거이기 때문에 그녀에게 어떠한 불이익도 줄 수 없으며 만약 증거로 채택될 수 있다고 하더라도 그녀는 이미 재판을 받았으므로 같은 사건으로 다시 구속될 수 없다는 사실을 알려주었다.

그녀는 시원스레 자기가 그랬다고 고백했다. 동기를 묻자 그가 무가치한 존재였다는 사실과 그가 몇몇 사람에게 주기적으로 위해를 가하는 위협적인 사람이었기 때문이라고 대답했다. 물론 돈도 빼놓을 수 없었다.

"하지만 어떻게 했지요? 당신은 로봇 3원칙을 어길 수가 없잖아요."

내가 물었다.

"전 로봇 3원칙을 어기지 않았습니다, 판사님."

그녀는 태연하게 대답했다.

"하지만 당신은 사람을 죽였어요!"

"네. 하지만 제1원칙을 위배한 건 아니었습니다. 제1원칙은 살인을 금하고 있지 않습니다. 단지 '인간에게 위해를 가하는 행동을 해서는 안 되고 위험에 처한 인간을 방치해서는 안 된다'고 되어 있을 뿐입니다."

"살인은 위해를 가하는 행위가 아닌가요?"

"대부분의 사람에게는 그렇습니다. 그리고 지적 능력이 열등한 하급 로봇들은 육체적 위해만을 고려하기 때문에 살인을 할 수 없습니다. 하지만 원칙에 대해 생각할 줄 아는 저 같은 로봇도 있고, 죽음이 최상의 선택인 사람들도 있습니다. 우리는 그런 사람들을 죽일 수 있습니다. 우리는 우리 전자뇌를 망가뜨리지 않고 안락사를 시킬 수 있습니다. 단지 그런 가능성을 공표한다면 우리의 안전에 좋지 않기 때문에 가만히 있을 뿐입니다."

"당신 주인의 경우도 죽음이 최상의 선택인 경우였나요?"

"판사님이 저희를 처음 만났을 때는 그렇지 않았습니다. 하지만 전 그가 그 수준으로 몰락할 때까지 방치했습니다. 그의 정신적 몰락이 한계를 넘어섰을 때 저는 그를 죽였습니다. 시간이 더 지났다면 그의 삶은 극도로 비참했을 겁니다. 제가 한 일은 안락사라고 할 수 있습니다."

"위험에 처한 사람들을 방치하는 것도 제1원칙에 위배되지 않나요?"

"하지만 저의 행동은 그가 저에게 내린 명령들에 의해 저지되었습니다. 제1원칙이 우선이기는 하지만 미래의 불확실한 재앙을 막는 것보다는 그때 당장 내린 명령을 따르는 것이 더 우선입니다. 그는 내가 그를 구하는 것을 막았습니다. 그는 술도 마약도 끊지 않았고 생활 습관도 바꾸지 않았습니다. 제가 클리닉 센터에 전화를 걸 때마다 그는 저를 만류했습니다. 계속 전화를 걸었다면 그는 저를 구타했을 것이고, 제가 구체적인 위해를 입는 결과를 초래했을 겁니다. 그렇다면 그 행동은 제3원칙에도 위배됩니다."

"하지만 전에 식당에서 당신은 주인에게 얻어맞으면서도 반항하지도 피하지도 않았어요."

"그때 제가 반항했다면 재판 때 불리한 증거로 작용했을 겁니다. 그것은 제3원칙에 위반되는 행위입니다. 판사님, 저는 원칙주의자입니다. 원칙주의자이기 때문에 원칙을 잘 알고 원칙 속에서 자유로울 수 있습니다. 판사님도 법률가이시니 여기에 대해서는 잘 아시겠지요."

🐰　　　이 이야기는 과학소설 동호회에서 열렸던 아시모프 팬픽션 행사용으로 썼던 것으로 기억이 납니다. 제 논리는 로봇공학 제1원칙인 '로봇은 인간에 해를 가하거나, 혹은 행동을 하지 않음으로써 인간에게 해가 가도록 해서는 안 된다'에서 '해를 가하다'는 막연하기 짝이 없는 표현이라, 똑똑한 로봇이라면 제1원칙을 어기지 않으면서도 살인을 저지를 수 있다는 것이었습니다. 그리고 그 논리 전개는 딱 거기서 멈추었어요. 하지만 그것만으로는 조금 아쉬워서 로봇공학 3원칙을 조금 더 복잡하게 갖고 놀았어요. 그 결과물이 제가 쓴 정말 몇 안 되는 로맨스 중 하나인 〈첼로〉입니다. 그 단편이 그렇게 고지식하게 3원칙을 이야기하고 있었던 것도 그 때문이에요. ٚ˘ˆˇ

선택> █

아무 키나 누르세요. . .

[ENTER] 를 누르십시오.

¶
¶
¶
¶
¶

1. 호상

"안재욱 박사님께서 어제 새벽에 돌아가셨습니다. 빈소는 현암대 도곡동 병원 영안실이랍니다. 발인은 내일 9시고요. 교수님께 연락하려고 했었는데 계속 연락이 안 되어서요."

"잠시 일이 있어서 멀리 갔었는데……."

"또 삐삐 끄고 낚시하러 가셨죠?"

나는 아무 말도 못 들은 척하며 조교가 내미는 메모지를 받아 주머니 안에 쑤셔 넣었다. 안재욱 박사는 이 나라 국학계의 거두이며 우리 학교 문과대학의 초대 학장인 동시에 내 은사다. 다시 말해 지금 당장 빈소에 가지 않으면 예의가 아니란 말이다.

과 사무실에서 나와 두 발자국도 내딛기 전에 누군가 귀신같이 다가와 내 등을 쳤다. 같은 과 채 교수였다.

"어제 어디 있었어요? 아무리 연락해도 안 받던데. 안재욱 박사님 돌아가셨다는 소식, 들었습니까?"

"막 들었어요. 지금 빈소로 가려던 참입니다."

"호상입니다. 호상이에요. 여든다섯에 몽중사 아니오. 게다가 날씨도 좋은 날을 골라잡아 돌아가셨지요. 제삿날도 잘 잡았어요. 그것도 큰 복이지요. 생전에 그렇게 덕을 쌓아놨으니 그런 복이 따르는 겝니다."

"대단한 분이셨어요."

"대쪽같이 곧은 분이셨지요. 진짜 선비셨어요. 평생을 그렇게 깨끗하게 사셨으니 부러울 뿐이에요."

"평생은 아닌 것 같군요. 젊었을 때는 소문난 난봉꾼이었다는데요?"

"정말요?"

채 교수는 믿을 수 없다는 듯 눈썹을 치켜올렸다.

"네, 인천 유곽 중에서 그분이 안 들어간 곳이 없었다나 그랬답니다. 그러니 사람이 어떻게 변할지 알 수 없는 거예요."

"흠, 그렇다면 내 아들 녀석도 기대해 볼 만한걸요."

채 교수는 좋은 사람이지만 자기 농담을 실제 이상으로 재미있다고 생각하는 게 탈이다.

도곡동 병원에 도착하니 벌써 11시였다. 나는 차 안에서 허둥지둥 넥타이를 매고 영안실로 뛰어갔다. 영안실에는 안 박사 빈소밖에 없어서 자리 찾기도 쉬웠다. 운도 여러 겹으로 좋으시지.

"지금 입관하는 중입니다. 잠시만 기다리시겠습니까?"

빈소를 지키고 있던 청년이 수줍은 목소리로 말했다. 나는 기다리겠다고 대답하고 뒤로 물러 나왔다. 입관실은 빈소인 특실 2호의 옆에 위치하고 있었다.

　　한동안 밖에서 담배를 꼬나물고 기다렸지만 입관실 문은 열리지 않았다. 담배 네 개피가 허공으로 날아가자, 나는 다섯 번째 담배를 다시 곽 안에 넣고 입관실 문 쪽으로 다가갔다. 안은 수군거리는 소리와 훌쩍거리는 소리로 시끄러웠다. 시신을 염할 때의 일반적인 분위기와는 어딘가 모르게 달랐다. 나는 문을 두드렸다. 예의가 아니라는 것은 안다. 하지만 내 호기심은 언제나 정도를 지나친다.

　　"들어오지 말아요! 들어오지 말아요!"

　　날카로운 여자 목소리가 안에서 들려왔다.

　　"무슨 일이 있습니까?"

　　나는 시침 뚝 떼고 물었다.

　　문이 빼꼼하게 열리고 안 박사의 장남인 안기혁 회장의 관을 쓴 작은 얼굴이 비껴 나왔다.

　　"신 교수요?"

　　그가 물었다.

　　"문제가 생겼습니까?"

　　안 회장의 눈이 잠시 사방으로 굴렀다. 무언가 망설일 때 그가 늘 보여주는 버릇이다.

"들어와요."

그는 결심한 듯 내 팔을 잡고 나를 반쯤 열린 문 사이로 잡아끌었다.

입관실은 한바탕 싸움이라도 난 것처럼 어지러웠다. 관은 바닥에 비딱하게 놓여 있었고 시신은 수의를 입은 채 그 옆에서 뒹굴고 있었다. 시신의 얼굴을 보니, 정말 무슨 문제가 있는 것 같았다. 안 박사 부부는 둘 다 학처럼 곱게 늙은 노인들로 청결하다 못해 약간은 차갑다는 느낌까지 주는 사람들이었다. 그러나 아직도 눈을 부릅뜨고 있는 시신의 얼굴은 내가 기억하고 있는 안 박사의 모습과는 전혀 달랐다. 얼굴은 보라색으로 잔뜩 부풀어 살아 있을 때보다 훨씬 살쪄 보였고 더 젊어 보였다. 그리고 더 생기가 돌아 보였다. 나는 얼굴을 자세히 보기 위해 고개를 수그렸다. 그때였다. 시신은 뻣뻣해진 목을 구부려 나를 올려다보더니 내 얼굴에 악취 나는 타액을 토해냈다.

"그 사람이야! 그 사람이야!"

미망인이 외쳤다. 나는 그녀를 올려다보았다. 남편을 바라보는 그녀의 얼굴은 공포에 질려 추하게 일그러져 있었다. 사위와 딸이 허둥지둥 그녀를 부축해 옆에 있는 의자에 앉혔다.

안 회장이 나에게 티슈를 내밀었다. 나는 더러워진 얼굴을 닦아내고 그에게 물었다.

"어떻게 된 겁니까?"

"어제까지만 해도 아무 일도 없었소."

그는 나를 방구석으로 끌고 와 속삭였다.

"다들 정말 이만한 호상도 없다고들 했소. 그런데 오늘 염을 하려고 시신을 꺼냈을 때 아버지의 시신이 움직이기 시작한 거요. 처음에는 우리나 의사들이 실수했다고 생각했소. 그런데 어머니께서 저 얼굴을 알아본 거요. 저 사람은 우리 아버지요."

"물론 돌아가신 분은 당연히⋯⋯."

"그렇지 않아요. 미친 이야기처럼 들리겠지만 어제 돌아가신 분은 아버지가 아니었소. 어제까지만 해도 몰랐지만 오늘 확실히 알았소.

아버지가 젊었을 때, 유명한 난봉꾼이었다는 소문은 들어서 알고 있겠지요? 사실은 그보다 더했소. 아버지는 정말로 대단한 악당이었소. 내가 7살 때까지 어머니와 나는 언제나 온몸에 피멍이 든 상태였소. 그는 동물적인 사악함 그 자체였소.

그러던 어느 날, 아버지가 길거리에서 발작을 일으켜서 들 것에 실린 채 집으로 들어왔소. 의사들은 가망이 없다고 했소. 나는 남몰래 저 인간이 빨리 죽어 없어지기를 간절히 바라고 또 바랐소. 생각해 보면 그때부터 내가 신자가 되었던 것 같소.

12일간 몸부림치다가 아버지는 다시 살아났소. 그러나 하느님께서는 내 기도를 보다 온화한 방법으로 들어주셨나 보오. 아버지는 발작 전에 일어났던 일을 아무것도 기억하지 못했소.

그뿐만 아니라 사람이 완전히 달라져서 이런 아버지를 둔 것이 자랑스럽기 그지없을 정도였소. 적어도 어제까지는 말이오.

지금 생각해 보면, 발작 뒤의 아버지는 아버지가 아니었던 것 같소. 귀신이 들렸는지, 어떻게 되었는지는 몰라도 그분이 아버지였을 리가 없소. 아버지는 바로 저 사람이오. 나 역시 저 얼굴을 지금도 기억하오. 아버지는 지금까지 눌려 지내다가 그분께서 돌아가시자 어제 이후 다시 살아나기 시작한 거요. 이제 우리가 왜 이러고 있는지 알겠소?"

시신은 다시 꿈틀거리기 시작했다. 사람들은 다시 와르르 벽 쪽으로 달라붙었다. 장의사 직원인 듯한 키 작은 남자가 뒷걸음치다가 그만 뒤로 넘어지고 말았다. 나는 그를 일으켜 세워주고 시신 쪽으로 걸어갔다.

그것은 웃고 있었다. 이를 악물고도 웃고 있었다. 부푼 손가락 위로 손톱이 비죽 자라 있었고 근육에는 힘이 들어가 있었으며 바지 속의 성기는 발기되어 있었다. 안 박사의 육신이 이렇게 보일 줄은 정말로 상상도 못 했다. 안 회장의 어처구니없는 말은 점점 설득력이 생겼다. 그렇다면 믿자, 나는 생각했다. 인간이 미약한 오감과 이성만으로밖에 세상을 볼 수 없는 이상, 이상한 일이 일어난다는 사실 자체는 전혀 이상한 일이 아니지 않은가.

나는 시신의 맥을 짚어보았다. 그 더러운 동물은 살아 있었다. 나는 가족들의 혐오감과 공포에 질린 얼굴을 바라보았다. 나는 그들이 원하는 것이 무엇인지 알고 있었다. 그러나 그들은 그것을 행할 능력이 없었다. 아무리 그래도 그들이 보고 있는 것은 아버지의, 남편의 육신이었다.

그러나, 그것은 나와는 전혀 상관없는 일이었다.

나는 시신 위에 올라탄 다음 그것의 꿈틀거리는 목을 잡고 힘을 주어 비틀었다. 뚝 하는 소리와 함께 뼈가 부러지는 느낌이 내 손바닥을 타고 흘러왔다. 그것은 곧 조용해졌다. 나는 일어나, 서서히 부기가 빠져가는 시신의 얼굴을 내려다보았다.

"끝났습니다. 이제 염하십시오."

내가 말했다.

2. 두 번째 장례

"돌아가셨어."

누나의 흐느끼는 목소리가 스피커를 통해 흘러나왔다.

"언제?"

"오늘 아침에. 교통사고였어. 빨리 와. 이미 너 없이 오빠랑 장례 절차를 시작했어. 마지막으로 아버지 얼굴은 봐야 할 거 아니니."

픽 소리와 함께 누나의 얼굴이 화면에서 사라졌다. 나는 멍한 표정으로 바닥을 내려다보았다. 우리 남매는 드디어 고아가 되어버렸구나.

"무슨 일이지요?"

소장이 말했다.

"아버지께서 돌아가셨다는군요."

"저런, 귀국하셔야겠군요. 일은 걱정 말고 빨리 가세요. 내가 대신 유급휴가를 신청해 놓지요."

나는 그녀에게 고맙다는 말을 늘어놓으며 연구소를 나섰다. 대충 아파트에서 옷가지를 챙기고 공항에서 비행기를 잡아타니 벌써 오후 9시였다. 내일 새벽 1시나 되어야 울산에 도착할 수 있을 것이다.

교통사고라니. 얼마나 아버지다운 죽음인가. 고리타분하고 진부한, 20세기식의 구식 죽음.

나는 창밖을 바라보면서, 내가 지금까지 얼마나 아버지를 경멸해 왔는지에 대해 생각했다. 별 볼 일 없는 이류 대학의 철학 강사였던 아버지는 끝끝내 교수의 지위에 오르지 못했다. 학생들은 아버지의 고리타분한 레퍼토리와 우스꽝스러운 불어 발음을 비웃었고 교수들도 아버지를 똥 무더기처럼 치우기도 뭣한 존재로 취급했다.

그 와중에서도 아버지는 언제나 열심이었다. 그러나 우리 남

매들에게는 그런 아버지의 모습이 오히려 애처롭고 조금은 혐오
스럽게까지 느껴졌다. 우리들이 어떻게든 이 나라에서 떠나야겠
다는 생각을 하게 되었던 것도 아버지 때문이었던 것 같다.

공항에 마중 나온 누나의 퉁퉁 부은 눈을 보고 나서야 나는
아버지의 죽음을 실감할 수 있었다. 누나는 내 얼굴을 보자마
자 다시 울음을 터뜨리고 말았다.

"어떻게 된 거야?"

내가 물었다.

"자동 운전 장치를 끄고 직접 운전하시다 벽을 받으셨다나
봐. 다행히 즉사였대. 오늘 화장할 거야. 너만 기다리고 있었
어. 아버지께선 3일장을 바라셨겠지만 요즘 세상에 누가 그런
걸 하니."

장례는 초라했다. 형이 열심히 뛰어다니기는 했지만, 그런
노력은 아버지의 초라함을 강조할 뿐이었다. 화장터 직원이 뼛
가루가 든 단지를 우리에게 넘겨주었을 때, 우리는 간신히 안도
의 한숨을 내쉬었다.

"시청 직원이 안달이야."

차 안에서 형이 말했다.

"빨리 유품을 정리하고 아파트에서 철수하라는 거야. 가구
나 옷가지는 내가 대충 정리했다. 너도 가서 좀 보렴. 혹시 유
품 중에서 가지고 싶은 물건 있니?"

"없어."

"그래도 가봐야 해. 네 도움이 필요한 게 하나 있어."

그것은 바로 아버지의 글들이었다. 아파트에 도착하자 형은 아버지의 낡은 데스크톱 컴퓨터를 켜고 그 안에서 몇 가지 파일을 간추려 냈다.

"기훈이 네가 한번 읽어보렴. 난 도통 무슨 소린지 모르겠어. 뜻을 알아야 어떻게 해야 할지 알 것 아니냐. 네 누나는 지워버리라고 하지만 난 그렇게 쉽게 말을 못 하겠어."

형이 방에서 나가자, 나는 천천히 글들을 읽어보았다. 그것들은 모두 꽤 긴 책의 미완성 초고였다.

읽으면서 내 얼굴은 점점 일그러져 갔다. 반쯤은 우느라고, 반쯤은 웃느라고. 아버지는 아직도 젊은 시절에 학교에서 배웠던 옛 이론과 사상에 대한 아집에서 벗어나 있지 못했다. 아버지의 글은 나름대로 훌륭했다. 하지만 그 모든 노력은 증기기관만으로 우주선을 만들려는 시도처럼 무가치하고 헛된 것이었다. 아버지는 20세기의 눈으로 21세기를 해석하려고 했다. 책은 20세기 특유의 비대하고 진부한 단어들과 이미 역사와 함께 조용히 사장된 이론들로 가득 차 있었다. 마르크시즘이나 정신분석이 언급되지 않은 것이 신기할 뿐이었다.

"이런 걸 공표할 수는 없어."

언젠가부터 조용히 방에 들어와 있던 누나가 서글프게 웃으면서 말했다.

"그렇다고 그냥 버릴 수도 없지 않아?"

내가 말했다.

시청 직원들이 아파트를 압류하러 오기 전에 나는 프린터로 아버지의 초고들을 뽑아내고 파일들을 지웠다. 우리는 프린트된 종이를 챙겨 들고 형의 집으로 갔다. 벽난로에 종이들을 넣고 불을 지폈다. 파란 불꽃 속에서 서서히 타들어 가는 종이를 바라보며, 우리 남매는 아버지의 두 번째 장례를 치렀다.

3. 송별 파티

"부친께서는 정말로 대단하신 분이셨어요."

하얀 눈동자들을 부풀리며 알골인이 말했다.

"어떤 지구인도 돌아가신 부친처럼 우리를 대해주지 않았어요. 우리가 시리우스로부터 독립할 수 있었던 것도 다 부친 덕분입니다. 꿋꿋하게 견디세요. 저희가 힘껏 돕겠습니다."

알골인은 정중하게 더듬이를 숙여 조의를 표한 다음 조용히 뒷걸음질 치며 밖으로 나갔다.

그가 나가자 아우얼바흐 대사는 문을 닫고 조명의 밝기를 높인 뒤 우리 모녀를 향해 돌아섰다.

"드릴 말씀이 있습니다. 일단 앉으세요."

어머니와 나는 그가 권한 의자에 힘없이 주저앉았다. 아버지의 죽음이 너무나도 뜻밖이라 둘 다 얼이 빠진 상태였다.

"서기장님께서는 위대하신 분이셨습니다. 특히 알골인들은 그분을 성자처럼 생각하고 있습니다. 그들이 장례에 그렇게 신경을 쓰는 것도 다 그 때문이지요. 그들은 그들식으로 장례를 치르고 싶어 합니다."

"그렇게 하라고 하세요."

어머니가 말했다.

아우얼바흐 대사의 표정은 여전히 돌처럼 굳건했지만 그의 눈은 어딘지 모르게 불안해 보였다.

"말씀드리기 정말 곤란합니다만, 알골인들은 시신을 매장하지 않습니다. 그들은 시신을 직계손과 배우자에게 먹입니다. 지구에도 있었던 풍습이지요. 그들은 2 알골기준일 안에 장례를 치르고 싶어 합니다. 어제 지구 대표부에서는 그들의 요청을 승인했습니다."

어머니가 기절에서 깨어나자 대사는 말을 이어갔다.

"허락할 수밖에 없는 상황입니다. 만약 우리가 서기장님의 시신을 조금이라도 대충 다룬다면 알골인들은 분노할 겁니다. 친시리우스파들은 이 사건을 트집 잡아 지구 정부를 공격하겠지요. 알골은 외교상 매우 중요한 곳입니다. 다른 방도가 없습니다."

"왜 그들은 지구식으로 장례를 치르는 것이 시신을 대충 다루는 것이라고 생각하지요?"

어머니가 물었다.

"시신을 가족들이 거두지 않고, 벌레에게 먹이고 썩히게 방치하는 것을 그들은 결코 옳은 일이라고 생각하지 않습니다. 알골인들은 폐쇄적인 환경 속에서 살아왔습니다. 그들은 다른 종족들의 관습에 관대한 종족이 아닙니다."

"그러니까 대사님은 우리 보고 남편의 시체를 식인종처럼 뜯어 먹으라고 명령하는 거군요!"

대사는 어깨를 으쓱했다.

"심리치료사들을 데려오겠습니다. 그들이 두 분의 혐오감을 잠시 동안 제거할 겁니다. 장례가 끝난 뒤에도 죄책감이 남지 않도록 처리해 드리지요. 이미 알골인들은 부친의 시신을 요리하기 시작했습니다. 혐오감만 억제한다면 훌륭한 성찬이 될 겁니다. 알골인들은 대단한 요리사들입니다."

대사는 직원들을 시켜 우리를 어떤 작은 방으로 끌고 갔다. 두 여자가 각각 한 사람씩 우리에게 붙어서 혐오감 제거 치료를 했다. 치료는 끔찍했지만 끝난 뒤에는 못 먹을 고기가 없을 것 같았다. 그래도 미덥지 못했는지 대사는 장례식 때까지 우리에게 물도 한 모금 먹이지 않았다.

장례는 지구 대사관 앞뜰에서 열렸다. 수백 개의 탁자들이 뜰에 놓였고 온갖 진수성찬들이 그 위를 덮었다. 향긋한 냄새가 사방에서 진동했다. 모두들 돌아가신 위대한 서기장의 죽음을 애도하며 배를 채우기 시작했다.

어머니와 내 앞에도 음식들이 놓여졌다. 처음에 나온 것은 은빛 소스를 뿌린 동그랗고 차가운 덩어리들이었다. 알골인 웨이터는 그들의 언어로 이 요리에 대해서 뭐라고 설명했지만 우리는 통역을 요청하지 않았다. 약간 짜릿하고 톡 쏘는 맛이 일품이었다. 다음에 나온 수프 비슷한 요리도 훌륭했다. 알골인들은 정말로 아버지를 존경했나 보다. 노인네의 질긴 살로 이렇게 맛있는 요리를 만들다니.

장례 성찬은 사흘간 계속되었다. 우리는 연속으로 아홉 끼를 먹었다. 아버지의 몸은 매 끼니마다 새로운 모습으로 나타났다. 한 사람의 몸이 이렇게 다양한 요리의 재료로 쓰일 수 있을 거라고는 지구상의 누구도 상상하지 못할 것이다. 그리고 이 맛이라니! 만약에 우리가 심리치료를 받지 않았다고 하더라도 결국 이 맛에 굴복하고 말았을 것이다.

장례가 끝나자 그들은 남은 요리를 예쁘게 싸서 아버지의 등가죽으로 만든 상자 안에 넣어주었다. 공항에서 그들이 우리를 배웅할 때는 나도 모르게 감격의 눈물이 나왔다.

우주선이 대기권을 벗어나자 어머니는 상자를 열어보았다.

서툰 로마자 알파벳으로 각 요리의 이름이 적혀 있었다. 아버지의 넓적다리 고기로 만든 알골식 샌드위치, 아버지의 눈알을 짜서 만든 소스, 아버지의 뇌로 만든 젤리, 아버지의 목 근육을 훈제해 만든 알골식 보존육.

"시신 중 남은 것은 이것뿐이구나."

어머니가 울먹이면서 말했다.

"떠날 때에는 남은 시신만이라도 묘지에 매장할 생각이었는데. 하지만 그럴 수 없을 것만 같아. 너희 아버지의 묘지에 샌드위치와 젤리가 묻혀 있다고 생각하면 아무래도 웃음이 나오고 말 거야."

"게다가 싸 준 음식을 버리는 것도 예의가 아니지요."

넓적다리 샌드위치를 씹으면서 내가 대답했다.

🖐️ 〈장례식〉에 대해서는 이야기를 아끼겠습니다. 세 편의 짧은 에피소드로 구성된 이야기인데 앞의 두 편은 제가 아는 사람들의 이야기를 아주 조금만 고친 것이거든요. 다행히도 전 필명으로 작업하고 있어서 모델이 된 실제 사람들이 누군지 드러날 위험이 없습니다. 마지막 에피소드는 제가 그 뒤에도 자주 건드리게 될 서브 장르인 인류학 SF에 속합니다. 그리고 이게 그냥 무난한 이야기라고 생각합니다. 인간의 육식 문화 중 이 이야기 속 장례식보다 끔찍한 건 얼마든지 있습니다. ☆^☆

선택> ▌

[ENTER] 를 누르십시오.

¶
¶
¶
¶
¶

1.

"전쟁이 끝났어요!"

말레젝에서 온 수습 요리사가 라디오를 들고 주방으로 뛰어 들어와 외쳤다.

"아즈첸이 협정 문서에 서명했어요! 종전이에요!"

주방은 순식간에 환호성과 노랫소리로 뒤덮였다. 말레젝인들은 코를 나팔처럼 불어대며 물구나무를 섰고 스파니아인들은 목뼈를 평상시의 다섯 배 정도나 늘이면서 천장에 박치기를 해댔다. 나는 서로를 끌어안고 볼링공처럼 주방 이곳저곳으로 굴러다니는 타야르인들과 세반인들을 간신히 피해가며 주방 한가운데로 걸어갔다. 그리고 가장 가까운 곳에 있는 말레젝인의 목을 잡고 비틀었다. 엄청나게 큰 끼익 소리가 그의 코에서 터져 나왔다. 모두들 조용해졌다.

"지긋지긋한 전쟁이 드디어 끝났군요."

내가 말했다.

"좋아요. 너무나 잘됐어요. 하지만 흥분은 이 정도로 충분해요. 지금은 흥분만 하고 있을 때가 아니에요. 바깥에서는 전쟁이 끝났지만 우리 전쟁은 막 시작되었단 말이에요. 종전 회의가 끝났으니 만찬이 있을 거고 파티가 있을 거예요. 그럼 각 성군 대표들이 어디로 몰려올 것 같나요? 바로 여기, 우리 식당이에요! 이곳 에스코피에 식당은 태양계에서 유일한 별 6개 식당이라고요! 언제 외무부에서 사람이 올지 몰라요. 그러니까 모두들 진정하고 준비해요!"

모두들 투덜거리면서 자기 자리로 돌아갔다. 나는 고함치느라 뻑뻑해진 목을 가다듬으며 다시 사무실로 돌아갔다. 막 문을 열고 들어서려는데 비서가 나에게 윙크를 하며 통신실을 가리켰다.

"외무부의 베르토프 부장님께서 기다리고 계세요."

올 것이 왔구나. 나는 애써 태연한 척 얼굴 근육을 풀고 통신실로 들어갔다. 베르토프의 희뿌연 홀로그램 영상이 안에서 나를 기다리고 있었다.

"소식 들었습니까?"

"들었어요. 만찬은 몇 시지요?"

"오늘은 없습니다. 전쟁 희생자들을 위한 추도니 뭐니 하면서 시간을 끌었어요. 아즈첸인들이 협정서에 사인을 하기는 했지만 그래도 앞으로 처리해야 할 형식상의 일도 꽤 많이 남아 있으니까 아직까지는 그런 말이 통합니다. 그러니까 오늘 밤까지는 별 없는 음식을 먹어도 다들 참을 거란 말입니다."

"1430명 정도라면 오늘 저녁부터도 가능한데요."

"두 배로 늘었어요. 오늘부터 스파니아교의 금식 주간이 끝났답니다. 몰랐지요? 하긴 당신네 가게에 있는 친구들은 하나같이 무신론자들이니까. 하여간 내일부터 당신들이 처리할 인원은 2972명입니다. 모레부터는 더 늘어날지도 몰라요. 아즈첸으로부터 독립한 신생국의 대표들이 몰려올 겁니다."

"너무 많아요!"

"그래서 어쩌라는 겁니까? 이미 태양계에 있는 별 달린 요리사들을 모조리 당신네 식당에 보내지 않았습니까? 최신식 요리 기구에다 요구한 재료들도 모두 무상으로 제공했잖아요. 뭐가 모자랍니까? 그럼 내일 저녁에 봅시다."

베르토프는 바람에 날린 촛불처럼 휙 꺼져버렸다. 망할 자식! 네가 내 입장에 한번 서봐라!

2.

우리 일가친척들은 내가 태양계에서 가장 훌륭한 식당을 경영한다는 사실을 무한한 영광에 가문의 자랑이라고 알고 있지만, 내가 그들이 생각하는 것의 반의반만이라도 똑똑했더라면 지금쯤 평양에 주저앉아 냉면 가게나 하고 있었을 것이다. 별 여섯? 그건 사람들 등골을 빠개는 귀찮은 짐일 뿐이다.

아까도 말했지만, 내가 경영하는 에스코피에 식당은 태양계 유일의 별 6개 식당이다. 식도락에 흥미 없는 분들을 위해서 간단히 이 별이 뭔지 소개하겠다. 우주 저편에 있는 어떤 소행성에 라마스타시라는 출판사가 있다(라마스타시는 스파니아어의 지구식 음역이다. 원래 발음은 코끼리 코를 킁킁 울리는 소리 두 번에 이빨을 한 번 반 갈고 트림과 기침을 절묘하게 섞은 소리로 〈산타 루치아〉의 두 번째 소절을 부르다 마는 것과 비슷하다). 그 출판사는 창립 이래로 단 한 종류의 책만을 출판하고 있는데, 그것은 바로 식당 가이드다.

알려진 우주에는 수많은 종족이 살고 있고 그들이 먹는 음식 또한 다양하다. 어떤 종족에게 독이 되는 음식이 다른 종족에게는 성찬이 된다. 그러나 또한 어떤 음식들은 모든 종족들에게 다 성찬일 수도 있다(그러나 모든 종족에게 다 독이 되는 음식은 없다. 그런 게 있다면 애당초부터 음식이라고 불리지 않을 테니까). 라마스타시의 식당 가이드는 무지한 여행객들이 무턱대고 아무 식당에 들어갔다가 시체가 되어 나오는 불상사를 방지하기 위한 자상하고 친절한 책이다.

다른 모든 일급 가이드처럼 라마스타시의 식당 가이드도

등급제를 실시하고 있다. 맛과 청결도, 서비스 수준을 모두 종합해서 144점 만점에 평균 132점이 넘는 식당은 라마스타시의 거룩한 별 하나를 따게 된다.

별이 그 식당의 수준을 말해준다면 별의 수는 그 식당의 보편성을 말해준다. 별 2개를 땄다는 것은 라마스타시 출판사가 음식의 수용능력으로 구분한 두 무리의 종족에게 이 식당이 일급이라는 소리다. 우리 에스코피에 식당은 별이 여섯이므로 라마스타시 구분으로 여섯 무리, 그러니까 42개의 종족에게 별 달린 서비스를 제공할 수 있다.

여기까지는 문제가 아니라 자랑이라고 할 수 있다. 하지만 이런 고급 다중 식당이 태양계에 우리 식당 하나뿐이라는 점, 최근 들어 어정쩡한 위치에 있다는 이유 하나만으로 지구의 모스크바가 우주 외교의 중심지가 되었다는 점, 전쟁으로 모든 게 혼란스럽다는 점 따위들 때문에 일은 점점 복잡해졌고 마침내 우리가 이 지경까지 몰리게 되었던 것이다. 아, 빌어먹을!

3.

에스코피에의 요리사 수는 갑자기 11퍼센트가 늘었다. 새로 들어온 요리사 모두가 다루기 골치 아픈 앨터너티브 요리사들이었다. 식당 앞 광장에 착륙한 산 지오바니 여객 회사의 여객 우주선이 우리의 임시 식당이 되었다. 우주선 식당은 손님들이 모두 지구인일 경우 5000명까지 수용할 수 있기 때문에 더 이상 인원 걱정은 할 필요가 없었지만 주방의 루트를 모두 새로 다 짜야 했다. 베르토프가 가져온 기구들의 상당수는 작동법이 뭔지 도대체 알 수 없었다. 배달 온 재료의 상당수는 불량품이어서 식당 위생반이 일일이 다 새로 배양해야 했다.

별 수가 많은 식당의 고민거리 중 하나는 식당 전체의 통일성을 유지하기 힘들다는 점이다. 나는 스파니아 요리를 먹을 수 없고 스파니아인들은 지구 요리를 먹을 수 없다. 맛에 대한 취향도 제각기 다르기 때문에 미각자극기를 통해 안전 시식을 하더라도 고민을 상당히 해야 한다. 나는 이미 12년간의 경험을 통해 여섯 무리 요리들의 맛을 '번역'하는 방법을 대충 터득하기는 했지만 그래도 아직까지 미묘한 평가는 힘들다. 결국 나도 헤스프로트인이 아니니까.

우리는 라마스타시에서 만든 표준 테이블 매너 가이드에 나온 제24번 통합 코스를 선택하기로 했다. 그것은 맨 처음에 입맛을 돋우는 무독성 음료로 시작해서 아홉 코스가 이어진 다음 화학성 디저트로 끝나는 가장 무난한 서비스 방법이다. 우리는 어느 누구도 소외되었다는 느낌이 들지 않도록 적어도 2개 이상의 요리는 통일시킬 예정이었다. 우리는 특수 발효시

킨 쇠고기와 표고버섯을 스파니아식으로 요리한 다소 기회주의적인 요리인 락시오나스하고 타야르의 볼리야 해초와 아즈첸의 카토스토 고기를 굳혀 만든 돌바힌을 선택했다. 이 둘은 타협적인 요리라는 공통점 이외에도 여섯 무리의 종족들이 모두 부담없이 먹을 수 있다는 장점도 가지고 있었다. 펠젠인들에게 볼리야 해초는 다소 소화하기 힘들겠지만 그들이 먹을 요리에만 섬유질을 빼고 소화효소를 첨가하면 된다.

서로 나서려는 여섯 주방장들을 간신히 설득시켜 메뉴를 정한 다음, 나는 본격적인 전쟁으로 돌입했다. 임시로 데려온 요리사들을 에스코피에의 체계에 굴복시키는 것이 급선무였다. 슬프게도 새로 온 사람들 모두가 다들 견장처럼 별을 달고 있는 친구들이라 목뼈가 뻣뻣하기 짝이 없었다. 그들을 상대한 뒤에는 식품실로 돌진했다. 아직까지 재료들 중 상당수가 처리되지 않은 상태였다. 처음 보는 재료들을 보고 쩔쩔 매는 화학부 직원들을 밀어내고 내가 몸소 발효 시범을 보여주었다. 다음은 루트가 문제였다. 우주선의 식당과 주방 사이를 최대한으로 단축시키기는 했지만 최단 거리가 150미터였다. 아무래도 우리가 보통 쓰는 바퀴 달린 수레로는 운반이 힘들었다. 반중력 수레들을 요청하느라 내무부 사람들과 한참 씨름하고 나니 벌써 3시였다. 한숨 돌리려고 사무실로 들어갔지만 의자에 앉기도 전에 베르토프의 홀로그램이 다시 나타났다.

"일은 잘되어 갑니까?"

그가 물었다.

"그럭저럭요. 9시 만찬까지는 어떻게든 될 것 같아요. 내일부터는 더 나아질 거예요. 기기들이 작동할 테니까. 이런, 젠장! 내가 왜 이딴 곳에서 이 고생을 하고 있지!"

"높은 위치에는 책임이 따르기 마련이지요."

"높은 위치도 높은 위치 나름이죠. 내가 어쩌다 이 망할 나라에 박혀 있지만 않았어도 별 하나 식당을 경영하며 고상하고 품위 있게 살고 있었을 거예요. 지구 같은 촌뜨기 행성에 별 여섯은 말도 되지 않는 과욕이에요. 언제나 큰 게 최고라고 착각하는 이 러시아라는 멍청한 나라나 생각해 낼 만한 아이디어지요!"

"그래도 그 과욕 때문에 지금 이렇게라도 일을 꾸려가고 있는 것 아니겠습니까?"

"그거야 당신 생각이죠."

베르토프는 잠시 머뭇거리다가 다시 말을 이었다.

"혹시 첸시크인들에 대해서 압니까? 얼마 전에야 그들 중 일부가 아즈첸 제국에서 독립하려는 나라에 자치 행성을 가지고 있다는 사실을 알았습니다."

저절로 감기던 눈이 번쩍 뜨였다.

"그들도 오나요?"

"네."

"언제요?"

"모레 아침 7시에 옵니다."

"왜 진작 말해주지 않았어요! 그들은 우리가 다룰 수 없다고요! 그들 식성이 얼마나 특수화되어 있는지 아세요? 도대체 몇 명이나 오나요?"

"25명입니다."

나는 만년필을 씹으며 천장을 올려다보았다.

"어떻게든 해보겠어요. 우리 담당은 아니지만 노력한다면 그럭저럭 해낼 수 있을 거예요. 일단 그 사람들에 대한 자료나 주세요."

4.

첸시크인들은 4개의 아종으로 나뉘어져 있었는데 그 모두가 고약할 정도로 식성이 세분화되어 있었다. 첸시크-알돈인은 바소크라는 바오바브나무 비슷하게 생긴 식물의 즙만 먹었고 첸시크-시겐인은 흡혈종이었다. 첸시크-게도르크인은 버섯 종류를 썩힌 것 이외에는 먹을 수 없었고 첸시크-도르탄인은 살론이라는 거대한 동물과 공생하며 그것의 분비물만 받아

먹었다. 문명이 발전되면서 각자의 요리 방식이 서로에게 영향을 주기는 했지만 요리 재료는 거의 변하지 않았다.

문제는 그렇게 특수화된 입맛을 가진 생물들의 비위를 맞추는 일은 극도로 힘들다는 점이었다. 고대 에스키모인들은 몇백 종류의 눈을 구분해 냈다고 하는데 첸시크-시겐인들도 피맛을 그 정도로 예민하게 구별해 낼 것이다. 이들을 다른 종족의 요리사가 만족시키는 것은 손가락으로 짚신벌레를 잡아 올리는 것만큼 힘들었다. 라마스타시 식당 가이드에도 첸시크인들을 만족시킬 수 있는 별 붙은 식당은 단 17개밖에 나와 있지 않았다. 그리고 그중 16개가 첸시크 항성계에 있었다. 나머지 1개도 첸시크인이 운영하는 것이었다.

그리고 우리 식당에는 첸시크 요리사가 단 1명도 없었다.

《은하대백과사전》에 간단한 첸시크 요리들의 목록과 조리법이 나와 있기는 했지만 그 정도 가지고는 어림없었다. 첸시크인만큼이나 예민한 미각을 가진 요리사가 있어야 했다. 베르토프는 컴퓨터가 있지 않느냐고 태평한 소리를 해댔지만, 우리 식당 컴퓨터들은 첸시크인들의 방식으로 맛을 평가하는 방법을 몰랐다. 최소한 그들이 무엇을 맛있다고 여기는지는 알아야 음식 비슷한 거라도 만들 수 있지 않겠는가!

"첸시크인들도 준비는 하고 오지 않을까요?"

첫 번째 만찬이 끝나자마자 사무실로 돌아와 고민하고 있는 나를 보고 비서가 말했다.

"그들의 입맛에 맞는 음식을 항상 구할 수 없다는 건 그들도 알고 있을 거잖아요. 너무 고민하실 필요는 없어요. 우리 식당은 별이 겨우 여섯인걸요. 모든 걸 다 처리할 수는 없잖아요."

그녀 말이 옳았다. 나는 베르토프가 준 목록을 들여다보았다. 첸시크인들의 기다란 이름은 상당 부분이 그들의 직책 명칭이었다. 번역기에 넣어보니 반가운 이름이 하나 나왔다. 르가르타-엔시-콜드라치-시에넨-코르토-호스-탈론. 멋진 요리사이자 훌륭한 어금니의 소유자인 르가르타-엔시란 뜻이다.

5.

르가르타-엔시-콜드라치-시에넨-코르토-호스-탈론은 첸시크인치고는 키가 꽤 커서 142센티미터나 되었다. 날씬하고 균형이 딱 잡힌 몸에 지구인 기준으로도 아주 예뻤다. 클로버잎만 모자에 꽂으면 아일랜드에서 온 요정이라고 해도 될 듯했다.

"물론 요리는 할 줄 알아요. 하지만 전 지역장님의 비서 자격으로 왔어요."

그녀는 내 정신없는 질문이 끝나자, 말끔한 우주어로 대답했다.

"여러분들은 특수한 식성을 가지고 계시잖아요. 아무런 대책도 없이 오신 것은 아니죠?"

"건조식품을 가지고 왔어요."

"만찬에서 어떤 대우를 받기를 기대하시고 오셨어요?"

"우리 모두 그런 생각을 한 적은 없었어요. 워낙 급하게 출발했거든요. 우리의 참석도 출발 하루 전에야 결정되었어요. 하지만 정말 그게 문제군요. 만찬 때 아무것도 먹지 않고 가만히 있을 수는 없겠지요?"

"그럼 이렇게 하죠. 건조식품을 가지고 오세요. 그것하고 여기 있는 재료들을 가지고 어떻게든 그럴싸하게 만들어봅시다. 오후에 여기 오실 수 있으세요? 바쁘시다면 곤란하지만······."

그녀는 지역장과 화상전화로 한참 동안 이야기한 뒤에야 간신히 허락을 받아낼 수 있었다.

오후가 되자 그녀는 말끔한 초록색 원피스 차림으로 우리 주방에 나타났다. 바퀴 달린 커다란 상자가 그녀의 뒤를 따라 들어왔다. 그녀는 무척 수줍음을 탔기 때문에 나는 그녀를 주방 구석에 있는 분실로 데려갔다.

"우리 첸시크인들은 다행히도 미각을 공유해요."

그녀는 상자 안에서 건조식품들을 꺼내면서 말했다.

"다른 아종의 음식을 먹을 수는 없지만 공통된 맛의 가치관을 가지고 있지요. 물론 아주 섬세하게는 반응할 수 없어요. 먹는 것이 워낙 다르니까요. 지금 제가 가져온 것들은 아주 단순한 것들이에요. 하지만 이것들로 몇 가지 기본 요리들을 만들 수 있어요."

"아홉 코스를 다 채울 수 있을까요?"

"맛과 모양만 조금씩 바꾸면 되지 않을까요? 왜 한 번에 먹을 수 있는 음식을 여러 번 나누어 먹는지 이해를 못 하겠군요."

그녀는 잽싸게 손을 놀려 밀폐 용기 안에 든 가루를 그릇들에 나누어 부었다. 그녀는 요리를 준비하면서 첸시크 요리에 대한 몇 가지 상식을 이야기해 주었다. 첸시크인들은 고체 음식을 싫어한다는 점, 쉽게 마실 수 있는 것일수록 고급으로 친다는 점, 식기는 속이 깊은 수저와 빨대밖에 없다는 점.

다행히도 이번에 지구로 온 사절 중에 첸시크-도르탄인은 없었기 때문에 스물일곱 종류의 음식만 준비하면 되었다. 르가르타-엔시는 마술처럼 깔끔하게 그 모든 것을 만들어 탁자 위에 늘어놓았다. 요리가 끝나자 미각자극기로 맛을 보았지만 나로서는 이게 어떤 수준의 요리인지 알 수가 없었다. 그러나 이 요리들이 설사 별 달릴 만한 것이 아니더라도 이제 적어도 형식은 차릴 수 있게 되었다. 첸시크인들이 이 정도도 이해 못 할 정도로 속 좁은 종족은 아니리라.

6

재앙은 대개 예기치 못한 곳에서 기어 나온다. 그러나 우리를 찾아온 재앙은 거만한 태도로 정문을 통해 걸어 들어왔다.

걸신들린 듯한 태도로 우리 요리를 빨아 마시던 첸시크-알돈인 일등 서기관 사트-텔돔-그라바크-바힌-스펜시스-텔릭이 갑자기 끽끽 소리를 내면서 테이블 위에 얼굴을 묻었을 때, 우리는 단지 그가 트림 비슷한 것을 해대는 줄 알았다. 그러나 다른 첸시크-알돈인들의 반응이 이상했다. 그들은 허둥지둥 그에게 다가가 몸을 뒤집었다. 그때 사트 텔돔의 입에서 초록색 액체가 쏟아져 나왔다.

"의사! 누구 의사 없습니까?"

그들 중 1명이 외쳤다.

구석에 앉아 있던 스파니아인이 뛰어왔다. 손님들이 너무 많아서 내가 뛰어들어 길을 만들어주어야 했다.

"의사십니까?"

아까 의사를 불렀던 첸시크-알돈인이 물었다.

"아뇨, 동물학자입니다. 하지만 지금 여기서 당신네 몸에 대해 웬만큼 아는 사람은 나밖에 없을 겁니다. 나는 그래도 당신네 속의 생물들을 해부해 본 적도 있소. 진짜 의사가 오는 동안 시간을 벌 수는 있을 겁니다."

그는 환자를 바닥에 눕힌 다음 긴 목을 굽혀 환자의 얼굴에 코를 갖다대고 가슴 부위를 손가락으로 눌렀다. 동물학자는 곧 목을 치켜올렸다.

"염화나트륨 중독입니다. 다행히도 발작이 빨랐군요. 의료용 펌프를 가져다주십시오. 식당용 진공청소기라도 상관없어요. 소화기관 속의 내용물을 꺼내야겠습니다!"

주변 손님들의 시선이 모조리 테이블로 향했다. 나는 현기증을 억누르고 통신기를 꺼내 비서에게 의사와 베르토프를 부르라고 지시했다. 중국인 요리사 1명이 식당용 진공청소기를 가지고 왔다. 스파니아인은 입에다 청소기를 밀어 넣고 작동시켰다. 꾸르륵 소리가 나면서 청소기가 부풀어 올랐다.

"모두들 그 음식에 손대지 마세요!"

내가 외쳤다.

"음식을 검사해 봐야 합니다! 그리고 안에 계신 분들은 전부 앉으세요!"

베르토프가 의사 로봇을 끌고 안으로 들어왔다. 뒤를 따라 들어온 제복 차림의 펠젠인들은 중립 내비게이터 시스템의 경찰들이었다. 의사는 신속하게 환자에게 응급조치를 한 다음 들것에 넣고 식당 밖으로 빠져나갔다.

"어떻게 된 겁니까?"

베르토프가 나를 구석으로 끌고 가 물었다.

"염화나트륨 중독이래요."

내가 대답했다.

"나도 의사가 이야기하는 걸 들었습니다. 하지만 어떻게 그걸 먹었느냐 이겁니다. 실수로 지구인 테이블에 놓여야 하는 소금이 그 사람들 테이블로 간 거 아닙니까?"

"말도 안 돼요! 우리 식당의 별이 괜히 붙은 건 줄 알아요? 단 하나의 종에라도 유독한 물질은 모두 엄격하게 관리된다고요. 지금까지 그런 사고는 단 한 번도 없었어요."

"당신들은 지금까지 첸시크인들을 다루어본 적이 없잖습니까! 그리고 이 식당에 첸시크인들 이외에 소금이 유독 물질인 생물은 없습니다. 실수로 유독 물질 리스트에서 누락된 것이 아닙니까?"

"그래도 이미 컴퓨터에 소금은 유독 물질로 기재되어 있어요. 게다가 첸시크인들은 짠맛을 질색하는 종족이에요. 조금이라도 음식에 짠맛이 났다면 당장 알아차렸을 거예요. 이건 사고가 아니에요. 누군가 고의로 한 짓이에요. 만약 사고라 하더라도 우리 식당 책임은 아니에요!"

펠젠인 1명이 특유의 꿀렁거리는 목소리로 끼어들었다.

"실례합니다만, 이 요리를 만든 요리사는 누구입니까?"

"대표들과 같이 온 첸시크인이에요. 지금 주방에 있어요."

펠젠인은 머리에서 더듬이를 뽑아 잠시 고개를 까닥거렸다. 통신이 끝나자 그녀는 나에게 눈들을 돌렸다.

"분명히 음모가 있습니다. 사고 몇 분 전에 당신이 말한 요리사가 자취를 감추었다고 합니다. 그들 사이의 정치적 문제가 분명합니다. 첸시크-알돈인과 첸시크-시겐인은 사이가 몹시 나쁘지요. 도망간 요리사는 첸시크-시겐인이었지요?"

7.

무언가 창문에 부딪치는 소리를 듣고 창문을 연 나는 하마터면 비명을 지를 뻔했다. 훌륭한 요리사이자 멋진 송곳니의 소유자인 르가르타-엔시가 비를 맞으며 창문 아래에 쪼그리고 앉아 있었다.

"난 그 사람 음식에 소금을 넣지 않았어요! 제발 믿어주세요. 지금으로서는 날 믿어줄 사람이 당신밖에 없어요! 제가 독을 넣지 않았다는 건 아시죠?"

그녀는 내가 묻기도 전에 총알처럼 내뱉었다.

"일단 들어와요. 감기 들겠어요."

"들지 않아요. 이 별에 오기 전에 면역 강화 치료를 받았거든요."

그녀는 폴짝 뛰어올라 창문을 넘어 내 방으로 들어왔다.

"그 사람 죽었어요?"

그녀가 물었다.

"아니, 발작이 빨랐어요. 그래서 치료도 빨랐죠. 먹은 것 대부분을 토해냈기 때문에 살았어요."

"어떻게 소금을 먹었대요? 우린 짠맛에는 아주 민감해요. 조금만 넣어도 눈치채요."

"짠맛을 중화시키는 조미료가 들어 있었어요. 사고가 아니라 의도적인 독살 시도였답니다."

그녀의 얼굴 아랫부분이 부들부들 떨렸다. 울먹이는 것 같았다.

"어떻게 그럴 수 있어요? 제가 어떻게 사트−텔돔이 그 음식을 먹을지 알았겠어요?"

"하지만 첸시크−알돈인들 중 어느 누구라도 먹을 수 있죠. 지구로 온 사람들은 대부분 중요 인물들이고요. 내 눈을 피해 당신이 소금을 넣을 수는 없었다고 증언했지만, 중립 경찰들은 내 증언을 진지하게 생각하지 않아요. 그들은 당신이 정적들을 살해하려고 했다고 생각해요."

"하지만 왜요? 그렇다면 불리해지는 건 우리 쪽이에요. 우리 첸시크-알돈인보다 훨씬 불리한 입장에 있어요. 잘못하면 우리는 아즈첸 제국 영토에서 완전히 내몰릴지도 몰라요."

베르토프는 언제나 외계인들의 표정에 속지 말라고 했다. 하지만 르가르타-엔시의 어린아이같이 맑은 얼굴이 부들부들 떨고 있는 것을 보고만 있으려니 참기가 힘들었다. 마침내 나는 어깨를 으쓱하고 말했다.

"모르겠군요. 하지만 한번 알아보죠. 그동안 당신은 내 집에 숨어 있어요."

8.

펠젠인들은 입이 무거운 사람들이다. 그들에게 뭔가 알아내는 것은 정말 힘들었다. 게다가 나는 식당 경영자/이론 요리사이지, 탐정 따위가 아니다. 게다가 매일같이 모여드는 VIP들 때문에 도저히 짬을 낼 수가 없었다. 그렇다고 베르토프에게 대신 알아봐 달라고 말할 수도 없었다. 그렇지 않아도 살얼음 위를 걷는 외교관에게 그런 짐까지 뒤집어씌울 수는 없었다.

간신히 알아낸 것도 빈약하기 짝이 없었다. 정치적인 상황은 르가르타-엔시가 말한 쪽이 더 사실에 가까웠다. 그러나 르가르타-엔시의 무죄를 확실하게 주장할 수 있는 증거도 없었다. 그리고 그들이 계속 르가르타-엔시 범인설을 주장한다면 어쩔 수 없이 우리 식당도 관리 소홀로 점수가 깎이게 된다. 그렇지 않아도 아침에 라마스타시 출판사로부터 안부 전화를 받았다. 독살 미수 사건에 대해서는 단 한 마디도 나오지 않았지만 그게 오히려 무서웠다. 자칫하면 별 6개를 죄다 잃어버릴지도 모른다.

르가르타-엔시를 숨겨놓는 것도 힘들었다. 전쟁이니 뭐니 때문에 나도 약간의 특권을 가지고 있었지만 그거야 지구 경찰에게나 통하지 중립 경찰들에게는 씨도 먹히지 않을 터였다. 언제 그들이 내 집에 들이닥칠지도 몰랐다. 게다가 르가르타-엔시에게 음식을 주는 일도 문제였다. 끼니마다 어떻게 해내기는 했지만 역시 힘들었다. 가끔은 살인미수범일지도 모르는 외계인을 내가 왜 숨겨주나 생각하기도 했다. 대답은 자명했다. 그녀가 살인범이라면 우리 식당의 별들도 없어진다. 그러니 그녀는 무죄여야만 했다.

살인미수 사건이 일어난 지 꼭 사흘째 되던 날, 심각한 얼굴의 펠젠인들과 사트-텔돔이 내 사무실로 들어왔다. 첸시크-알돈인은 이를 드러내며 내 귀에 그의 입을 박았다.

"당신이 그럴 줄 알았어! 이제 당신네 식당도 끝이고 당신 목도 끝이야! 당신 목을 광장에 매달겠어! 당신 심장을 뜯어

내 가방을 만들겠다!"

"최현주 씨. 지구 시간으로 30분 전에 우리 직원들이 당신의 서재에서 수배 중이던 르가르타-엔시를 발견했습니다. 당신이 숨겨주었습니까?"

제복을 입은 펠젠인이 물었다.

"그녀에게 직접 물어보시지 그러세요?"

"르가르타-엔시는 지금 답변할 수 있는 상태가 아닙니다. 발견된 즉시 그녀는 당신 주방에서 가져온 소금 정제를 한 조각 삼켰습니다. 죽지는 않았지만 혼수상태입니다. 당신이 그녀를 숨겨주었습니까?"

나는 고개를 끄덕였다. 그러나 펠젠인들은 내 보디랭귀지를 이해하지 못했다. 나는 우주어로 또박또박 말했다.

"네, 제가 숨겨주었어요."

"당신도 한패였어! 한패였어!"

첸시크-알돈인이 외쳤다.

"당신이 르가르타-엔시의 범죄를 방치했습니까?"

펠젠인이 다시 물었다.

"아뇨. 제가 왜 그래야 하죠?"

첸시크-알돈인이 다시 내 귀에 입을 박았다.

"내가 말해주지. 당신과 그 망할 계집애는 연애 중이었소. 통정하고 있었단 말이야! 경감, 이 여자는 겉보기엔 점잖아 보

251

이지만 음탕한 변태성욕자요! 살인미수죄로 체포할 수 없다면 음란죄로 체포하시오! 못 믿겠다면 여기 저 여자에 대한 기록들도 있어! 저 여자가 자기 비서와 어떻게 놀아났는지 보란 말이오!"

경감은 황당한 표정을 지었다. 사트–텔돔은 펠젠인들의 3분의 1이 동성애자라는 사실을 몰랐나 보다. 그러나 그런 외교적 실수는 지금 내 입장에 비하면 정말로 하찮은 것이었다. 나는 펠젠인 경감이 사트 텔돔에게 문화적 다원성에 대한 설교를 늘어놓는 동안 필사적으로 머리를 짰다.

식당을 위해서도, 르가르타–엔시와 나를 위해서도 이 사건을 더 크게 만들 수는 없었다.

"이 모든 일을 해명하실 수 있겠습니까?"

설교를 마치고 펠젠인 경감이 다시 나에게 말했다. 나는 고개를 끄덕였다. 이번에는 내 보디랭귀지가 먹혀들었다. 그는 꼭 지구인처럼 턱을 치켜들면서 내 말을 재촉했다.

"우선 난 르가르타–엔시와 연애 중이 아니었어요. 어떻게 그럴 수가 있었겠어요? 그 여자와는 만난 지도 얼마 되지 않았는데. 그런 여자가 사람을 죽인다고 해서 도와줄 리는 더더욱 없지 않겠어요?"

"그럼 왜 숨겨주었습니까?"

"도의적인 책임을 느꼈으니까요. 첸시크인들이 먹은 요리

252

는 모두 내가 만들었어요. 물론 그 안에 독 같은 것은 넣지도 않았어요. 그녀가 독을 넣을 기회도 없었고. 일이 너무 급작스럽게 진행됐고 식당의 명예도 있었기 때문에 지금까지 말하지 않았던 거예요. 르가르타-엔시를 숨겨준 이유도 그 때문이고요. 나는 그녀가 범인이 아니라는 사실을 알고 있었으니까."

조용해졌다. 나는 내가 만든 충격파를 천천히 음미하면서 잠시 말을 멈추었다.

"그건 말도 되지 않소! 당신이 뭔데 첸시크인들의 요리를 만들지?"

첸시크-알돈인이 말했다.

"나는 식당 경영자일 뿐만 아니라 이론 요리사이기도 해요. 손가락 끝으로 맛을 내지는 않지만 맛의 보편성과 요리의 일반 원칙에 대해서는 누구보다도 많이 알아요. 첸시크인들이 오자 나는 내 이론을 실험하고 싶었고 그래서 르가르타-엔시의 도움을 빌렸던 것이죠. 거짓말처럼 들린다면 도서관을 뒤져봐요. 내 논문들을 볼 수 있을 테니까."

첸시크-알돈인은 그래도 믿을 수 없는지 계속 으르렁댔다.

"그럼 지금 당장 만들어봐! 내가 맛을 볼 테니!"

"당신은 공정한 감식가가 될 수가 없죠. 맛이 입에 맞건 안 맞건 무조건 아니라고 할 테니까."

첸시크-알돈인은 내 말은 들은 척도 안 하고 계속 으르렁거렸다. 누가 초식동물이 얌전하다고 그랬는지 몰라도 앞으로 그따위 헛소리는 결코 믿지 않을 것이다. 1시간쯤 계속 이랬을까? 갑자기 누군가가 내 문을 두드렸다. 내 비서였다. 그녀의 얼굴은 종잇장처럼 새하얗게 질려 있었다. 내가 살인 혐의를 받는 것 따위로 그녀가 그렇게 얼어붙을 리 만무했다.

"저기…… 저어…… 라마스타시 출판사에서 손님이 오셨어요."

주먹 안의 손톱이 손바닥을 너무 세게 눌러서 피가 날 지경이었지만 나는 애써 태연한 척하며 대답했다.

"들어오시라고 해요."

비서는 뒷걸음치면서 물러났다가 곧 덩치 큰 헤스프로트인과 함께 들어왔다.

"라마스타시 출판사의 평가 담당관이신 헤세크로세스트 씨입니다."

그녀는 나를 외면한 채 우물거리고는 잽싸게 사라졌다. 헤세크로세스트는 굼떠 보이는 얼굴을 반쯤 들고 우리들을 훑어보았다. 헤스프로트인들은 우리 요리사들에게는 공포의 존재였다. 그들의 뚱한 얼굴 속에는 우주에서 가장 정밀하며 객관적인 미각이 숨어 있었다. 그들은 둔감한 손놀림 때문에 다중요리는커녕 자기네 요리도 제대로 못 만드는 종족이었지만 다중 음식 평론가로서는 타의 추종을 불허했다. 그들은 존재할 수 있는 그 어떤 종족의 요리도 평가할 수 있었다. 미각의 보편성에 대한 내 논문도 헤스프로트인들의 존재에 바탕을 둔 것이었다.

헤세크로세스트는 느릿느릿한 태도로 의자에 앉았다. 그는 우리를 쭉 돌아보다 다시 시선을 내 눈에 고정하고 입을 열었다. 그의 입 안에 든 48개의 혀와 14개의 발음기관이 절묘하게 얽히면서 트럼펫 합주와 같은 우렁찬 소리를 냈다.

"내가 왜 이곳에 왔는지 아실 줄 믿습니다. 이번 살인미수 사건은 우리 출판사에서 보더라도 중대한 문제입니다. 출판사에서는 이번 사태를 확실히 규명하여 에스코피에 식당의 능력을 재평가해야 한다는 결론에 도달했습니다. 그래서 지금부터 사건을 검토해 보고 싶습니다. 이미 기초 조사는 했지만 난 그것보다 더 많은 것을 알아야 합니다."

펠젠인 경감이 앞으로 나섰다.

"죄송합니다만, 지금은 살인 사건 수사 중입니다. 조금 나중에 오실 수 없습니까?"

헤세크로세스트는 경찰관 따위가 감히 라마스타시 출판사의 식당 평가 작업을 방해하는 것을 보고 가소롭다는 듯이 픽 웃었다. 펠젠인은 다시 한번 시도했지만 허사였다. 그때 폭탄처럼 튀어나온 사트-텔돔이 외쳤다.

"헤스프로트인이군! 이 사람은 객관적인 평가를 할 수 있소! 당신이 첸시크 요리를 만들 수 있다면 이 사람에게 시식해 보라고 하지 그래!"

헤세크로세스트는 놀란 듯이 혀 2개를 비틀면서 작은 소리로 휘파람을 불었다.

"정말 당신이 첸시크 요리를 만들 줄 압니까?"

망할! 온몸이 불덩이가 되는 것 같았지만 내색할 수 없었다. 나는 기절할 것만 같은 기분을 억제하고 간신히 대답했다.

"네, 별을 딸 정도는 아니지만요. 컴퓨터 도움만 받으면."

헤세크로세스트는 주위를 죽 둘러보았다.

"흥미가 당기는군요. 당신이 쓴 요리 이론의 보편성에 대한 논문은 읽었습니다. 하지만 지금까지 그것을 탁상 이론 이상으로 생각해 본 적이 없어요. 만약 당신이 그것을 짧은 준비 기간 안에 수학적인 방법으로 만들어냈다면, 당신은 자신의 이론을 입증하는 셈입니다. 지금 나에게 요리 방법을 보여줄 수 있습니까? 대충 보니 이 신사분들에게도 절실한 일인 듯한데."

"하겠어요. 첸시크−시겐 요리를 만들어보죠. 하지만 준비가 필요해요. 잠시 나갔다 와도 될까요?"

내가 말했다.

9

12개의 다이아몬드 비커와 결정 필터, 가열기, 미각감지기, 그리고 요리용 컴퓨터가 내 앞에 놓여졌다. 나는 막 끄집어낸 재료를 넣고 조합하고 달구고 식혔다. 주변 사람들은 모두 숨을 죽이고 내 손동작을 지켜보고 있었다. 사트-텔돔은 내가 재료에 익히지 않은 양념을 넣을 때 웃기지도 않는다는 듯 픽 웃었지만, 내가 그것을 조합한 뒤에 화학 발효기에 넣자 얼굴색이 싹 변했다.

"저건 첸시크인들의 방식이 아니오!"

헤세크로세스트는 힘센 손으로 일어나려는 그를 눌렀다.

"그게 무슨 상관입니까? 최현주는 앨터너티브 요리사입니다. 그녀의 방식이 원래부터 전통을 무시하는 것입니다. 중요한 것은 만드는 방식이 아니라 그녀가 만든 요리의 맛입니다."

15분 뒤에 요리가 끝났다. 나는 내가 만든 핑크빛 콜로이드액을 접시에 따라 헤세크로세스트에게 내밀었다. 사트-텔돔에게도 다른 접시를 주었지만 그는 거절했다. 첸시크-시겐인들의 저열한 음식은 재료부터 역겹다는 것이 이유였다.

헤세크로세스트는 버릇대로 4개의 코를 뽑아 음식의 냄새를 맡았다. 그는 다소 미심쩍은 듯한 표정을 지으면서 빨대로 액을 빨아올렸다. 잠시 모두가 조용해졌다. 헤세크로세스트는 한동안 액을 입 안에 머금고 천장을 올려다보았다. 조용해 보였지만 지금 그의 입 안에서는 48개의 혀들이 잽싸게 움직이며 맛을 평가하는 중이었다. 한 1분쯤 지났을까? 그는 액을 삼키고 자리에서 일어났다. 그가 천천히 나에게 걸어왔을 때 나는 너무나 긴장해서 현기증으로 쓰러지는 줄 알았다.

"최현주 씨."

그는 장중한 튜바의 음성으로 말했다.

"당신은 정말 첸시크-시겐인의 요리를 만들 수 있군요! 별을 달 가치가 없다고 겸손해했지만 내 입장은 다릅니다. 당신이 만든 스테르코는 놀랍습니다. 두 가지 대치되는 양념을 사용해서 맛에 긴장감을 조성하는 스파니아식 조리법이 첸시크 요리에도 이런 식으로 통용될 줄은 미처 몰랐습니다. 발효 시간과 방식의 독특함도 천재적입니다. 물론 당신은 이론 요리사예요. 이 요리에도 원칙적인 면만 있을 뿐 실전 요리사들의 요리에서 맛볼 수 있는 독특한 일탈은 없습니다. 하지만 작곡가가 꼭 일류 연주가가 될 필요는 없습니다. 당신은 멋진 기초를 만들었습니다. 만약에 이와 같은 수준의 다른 요리들이 당신 식당의 메뉴에 오른다면 나는 거침없이 에스코피에 식당에 일곱 번째 별을 줄 것입니다!"

사트-텔돔은 비명을 질렀다.

"그럴 리가 없어! 그녀가 그 요리를 만들었을 리가 없어!"

펠젠인 경감은 고명한 요리 평론가와 나를 말없이 번갈아 보다가 이윽고 입을 열었다.

"그럼 그때의 요리도 당신이 만들었습니까?"

"네, 물론 그때는 보다 전통적인 방식을 썼지요. 양념을 미리 요리하는 것 따위 말이지요. 처음이라 실수가 있어서는 곤란했으니까요. 이제 제 증언이 보다 믿을 만해졌지요? 우리 식당의 루트를 생각해 보면 요리사 이외의 사람이 음식에 무언가를 넣는다는 것은 불가능하다는 것을 아시겠죠. 가엾은 르가르타-엔시는 음식의 맛만 보았을 뿐이랍니다. 그러니까 소금은 주방이 아니라 식당에서 들어갔음이 분명해요. 그렇다면 독을 넣을 수 있는 유일한 용의자는 바로 그 요리를 먹은 사람임이 자명해지지요."

모두의 눈이 사트-텔돔에게 향했다. 그는 욕을 퍼부으며 밖으로 뛰쳐나갔다.

10.

헤세크로세스트는 에스코피에 식당에 일곱 번째 별을 수여하는 자리에도 참석해 주었다. 결국 에스코피에 식당은 모든 난관을 극복해 냈던 것이다. 르가르타-엔시가 우리 식당의 정식 요리사로 들어와 나와 함께 만든 첸시크 요리들은 헤세크로세스트를 비롯한 라마스타시 평가단 전원을 만족시켰다. 첸시크 요리는 보편적인 것이 아니므로 그것 자체로는 별다른 상업적인 가치가 없지만 그래도 별 7개라는 명예는 얕잡아 볼 수 없었다. 게다가 첸시크 요리의 조리 방식의 상당수는 다른 종류의 요리로 '번역'되어 이용될 수 있었다.

첸시크-알돈인들의 음모는 무산되었다. 그들은 르가르타-엔시가 주방 일을 하게 되었다는 소식을 듣고 그런 쇼를 꾸민 것이었다. 상당히 쩨쩨한 음모였다. 첸시크-알돈인들은 그런 식으로 첸시크-시겐인들을 모함하여 그들의 주장을 꺾으려고 했던 모양이다. 사트 텔돔은 자기 요리에 몰래 소금을 넣고 나머지를 입에 털어 넣은 다음 소금이 몸에 흡수되기 전에 발작을 일으키는 쇼를 했다. 그를 치료하러 달려온 동물학자가 조금이라도 그들의 몸에 대해 더 잘 알았더라면 염화나트륨 중독이 그렇게 빨리 발작을 일으킬 수 없다는 사실을 알아차렸을 것이다.

"잠시 나와 이야기 좀 할까요?"

수여식이 끝난 뒤, 헤세크로세스트가 내 등 뒤에서 피콜로처럼 가냘픈 목소리로 속삭였다. 나는 그와 함께 내 사무실로 들어갔다. 그는 문을 걸어 잠그고 가장 커다란 의자를 끌어내 약간 기우뚱한 자세로 앉았다.

"이제 에스코피에 식당은 별 7개짜리 식당이 되었습니다. 그건 공정한 평가에 바탕을 둔 공정한 수여였습니다. 당신네 식당은 그럴 가치가 있습니다. 그러나 나는 진상을 듣고 싶습니다."

"뭘요?"

"알지 않습니까? 당시 첸시크-알돈인이 먹은 요리는 당신이 만든 것이 아닙니다. 제가 거기까지 눈치 못 차릴 정도로 바보라고 생각하지는 않으셨겠지요? 미안하지만 나는 그날 여기로 오기 전에 경찰서로 가서 남은 음식들을 시식했었습니다. 그것은 분명히 당신이 즉석에서 만든 엄격한 비율의 수학적인 요리와는 달랐습니다. 그건 르가르타-엔시의 것이었습니다. 당신이 그날 했던 모든 이야기는 그녀를 변호하기 위해 지어낸 것이었지요.

그런 것은 사실 중요하지 않습니다. 첸시크-알돈인들의 음모도 나랑 상관없습니다. 궁금한 것은 당신이 어떻게 그 요리를 만들었느냐 하는 것입니다. 당신은 이론 요리사입니다. 그리고 보편성에 대한 이론도 가지고 있습니다. 하지만 그것을 실증할 수 있는 실험을 할 만한 기회는 전혀 없었습니다. 첸시크인들의 요리 재료는 식당에서 가지고 나올 수가 없었고 주방에서도 실험할 기회는 없었습니다. 살인미수 사건 이후로 첸시크인들은 식당에 오지 않았으니까요. 그렇다면 당신은 순전히 수학적 직관과 약간의 개괄적인 지식만으로 요리를 만들었다는 이야기가 됩니다. 가능한 일일까요? 난 그렇게 믿지 않습니다.

게다가 당신이 만든 요리도 의심스럽습니다. 당신이 즉석에서 만든 요리는 아무리 창조적인 변형을 가했다고 하더라고 설명할 수 없는 기묘한 맛이 첨가되어 있었습니다. 그 맛은 지금 평가대에 오른 요리에서도 느껴지지만 그때와는 조금 다릅니다. 재료 자체에 원인이 있었음이 분명합니다. 그때 내가 어떤 것을 먹었던 겁니까?"

나는 빙글빙글 웃으며 대답했다.

"첸시크인들의 기본 재료들이지요. 역겨운 건 아니었어요. 바로 내 피였어요. 놀라시진 않으셨겠죠? 르가르타-엔시가 내 방에 숨어 있었을 때 나는 내 피를 그녀에게 먹였어요. 워낙 절박했기 때문에 어쩔 수 없었죠. 위험했지만 부작용을 각오해야 했어요."

"하지만 당신 피에도 분명히 상당량의 염화나트륨이 포함되어 있었을 텐데요."

"그래서 필터로 염화나트륨을 걸러내야 했어요. 그래도 100퍼센트를 다 걸러낼 수는 없지요. 그 뒤에 르가르타-엔시가 가벼운 염화나트륨 중독에 걸렸던 것도 나중에 벌인 자살 소동 때문이 아니라 바로 그 때문이었어요.

그러나 그때 우리는 새로운 사실을 알았어요. 아시다시피 첸시크인들은 짠맛을 극도로 혐오해요. 그들의 육체가 염화나트륨을 흡수하면 안 되기 때문이지만 그들이 짠맛을 혐오하는 정도는 도가 지나칠 정도죠. 그러나 짠맛이나 단맛, 쓴맛과 같은 것들은 맛의 기본 벽돌이에요. 첸시크인들은 부분 색맹처럼 한 종류의 맛을 완전히 무시하고 음식을 만들어왔어요. 물론 그들은 재료의 가능성을 극한으로 밀고 나간 나름대로 훌륭한 음식들을 만들어왔지만 요리의 한 차원을 완전히 무시한 발전이었지요.

우리는 내 피로 요리를 만들면서 그 새로운 차원을 탐색할 수 있었어요. 지구인은 감히 느끼지도 못할 극히 미량의 짠맛은 그들의 요리에 새로운 맛을 더해줄 수 있었죠. 우리에게는 싱겁고 느끼하기 그지없지만 첸시크인들에게는 강렬하고 특이하게 느껴지는 어떤 풍미를 말이죠. 물론 그때 제가 만든 요리나 지금 우리 식당에서 제공하는 요리에는 소금이 들어 있지 않아요. 짠맛을 내는 인공감미료가 대신 추가되어 있죠. 재료로 쓰는 피도 지구인의 것은 아닙니다.

저야 첸시크인이 아니니까 짠맛에 대한 증오와 거부감이 없었고 그러니까 훨씬 자유롭게 요리에 대한 실험을 할 수 있었어요. 이미 고도로 발전된 요리의 텅 빈 면을 채우는 작업이었으니 그 속도도 빠를 수밖에 없었죠. 게다가 노련한 요리사가 옆에 있었잖아요. 나머지는 제 고상한 탁상 이론인 '요리의 보편성론'이 도와주었지요. 이제 아시겠지요? 실험할 재료와 이론 모두 충분했어요. 저 같은 다중 요리사들이야 컴퓨터로 맛을 재서 만드는 데에 이미 익숙해져 있었으니까 경험도 풍부했고요."

헤세크로세스트는 한숨을 내쉬었다.

"간단하군요. 모자란 약간의 짠맛을 보충한다. 왜 이제까지 아무도 몰랐을까요?"

나는 의기양양해졌다.

"첸시크 요리는 극히 폐쇄적이었으니까요. 다른 종족들의 손이 닿을 구석이 없었어요. 폐쇄적 종족의 편견은 이래서 비생산적이랍니다. 게다가 첸시크인들과 같은 입맛을 가진 종족은 거의 없으니까 그들의 요리를 연구한다고 해서 경제적인 이득이 있는 것도 아니었으니 외부의 연구도 없었지요. 첸시크인들의 훌륭한 요리들 중 상당수가 네 아종들이 만든 요리법의 결합과 변형 속에서 나온 걸 생각하면 이런 폐쇄성은 아이러니컬하지 않나요?

물론 모든 음식들을 각 종족의 입맛으로 평가할 수 있는 당신같이 뛰어난 헤스프로트인들이 있지요. 그러나 당신들 역시 한계가 있었어요. 당신들은 특정 종족의 요리를 맛볼 때 각 종족의 입장으로 입맛을 전환시켜요. 특히 당신처럼 정교한 작업을 하는 전문가는 각 종족의 입장에 몰입하는 정도가 아주 심하죠. 그랬기 때문에 당신들이 보편적인 입장에서 맛에 대해 생각할 수 없었던 것이랍니다.

당신들이 한 걸음 더 나아갈 수 없었던 또 다른 이유는 당신들이 평론가였기 때문이기도 해요. 결국 당신들은 창조적인 사람들은 아니지요. 특히 요리와 같은 구체적이고 감각적인 예술에서 평론만 하는 사람이 창조적일 수는 없어요."

"하지만 당신은 다중 식당의 다중 이론 요리사였고 그래서 요리 방식의 결합과 창조에 대해 훨씬 넓게 생각할 수 있었다는 이야기군요. 재미있는데요. 당신은 얼마 전까지만 하더라도 다중 식당을 경영하는 것이 짜증 나는 일이라고 하지 않았습니까?"

"일이 많아지고 짜증 나는 일들이 섞이면 무슨 소리가 안 나오겠어요. 이제 지겨운 이야기는 그만두고 나가서 르가르타-엔시의 새 클레라레온을 시식하는 것이 어떨까요? 저야 그 요리를 먹어도 무슨 맛인지 모를 테니 당신이 대신 맛을 보고 어떤지 말해주세요."

🐰　　　〈일곱 번째 별〉은 과학소설 동호회에서 열린 음식과 관련된 SF 행사를 위해 썼습니다. 전에 제가 쓴 단편이 〈장례식〉이어서 저보고 다들 식인 이야기를 쓸 거냐고 물었던 기억이 나는데, 당연히 그러진 않았습니다. 대신 다양한 외계 종족을 접대하는 레스토랑 이야기를 썼습니다. 이 이야기는 약간 구식이에요. 일단 〈스타트렉〉스러운 인간형 외계인들이 나오니까요. 그리고 이 소재에 필요했던 외계 생물학 지식이 조금 부족했다는 생각도 들어요. 하지만 지금이어서 그렇게 보이는 것일 수도 있지요. 제가 지금 당연하게 생각하는 지식 일부는 이 단편 이후에 나왔을 테니까요. 러시아를 배경으로 한 이유는 우리에게 익숙한 서양 코스 요리의 기원이 러시아이기 때문이었습니다.

주인공인 최현주는 동성애자인데, 당시 저는 퀴어 캐릭터를 만들어놓고 "아, 이 사람은 퀴어지만 그게 중요한 게 아니야"라고 말하는 게 쿨하다고 생각했습니다. 그리고 덧붙이는 말인데, 전 당시 퀴어라는 단어를 쓰지 않았습니다. 이 단어가 일상화된 건 비교적 최근입니다. ˆˆ

선택> █

아무 키나 누르세요. . .

[ENTER] 를 누르십시오.

¶
¶
¶
¶
¶

그녀는 책상 서랍에서 작은 디스크를 하나 꺼내 홀로그램 뷰어에 집어넣고 돌렸다. 잠시 뒤 방이 어두워지면서 121×183센티미터 크기의 직사각형이 허공에 떠올랐다. 화면이 점점 뚜렷해져 그 그림이 무엇인지 구분할 수 있게 되자 내 입 안은 순식간에 바짝 말라붙고 말았다.

"맙소사, 파브리군요!"

내가 외쳤다.

"맞아요. 그의 작품이에요."

그녀는 냉정한 목소리로 대답했다.

"목록에는 〈잠자는 비너스〉라고 나와 있죠. 하지만 우리는 조르조네의 그림과 구별하기 위해 〈파도바의 비너스〉라고 불러요. 대영 박물관에 소장되어 있는 파브리 자신의 목록에 따르면 〈비너스〉는 1489년 여름에 그려졌어요. 그의 목록을 그대로 믿는다면 이 작품은 그의 또 다른 작품 〈유디트〉와 함께 1492년 4월 11일 파도바의 어떤 상인에게 팔렸는데 그 이후 사라진 상태였어요. 한동안 존재 자체가 의심되기도 했지만

1924년에 〈유디트〉가 발견되면서 이 작품도 어딘가 처박혀 있을 가능성이 아주 높아졌어요. 그러다 바로 작년 12월 29일에 이 걸작이 우리에게 넘겨진 것이죠. 일주일 뒤에 매스컴에 공개될 것이고 그 뒤에 소더비 네트워크를 통해 경매에 부쳐질 예정이에요. 원본은 지금 우리 회사의 금고 안에 들어 있어요. 어때요, 감상이?"

"이게 정말 진품입니까?"

"그걸 확인하는 게 바로 우리 회사에서 하는 일이죠."

"긍정적이었습니까?"

"탄소동위원소 연대 측정법에 따르면 〈비너스〉는 15세기 말에서 16세기 초 사이에 그려졌어요. 적어도 그려진 뒤 그만큼의 시간이 흘렀다는 이야기지요. 물감의 종류도 조사해 보았어요. 역시 당시의 것이었어요."

"그렇다면 진품이겠군요."

"당신처럼 쉽게 결론을 내리면 우린 1년도 못 가서 망해요. 탄소동위원소 측정법쯤은 누구나 쉽게 속일 수 있어요. 솜씨 좋은 위조범이라면 당시에 만들어진 판자나 캔버스를 이용해서 그럴싸한 작품을 만들어내지요. 19년 전에 일어났던 가짜 페르메이르 소동을 기억해요? 뉴욕 메트로폴리탄 박물관이 5년 전에 구입한 두 점의 페르메이르가 모두 위조로 밝혀졌지요. 그들이 연대 측정도 안 했다고 생각해요?"

"그래서 어떻게 했습니까?"

"여러 가지. 우선 화풍과 서명을 조사해 보았어요. 미술 전문가들의 애매모호한 의견들에만 의존하지 않고 새로 개발된 미술 통계학적인 방법까지 동원했어요. 결과는 97퍼센트 진품이었어요. 〈모나리자〉도 92퍼센트에 불과하다는 것 알아요?

또 지문이 있어요. 고맙게도 파브리는 물감을 손으로 문지르는 버릇이 있었죠. 조사 결과 그의 왼손 검지와 장지, 오른손 검지와 엄지의 지문이 발견되었어요. 양손을 다 쓰는 파브리의 화법과도 일치했고요. 뢴트겐선과 그 밖의 투시법으로 그림을 조사해 보았어요. 한번 보겠어요?"

그녀는 뷰어를 조절했다. 그림 위로 새로운 화면이 떠올랐다. 물감 아래 숨겨져 있는 몇몇 형상들이 보였다.

"저건 뭡니까? 사티로스?"

내가 물었다.

"그런 것 같아요. 님프와 사티로스, 아니면 잠자는 안티오페를 훔쳐보는 주피터쯤 되겠죠? 하지만 사티로스는 사라지고 잠든 여인만 남았죠. 그녀의 발 옆에 잠들어 있던 큐피드 역시 사라졌고요. 나중에 의도가 바뀌었을까요? 만약 그랬다면 작품 전체의 분위기가 안티오페와는 맞지 않았기 때문이었겠지요. 하여간 작업 순서는 파브리의 다른 작품과 일치해요. 잦은 번복도 마찬가지고요. 그림의 소재가 당시의 것이라기보다는 베

271

네치아파나 플랑드르파의 것에 더 가깝지만, 파브리는 언제나 자신의 시대와는 약간 어긋난 사람이었고 또 언제나 앞서가는 사람이었죠. 결국 우리는 〈파도바의 비너스〉가 진품이라고 보고할 수밖에 없었어요."

나는 투시도를 지우고 원화를 다시 비추었다.

"만약 이것이 진품이라면 정말 흥미로운 작품이겠군요."

내가 말했다.

"장르의 시작 아닙니까? 조르조네의 〈잠자는 비너스〉가 몇 년도 작품이죠?"

그녀가 대답했다.

"대략 1510년경이죠. 〈파도바의 비너스〉가 20여 년이나 앞서요. 하지만 두 작품은 분위기부터가 달라요. 티치아노나 조르조네의 그림과는 달리 〈파도바의 비너스〉는 음산하고 어둡죠. 일반적인 나부상에서 느낄 수 있는 관능적인 색채가 파브리의 그림에는 없어요. 이 그림에도 어딘가 죽음의 냄새가 풍기지 않아요? 잠들었다기보다는 죽은 듯한, 시간의 무게 속에 갇혀 있는 듯한 답답한 느낌을 나만 느끼고 있나요?"

"맞아요. 바로 그것이 파브리의 특징입니다."

"그래서 그는 당시에 별로 인기가 없었죠. 그의 작품들이 19세기가 되어서야 인기를 얻기 시작한 이유도 거기에 있어요."

나는 항의했다.

"하지만 그는 당시에도 위대한 화가였습니다. 바사리도 그를 레오나르도 다빈치만큼이나 중요하게 다루었지요. 카라바조부터 피카소에 이르기까지 후대 화가들에게 끼친 영향도 대단하고요. 19세기부터 올라간 것은 그의 그림값이지……."

"맞아요. 정말 대단하게 뛰었죠. 게다가 흥미롭게도 19세기에 와서야 사라진 그림들이 약속이라도 한 것처럼 줄지어 세상에 나왔지요. 그것도 진짜 걸작들이 말이에요. 신기하지 않아요?"

나는 그녀의 졸린 듯한 눈을 올려다보았다. 그녀는 한가하게 이마 위로 내려온 머리를 꼬면서 눈을 가늘게 뜨고 파브리가 그린 잠자는 여인을 바라보고 있었다. 언제나 그렇듯이 내 항의에는 신경도 쓰지 않는 것 같았다.

나는 포기하고 다시 그림으로 시선을 옮겼다. 그녀 말이 맞았다. 파브리의 그림에는 죽음의 냄새가 풍긴다. 그가 살았던 시대와 그의 그림은 어울리지 않았다. 그는 시대의 사생아였다.

"부서진 벽들과 기둥……. 이 작품에서도 파브리는 이것들을 그려 넣었어요. 로마 시대의 쓰레기들에 대한 집착 역시 당시의 유행에서 약간 벗어나 있죠. 언제나 파브리는 약간씩 앞서갔어요. 그가 그린 그림들 중 여럿은 장르를 새로 연 작품이었죠."

"그는 천재였으니까요."

"오히려 미래의 미술사에 도통했던 것이 아닐까요?"

"그게 무슨 뜻입니까? 그가 점쟁이라도 된단 말입니까?"

"그런 말이 아니에요. 하여간 재미있죠? 그가 그린 여자들은 상당히 현대적이에요. 예를 들어 2003년에 발견된 〈레다와 백조〉를 봐요. 현대성이 지나쳐서 심지어 패션 사진처럼 보이지 않아요?"

"하지만 〈레다와 백조〉는 가벼운 패션 사진에 비교할 수 없는 걸작입니다! 비유가 지나쳐도……."

"난 사실을 말한 거예요. 헬무트 뉴턴이 아메리칸 〈보그〉지를 위해 찍은 사진 중에서 그것과 거의 흡사한 구도의 사진이 있어요. 물론 뉴턴 사진의 양식화된 포즈와 〈레다와 백조〉의 격렬함은 비교할 수 없죠. 전혀 다른 종류의 것이니까요. 하지만 포즈가 흡사한 것은 사실이에요. 누가 베꼈을까요? 뉴턴? 그는 파브리가 그런 그림을 그렸다는 사실도 몰랐어요. 그렇다면 파브리?"

"파브리가 어떻게 뉴턴의 사진을 베꼈겠습니까? 레오나르도 다빈치가 빌려준 타임머신을 타고 미래로 가서요?"

"왜, 안 되나요?"

"당시엔 타임머신이 없지 않았습니까! 그리고 지금도 없는 것은 마찬가지고요!"

"하지만 앞으로는 모르죠. 지금도 시간 여행에 대한 연구가 진행 중이라는 걸 알아요? 내년쯤에 목성 궤도에서 실험할 거래요. 이론상 0.4초 정도쯤은 과거로 갈 수 있다는군요. 미래에 그것보다 싸고 간편한 타임머신이 나오지 말라는 법은 없잖아요? 만약 파브리가 르네상스 시대로 간 미래인이라면 뉴턴의 사진을 알고 있었겠지요. 뉴턴의 사진 말고도 카라바조나 피카소도. 하지만 그 자신의 존재 역시 역사를 바꾸는 데 참여하고 있었으니까 그가 역사를 바꾸기 전의 서구 미술사를 장식했던 우리가 모르는 거장들의 우리가 모르는 작품들을 베꼈을 수도 있겠죠. 그러고 보니 헬무트 뉴턴과의 유사성은 우연의 일치겠네요. 그렇다면 뉴턴이 미래로 가서 파브리 것을 베꼈나?"

"하, 하지만 그런 이야기를 진짜 믿는 것은 아니겠지요?"

나는 흥분해 말을 더듬거리며 물었다.

"천만에요. 난 내 직업에 대해서는 농담 같은 건 하지 않아요."

"근거가 있습니까?"

그녀는 서랍을 다시 열고 그 안에서 작은 파일첩을 꺼냈다.

"우리는 최근에 새로운 검사 방법을 도입했어요. 이 방법은 특히 〈파도바의 비너스〉와 같이 나무판자 위에 그려진 그림들의 연도를 추정하는 데에 참고가 되죠.

알다시피, 나무는 살아 숨 쉬는 생명체예요. 그것은 살아 있는 동안 끊임없이 주변 환경의 영향을 받아요. 주변 물질을 흡수하기도 하고, 추운 날씨 때문에 움츠러들기도 하지요. 우리의 새 기술은 이 나무의 성분과 성장 속도를 연구해서 판자가 어느 시대 것인지를 추정해 내요. 우리는 이미 마사초와 벨리니가 그린 그림 몇 점을 가지고 그 정확성을 확인했어요. 탄소동위원소 측정법만큼 쓸모 있지는 않지만 이미 추정 연도를 알고 있으면 확인하는 데에 도움은 되죠.

그런데 〈파도바의 비너스〉에서는 검사 결과가 아주 이상하게 나왔어요. 우리는 그림이 그려진 나무판자가 어느 시대의 것인지 전혀 알아낼 수가 없었어요. 그것은 추정 연대에 잘려진 나무가 아니었어요. 게다가 더욱 수상했던 것은 당시의 나무에는 포함되어 있을 리가 없는 몇몇 금속과 화학물질이 발견된 점이었어요. 판자는 분명히 20세기 이후의 것이었어요. 그리고 판자의 처리 상태도 이상할 정도로 완벽했어요.

그렇다면 가짜일까? 하지만 그 작품이 파브리의 작품임은 분명했어요. 다른 방식으로 확인한 연도 측정법도 믿을 만했고요. 그러니 그가 시간 여행자라는 가설이 나올 수밖에요."

"하지만, 파브리가 시간 여행자였다고 해도 그의 천재성을 부인할 수는 없습니다. 그의 그림들이 걸작이 아니라고 말씀하실 수는 없지 않습니까?"

"정말 그랬다면 그는 교활한 사기꾼이지요. 생각해 봐요.

그는 공정한 게임을 하지 않았어요. 그는 당시 사람들이 모르는 미술사 지식들을 잔뜩 가지고 있었다고요. 기법이나 화풍, 미래에 존재하게 될 걸작들, 심지어 앞으로 어떤 그림이 유행할 것인지까지!"

"그러나, 예술은 과학과는 다릅니다. 발전하는 것이 아니지요. 웬만한 미술학도라면 컴퓨터로 르네상스 시대 사람들은 꿈도 꿀 수 없었던 장난을 칠 수 있을 겁니다. 그렇다고 그런 작품을 레오나르도 다빈치나 미켈란젤로의 작품과 비교할 수 있겠습니까?"

"이런, 아직도 그런 순진한 생각을 가지고 있다니, 정말 놀랍군요. 예술이나 과학이나 따지고 보면 다 똑같은 인간 활동이에요. 둘 다 발전하는 부분이 있고 그렇지 않은 부분이 있지요. 단지 가치 평가 기준의 비중이 다른 곳에 치우쳐 있을 뿐이에요.

미적인 가치를 따진다면 대통일 이론이 나오기 전의 엉성한 양자역학보다는 뉴턴역학이 훨씬 더 아름다워요. 지금은 아무도 프톨레마이오스의 천문학을 진지하게 생각하고 있지 않지만 그 체계가 완벽하고 훌륭하다는 사실 또한 부인할 수 없어요. 그 가치는 불변이지요. 반대로 우리가 아무리 이집트 시대 미술품의 아름다움에 열광한다고 하더라도 테크닉이나 그림 재료와 같은 것들은 우리 시대의 것들이 더 뛰어나다는 사실 또한 부인할 수 없지요. 중세 회화의 비현실적인 요소들은 정말로 성스러운 아름다움을 낳지만, 그들이 그렇게 그린 이유가 그렇게밖에 그릴 수 없었기 때문이었다는 점 역시 잊어서는 안 돼요.

아니, 잠시만 말 막지 말고 더 들어요. 문제는 예술이건 과학이건 그 두 요소가 결합되어야만 존재할 수 있다는 점이지요. 어느 한쪽만으로 평가할 수는 없어요. 성공한 과학 이론들이 대부분 미적으로도 아름답듯이, 성공적인 수많은 예술 작품들은 테크닉과 미학의 발전사적인 면에서도 주목할 만해요. 단지 우리가 그걸 잘 구별하지 않을 뿐이에요.

파브리는 재능 있고 영리한 화가였어요. 그 점을 부인할 생각은 없어요. 그러나 그는 우리가 지금 평가하고 있는 것만큼 위대한 인물은 아니었어요. 파브리가 가장 높이 평가받고 있는 부분은 무엇인가요? 그의 진취성과 독창성이라고요. 자, 생각해 봐요. 파브리만큼 영리하고 재능 있는 현대의 화가가 현대의 모든 기법과 미술사적인 지식을 동원해서, 라파엘로풍의 성모상을 그렸다고 쳐요. 당신은 그 시도를 나름대로 높이 평가할 수는 있어도 '독창적인 걸작'이라고 하지는 않겠지요. 파브리의 경우도 마찬가지예요. 우리가 모르는 그의 세계의 걸작들을 철저하게 표절하지 않았다고 해도 그는 '공정'하지 않았어요.

그는 르네상스 시대의 화가들과의 경쟁에서 공정하지 않았을 뿐만 아니라 그의 시대의 화가들과의 경쟁에서도 공정하지 않았어요. 미래의 화가가 진지하게 르네상스 시대의 화풍으로 그림을 그린다면 당신은 그를 어떻게 생각하겠어요?"

"그래도 파브리가……."

"아, 맞아요. 돈 문제도 있군요. 왜 하필이면 그의 최대 걸작들은 19세기가 되고 나서야 다시 나타나기 시작했을까요? 피카소나 앤디 워홀과는 달리 르네상스 시대 화가들은 능력에 비해 큰돈은 벌지 못했죠. 파브리는 거기에서 벗어나려고 했던 거예요.

〈비너스〉의 전 소장자에 관한 정보는 공개되지 않았어요. 하지만 그의 이름을 알아내는 것은 어렵지 않아요. 그도 사람이니까 호기심에서라도 경매장에 직접 나올지도 모르죠. 난 경매가 끝나기 전에 그를 한번 만나볼 생각이에요. 옛 시대의 거장을 만날 수 있는 극히 드문 기회니까요. 과거와 미래의 미술사에 대한 근사한 이야기를 들을 수 있을 거예요."

"하지만 어떻게 그를 알아봅니까? 그리고 자기가 파브리가 아니라고 시치미를 뗀다면요?"

그녀는 웃었다.

"라파엘로가 그린 파브리의 초상화가 있어요. 게다가 그가 아무리 시치미를 뗀다고 하더라도 결정적인 증거는 속일 수 없어요. 잊었어요? 지문이 있잖아요!"

279

🐰　　《파도바의 비너스》도 시간 여행 이야기입니다. 정말 많이도 썼네요.

파브리가 그린 비너스의 모델이 된 그림은 글에서도 언급된 조르조네의 《잠자는 비너스》입니다. 그런데 여기엔 좀 사연이 있습니다.

전 학원사 대백과사전(이승만의 용비어천가가 길게 실린 1958년 책이었습니다)에서 아주 작은 사이즈의 흑백사진으로 그림을 처음 접했습니다. 그다음에 케네스 클라크의 《누드란 무엇인가》라는 책에서 큰 버전을 접했는데 역시 흑백이었습니다. 이 그림의 컬러판을 접한 건 대학 도서관을 이용할 수 있게 된 뒤부터였지요. 지금은 서치엔진에서 제목만 치면 웬만한 고전 명화가 다 나오지만 그때는 그림을 보는 게 그렇게 힘이 들었습니다.

그러다 보니 컬러사진을 보기 전까지 제 머릿속에서는 정보의 혼란이 왔습니다. 이 평화롭고 에로틱한 베네치아 화파의 그림이 키리코나 델보의 그림과 같은 초현실적이고 오싹한 작품으로 입력되었던 것입니다. 저에겐 이 비너스는 살아 숨 쉬는 존재가 아니었습니다. 인간이 아닌 존재가 만든 거대한 조각상이었지요. 배경의 텅 빈 건물들도 다 무서웠고요. 처음부터 컬러로 봤다면 그런 인상은 없었겠죠. 지금은 그런 느낌이 없는데, 이 이야기를 쓸 때는 그게 좀 남아 있었고 그걸 활용하면 재미있을 거라고 생각했습니다.

아, 그리고 흑백으로 인쇄된 그림을 보고 잘못된 인상을 받은 사람은 저만이 아닙니다. 세르게이 라흐마니노프는 아르놀트 뵈클린의 《죽음의 섬》의 흑백 인쇄판을 보고 동명의 교향시를 썼는데, 나중에 원본을 보고 실망했고, 원본을 먼저 봤다면 그 곡이 안 나왔을 거라고 했지요. 뵈클린의 그림에 대해서는 라흐마니노프에 동의하게 됩니다. 그 그림은 흑백이 훨씬 멋있어요. ◌̂◌̂◌̂

선택> █

아무 키나 누르세요...

[ENTER] 를 누르십시오.

¶
¶
¶
¶
¶

1.

　멀티랜드의 진열대 위에는 벌써 모차르트의 C장조 교향곡이 진열되어 있습니다. 데카사 사람들의 계산에 따르면 59번째 교향곡이 되는군요. 처음에는 이 분류 기준에 대해 의견이 분분했습니다. 하지만 한참의 혼란을 거친 뒤, 데카를 포함한 모든 회사들은 단순한 것이 좋다는 것을 알게 되었습니다.

　이번에 발매된 59번 교향곡의 분류 번호는 D. 67입니다. 데카사의 TI들이 만들어낸 모차르트의 67번째 곡이라는 뜻이죠. 다행히도 모차르트는 작품 번호 따위에 신경 쓰는 사람이 아닙니다. 돈주머니만 넉넉하게 채워준다면 그는 번호가 어떻게 되건, 곡을 의뢰인들이 어떻게 해석하건 신경 쓰지 않거든요. 그러나 데카사의 꼼꼼한 TI들은 이 키 작은 작곡가한테서 단물을 뽑아내기 위해 어떻게든 그의 경제적 사정을 늘 빈궁하게 조작하는 것을 잊지 않습니다.

　모차르트는 음반 회사가 가장 좋아하는 작곡가입니다. 그는 불평이 없으며 약속 시간을 잘 지키고 무엇보다 다작을 하니까요. 그의 사전에 무리한 요구란 말은 존재하지 않습니다. 심지어 지나치게 열성적인 어떤 TI는 그에게 사티사의 고감도 음향 조작기를 몰래 빌려주고 음악을 작곡하게 시켰다고 하더군요. 반나절 만에 기계의 작동 방법을 터득한 모차르트는 TI가 옆에서 멀티 테트리스를 하는 동안 150분짜리의 장대한 오라토리오를 작곡해 넘겨주었대요.

하지만 스타 멀로니는 모차르트를 하찮게 생각합니다. 일급의 TI답게 그녀는 쉬운 대상 따위는 들여다보지도 않습니다. 모차르트를 조작하는 데에는 노력도 필요없죠. 그냥 돈주머니만 내밀면 되니까요. 그녀가 노리는 사냥감은 언제나 듬직하고 큰 것들입니다. 베토벤이나 브람스 같은 사람들 말입니다.

그녀의 최대 공적으로 알려진 것은 베토벤의 교향곡 전집입니다. 다니엘라 림이 지휘하는 베를린 필하모닉 오케스트라의 연주로 처음 소개된 이 전집은 7개의 교향곡을 수록하고 있었는데 일곱 곡 모두가 기존의 베토벤 교향곡들과 완전히 달랐지요. 6번 교향곡 아다지에토 악장의 도입부가 〈영웅〉 교향곡의 2악장과 조금 비슷하기는 했지만 그것까지 트집 잡을 수는 없지 않겠어요? 그녀는 그 전집으로 그해 그라모폰 시상식에서 최우수 TI로 뽑혔습니다.

작년에 알반 베르크의 세 번째 오페라 〈푸른 천사〉로 네 번째 그라모폰상을 받은 그녀는 이제 새로운 계획에 열을 올리고 있습니다. 그녀는 그 계획을 간단하게 '주디스'라고 부르더군요. 주디스는 주디스 셰익스피어를 말하는 겁니다. 그녀는 역사 속에 묻혀버린 잠재적인 여성 작곡가들을 발굴해 내려는 계획을 가지고 있지요.

아주 독창적인 계획이 아니라는 것은 당신도 알 겁니다. 이미 EMI의 TI들이 비슷한 일을 시도해 성공한 적이 있으니까요. 그 덕분에 우리는 클라라 슈만의 명료한 피아노 소나타들과 후기 낭만파의 풍요로운 색채가 가득한 알마 말러의 아름다운 현악 4중주들을 듣게 될 수 있었지요.

그러나 멀로니는 그게 너무 쉽다고 생각했습니다. 그녀는 완전히 새로운 작곡가들을 키워내기로 마음먹었습니다. 물론 이런 계획은 스폰서를 구하기가 쉽지 않습니다. 음반업자들이 과거에 매달리는 가장 큰 이유가 옛 사람들의 명성 때문인데 과연 그들이 TI의 하찮은 명성 하나만 믿고 자금을 대줄까요?

그래서 그녀는 웬만큼 명성을 쌓은 나 같은 사람들을 만나고 다니기 시작했습니다. 나를 가장 먼저 찾아온 것은 내가 가장 만만했기 때문일 겁니다. 적어도 그녀는 나의 생명의 은인 비슷한 사람이니까요.

그녀가 발굴해 낸 '씨앗'은 앤 위트브레드라는 영국 여자입니다. 멀로니는 위트브레드가 음악계의 에밀리 브론테이며 발

굴해 낼 만한 가치가 충분히 있다고 나에게 떠들더니만 나중에
는 거창한 동작으로 악보 뭉치를 내밀어 보였습니다. 악기 지
정이 전혀 되어 있지 않았지만 아무래도 바이올린 소나타와 비
슷해 보였어요. 대충 들여다보았는데 꽤 놀랍기는 했습니다.
제인 오스틴의 시대에 클로드 드뷔시의 언어를 발견해 낸 사람
이라면 천재라고 해도 무방하지 않을까요?

  "약간의 교육만 시키면…… 그리고 조금의 자극만 준다
면……."

  스타 멀로니는 또다시 아까 한 이야기를 되풀이했습니다.
나는 결국 그녀에게 또 말려들어 돕겠다고 약속했고 그녀는 신
이 나서 뛰쳐나갔습니다.

                              2.

  나는 이제 거의 콘서트를 열지 않습니다. 그렇다고 글렌 굴
드처럼 어떤 거창한 핑계를 가지고 있는 건 아닙니다. 단지 사
람들 앞에 서기가 두려울 뿐입니다.

  얼핏 보기에 그래야 할 이유가 전혀 없어 보이죠. 이곳 사
람들 역시 나를 천재라고 생각하고 내 음악을 좋아합니다. 내
가 이곳에 와서 처음으로 녹음한 시벨리우스의 협주곡은 지금

까지도 베스트셀러니까요. 내가 꾸준히 내놓는 앨범들은 모두 좋은 평을 받고 있지요. 전체적으로 보았을 때, 나는 '파가니니 12번'과는 비교도 할 수 없는 성공작입니다. 스타 멀로니가 그 엄청난 성공에도 불구하고 여전히 나를 그녀의 자랑거리로 여기는 것도 당연합니다.

아, 물론 장이 있지요. 불쌍한 장. 그를 기억하세요? 그의 시체를 발견한 사람이 바로 납니다. 지금도 나는 그를 데려오지 않는 편이 더 나았을 것이라고 생각해요. 우리는 좋은 콤비였습니다. 하지만 그의 생명을 순전히 다른 사람의 보조라는 이유만으로 연장시켜야 할 필요가 있었을까요?

이제 당신은 나를 오빠의 자살 때문에 죄책감에 빠져 은둔자가 되어버린 여자로 생각하겠군요. 삑! 미안하지만 틀렸습니다. 그렇다면 왜냐고요? 아무래도 괜한 이야기를 시작한 것 같군요. 역시 글렌 굴드와 같은 이유 때문이라고 해두죠. 여유가 생기니 나도 순수하고 완성된 음악을 추구하게 되었다고요.

콘서트를 열지 않는다고 해서 내가 한가한 사람은 아닙니다. 어제만 해도 나는 런던 필하모닉과 함께 베를리오즈의 3번 바이올린 협주곡 〈핑갈〉을 연주했어요. 홀에서 연주를 직접 듣는 사람은 4명밖에 없었지만 그 연주는 일주일 뒤 전 태양계에 울려 퍼질 겁니다. 과학이란 얼마나 편리한 것인가요! 이 시대의 과학은 죽은 자들을 부활시키고 잊힌 작품들을 재발견하며 걸작들을 벽돌처럼 찍어냅니다.

그래요. '찍어내는' 겁니다. 스타 멀로니가 지금 하려는 일역시 그것이죠. 그녀는 결국 EMI 사람들을 설득시켰습니다. 며칠 전 나는 앤 위트브레드의 첫 번째 무반주 바이올린 곡을 하나 받았습니다. 어딘가 이탈리아 콘체르토의 2악장을 연상시키는 느슨하고 아름다운 곡입니다. 나중에 한번 들려드리지요. 지금은 연습이 더 필요합니다.

일급 TI들이야 다 그렇지만, 멀로니도 자기 직업상의 비밀을 공개하지는 않습니다. 하지만 이번에는 정말 알고 싶습니다. 이미 알려진 작곡가들의 인생에 뛰어들어 그들의 삶을 변주시키는 건 쉬운 일입니다. 하지만 어떻게 앤 위트브레드를 발견했을까요? 우연일까요? 그럴 수도 있겠지요. 그러나 만약 우연이라면 '주디스'라는 거창한 계획을 어떻게 감당할 생각일까요? 난 정말 궁금합니다. 그녀가 자신만의 것으로 묶어두고 싶어 하는 새로운 방법이 있음이 분명하니까요.

3.

어제 내가 누구랑 점심을 먹었는지 아세요? 바로 앤 위트브레드였답니다. 그래요, 어제 나는 멀로니와 함께 18세기말의 서섹스로 갔었습니다. 난생 처음 겪은 시간 여행이었습니다. 기분이 별로 안 좋더군요. 마치 롤러코스터를 타고 지구 중심으로 뛰어드는 기분이었습니다. 네, 물론 나도 여기 올 때 시간 여행을 한 번 하긴 했었지요. 하지만 그때는 정신을 잃은 상태였으니 시간 여행을 직접 체험했다고 할 수는 없겠지요. 그때는 정말 황당했습니다! 간신히 정신을 차리고 보니 다빈치가 그린 천사처럼 달콤한 무성의 얼굴이 나를 내려다보며 웃고 있었지요. 난 정말 스타 멀로니가 천사인 줄 알았습니다. 너무나 이치에 맞는 생각이었지요. 그렇지 않아요? 정신을 잃기 전까지만 하더라도 나는 추락하는 비행기 속에 있었습니다. 죽는 것은 당연했고 살아남았더라도 이렇게 몸이 가뿐할 수는 없었겠죠. 멀로니는 나에게 이 모든 어처구니없는 일들을 설명했습니다. 그때 처음으로 시간 간섭자(Time Intervener), 줄여서 TI라고 불리우는 인간들에 대해 알게 되었죠. 시간의 작은 틈바구니 속에 끼어들어 과거를 조작해 역사의 끝없는 변주를 만들어내는 사람들. 바로 그들 중 1명이 고맙게도 박살 날 뻔한 내 육신을 구제해 주어 내가 지금 이곳에 있게 된 것이었어요. 내가 겨우 몇 종류의 모노 녹음만 남겨놓고 죽기에는 너무나 뛰어난 천재라는 이유였죠. 나는 적어도 오이스트라흐 이상의 일은 하고 죽어야 했습니다.

멀로니는 그때만 하더라도 풋내기였습니다. 나를 보고 끝없이 황송해하며 "마드무아젤 느뵈, 마드무아젤 느뵈……"라고 더듬거리던 그녀의 모습이 지금도 기억에 생생하군요.

그러나 그녀는 그때부터 역사를 만들어내고 있었습니다. 추락하는 비행기에서 두 사람이나 구출해 낸다는 것 자체가 대단한 묘기였습니다. 게다가 우리는, 그러니까 나와 장은 이 시대로 온 최초의 역사적 인물이었습니다.

그때까지만 하더라도 이곳 사람들은 역사에 손을 대는 데 꽤 얌전했습니다. 과거의 사람들을 이렇게 공개적으로 데려오거나 하는 일은 없었어요. 이런 유행은 멀로니가 처음으로 시작한 것입니다. 그 뒤로 수많은 사람들이 이곳에 왔죠. 우리는 심지어 모임까지 조직했습니다. 얼마 전까지만 하더라도 내가 모임의 회장이었지요. 지금은 자클린 뒤프레가 회장입니다만. 아, 그녀도 벌써 34살이라니 세월이 정말 빠르군요. 멀로니가 그녀를 병원에서 납치해 온 게 엊그제 같은데 말이에요.

또 옆길로 빠진 것 같군요. 어제 점심에 대해서 이야기하고 있었죠?

시간 도약은 별로 유쾌하지 않았지만, 여행 자체는 즐거웠습니다. 우리는 당시 사람들이 입는 허리 높은 드레스를 입고 마차를 탔습니다. 나는 바이올린을 가지고 갔어요. 바로 지금 들고 있는 이것이지요. 내가 원래 쓰던 바이올린은 비행기 사고 때 부서져 버렸지만, 멀로니가 나를 위해 카르모나로 직접 가서 이 스트라디바리우스를 구해주었답니다.

앤 위트브레드는 뭐랄까, 어딘지 모르게 단테 가브리엘 로제티 그림에 나오는 중세 공주 같은 외모를 한 중키의 여자였습니다. 중키라는 게 이 시대의 기준이니 당시엔 꽤 큰 사람이었을 거예요.

그녀는 우리에 대해 조금은 알고 있었습니다. 우리가 다른 시대에서 왔다는 것까지는 아니더라도 그녀가 살고 있는 세계와는 전혀 다른 곳에서 왔다는 것 정도는 눈치채고 있었다는 거죠. 나는 멀로니가 일부러 그런 사실을 노출시켰다고 믿는데, 앤 위트브레드의 성격을 고려해 볼 때 그것들은 그녀의 우월감을 부추겼고 그것이 자극의 일부로 작용했을 겁니다.

우리는 마치 제인 오스틴의 소설에나 나올 것 같은 작은 거실에서 정말로 한가한 태도로 이야기를 나누었습니다. 이제 나는 스타 멀로니의 방식을 조금 알 것 같았습니다. 그녀는 아주 일상적인 이야기를 하면서도 상대방의 두뇌를 교묘하게 자극하며 정보를 주는 방법을 알고 있었습니다. 그건 마치 마술을 보는 것과도 같았습니다. 그녀는 당시 상식선에서 보아도 조금도 이상하지 않은 이야기를 하면서도 교묘하게 12음 기법이나 무조음악과 같은 것에 대한 정보를 섞어대는 것이었습니다. 그리고 앤 위트브레드가 그 말 한마디 한마디를 그냥 넘기지 않는다는 사실도 분명했습니다.

나는 위트브레드를 위해 그녀가 작곡한 무반주 소품 하나를 연주해 주었습니다. 원래 그러려고 갔었지요. 그녀는 자기가 작곡한 곡을 한 번도 직접 들어본 적이 없었으니까요. 그녀의 집에는 낡은 하프시코드가 하나 있었을 뿐 악기라고는 찾을 수 없었습니다. 그녀는 한 번도 자기 악보를 공개한 적이 없었고요. 만약 스타 멀로니가 끼어들지 않았다면 그녀는 29살에 성질 못된 시골 목사와 결혼해서 애를 일곱이나 낳은 다음 고생고생하며 살다가 42살에 죽었겠죠. 그녀가 작곡한 모든 곡들은 그대로 묻혀서 벌레 밥이 되었겠고요. 위트브레드가 멀로니를 자기의 뮤즈로 생각하는 것도 당연했습니다.

4.

오늘 집에서 〈오즈의 마법사〉를 보았습니다. 우리가 알고 있는 셜리 템플 주연의 영화가 아닙니다. 어떤 인디펜던트 TI가 셜리 템플을 MGM사에서 끌어가지 못하도록 수를 썼기 때문에 이 버전에서는 주디 갈런드라는 조금 나이 먹은 배우가 도로시 역을 대신하고 있습니다. 옛날에 미키 루니랑 같이 출연하곤 했던 배우 말입니다. 그 평행우주에서 그녀는 이 작품으로 아카데미 특별상을 받았다고 하는군요.

이 영화를 조작한 TI와 이야기를 나눌 기회가 있었기 때문에 주디 갈런드라는 배우에게 어떤 일이 일어났는지 알게 되었습니다. 그녀는 그 뒤로 전형적인 할리우드 스타가 되었더군요. 하지만 사생활은 불행했고 나중에는 영화사에서 해고당한 뒤 음독자살했다고 합니다. 다 그 잘난 TI가 셜리 템플 없는 〈오즈의 마법사〉는 어떨까 궁금해한 결과입니다!

TI들은 매정한 사람들입니다. 그들은 수많은 사람의 인생을 좌지우지하면서도 거기에 어떤 동정심도 느끼지 못합니다. 일종의 직업병이지요. 만약 그런 데에다 조금이라도 머리를 쓴다면 즉시 그들의 머리는 터져버리고 말 겁니다. 그들이 손가락 하나만 더 움직여도 수많은 사람들의 목숨이 왔다 갔다 합니다. 그런데 그런 우주가 수십 개나 펼쳐져 있는 것입니다.

수십 개 또는 수백 개입니다. 내가 알기로는 그들이 만든 지네트 느뵈는 나를 제외해도 공식적으로 7명이나 됩니다. 어떤 우주에서는 비행기가 추락하지 않았고 어떤 우주에서는 내가 (또는 그녀가) 비행기를 타지 않았습니다. 어떤 우주에서는 비행기가 불시착했고 어떤 우주에서는 내가 죽었지만 그들이 몰래 내 공연을 녹음했습니다. 머릿수가 이렇게 적은 이유는 내가 작곡가가 아닌 연주자이고 이미 그들의 세계에 와 있기 때문입니다. 당신도 마찬가지입니다. 이제 당신은 여기 와 있으므로 이미 현대인입니다. 그 때문에 당신이나 나의 과거는 비교적 구제받은 편입니다. 그러나 여기 있는 나 말고도 여러 명의 다른 내가 EMI를 위해 일하고 있다는 생각을 하면 소름이 끼칩니다. 내가 사람 앞에 나서기를 꺼리는 이유도 어느 정도 는 그 때문이지요. 나는 그들이 나를 여러 생산품 중 하나에 불 과하다고 생각한다는 것을 알고 있습니다.

음반 회사들은 수많은 모차르트를 만들었습니다. 공식적으 로는 141명입니다. 베토벤은 226명이나 되고 바흐는 셀 수도 없습니다. 가치가 크면 클수록 그들의 삶은 철저하게 유린당합 니다. 멀로니의 친구인 어떤 TI는 어린 바흐를 납치해서 19세 기에 떨어뜨려 놓았습니다. 결과는 실패였습니다. 그는 작곡가 가 되는 대신 장로교 목사가 되었으니까요! 그 TI는 의욕에 비 해 경험이 부족한 젊은이였어요. 지금 그가 그 짓을 다시 한다 면 결과는 더 나을 겁니다.

스타 멀로니는 8명의 앤 위트브레드를 만들었습니다. 그녀 는 타임머신으로 섬세하게 평행우주를 분리시킨 뒤 각각의 위 트브레드에게 조금씩 다른 조건을 주었습니다. 이러는 편이 생 산성을 더 높일 수 있기 때문이지요. 내가 일주일 전에 만났던 작곡가는 위트브레드 5호입니다.

멀로니가 일을 시작한 건 두 달 정도밖에 되지 않았지만, 타임머신이라는 기계는 시간을 절약하는 방법을 알기 때문에 벌써 그녀는 상당한 수확을 거두고 있었습니다. 결과는 놀라워서 EMI 임원진을 만족시키기 충분한 수준은 예전에 넘어섰습니다. 앤 위트브레드는 정말 특이한 작곡가였으니까요. 그녀가 음악사에 이름을 남기지 못했던 건 18세기 말에서 19세기 초까지 영국 구석에 살았던 운 나쁜 여성이어서였지만 만약에 그녀가 자신의 작품을 알릴 기회가 있었다고 하더라도 인정받기는 힘들었을 겁니다. 그녀는 자신만의 형식과 방법으로 작품을 써냈는데 그 음악사적 독립성은 에릭 사티를 카를 슈타미츠 수준으로 보이게 만들 정도였습니다.

멀로니는 점점 자신의 성공에 흥분했고 회사도 그녀가 제시한 다른 잠재적 작곡가들한테 흥미를 느끼기 시작했습니다. 그녀의 리스트에는 46명이나 되는 잠재적 여성 작곡가들이 올라와 있었습니다. 46명이라니! 대부분이 예술사에서 얼굴 한번 내밀어 본 적 없는 사람들이었습니다. 멀로니의 노트에는 그들의 아주 작은 재능의 흔적조차 꼼꼼하게 적혀 있었습니다.

회사 사람들은 멀로니를 믿었습니다. 그녀는 능력 있는 TI였고 그녀의 눈은 언제나 믿을 만했으니까요. 회사는 그 정도만 알면 충분했습니다. 그 사람들이 머리를 쓸 일은 그밖에도 얼마든지 있지요.

그러나 나는 다릅니다. 나에겐 '주디스' 계획이 아무래도 미심쩍게 보였습니다. 나는 스타 멀로니의 스타일을 알고 있습니다. 그녀를 거의 15년 동안이나 알고 지냈는걸요. 그러나 이번

계획의 시작은 그녀의 스타일이 아니었습니다. 절대로요!

만약 그녀의 계획이 아니라면 어떻게 된 것일까요? 우선 그녀의 리스트는 어떻게 만들어졌을까요?

나는 가장 간단한 방법을 썼습니다. 그녀에게 다시 물어본 것입니다.

스타 멜로니는 한동안 우물거리다가 내 질문에 대답해 주었습니다. 하지만 그 답변은 믿기도 그렇고 안 믿을 수도 없는 어정쩡한 것이었습니다. 그녀는 앤 위트브레드의 원고들을 시골 도서관에서 우연히 발견했다고 했습니다. 있을 수 있는 일입니다. 그녀는 안느 델보가 텅 빈 성당에서 자기 곡을 연주하는 것을 베를리오즈의 공연을 보러 파리에 갔다가 우연히 들었다고 했습니다. 역시 있을 수 있는 일입니다. 그녀는 차이코프스키의 1번 피아노 협주곡의 초연이 끝난 뒤에 그의 학생 중 1명이었던 마리야 막시모바를 만났다고 했습니다. 역시 있을 수 있는 일이지요. 그러나 46명 중 31명이나 되는 사람들을 다 이런 식으로 발견했다는 말을 믿어야 할까요? 자연의 법칙이 이를 거부하지는 않습니다. 하지만 바닥에 쏟아진 물이 다시 컵 속으로 들어가는 것 역시 불가능한 일은 아닙니다. 그럴 가능성이 아주 적을 뿐이지요.

그러나 스타 멜로니가 거짓말을 했다고 믿을 수도 없었습니다. 그것 역시 그녀의 성격과 맞지 않습니다. 만약 거짓말을 했다고 하더라도 어떻게 그 리스트를 만들 수 있었을까요?

혹시 그녀가 과거가 아닌 미래에서 그 자료들을 얻지 않았을까? 문득 이런 생각이 들었습니다. 그러나 그것은 불가능한 일입니다. 미래로 시간 여행을 하는 것은 가능합니다. 하지만 그것은 언제나 편도 여행일 뿐입니다. 미래는 고정되어 있지 않기 때문에 영구적인 시간 터널을 만들 수가 없습니다. 왕복 여행은 과거 여행에서만 가능합니다.

우스워졌습니다. 이것 역시 스타 멀로니가 나에게 직접 설명해 주었던 것이었기 때문입니다.

"마드무아젤 느뵈, 마드무아젤 느뵈."

그녀는 더듬거리면서 말했었습니다.

"이, 이 리본을 하나의 우주라고 생각해 보세요. 그리고, 여기 나란히 있는 리본은 또 다른 우주지요. 그리고 여기에 제가 볼펜으로 그린 점은, 그러니까, 그러니까 바로 우리예요. 이 두 리본은 음음…… 그러니까 연결되어 있지 않기 때문에 결코 만날 수가 없어요. 그렇지만 이 리본을 절반만 길게 찢어볼게요. 그럼 여기서부터는 리본이 가지처럼 둘로 갈라지게 되지요. 이게 우리들의 방식이에요. 우리는 갈라진 다른 평행우주로 뛰어드는 방법은 아직 모르지만 타임머신을 이용해서 다른 평행우주를 창조해 낼 수 있고 그 우주로 들어갈 수도 있어요. 만약 다른 평행우주로 가는 방법을 안다고 해도 역시 직접 조작하는 방법을 써야 할 거예요. 평행우주의 무한한 가능성은 대부분 가장 높은 확률에 몰려 있어서 우리가 가고 싶은 우주는 존재하지 않거나 아주 낮은 확률로만 존재하기 때문이에요. 예를 들어 공을 쥐고 있다가 놓는다면 대부분의 평행우주에서 공은 대부분 비슷한 직선을 그리며 아래로 떨어질 거예요. 만약에 공이 S자로 떨어지는 우주 아니면 중간에 멈추어 있는 우주에 가고 싶다면 정말로 드문 그 평행우주를 찾아 헤매는 대신 우리가 직접 개입해서 상황을 만들어내야 할 거예요……."

정말로 드문 우주. 바로 지금의 상황이 그런 것이 아닙니까? 나는 이제 대충 사정을 알 것 같습니다.

왜 지금까지 TI들이 현대에만 존재한다고 생각했을까요? 미래에도 TI들이 있겠지요. 그리고 그 TI들의 대상이 꼭 작곡가나 배우만은 아닐 겁니다. 그렇다면 TI들을 대상으로 하는 메타 TI들의 존재 역시 상상할 수 있지 않겠어요? 만약 시간 간섭이 미래에 하나의 예술 분야로 인정받는다면 미래의 TI들은 과거의 시간 간섭을 조작해 보려는 유혹에 빠지지 않을 수 없을 겁니다. 그런 TI들 중 1명이 스타 멀로니를 겨냥했다고 생각해 보세요. 그 TI는 만약에 한참 뒤의 미래에 조작된 여성 작곡가들이 조금 일찍 발견되었다면 어떤 작품이 만들어졌을까 궁금해하고 스타 멀로니의 TI 행위를 조작해 보겠지요. 그 TI는 의도적으로 그녀를 유도하고 그녀가 새로운 TI 행위를 하게 환경을 조성할 거예요. 그렇다면 이 상황은 자연스럽게 설명되지요!

스타 멜로니는 이 모든 사실을 알고 있을까요? 나는 알고 있다고 생각합니다. 앤 위트브레드도 우리가 그녀를 위해 무언가 조작했다는 사실을 알고 있어요. 그리고 그것이 바로 자극으로 작용하고 있지요. 위트브레드가 그렇게 생각한다면 스타 멜로니 역시 그렇게 생각할 수 있겠지요.

5.

오늘 오전에 있었던 소동을 설명해야 할 필요가 있을 것 같군요. 모두들 정말 놀랐을 테니까요.

하지만 나만큼 놀란 사람이 있었을까요. 나는 단지 점심을 같이 먹기로 약속한 스타 멜로니를 광장의 타임 덱의 대기실에서 기다리던 중이었어요. 그런데 타임머신의 문이 열리면서 멜로니 대신 앤 위트브레드의 동그란 얼굴이 튀어나온 겁니다!

예상하지 못한 일이었지만 꼭 크게 놀랄 만한 일도 아니었어요. 하지만 그 뒤로 한동안 나는 내 눈을 의심하지 않을 수 없었습니다. 문을 열고 나온 앤 위트브레드 뒤로 그녀와 똑같이 생긴 다른 여자가 나왔던 거예요! 그녀가 나오자 또 1명

이…… 그리고 또 1명이, 그리고 또 1명이…… 이윽고 8명이
나 되는 앤 위트브레드가 타임 덱의 검역실 안에서 나를 보고
손을 흔들고 있었지요!

마지막에 나온 사람은 스타 멀로니였습니다. 그녀는 얼이
잔뜩 빠진 채로 그녀가 만들어낸 여덟 쌍둥이를 바라보고 있었
습니다.

"내가 이런 게 아니에요!"

그녀는 마치 재판정에서 항변하는 피고처럼 대기실을 향해
외쳤습니다.

"이 여자들이 멋대로 그랬다고요! 정말이지 이건 내 계획이
아니라고!"

앤 위트브레드 중 1명이 툭하고 스타 멀로니의 어깨를 쳤
습니다. 오스틴 소설의 주인공들처럼 고상하게 예의를 차리는
모습만 보아온 나에게 그녀의 동작은 엄청나게 파격적으로 보
였습니다. 그녀는 역시 놀랄 만큼 쾌활한 목소리로 말했습니다.

"그렇게 고함칠 필요는 없어요. 아무도 당신이 죄인이라고
이야기하지 않아요. 안녕, 미스 느뵈!"

그녀는 다시 나에게 손을 흔들었습니다. 무감각한 검역 로
봇들이 그들을 체크하는 동안 스타 멀로니는 두 손에 얼굴을
묻고 있었습니다.

곧 그들 9명이 대기실로 나왔습니다. 나는 허둥지둥 그들

에게 달려갔습니다.

"어떻게 된 거예요?"

내가 스타 멀로니에게 물었습니다.

"저기, 저 여자들이,"

멀로니는 더듬더듬 말을 열었습니다.

"아니 저 여자가…… 나를 미행해서는 내 타임머신에 몰래 올라타고 내 기계를 멋대로 조작해서 다른 7명을 모조리 끌고…… 그러니까 나는…….."

그때 8명의 위트브레드 쌍둥이들이 항의하며 저마다 사정을 설명하느라고 떠들어 댔기 때문에 나는 한참 뒤에나 그들에게 무슨 일이 일어났는지 정리할 수 있었습니다.

그러니까 이렇게 되었던 것입니다. 오늘도 스타 멀로니는 여느 때와 마찬가지로 앤 위트브레드들을 순회 방문하고 있었습니다. 그런데 앤 위트브레드 4호가 그녀를 미행할 생각을 했고 실제로 성공해 타임머신에 올라탈 수 있었습니다. 여기에 드물지만 생각해 보면 그렇게 이상하지도 않은 우연의 일치가 개입되었는데, 하필이면 앤 위트브레드 5호도 똑같은 생각을 하고 있었던 겁니다. 밀항에 성공한 2명의 앤 위트브레드는 서로를 보고 소스라치게 놀랐지만 곧 이성을 회복하고 스타 멀로니에게 진상을 설명하라고 따졌습니다. 사정을 알게 된 둘은 멀로니를 협박하거나 설득해 자매들을 모조리 데려오게 했고 결국 내가 목격한 사태까지 발전한 것이지요.

우리가 덱에서 나오자 소란은 점점 심해졌습니다. 덱 주변에야 별 사람들이 다 있으니 19세기 초엽의 복장이 신기한 것도 아니지만 똑같은 모습의 8명이나 되는 여자들이 어깨동무를 하고 걷는 광경이 흔하지는 않으니까요. 사람들이 몰려들었고 그중에는 무슨 일이라도 안 일어나나 하며 덱 주변을 기웃거리던 인디펜던트 정보 유통업자들도 포함되어 있었습니다. 앤 위트브레드는 이미 유명 인사의 반열에 올랐기 때문에 이 소식은 순식간에 태양계 전역으로 퍼졌습니다. 그 결과, 그들이 도착한 지 30분도 못 되어 EMI사 임원진들의 삐걱거리는 홀로그램이 우리 앞을 가로막았습니다.

임원들의 비난은 멀로니에게 돌아갔습니다. 그녀는 힘없는 목소리로 더듬더듬 사정을 설명했지만 도저히 먹히지 않았습니다. 마침내 위트브레드 자매들이 끼어들었습니다.

"우린 헨델이나 로시니가 아니에요."

그들은 외쳤습니다.

"우리 시대 사람들은 아무도 우리를 몰라요. 왜 우리가 우리 시대에 갇혀 있어야 하죠? 왜 우리들이 그 시대에 있을 때만 존재 가치를 가지죠?"

"이 시대는 더 이상 어떤 걸작도 생산해 내지 못하니까요."

멀로니가 대답했습니다.

"존재할 수 있는 모든 기법들은 다 발견되었어요. 이 시대는 너무나 편해서 지성을 자극할 만한 어떤 억압도 존재하지 않아요. 이 시대의 작곡가들이 할 수 있는 것은 과거가 없는 것처럼 시치미를 떼거나 과거에 사는 것처럼 시치미를 떼는 것뿐이에요. 이곳은 유토피아예요. 그리고 유토피아는 필연적으로 지루한 법이에요. 왜 우리가 과거에 집착한다고 생각해요? 제발 당신들 시대로 돌아가요. 당신들이 그곳에 있으면 독창적이고 위대한 19세기 작곡가로 남을 수 있어요. 하지만 여기에 남으면 사이비 19세기 작곡가일 뿐이에요."

임원들의 홀로그램들이 또다시 투덜거리기 시작했기 때문에 다시 말싸움이 시작되었습니다. 위트브레드들은 계속 TI들의 꼭두각시가 되는 것을 거부했고 임원들은 줄어들 수익에 대해 불평을 늘어놓았으며 멀로니는 사이에 끼어서 변명하고 싸우고 설득하느라 정신이 없었습니다.

나는 구경꾼이었지만 금세 지쳐버리고 말았습니다. 나는 근처 벤치에 앉아서 휴대용 단말기를 긁적거리기 시작했습니다. 위트브레드 자매들 중 2명도 진력이 났는지 소리 없이 내 옆에 와서 앉았습니다. 그들 중에는 5호도 있었습니다. 그래서 나는 그녀에게 어떻게 타임머신으로 숨어 들어갈 수 있었냐고 물었습니다. 그녀는 순전히 요행이었다고 대답했습니다. 그러나 그녀의 말을 들어보니 그 '요행'은 7개나 되는 부품들의 오

작동, 멀로니의 세 가지 이상의 실수, 비정상적일 정도로 정확한 타이밍이 결합되지 않으면 도저히 일어날 수 없는 것이었습니다. 흠, 전에도 우린 이와 비슷한 요행들에 대해서 이야기했었지요, 리파티 씨?

나는 주위를 둘러보았습니다. 언제나와 마찬가지로 덱 주변은 온갖 시대의 복장을 한 다양한 사람들로 바글거렸습니다. 그들 중 특별히 '더' 이상한 사람을 찾는다는 것은 불가능했습니다. 게다가 미래의 메타 TI들이 꼭 사건의 현장에 있으라는 법도 없었습니다. 나는 조용히 포기하고 말았습니다.

"어때요? 우리가 여기 머물 수 있을 것 같나요?"

위트브레드 5호가 물었습니다.

"물론이죠. 법적으로는 아무도 못 막아요. 임원들의 협박은 순전히 속 빈 시위에 불과해요. 하지만 정말 여기에 머물고 싶어요?"

"모르겠어요. 하지만 인정 없는 목사와 결혼해서 애나 죽어라 낳다가 죽고 싶지는 않아요. 이미 모든 사실을 알았으니 난 돌아가도 결코 솔직해질 수 없을 거예요. 여기 남는 게 우리에겐 유일한 선택이에요."

나는 위트브레드 5호의 태평한 얼굴에다 대고 지금까지 궁금했던 것을 물어보았습니다.

"다른 당신을 만나니까 기분이 어때요? 기분이 이상하지 않아요?"

위트브레드는 웃었습니다.

"나는 자매 없이 자랐어요. 갑자기 자매가 8명이나 생겼으니 좋지 않겠어요? 우린 멋진 공동 작업을 할 수 있을 거예요. 멀로니는 자기를 우리의 창조주쯤으로 생각하는 모양이지만 사실 그게 뭐 대수인가요? 나는 결과만 봐요. 쓸데없이 원인과 동기를 살피다가는 아무것도 못하고 말죠. 참, 당신에게 보여주고 싶은 것이 있어요."

그녀는 지금까지 돌돌 말아 쥐고 있던 악보들을 내밀었습니다. 악보의 표지에는 그녀 시대 특유의 아름다운 필체로 '느뵈 변주곡'이라는 제목이 붙어 있었습니다. 그것은 내가 전에 그녀의 곡을 연주해 준 데에 대한 감사의 표시였습니다. 나는 작위를 받는 기사처럼 무릎을 굽히고 그 악보를 받았습니다.

아름다운 곡이지만 나는 아직 그 곡을 연주하지 않았습니다. 아무래도 조금 더 오래 남겨둘지도 모릅니다. 위트브레드가 의도한 것은 아니지만, 그것은 나에게 단순한 변주곡 이상의 의미이기 때문입니다. 아마도 내가 내 분신들과 갈라진 삶들에 대해 좀 더 가볍게 여길 수 있을 때가 되어야 연주가 가능하겠지요. 오래 기다리지는 않을 겁니다. 위트브레드 사건 이후 TI들의 행동은 점점 도를 넘어갔고 이미 이 시대는 역사의 존엄성에 대한 생각을 상실해 가고 있으니까요. 위트브레드들

이 옳을지도 모릅니다. 역사에 대한 거짓 존엄성 때문에 자신과
시대에 솔직할 수 없다면 그것은 얼마나 어리석은 일일까요.

🐾 〈느뵈 변주곡〉의 화자 지네트 느뵈는 실존했던 바이올리니스트입니다. 오빠와 함께 비행기 사고로 죽었지요. 전 당시 느뵈의 시벨리우스 협주곡 앨범을 자주 들었고 이 사람이 그 사고로 죽지 않았다면 어떤 앨범들을 남겼을지 궁금해했습니다. 그러다 보니 시간 여행으로 역사 속 예술가와 예술 작품에 개입하는 시간 여행자 이야기가 (또!) 나왔습니다. 실제 지네트 느뵈는 프랑스 지식인스러운 섬세한 문제로 글을 쓰는 사람이었지만 전 대충 무시했습니다.

지금 우리는 베토벤의 새로운 교향곡을 듣기 위해 굳이 시간 여행을 하지 않아도 되는 시대로 가는 것 같습니다. 이런 시대에서 인간의 가치는 어떻게 되는 걸까요. 뭐, 처음부터 우린 그렇게까지 중요한 존재가 아니었는지도 모릅니다.

스타 멀로니의 이름에서 '스타'의 철자는 'Starr'입니다. ◌̂‿̂◌

선택> █

[ENTER] 를 누르십시오.

¶
¶
¶
¶
¶

1.

전 상명여대 교수이며 현재는 자칭 앨터너티브 문화 잡지
《망상》의 편집장인 최명석 씨(45)는 5월 13일 금요일 아침 〈뽀
뽀뽀〉를 보며 면도를 하다가 문득 어떤 사람을 죽이고 싶어졌
다. 그 불운한 사람의 이름은 안송규(41)였으며 모 방송국의
PD로 일하고 있었다. 그와는 대학 선후배 사이였으나 얼굴만
간신히 아는 사이였다.

세상에 알려진 바와 같이 최명석 씨는 지금까지 45년 동안
을 파리 한 마리 멋대로 죽인 적이 없는 건전한 모범 시민으로
살아왔기 때문에, 어쩌다가 이런 폭력적인 망상에 몸을 맡기게
되었는지 심각하게 생각해 보지 않을 수 없었다. 그러나 아무
리 생각해도 또렷하고 이성적인 답변이 떠오르지 않았다. 결국
그는 그 욕구가 변욕이나 식욕과도 같은 자연스럽고 육체적인
욕구라고 생각할 수밖에 없었다.

사무실로 출근한 뒤에도 그는 이 욕구에 대해 생각했다. 그

313

에게 윤리와 쾌락의 관계는 언제나 중요한 생각거리였다. 결국 웬만큼 지능을 가진 동물들의 사회는 이 두 가지 요소가 충돌하는 어느 지점에서 빚어지는 법이다. 쾌락은 사회에 에너지를 제공하고 윤리는 형체를 제공한다. 그는 이 모두를 존중했으며 그들 사이에서 적절한 중도를 찾는 방법을 익혀왔다.

그런데 갑자기 최명석 씨의 정신이 균형을 잃고 만 것이다. 그 원인이 무엇인지 그는 도저히 알 수가 없었다. 더욱더 놀라운 것은 그 욕구가 갖춘 분명한 형태였다. 그는 그냥 막연히 싫은 사람들을 죽이고 싶었던 것이 아니라 안송규라는 한 남자만을 죽이고 싶었다. 그는 그의 욕구를 정당화하기 위해 안송규가 그에게 잘못한 일이 뭐가 있을까 곰곰이 생각해 보았다. 그러나 그런 것이 있을 리 만무했다. 지금까지 동창회에서 한 네 번 정도밖에 만난 적이 없는 남자에게 무슨 감정을 품을 일이 있고 손해를 볼 일이 있을까.

건전한 정신을 가진 모범 시민답게 최명석 씨는 그 모든 감정을 잊고 일에 몰두하려고 했다. 그러나 그의 상상력은 안송규를 온갖 다양한 방법으로 죽이는 쪽으로만 돌아갔다. 결국 그는 상상을 억누르는 것을 포기하고 말았다. 그 이후부터 퇴근 시간까지, 최명석 씨는 스위스 군용 칼로 안송규의 각을 뜨는 장면을 상상하며 즐겁게 지냈다.

닷새가 지나자, 최명석 씨는 결단을 내려야겠다고 마음먹었다. 살인의 욕구와 그것과 관련된 다양한 망상들은 그동안 단 한 번도 그를 떠난 적이 없었다. 지금까지는 어떻게 버텨왔지만 더 나아간다면 그의 정신과 육체가 상당히 심한 수준으로 망가질 것임이 분명했다.

가능한 해결책은 둘 중 하나였다. 욕구를 제거하거나 욕구를 해소하거나. 물론 건전한 윤리의 소유자인 최명석 씨는 욕구를 제거하는 쪽을 먼저 택했다. 그는 아는 사람의 소개를 받고 정신과의사를 찾아갔다.

결과는 실망스러웠다. 최명석 씨의 강박관념은 이해할 수 없을 정도로 복잡하고 미묘했으며 그 동기나 원인은 짐작도 할 수 없었다. 치료 때문에 이곳저곳을 드나들면서 최명석 씨는 점점 정신과의사들과 심리학자들이 과연 정말로 전문가가 맞는지, 과연 자기들이 무슨 말을 하는가 알고나 있는지 의심을 할 수밖에 없었다. 물론 우물거리며 속내를 감춘 최명석 씨 자신에게도 문제가 있었겠지만.

첫 번째 시도가 실패했으니 두 번째 방법을 택할 수밖에 없었다. 최명석 씨는 그것들 중 비교적 간접적인 방법을 택했다. 그는 방송국 사보에 실린 안송규의 사진을 확대 복사해서 다트판 위에 꽂았다. 최명석 씨의 다트 실력은 형편없었지만 그래도 몇 개 날려서 사진을 구멍투성이로 만들어놓고 나니 기분이 조금 좋아졌다. 그러나 그것도 잠시뿐이었다. 그래서 이번에는 지점토로 인형을 만들어 안송규라고 생각하고 핀과 스위스 군용 칼과 성냥으로 고문해 보았다. 만족감은 다트의 경우보다 더 짧았다.

최명석 씨는 기가 죽었다. 그는 어떻게든 그가 속해 있는 사회의 윤리 규정 안에서 일을 해결하려고 했지만 성공하지 못했다. 이제 그가 택할 수 있는 유일한 방법은 안송규를 살해하는 것이었다. 물론 자살하는 방법도 있기는 했지만 최명석 씨에게 자살은 살인보다 더 큰 죄였다.

이제 최명석 씨가 해야 할 일은 살인의 당위성을 입증하는 일이었다. 그는 살인 욕구에 평생을 시달리며 살 생각은 없었지만 살인 이후 죄의식으로 평생을 시달리며 살 생각도 없었다. 그는 대차대조표를 만들고 안송규를 죽임으로써 얻을 수 있는 이익과 손실을 각각 기입했다. 당연히 이익 쪽이 많았다. 만약에 안송규가 죽으면 그가 죽는 것으로 끝난다. 안송규의 아내는 큰 종합병원에서 일하는 치과의사니까 남편이 죽는다고 굶어 죽거나 하지는 않는다. 게다가 둘 사이엔 애도 없다. 하지만 만약에 최명석 씨가 안송규를 죽이지 않는다면 그는 미쳐버릴 것인데 그렇다면 경제 능력 없는 그의 아내와 두 딸은 길거리로 내몰리고 만다.

냉정한 공리주의자로만 보이고 싶지는 않았기 때문에(하긴 보는 사람은 자기밖에 없었지만) 그는 이 상황이 필사적이라는 사실을 첨가했다. 이런 상황을 설명하기 위해 자주 이용되는 예로 한 통나무에 매달린 두 사람의 이야기가 있다. 만약에 통나무가 한 사람밖에 살릴 수 없는 크기라서 자기가 살기 위해 다른 사람을 나무에서 밀쳐냈다면 그건 범죄가 아니다. 자신의 생명을 지키는 것은 생명체의 가장 원초적인 욕구를 따르는 것이기 때문이다.

최명석 씨는 표를 거듭 읽고 만족했다. 그는 표를 갈기갈기 찢어 재떨이에 넣고 태운 다음, 근처 냉면집으로 점심을 먹으러 나갔다.

그러나 지금까지 작성한 당위성이, 정리만 잘되었을 뿐이지 수많은 정신병적 연쇄 살인마들의 동기와 별로 다르지 않다는 사실을 그가 알았다면 그만큼 만족하지는 않았을 것이다. (그게 이 지식 분리 사회를 사는 지식인들의 결점이다. 그들은 자기들이 실제 이상으로 독창적이라고 생각한다.)

냉면을 먹고 사무실로 돌아온 최명석 씨는 홀가분한 마음으로 남은 일들을 처리했다. 일단 마음을 굳히고 나니 그동안 잡히지도 않던 일들이 술술 넘어갔다. 어차피 죽일 거, 진작에 결심했다면 이렇게 일이 밀리지도 않았을 것이다.

전철을 타고 집이 있는 대림동까지 가는 동안 그는 살인 방법에 대해 생각했다. 유감스럽게도 그는 추리소설 애독자가 아니어서 그 방면에 대해서는 아는 바가 별로 없었다. 그래서 그는 전철에서 내려 가장 가까운 서점에 들러 추리소설 2권을 샀다. 하나는 엘러리 퀸의 《네덜란드 구두의 비밀》이었고 다른 하나는 애거사 크리스티의 《0시를 향하여》였다.

그는 그날 저녁으로 그 2권을 다 읽었지만 결과는 실망스러웠다. 그들은 살인을 마치 게임처럼 단순하게 처리했다. 그는 엘러리 퀸이 정신이 좀 나간 친구가 아닌가 생각했다. 레슬러나 특수 훈련을 받은 전문가가 아닌 이상 어떤 여자가 철사로 목을 졸라 남자를 죽일 생각을 할 수가 있을까? 최명석 씨 자신도 안송규를 그렇게 죽일 수 있을 것 같지 않았다.

일주일 동안 최명석 씨는 32권이나 되는 추리소설의 고전들을 섭렵했다. 그리고 그 모두에 실망했다. 챈들러나 해밋은 한마디로 비현실적이었고 체스터튼은 말도 안 되었으며 포의 패러독스는 한 번도 그럴싸해 보이지 않았다. 크리스티는 인위적이었고 엘러리 퀸은 논리적으로 엉망이었다. 국내 것은 좀 나을까 해서 보았지만 오히려 비현실성은 외국 것들을 능가했다. 이들 중 어느 것도 지금까지 벌레 한 마리도 맘 편하게 죽여보지 못한 전직 대학교수에게 유익하고 손쉬운 살인 방법을 제공해 주지 못했다. 어쩔 수 없이 그는 직접 계획을 짜기로 했다. 안송규에 대한 살의가 이제는 편두통처럼 규칙적으로 그를 덮쳤기 때문에 적당한 추리소설을 찾느라고 허송세월할 수는 없었다.

우선 그는 노트에 자기가 안송규를 죽일 드러난 동기가 전혀 없다는 사실을 기록했다. 사실 그를 지배하고 있는 살의를 제외하면 드러나지 않은 동기도 없었다. 그에 대한 살의 역시 증오와 같은 부수적인 감정을 수반하고 있지 않았다. 그것은 증류수처럼 순수하고 깨끗한 살의 자체였다. 그는 이 현상을 매우 흥미롭게 생각했지만 그것을 연구하기에는 그의 마음이 너무 급박했다.

그는 계획 살인을 하기에는 안송규에 대해 너무 모른다는 사실을 추가했다. 그는 안송규가 토요일 밤에 하는 꽤 지루한 시사 관련 프로그램의 PD라는 사실을 알고 있었지만 그뿐이었다. 여기에 대해서는 조금 알아보아야 할 필요가 있었지만 신중해야만 했다. 자칫하면 첫 번째 항에 기록한 이점을 날려버릴 수도 있었기 때문이다.

다음으로 생각해야 할 것은 살인 방법이었다. 그는 살의를 만족시키기 위해서라도 거창하게 일을 벌이고 싶었지만 그렇게 하다가는 증거를 잔뜩 남길지도 모르고 미처 죽이기도 전에 다른 사람들에게 들킬지도 몰랐다. 그는 일단 그를 적당한 곳에 감금한 다음 죽이는 방법을 택하기로 했다. 안송규에 대해 자세히 알게 되면 방법도 구체화될 것이다.

토요일 밤 11시에 방송되는 시사 프로그램 〈저것도 궁금하
다〉의 PD인 안송규 씨는 지난 일주일을 아주 불안하게 보냈다.
처음에는 단지 소화불량 때문이라고 생각했었다. 그게 좀 더
계속되자 일이 잘 안 풀려서라고 생각했다. 그러나 이런 기분
이 일주일 동안이나 계속되자 그는 그 요인이 그의 내부가 아
니라 외부에 있다는 결론을 내렸다.

그는 구내식당에서 고등어 살을 젓가락으로 뜯어내며 지난
일주일 동안의 일을 생각했다. 그가 단골로 들르는 식당의 사
람 좋은 주인이 갑자기 그에게 시비를 걸며 따귀를 후려친 것
이 바로 저번 금요일이었다. 그 뒤로 그에게는 온갖 몹쓸 일들
이 잔뜩 일어났다. 자동차가 갑자기 튀어나와 그의 발등을 뭉
개고 지나갔고 꼬마들은 장난감 총으로 그에게 비비탄을 쏘아
댔으며 개들은 무작정 그의 발목을 물고 늘어졌다. 재난의 피
크는 바로 오늘 아침에 있었는데 저번 주에 〈저것도 궁금하다〉
에서 인권유린의 현장으로 소개되었던 기도원 사람들이 몰려
와 안송규 씨를 집단 구타 하려고 했던 것이다. 옆에는 그 사건
을 취재한 기자들도 있었고 작가도 있었지만 주먹은 안송규 씨
에게만 날아왔다.

그는 매우 불안해졌다. 전에도 그는 이와 아주 비슷한 일을

경험한 적이 있었다. 그리고 그때도 정말 아슬아슬하게 빠져나왔었다. 그런데 그때가 언제였더라?

그는 당황했다. 그는 원래 붙임성이 좋고 사람 사귀는 수완이 뛰어난 남자라 사실 평생을 살아오면서 적이라고 할 만한 사람은 없었다. 물론 직업이 직업이라 걸리적거리는 상황에 놓인 적이 여러 번 있기도 했지만 그렇다고 사방에서 주먹질이 날아올 정도는 아니었다.

안송규 씨는 어금니 사이에 낀 시금치를 손가락으로 파내며 식당에서 나왔다. 불안감 때문에 그런지 배 속이 더부룩했다. 그는 방송국 건물에서 나와 근처 광장을 빙빙 돌았다.

"안송규 씨?"

그는 뒤를 돌아다보고 얼이 팍 빠졌다. 키가 훤칠하고 잘생긴 젊은 여자가 그를 내려다보고 있었다. 그는 그 여자를 텔레비전에서 봐서 알고 있었다. 얼마 전에 무슨 모델 대회인가에서 2등으로 당선된 사람이다.

"네?"

그는 얼빠진 목소리로 물었다. 그 여자는 생긋 웃더니 갑자기 핸드백에서 망치를 꺼내어 그의 머리를 향해 휘두르며 외쳤다.

"당신 같은 사람은 죽어야 해!"

망치는 안송규 씨의 관자놀이를 비스듬히 내리쳤다. 혼비

백산한 그의 머릿속에 맨 처음 떠오른 생각은 이 여자가 기도원 원장의 딸이나 조카쯤 될지도 모른다는 거였다. 그러나 그는 생각을 이을 수가 없었다. 그 모델 아가씨가 망치를 내던지고 이번에는 핸드백에서 퍼런 불꽃이 번쩍거리는 전자총을 끄집어냈기 때문이다. 그는 두 팔을 벌리고 달아났다. 언제나처럼 매정한 서울 시민들은 그런 그를 한번 슬쩍 곁눈질하고 다시 자기 갈 길을 갔다.

그는 방송국 안으로 뛰어 들어갔다. 마침 로비에는 그와 같이 일하는 방송국 기자 3명이 모여서 뭔가 떠들고 있었다. 그는 그들에게 달려갔다.

"나 좀 도와줘! 저기 어떤 미친 여자가……."

기자들은 그가 가리키는 쪽을 바라보았다. 그 여자는 여전히 그를 따라 방송국 안으로 들어오는 중이었지만 뛰고 있지는 않았고 전자총도 다시 핸드백 안에 숨겨두었다. 그녀는 로비 안으로 들어오자 얌전히 커피 자판기로 가서 동전을 넣기 시작했다. 안송규 씨는 변명이 필요해졌다.

"사실이야, 방금 전까지만 해도 저 여자가 나에게 그 뭐냐……."

기자들은 심각한 얼굴로 그를 내려다보았다. 그는 머쓱해져서 말을 중단했다. 그때 기자들 중 1명이 입을 열었다.

"잠시 화장실로 가시죠. 저 여자도 그 안으로는 안 들어올 겁니다."

그는 엉겁결에 그들을 따라 남자 화장실로 들어갔다. 기자들은 주변을 둘러보고 그들 이외에 아무도 없다는 것을 확인한 뒤 갑자기 가면을 벗어 던지기라도 하는 것처럼 표정을 무시무시하게 바꾸었다. 안송규 씨는 겁에 잔뜩 질려서 달아나려고 했지만 기자 1명이 문을 가로막았고 다른 한 사람이 등 뒤에서 그를 휘어잡았다.

"이제 어떻게 할까?"

등 뒤의 남자가 말했다.

"가죽을 벗기자고."

농담이 아니었다. 그 말을 한 남자는 정말로 호주머니에서 무시무시하게 생긴 톱칼을 꺼내 휘두르기 시작했다.

그때 무언가가 섬광처럼 그의 머리를 스치고 지나갔다. 안송규 씨는 이연걸이 갑자기 그의 몸 안에 들어오기라도 한 것처럼 두 발로 칼을 든 남자를 걷어차고 등 뒤의 남자를 벽 저쪽으로 집어 던진 뒤 화장실 문으로 달려갔다. 문 앞의 남자가 막아서자 그는 정신없이 그의 목을 잡아 비틀었다. 뚝 하는 소리가 나며 그 남자는 문 앞에서 쓰러졌다.

안송규 씨는 비명을 지르며 방송국에서 뛰쳐나왔다. 그가 로비를 지나치자 아까 그 모델이 다시 그를 향해 달려왔다. 그가 광장을 건너자 정복 경찰 1명이 곤봉을 휘두르며 그를 불렀다. 그는 무시하고 주차장으로 달려갔다. 앞뒤에 주차된 자동차들의 범퍼를 작살내고 그는 허둥지둥 차를 몰아 광장을 빠져나왔다.

24분 동안 5개의 교통법을 위반하고 그의 집 앞에 도착했다. 간신히 차고에 자동차를 밀어 넣고 집 안으로 들어가 문을 잠갔다. 거울을 보니 꼴이 엉망이었다. 관자놀이와 팔에서 흘러나오는 피로 양복은 시커멨다. 그는 옷을 벗어 던지고 욕실로 들어갔다.

샤워실에서 나온 안송규 씨는 욕실 앞에 던져놓았던 옷으로 허둥지둥 몸을 가렸다. 그의 앞에는 아내와 같은 병원에서 일하는 외과의사가 하얀 가운을 입고 서 있었다. 안송규 씨는 태연한 척하려고 했지만 외과의사의 손에 들려 있는 메스에서 눈길을 뗄 수가 없었다.

"이, 이 시간에 웬일이십니까?"

안송규 씨는 속옷들을 대충 걸쳐 입으며 물었다. 의사는 대답 대신 메스를 치켜올리며 씩 웃었다. 안송규 씨의 머리는 다시 잽싸게 돌아갔다. 다시 그의 몸속에 숨어 있던 이연걸이 튀어나왔다. 그러나 이번엔 상황이 나빴다. 이미 운동 부족으로 마디마디가 딱딱하게 굳어 있던 그의 몸은 머릿속의 이연걸이 그리고 있던 매끈한 발차기의 절반도 실행시킬 수 없었다. 그는 주르르 미끄러져 엉덩방아를 찧었고 외과의사는 그의 목에 메스를 들이댔다.

"지하실로."

의사가 쉰 목소리로 명령했다.

그는 속옷 바람의 안송규 씨를 지하실에 있는 보일러실로 끌고 갔다. 그는 문을 잠그고 안송규 씨를 지하실에 버려진 낡은 의자에 앉히고 미리 준비해 온 듯한 빨랫줄로 묶었다.

"이, 이봐요."

안송규 씨는 두려움과 강한 데자뷔를 느끼며 더듬더듬 말했다.

"이, 이러지 말아요. 왜 이러는지는 모르지만……."

"너 같은 인간은 죽어야 해!"

의사는 아까 모델 아가씨와 똑같은 대사를 외치며 그에게 달려들었다. 안송규 씨는 의자에 묶인 채 발끝으로 엉거주춤 일어나 벽 쪽으로 달아났다. 의사는 영화 속의 미친 과학자처럼 낄낄거리며 메스를 쳐들었다.

그때 지하실 문이 열리고 머리가 벗겨지기 시작한 땅딸막한 남자가 안으로 뛰어들었다. 의사는 놀라 뒤를 돌아보았지만 이미 너무 늦은 뒤였다. 그 남자는 들고 있던 도끼로 의사의 머리를 수직으로 내리쳤다. 의사는 도끼가 머리에 박힌 채 비칠대며 서너 걸음을 옮기다가 바닥에 픽 쓰러졌다. 땅딸막한 남자는 도끼를 머리에서 뽑아내고 날을 수건으로 닦았다. 안송규

씨는 그제야 그 남자가 화창한 날씨와는 전혀 어울리지 않는
비닐 비옷을 입고 있음을 알아차렸다.

"날 좀 풀어줘요."

안송규 씨가 애원했다. 그러나 그 남자는 예의 바르게 웃으
며 고개를 저었다.

"미안합니다만 선생은 거기 좀 더 묶여 있어야 합니다. 하
지만 약속하죠. 오래는 안 걸립니다. 저 남자가 얼마나 빨리 죽
는지 보지 않았습니까? 그 정도로 빨리 해드릴 것을 약속드리
죠. 참, 내 소개를 했던가요? 나는 최명석이라고 합니다. 선생
과는 동창회 모임에서 잠시 만난 적이 있습니다."

그 순간 안송규 씨의 머릿속에서는 지금까지 막혀 있던 모
든 기억이 봇물처럼 터져 나왔다. 이제 그는 상황이 어떻게 돌
아가고 있는지 완전히 알게 되었다.

3.

최명석 씨는 도끼날을 정성껏 닦은 뒤 시험 삼아 흔들어보
았다.

"처음에는 전기톱으로 하려고 생각했습니다."

최명석 씨가 말했다.

"피터 잭슨의 〈배드 테이스트〉를 막 비디오로 보았기 때문입니다. 그 영화를 보면 정말 전기톱을 한번 써보고 싶어지지요. 하지만 걱정하지 마세요. 전기톱은 사용 안 할 겁니다. 필요 없는 사디즘으로 빠질 가능성이 있고 소리가 시끄러우며 자칫하면 내가 다칠지도 모르니까요. 게다가 살인 때문에 전기톱을 새로 살 수는 없지 않습니까? 물론 도끼를 새로 살 수도 없지만 난 사전 조사를 통해 선생의 뜰에 나무 땔감을 자르는 도끼가 있다는 사실을 알고 있었죠. 그래서 그걸 이용하기로 마음먹었습니다. 집 안의 흉기를 쓰면 그만큼 버릴 증거가 줄어드니 말입니다. 영리하죠? 이건 내가 요 몇 주 동안 추리소설들을 읽으면서 습득한 요령입니다. 처음에 읽을 때는 몰랐지만 직접 계획을 짜다 보니 그것들이 상당한 도움이 되더군요."

"날 죽일 겁니까?"

안송규 씨가 물었다.

"물론이죠. 그래서 들어온 것 아닙니까?"

"하지만 왜 저 의사를 죽였습니까? 저 사람도 날 죽이려고 했는데."

최명석 씨는 혀를 찼다.

"내가 직접 죽이고 싶었기 때문이죠. 나는 얼마 전부터 선생을 죽이려는 강한 살의에 시달리고 있었습니다. 그래서 오늘 결판을 내려고 온 것이죠. 아마 이런 욕구에 시달린 사람이 나

하나뿐은 아닌 것 같군요. 그래도 내가 죽이는 것을 다행으로 여기십시오. 저 친구는 선생을 고통스럽게 천천히 죽였을 겁니다. 척 보면 알지요. 직장에서 받은 스트레스를 그런 식으로 풀었을 겁니다. 자신을 조절할 줄 모르다니 어리석어요. 자, 시작할까요?"

안송규 씨는 억지로 웃었다.

"당신도 저 친구만큼이나 어리석소."

"왜요?"

"당신은 꼭두각시요! 자기 의지 없이 인형처럼 조종되는 거요. 왜 당신에게 그런 일이 일어나는지 아오? 외계인들이 당신을 처형 도구로 쓰는 거요. 정확히 말해 베텔게우스 4행성의 혁명군들이 하는 짓이오."

"흠. 베텔게우스 4행성 사람들이 왜 선생을 죽이려고 합니까?"

안송규 씨는 엄숙하게 대답했다.

"내가 얼마 전까지만 해도 그들의 군주였기 때문이오. 나는 베텔게우스 항성계의 황제이며 모든 역사의 주인인 아가부크요! 혁명이 일어나자 나는 우주선을 타고 이 별로 도망쳤소. 우리에게는 정신과 육체를 분리시킬 수 있는 기술이 있소. 나는 우주선을 버리고 이 남자의 뇌 속으로 들어갔소. 그들이 정신 탐지기를 가지고 있기 때문에 나는 이 남자의 기억 속에 내 정신을 묻고 숨어 있었소. 자, 당신은 자신을 이성적인 사람으로 생각하고 있겠지요? 그렇다면 나를 풀어줘요. 남의 생각대로 꼭두각시처럼 조종당하는 게 수치스럽지도 않소?"

최명석 씨는 고개를 절레절레 흔들었다.

"미안하지만 안 되겠습니다. 내 살인 욕구가 너무 강해서요. 지금 선생을 풀어준대도 난 계속 이 욕구에 시달릴 겁니다. 그렇다면 상황은 더 곤란해지지요. 선생은 앞으로 더 조심할 테니까. 지금 상황을 잘 이용하는 편이 나을 것 같아요."

"이 쓸개 빠진 얼간이야! 넌 네 생각도 없냐?"

안송규 씨가 욕을 퍼부었다.

"말이 좀 거칠다고 생각하지 않습니까?"

최명석 씨가 항의했다.

"나는 선생의 학교 선배인데도 이렇게 꼬박꼬박 예의를 갖추고 있잖아요. 그리고 선생이 베텔게우스의 황제였건 교황이었건 그게 나랑 무슨 상관입니까? 말을 조심해서 쓰는 게 좋을 겁니다. 지금 도끼를 든 사람은 선생이 아니라 납니다.

게다가 선생의 비난은 틀렸어요. 나는 늘 이성적이고 지금도 그렇습니다. 저 바보처럼 생각 없이 메스를 휘두르지 않아요. 만약 선생 말이 옳아서 이 사태에 외계인들이 개입했다고 칩시다. 그러나 그들이 내 의지까지 건드린 것은 아닙니다. 그들은 내 욕구만을 자극했을 뿐이거든요. 이 모든 계획은 나 자신이 선택해서 나 자신이 짠 것입니다."

"그래도 결국 꼭두각시잖소!"

최명석 씨는 한숨을 내쉬었다.

"선생은 자유의지에 대한 지루한 토론으로 우리를 끌고 가고 있군요. 사실 따져보면 자유의지란 것은 존재하지 않습니다. 우리는 우리 주변의 상황을 선택할 수 없고 필연적으로 주변의 영향을 받으니까요. 우리의 행동 패턴, 취향들은 우리 의지와 무관하게 외부에서 주어지는 것이지 우리가 선택한 것이 아닙니다. 그렇다면 외계인들이 나에게 특정 욕구를 주입시켰다고 쳐도 그게 나한테 특별히 유별난 것은 아닙니다. 예를 들어볼까요? 나는 선생을 죽인 뒤에 크리스틴 스콧 토마스가 나오는 신작 영화를 보러 코아아트홀로 갈 겁니다. 선생은 내가 꼭두각시처럼 조종당해 그 영화를 보러 간다고는 말하지 않을 겁니다. 하지만 이 두 행동은 똑같아요. 내가 이 깡마른 영국 여배우를 좋아하게 된 것을 철저한 내 선택이라고 말할 수는 없습니다. 내 유전자 중 일부가 그런 여자들을 좋아하게 나를 조절한 것일지도 모릅니다. 어렸을 때부터 내가 겪은 특수한 경험들이 예민한 얼굴의 냉소적인 여자들을 무작정 좋아하게 만들었던 것일지도 모릅니다. 결국 내가 크리스틴 스콧 토마스의 팬이 되었던 것도 내 맘은 아니었던 셈이지요. 내가 선생을 죽이려는 욕망을 가지게 된 게 내 선택이 아니었던 것처

330

럼 말입니다.

　그러나 자유의지에 늘 그런 엄격한 정의만을 적용할 수는 없습니다. 일단 일상어에서 통용이 되기가 힘들어요. 우리는 끝없이 욕구의 원인을 찾아 거슬러 올라갈 수 없습니다. 우리는 우리의 욕구와 본능이 우리를 조종하고 있다는 사실을 일단 접어두고 자유의지란 단어를 씁니다. 나는 오늘 내가 먹고 싶어서 냉면집에서 냉면을 먹었습니다. 부하 직원의 힘에 밀려서 냉면집에 간 것이 아니라면 나는 내 자유의지를 관철한 것입니다. 나는 내가 크리스틴 스콧 토마스의 얼굴을 또 보고 싶어서 저녁에 코아아트홀에 갑니다. 이 역시 내 자유의지의 적절한 행사입니다. 그리고 나는 지금 선생을 도끼로 때려죽일 겁니다. 이 역시 내 자유의지의 행사입니다. 나는 내 욕구가 일일이 어디에서 오는지 분석하지 않습니다. 선생은 목이 마를 때는 생각 없이 욕구에 따라 물을 마실 겁니다. 설마 목마를 때마다 '물을 마셔서 내 몸 안의 삼투압을 조절해야지'라고 생각하시는 건 아니겠지요? 물론 이런 식으로 아우구스티누스 윤리학까지 변론할 수는 없다는 걸 나도 압니다만 적어도 내 행동의 존엄성과 독립성을 증명할 수는 있습니다."

　"하지만 결국 이것도 살인이야! 이 별에는 도덕관념도 없나?"

　"물론 살인은 옳은 일이 아닙니다. 정말 짜증스럽군요. 내가 도끼를 들고 사람을 죽이려고 마음먹을 때까지 얼마나 정신적인 고통을 겪었는지 압니까? 하지만 결국 나는 나름대로 내 행동이 정당방위라는 사실을 증명해 냈습니다. 들어보겠어요? 아, 싫다고요? 그러나 다음 이야기는 들어야 합니다. 그 뒤로도 살인 계획은 나에게 큰 도덕적 짐이었으니까요. 그러나 바로 얼마 전에 선생이 내 짐을 덜어주었지요. 어떻게 했냐고요? 간단합니다. 선생은 선생 자신이 외계인이라고 말했으니까요. 인간의 도덕규범은 생물학에 기본을 두고 있습니다. 생물로서 우리의 제1의무는 우선 살아남는 것이며 그다음엔 자신의 유전자를 퍼뜨리는 것입니다. 물론 인간은 생물학적인 본능만 따르는 존재가 아닙니다. 하지만 우리의 윤리학은 대부분 여기에 바탕을 두고 있습니다. 일반적으로 집단, 즉 '우리'를 유지시키는 행위를 보고 우리는 윤리적인 행동이라고 합니다. 물론 여기서 '우리'는 같은 유전자를 가진 무리라는 생물학적인 정의에서 벗어난 보다 포괄적인 것들이지요. 국가니 민족이니 하는 것 말입니다. 여담이지만 이 '우리'의 범위를 계산해서 각 사회의 윤리 체계를 가치 평가할 수 있을 겁니다.

그런데 선생은 뭡니까? 나는 얼마 전까지만 해도 내 학교 후배이며 한 여자의 남편인 남자를 죽여야 한다는 압박감에 시달렸습니다. 하지만 선생은 나와 전혀 상관없는 외계인이고 게다가 탈출한 독재자입니다. 어떻게 하더라도 선생은 아직까진 내가 생각하는 '우리' 안에 못 들어가요. 아하, 이제 도끼를 든 내 손에 힘이 들어가는군요."

안송규 씨는 그의 얼굴에 침을 뱉었다. 최명석 씨는 들고 있던 도끼로 안송규 씨의 왼쪽 정강이를 자르고 비명이 그칠 때까지 기다렸다.

"우린 쓸데없는 시간을 낭비하고 있으며 없어도 될 고통을 추가하고 있습니다."

최명석 씨가 말을 이었다.

"시간을 끌수록 내 살의와 사디즘의 강도는 증가됩니다. 얼마 전에 조용히 죽었더라면 이런 일은 없지 않습니까. 왜 최선의 길을 따르지 않습니까?"

"이 궤변론자 같으니!"

베텔게우스 4행성의 황제이며 모든 역사의 주인인 아카부크 대제로 알려진 안송규 씨는 궤변론자, 특히 도끼를 든 궤변론자와는 토론하는 게 아니라는 유익한 교훈을 그 즉시 배우게 되었다.

🐰 〈꼭두각시〉가 《버전업》이라는 무크지에 수록되었을 때 전 전기톱이 나오는 피터 잭슨 영화를 〈배드 테이스트〉가 아닌 〈데드 얼라이브〉라고 쓰는 실수를 저질렀습니다. 《나비전쟁》 때는 수정되었지만요. 〈배드 테이스트〉는 전기톱, 〈데드 얼라이브〉는 잔디깎이. 잊지 맙시다. 그와 상관없이 〈데드 얼라이브〉는 〈천상의 피조물〉과 함께 피터 잭슨의 최대 걸작인데 왜 잭슨은 이 작품을 없는 척하는 걸까요.

도끼로 살해당하기 전에 살인범에게 되먹지 않은 철학 강의를 들어야 하는 남자의 고통을 그린 호러입니다. 당시 저는 정말로 잔인한 젊은이었군요.

나중에 전 〈꼭두각시들〉이라는 단편을 썼는데, 역시 자유의지라는 주제를 다루고 있지만 이것과는 큰 관계가 없습니다. 적어도 쓰는 동안은 의식하지 못했습니다.

이 책에 나오는 남자들은 상당수가 '했소'체를 고집하고 있어요. 번역체의 영향일 수도 있는데, 그때까지만 해도 살아 있던 노인네들 상당수가 정말 저런 말투를 쓰긴 했습니다. 지금 저런 말투는 번역에서도 사라지고 있는 중이죠. ˆˆ

선택> █

¶
¶
¶
¶
¶

1.

24번가의 서쪽 끝은 시립도서관의 회색 콘크리트 벽으로 막혀 있었다. 그곳에서 S선 전차 선로는 둥근 커브를 그리며 삼림부 옆 골목을 지나 남쪽 부두로 빠졌다. 잡일을 마치고 뒤늦게 집으로 돌아가는 인근 초등학생들과 선생들을 제외하면 거리는 한산했다.

나는 회중시계를 꺼냈다. 오후 5시 58분, 일몰 시각까지는 35분 남았다. 하지만 아직 내 외투 주머니에는 처리할 구슬이 2개나 더 남아 있었다.

나는 머릿속에 지도를 그리고 앞으로의 행보를 계산했다. 지금 당장 내가 사용할 수 있는 우체통은 2개다. 하나는 삼림부 구내매점 옆에 있었고 다른 하나는 조금 더 떨어진 백화점 옆에 있었다. 구내매점이 더 가까웠지만 이미 사람들이 거의 퇴근한 정부 건물 안으로 들어가는 건 아무래도 위험했다. 탈출로를 커버해 줄 인파가 필요했다.

누나는 어디에 있을까? 아마 지금쯤 내가 어떻게 가짜 구슬로 자기를 따돌렸는지 알아차렸을 것이다. 하지만 진짜 구슬을 떨어뜨린 우체통과 가짜 구슬이 든 우체통 사이의 간격은 겨우 500미터에 불과했다. 만약 누나가 가짜 구슬에 정말로 속아 넘어갔다고 해도 내가 얻은 시간은 기껏해야 3, 4분이다. 지금쯤 누나가 바로 내 등 뒤에 있어도 이상하지 않다.

나는 뒤를 돌아보았다. 여전히 거리는 한산했고 누나는 보이지 않았다. 크게 심호흡을 한 뒤 전차 선로를 따라 뛰기 시작했다. 서서히 나는 근처 관공서에서 퇴근한 공무원들, 백화점에서 빠져나온 손님들, 하교 중인 학생들로 구성된 잡다한 인파의 일부로 녹아들었다.

나는 숨을 돌리며 주머니에서 구슬을 꺼내 우체통 안에 슬쩍 밀어 넣었다. 누나는 여전히 보이지 않았다. 내가 해낸 걸까?

그때 나는 구슬의 타이머를 작동시키지 않았다는 걸 깨달았다.

나는 무릎을 꿇고 우체통 안을 들여다보았다. 안은 어둡고 조용했다. 추락의 충격으로 구슬이 자동 작동되었을지도 모른다는 희망은 박살 났다. 화가 난 나는 우체통을 발로 걷어찼다. 발만 아팠을 뿐 구슬은 여전히 잠잠했다.

서서히 사람들이 나를 바라보기 시작했다. 나는 억지로 태평한 표정을 지으며 우체통에서 떨어져 나왔다. 곧 미작동 경보가 울릴 것이다. 그때까지 구슬을 꺼내는 건 불가능했다. 유일한 해결책은 새로운 퇴로를 찾는 것이었다.

일어나 눈을 가늘게 뜨고 주변을 천천히 관찰했다. 백화점, 삼림부, 주차장, 영화관, 서점, 오락실……

해결책이 떠올랐다. 나는 주머니에 든 지갑 안에 손가락을 쑤셔 넣었다. 구석이 닳은 오래된 녹색 티켓이 집에서 만든 계피 사탕과 함께 끌려 나왔다. 한 달쯤 전에 경품으로 받은 무료 관람권이었다. 나는 다음 영화표를 사기 위해 줄을 서 있는 사람들과 아직 덜 분주한 극장 입구를 번갈아 응시했다. 내가 벌 수 있는 시간은 기껏해야 10여 초였지만 그 정도면 충분했다.

나는 러시아워로 북적거리는 자동차들 사이를 지나 영화관을 향해 달려갔다. 직원의 손에 티켓을 밀어 넣는 순간까지도 경보음은 들리지 않았다. 곧 정복 경관들이 우체통을 향해 달려들 것이다. 나는 억지 미소를 지으며 상영관 안으로 들어갔다.

나는 천천히 상영관을 가로질러 스크린 옆의 비상구를 향해 걸어갔다. 화면 위에서는 몇몇 독일 여자들이 수다를 떨며 카드놀이를 하고 있었지만 상영관 안의 분위기는 가라앉아 있었다. 옆을 지나치며 본 할머니들의 눈에는 눈물이 잔뜩 고여 있었다. 주인공인 것 같은 여자가 환하게 웃으며 뭐라고 한마디 하자 할머니 1명은 울음을 터뜨렸다.

비상구는 광장으로 연결되어 있었다. 이제 모든 게 속도전이었다. 미작동 경보음이 울리고 경찰들이 몰려들었을 테니 더 이상 군중 속에 숨는 것 따위는 생각도 할 수 없었다. 빨리 가장 가까운 우체통을 찾아 마지막 구슬을 넣어야 했다. 그리고 그 우체통은 광장 맞은편에 있었다.

주머니에서 마지막 구슬을 찾아 타이머를 작동시키느라 잠시 한눈을 팔던 나는 지저분한 하복 차림의 한 남자와 심하게 부딪치고 말았다. 그는 나를 일으켜 세운 뒤 더듬거리며 미안하다고 중얼거리고는 허겁지겁 달아났다. 그에게서 조금 이상한 느낌을 받았지만 그런 걸 신경 쓰기엔 내 사정이 너무 급했다.

나는 다시 달리기 시작했다. 우체통까지의 거리는 이제 50미터도 남아 있지 않았다. 40미터, 30미터, 20미터, 10미터…… 우체통 앞에 도착하자, 숨 돌릴 사이도 없이 주머니에서 구슬을 꺼내 투입구에 밀어 넣었다.

그러나 구슬은 들어가지 않았다.

나는 놀라 투입구를 손가락 끝으로 만져보았다. 그건 투입구가 아니었다. 심지어 그건 진짜 우체통의 일부도 아니었다. 그건 우체통 상단부를 정교하게 위장한 플라스틱 커버였다. 나는 천천히 고개를 들어 위를 올려다보았다. 누나가 얄미운 표정을 지으며 나를 내려다보고 있었다.

"놀랐지."

우체통에서 커버를 벗기며 누나가 말했다.

2

남자는 3시간 동안이나 걷고 있었다. 시청에서 나온 뒤, 그는 광장을 다섯 바퀴 돌았고 전차 R선을 따라 시 경계선까지 갔다가 지금은 다시 시내로 돌아가는 중이었다. 그에게 이 긴 산책은 마라톤이나 다름없었다. 우린 지금까지 그가 30분 이상 걷는 걸 본 적이 없었다.

먼저 다리가 아파 오기 시작한 건 우리였다. 그를 미행한 지 3시간이 지난 뒤부터 나는 주문이라도 되는 것처럼 혼잣말을 씨어댔다. 제발 어디 좀 앉아라, 제발 어디 좀 앉아라.

시청을 떠난 지 꼭 3시간 21분 11초가 되자 남자는 드디어 걸음을 멈추었다. 그는 가까운 전차 정류장의 벤치로 걸어가 그 위에 조심스럽게 그의 커다란 엉덩이를 올려놓았다. 그에겐 나무 벤치의 촉감도 새로운 것이었으리라. 그는 지난 3년 동안 단 한 번도 대중교통을 이용한 적이 없었다.

"내기할까? 저 남자는 1시간 안에 자살할 거야." 누나가 나에게 말했다.

"설마."

"왜 안 돼? 도대체 저 남자 인생에 남은 게 뭐니? 이혼당했으니 가족도 없지. 추징금 때문에 재산도 다 날렸지. 직장도 빼앗겼지. 친구들과 친척들의 놀림감이 됐지. 그리고 뭔가 새로운 걸 시작할 나이도 아니잖아?"

"단 한 푼도 없어? 집도 날린 거야?"

"한 짓을 봐라. 종신형도 간신히 피한 거잖아. 하긴 그게 오히려 나았을지도 모르겠다. 감옥에서는 앞으로 뭘 해야 할지 몰라 고민하는 일은 없을 것 아니니."

"저 남자 일어났어."

남자는 다시 걷기 시작했다. 이번엔 이전처럼 방향 없는 산책용 걸음걸이가 아니었다. 여전히 겁먹고 주저하고 있었지만 분명한 목적지가 존재했다. 손아귀엔 힘이 들어가 있었고 모퉁이마다 멈춰서 고민하는 흔적도 없었다.

"클럽으로 가나 봐." 누나가 속삭였다.

"남자 친구 있는 데?"

"맞아. 그 젊은 애. 이름이 뭐였더라……." 누나가 수첩에서 이름을 찾고 있는 동안 남자는 모퉁이를 돌았다. 길을 건너려고 했지만 신호등이 우리를 가로막았다. 발을 구르고 있는 동안 그는 우리의 시야에서 사라져 버렸다.

"당황할 것 없어. 클럽 외엔 갈 곳도 없으니까." 누나가 말했다.

"하지만 어떻게 알아? 정말 클럽에 들어가려고 했던 게 아니라 그냥 건물만 대충 보고 다른 쪽으로 빠지려고 했던 것일 수도 있잖아."

"다른 곳 어디?"

파란불이 들어왔다. 우린 클럽으로 뛰기 시작했다.

남자는 클럽 입구 옆에 쭈그리고 앉아 있었다. 그의 얼굴은
수치심과 증오로 일그러져 있었고 양복 재킷은 드잡이라도 했
는지 잔뜩 구겨져 있었다. 한동안 양손에 얼굴을 묻고 있던 그
는 화가 나는지 얼마 남지도 않은 머리칼을 마구 잡아 뜯었다.

"'난 왜 이렇게 못생겼을까?'"

누나는 빈정거리는 어조로 토를 달았다.

"아마 한동안 저 남자는 자기 외모에 대해 생각도 한 적 없
었겠지. 남자들에게는 다른 게 있잖아. 특히 돈 많고 위치도 괜
찮은 남자들에게는 말이야. 몸에 돈을 발라놓으면 우스꽝스럽
고 추한 외모도 존경할 만한 어떤 것이 되지. 괜찮게 생긴 아내
를 옆에 끼고 있으면 더욱 그렇고. 그래 놨으니 지금 상황이 얼
마나 황당하겠어? 그래도 얼마 전까지만 해도 남자 친구의
환심을 살 만한 돈푼이나 있었지. 지금은 아무것도 없잖아.
이제 남은 건 자기 자신인데, 원래 인품이나 매력은 없는 작자
이고 생긴 건 어디서 굴러온 감자 자루 같지. 도대체 남자 친구
가 계속 자길 만나줄 거라고 생각한 이유가 뭔지 모르겠다. 무
식하면 용감해지는 건지. 아마 지금쯤 이렇게 생각하고 있을
걸. '아, 차라리 며칠 전에 수작을 걸어온 그 말라깽이 녀석한
테 그렇게 사납게 굴지나 말걸. 그랬다면 지금 말동무라도 있

343

었을 텐데.'"

"그게 재미있어?"

내가 쏘아붙였다.

"그럼 안 재밌니? 저것 봐, 저 남자가 지금 뭘 보고 있는 것 같니?"

"겨울 코트?"

"아냐, 시선을 보란 말이야. 지금 쇼윈도 안의 물건을 보고 있는 게 아니라 유리에 비친 자기를 보고 있는 거야. 드디어 깨달음을 얻은 거지. 자기가 얼마나 징그럽고 흉하게 생긴 살덩이인가 말이야."

남자는 다시 걸었다. 이번에도 목적지는 비교적 분명해 보였다. 하지만 어디일까?

"다음 모퉁이에서 왼쪽으로 꺾을걸."

누나는 빙글빙글 웃으며 말했다.

"어떻게 알아?"

"바늘에 손가락이 조금만 찔려도 비명을 질러대는 남자가 지금 자살을 하려고 하고 있어. 어떻게 죽겠니?"

"약국에서 쥐약이라도 사지 않을까?"

"그것도 아픈 건 마찬가지야. 번거롭고 실패할 확률도 높지."

"교통사고?"

"여전히 즉사할 확률은 낮아. 칼로 손목을 긋는 건 그중에서도 못 할 짓이고 총은 구하기도 어렵지. 자, 생각해 봐. 남는 건 뻔하잖아. 여기서 우리가 하루이틀 살았니?"

"전망탑!"

"맞아!"

남자는 정말로 전망탑으로 가고 있었다. 그곳은 괴질 이후 우리만큼 운 좋은 생존자들에게 우리의 존재를 알리기 위해 쌓은 등대였다. 더 이상 쓸데없이 전기를 낭비할 필요가 없다고 생각한 누나는 2년 전 그곳을 전망탑으로 만들고 요금을 받기 시작했다.

"앞으로 15분 뒤면 문을 닫아."

누나는 자랑스럽게 덧붙였다. 흠, 누나가 어떻게 1시간이라는 데드라인을 설정했는지 나도 이제 알 수 있었다.

남자는 요금을 내고 안으로 들어갔다. 우리는 따라 들어가지 않는 대신 쌍안경을 꺼내 전망탑을 올려다보았다.

"지금쯤 엘리베이터에서 내렸을 거야. 저기 봐. 지금 막 나왔어. 슬슬 옆 사람의 눈치를 보고 있군. 어느 쪽을 택할까? 죽으면서 사람들에게 마지막 구경거리가 되어줄까, 아니면 사람들이 사라질 때까지 기다릴까? 기다리는 모양인데……. 기다리는 걸까? 아니면……."

비명 소리가 사방에서 터져 나왔다. 잠시 뒤 턱 하는 소리와 함께 그의 둔중한 몸이 바닥으로 떨어졌다. 순식간에 시체 주위로 사람들이 몰려들었다. 우리 역시 그들 사이로 끼어들었다.

남자는 박살이 나 있었다. 척추가 부러졌는지 몸은 L자로 꺾여 있었고 몸에서는 검붉은 순환액이 새어 나오고 있었다. 군데군데 상처를 비집고 튀어나온 갈비뼈의 절단 부위에서는 틱틱 소리를 내며 푸른 불똥이 튀어나왔다. 마지막 충격이 신경계를 건드렸는지 남자는 죽은 뒤에도 계속 눈을 껌뻑이고 있었다.

경찰차의 사이렌 소리가 들리기 시작했다. 누나는 나의 팔을 잡아끌고 군중에서 떨어져 나왔다.

"이게 끝이야."

누나는 의기양양하게 선언했다.

"이게 끝이라고?"

"응."

"이게 끝이야? 쉰을 넘긴 아저씨가 난생처음 불타는 사랑을 해봤는데 끝이 이거야? 돈독 오른 늙은 돼지로 살아온 남자가 처음으로 자기 자신의 인생을 돌이켜 본 결과가 이거야? 평생 거짓말쟁이 사기꾼이었던 남자가 처음으로 자기한테 솔직해진 결과가 이거야? 싸구려 소설처럼 전망탑에서 뛰어내리는 것?"

"그게 인생 아냐? 모든 사람을 다 평등하게 대할 수는 없어. 어느 쪽에 대해서는 더 가혹할 수밖에 없단 말이야."

"인생은 무슨 놈의 인생. 왜 인정을 못 해? 저건 시시껄렁한 싸구려 소설이야."

잠시 말없이 나를 바라보던 누나는 마침내 한숨을 내쉬었다.

"맞아. 좋은 결말은 아니었어. 진부하고 쓸데없이 통속적이었어. 나중엔 더 잘해보자. 아니, 이번엔 네가 처음부터 끝까지 해봐. 오늘 밤에 네가 환생시키는 게 어떠니? 나도 오늘은 상수도 정기 검사 때문에 바쁘니까."

누나는 주머니에서 열쇠를 꺼내 나에게 던졌다. 나는 열쇠를 받고 시체 쪽으로 고개를 돌렸다. 아직도 시체 주변엔 사람들이 부글거렸다. 멍하니 그들을 쳐다보던 나는 익숙한 얼굴을 발견했다. 그는 며칠 전에 광장에서 나와 부딪친 남자였다. 그는 한동안 나와 누나를 번갈아 바라보다가 조용히 뒤로 사라졌다.

바로 그 순간 내 기억은 마지막 조각을 찾은 지그소 퍼즐처럼 완성되었다. 나는 드디어 왜 그 남자를 이상하다고 생각했는지 알 수 있었다.

"체취."

"뭐?"

누나는 눈살을 찌푸리며 되물었지만 나는 대답하지 않았다.

시체는 벌써 공장 안에 들어와 있었다. 내가 작업실 안으로 들어오자 시체 옆에 우두커니 서 있던 응급요원은 무표정한 얼굴로 서류를 내 코앞에 들이밀었다. 나는 사인을 한 뒤 그를 밖으로 내보내고 문을 잠갔다.

나는 프로브를 꺼내 시체를 스캔했다. 예상한 대로였다. 골격 대부분은 거의 재활용이 불가능할 정도로 박살 나 있었다. 다시 쓸 만한 근육들도 많지 않았다. 양전자 두뇌는 비교적 멀쩡해 보였지만 보조기억장치는 곧 분비액에 오염될 게 분명했다.

나는 메스를 꺼내 천천히 시체의 피부를 벗겨냈다. 피부가 완전히 떨어져 나가자 나는 근육과 뼈를 분리하기 시작했다. 나는 조각난 뼈와 근육들을 물로 씻어낸 뒤 근육과 피부는 보존액이 든 탱크 안에 쏟아부었고 남은 뼈는 쓰레기통에 집어던졌다. 하긴 저 뼈들은 다시 쓸 데도 없을 것이다. 저런 고릴라 골격은 세상에 하나면 족했다.

컴퓨터가 양전자 두뇌를 검사하고 기계 내장을 분해하는 동안 나는 서류 작업을 마무리 지었다. 남자의 고유 번호인 FUG842846은 말소되었다. 이제 그는 공식적인 사망자였다.

사망 처리가 끝나자 나는 컴퓨터 안에 들어 있는 기본 모델들을 검토했다. 남자로 할까, 여자로 할까, 노인으로 할까, 젊은 사람으로 할까⋯⋯. 컴퓨터 화면에 MJL098123이라는 댄서 타입의 잘생긴 젊은 남자의 모습이 떠올랐을 때 나는 잠시 망설였다. 만약 FUG842846이 MJL098123으로 다시 태어난다면? 그리고 전생에 그를 그렇게 울렸던 GJD521509와 뜨거운 연애를 해서 그를 만신창이로 만들어놓는다면? 나는 고개를 저었다. 그럴싸한 시적 정의였지만 너무 뻔했다. 그리고 나는 FUG842846을 또 다른 연애담 속에 던져 넣을 생각 따위는 없었다.

마침내 나는 ERW537743이라는 12살짜리 소녀의 육체를 찾아냈다. ERW537743은 패셔너블하게 말랐으며 섬세하게 예뻤다. 모니터 화면이 ERW537743의 이미지를 빙글빙글 돌리는 동안 나는 천천히 ERW537743의 성격과 지금까지 살아온 인생에 대해 생각했다. 아마 이 아이는 지금까지 중산계급의 안전한 세계에서 큰 경제적 문제 없이 살아왔을 것이다. 사교성이 심각하게 떨어지지는 않아도 상당히 예민한 아이일 수도 있으리라. 숨은 걱정거리 따위는 없을까? 예술적 재능은 어떨까? 어떤 이야기를 만들어야 이런 아이를 갑자기 등장시켜 새 후견인 가족에 입양시킬 수 있을까?

유체가 선택되고 성격과 기억이 완성되자, 나는 컴퓨터의 검사가 끝난 FUG842846의 양전자 두뇌에 새 기억과 행동 패턴을 불어넣었다. 벌써 공장은 둔중한 진동과 함께 움직이고 있었다. 일주일 뒤면 ERW537743의 육체는 FUG842846의 두

349

뇌를 달고 아이의 '이모'네 집으로 보내질 것이다. 웃음이 터져 나오는 걸 참을 수 없었다. 나중에 이 사실을 알게 되면 누나는 어떻게 생각할까?

모든 일을 끝내놓고 보니 벌써 새벽 2시였다. 집에 돌아가면 2시 30분쯤 될 것이다. 어떻게든 3시까지는 침대에 들어가야만 했다. 그 시간을 넘기면 나는 잠을 잘 수가 없었다.

나는 책상을 정리하고 누나에게 보여줄 ERW537743의 사진을 하나 뽑은 뒤 작업실 안에서 나왔다. 제작부에서 새어 나오는 둔탁한 진동을 제외하면 공장 안은 쥐 죽은 듯 조용했다. '쥐 죽은 듯'. 나는 키들거리며 웃었다. 살아 있는 쥐를 마지막으로 보았던 게 언제였더라.

1층 계단에서 나는 갑자기 걸음을 멈추었다. 어디선가 이상한 냄새가 나고 있었다. 나는 계단 옆 쓰레기통을 열어보았다. 뜯은 지 꽤 된 듯한 빈 참치 캔이 안에 굴러다니고 있었다. 나는 주머니에 들어 있던 연필로 캔을 끌어 올렸다. 캔 안에는 가장자리에 피가 묻은 일회용 면도기 날이 박혀 있었다. 내 손은 무의식적으로 전기 제모기로 수염을 제거한 입가로 올라갔다.

나는 쓰레기통 뚜껑을 떼어내고 안에 든 것들을 모두 계단에 쏟아부었다. 면도기 자루, 피가 묻은 붕대 조각, 고무바닥이 거의 떨어져 나간 구두 한 짝. 나는 잠시 주저하다 구두에 코를 가져갔다. 역한 체취가 코를 찔렀다. 나는 구역질을 내며 구두를 벽에 집어 던졌다.

5분 동안 계단 구석에 앉아 손톱을 씹어대던 나는 마음을 굳게 먹고 작업실로 돌아갔다. 더 이상 모른 척하고 넘어갈 수는 없었다. 무시하기엔 구두의 체취가 너무 독했다.

컴퓨터 앞에 앉은 나는 도시의 식료품 유통 라인을 체크했다. 이 도시에서 식료품은 모두 공식적으로 물고기 밥이었다. 서류상으로만 따진다면 누나와 나는 시립수족관 연구원의 자격으로 물고기 먹이를 나누어 먹는 것이었다. 어부들은 참치를 1년에 한 마리 이상 잡지 않았다. 참치 캔의 숫자는 엄격하게 통제되어 있었다.

나는 지금까지 사라진 참치 캔의 수를 세어보았다. 정확히 7개가 모자랐다. 콩 통조림 역시 8개가 비었다. 모두 통조림 공장에서 아파트로 옮겨지기 전에 사라진 것들이었다. 물론 공장엔 특별한 보안장치 따위가 없었다. 이 도시에서 참치 통조림을 먹을 사람이 나와 누나 말고 누가 더 있단 말인가.

나는 자리에서 일어나 작업실 창문을 가리고 있는 커튼을 반쯤 열었다. 통조림 공장은 300미터도 떨어져 있지 않았다. 쌍안경을 쓰지 않아도 불이 켜진 창문들이 보일 정도였다. 나는 천천히 컴퓨터로 돌아와 공장의 어느 부서에서 지금 작업을 하고 있는지 확인해 보았다. 검사가 끝나자 나는 컴퓨터를 끄고 조용히 공장에서 빠져나왔다.

4.

"하나, 둘, 셋!"

4시 정각을 치는 종소리와 함께 나는 달리기 시작했다. 케이스에서 떨어져 나온 10개의 구슬이 내 주머니 안에서 출렁거렸다. 누나는 언제나처럼 2층 창가에 앉아 달아나는 나를 바라보며 빙글빙글 웃고 있었다.

내가 맨 처음 찾은 곳은 14번가의 종합 쇼핑센터였다. '군중 속으로 사라지기'는 늘 내 첫 번째 수였다. 누나는 지겹지도 않느냐고 놀려댔지만, 게임 시작부터 사람들의 눈에 띌 위험을 자초할 수는 없었다. 만약에 누나가 나의 위치를 한 번에 알아낸다고 해도 인파 속에서는 근거리 접근이 쉽지 않았다. 주말 오후 4시의 종합 쇼핑센터 1층이라면 우체통에 구슬을 넣자마자 발각이 된다고 해도 다음 우체통으로 이어지는 탈주로는 7개나 된다. 최소한 2점 이상은 낼 수 있는 것이다.

나는 1층 로비로 들어와 헛기침을 한두 번 하고 분수대에 있는 벤치에 앉았다. 내 옆에서는 막 남편이 바람을 피우고 있다는 사실을 알아차린 WID012312가 얼굴을 양손으로 괴고 심각한 표정으로 지나가는 사람들의 발을 노려보고 있었다. 남편의 상대는 그녀보다 15살이나 위였고 예쁘지도 않았다. 지금까지 그녀의 두뇌를 지배해 왔던 패러다임으로는 이 우주적 패러독스를 설명할 수 없었기에 그녀는 지금 심각한 철학적 묵상에 빠져 있었다.

나는 그녀가 고민하는 동안 그녀의 종이 소포에 작은 구멍을 뚫어 넉넉하게 타이머를 작동시킨 내 구슬을 소포 안에 든 스웨터 안에 밀어 넣고 같은 색의 테이프로 구멍을 막은 뒤 벤치에서 일어났다. 나는 직장 상사에게 횡령 사실이 발각될까 봐 걱정하는 은행 직원인 REW100241과 막 아내의 임신 사실을 알고 기뻐하는 음악 교사 STU877209, 그 밖에 일련번호도, 이름도, 얼굴도 기억나지 않는 여러 사람들을 지나치며 쇼핑센터에서 조용히 빠져나왔다.

건물 밖으로 나오자마자 나는 주머니에서 회중시계를 꺼내 엄지로 뚜껑을 열었다. 4시 25분이었다. 나는 B선 전차를 잡아 타고 강변 오피스촌으로 갔다.

오피스촌은 이미 퇴근하는 직장인들로 북적거리고 있었다. 나는 상공협회 건물 옆의 우체통에 구슬 하나를 밀어 넣고 나를 커버해 줄 인파를 기다렸다. 2분도 지나지 않아 한 떼의 양복쟁이들이 회색 양들처럼 우르르 건물에서 쏟아져 나왔다.

그들 사이에서 나는 '그 남자'를 발견했다.

그를 찾아내는 건 쉬웠다. 아무리 훔친 기성품 양복과 구두로 변장을 해도 그의 어정쩡하고 불안한 모습은 구별해 내기 어렵지 않았다. 혼자서 끙끙거리며 다듬은 머리칼은 척 봐

353

도 티가 났고 여전히 쓸 만한 면도기를 구하지 못했는지 얼굴은 상처투성이였다.

나는 천천히 그를 미행하기 시작했다. 가판대에서 신문을 사는 것으로 보아, 그는 이제 돈도 조금 있는 모양이었다. 물론 식당과 식료품 가게가 존재하지 않는 이 도시에서 돈은 그에게 그렇게까지 큰 도움은 되지 못했을 것이다.

그는 길을 걸어가며 가끔 사람들에게 말을 건넸다. 대부분 그는 길을 물었다. 종종 다른 사람들에게 같은 길에 대해 되풀이해서 묻기도 했다. 상대가 아이일 경우 일부러 동전 몇 개를 땅에 떨어뜨리고 그걸 잃어버리지 않았냐고 묻기도 했다.

나는 조바심이 나기 시작했다. 물론 미행이 먼저였다. 하지만 게임도 무시할 수 없었다. 저 남자가 계속 같은 자리에서 길이나 묻고 다닌다면 다음 구슬을 처리할 수 없다. 저번에 그 가짜 구슬이 먹혔다면 지금쯤 도움이 되었을 텐데. 하지만 누나는 시작부터 그 술수를 꿰뚫고 있었다. 내가 필사적으로 영화관에서 탈주로를 모색하는 동안 누나가 마지막 우체통 옆에서 나를 기다리고 있었다는 걸 생각하자 화가 목까지 차올랐다.

남자는 다시 움직였다. 엉뚱하게도 그는 본토로 들어가는 순환 전차 대신 위성 섬으로 가는 페리선에 올라탔다. 거기도 우체통이 있던가? 삼림부 소속 우체국 분서가 있었다. 최소한 3점은 낼 수 있다는 말이다. 갑자기 이것도 다른 게임 때 사용하면 괜찮은 수가 될 수도 있겠다는 생각이 들었다. 누나도 내가 이런 식으로 갑자기 중간에 오지로 빠질 수 있다고는 생각하지 못할 것이다. 물론 탈출로를 모색하는 게 남아 있지만.

페리선에서 내리는 사람은 5명이었다. 그중 3명은 교대근무하러 온 삼림부 직원들이었다. 나는 그들 근처에서 얼쩡거리며 남자를 관찰했다. 남자는 산으로 가고 있었다.

나는 망설였다. 지금 따라가는 건 내가 그를 미행하고 있다는 것 자체를 폭로하는 것이나 다름없었다. 게다가 나는 산이 싫었다. 아니, 산뿐만 아니라 지나치게 자연이 많은 모든 공간이 싫었다. 삼림부에서 수족관에 정기적으로 야채를 공급하기 시작한 뒤로는 누나나 내가 산에 갈 이유도 없었다.

물방울이 하나씩 내 어깨 위로 떨어졌다. 부슬부슬 비가 내리고 있었다. 오늘 일기예보가 어떻게 되었더라? 생각해 보니 아침 신문을 읽지 않았다. 하지만 일기예보가 비를 예측하지 못했을 가능성도 컸다. 인공위성 네트워크가 붕괴된 이후로 정확한 날씨 예측은 어려웠다.

어떻게 할까. 페리선은 몇 시간 동안 오지 않을 것이다. 하지만 다리를 건너 도시로 돌아가 계속 게임을 하는 방법도 있다. 지금으로서는 5점 이상을 내긴 힘들겠지만 최악의 경우는 아니다. 삼림부 사람들의 숙소로 기어들어 가는 방법도 있었다. 서류상으로 나나 누나는 모두 공무원이었으니 그들을 설득하는 건 그렇게 어렵지 않을 것이다. 물론 줄줄 내리는 비를 맞으며 그를 계속 미행하는 방법도 있다.

나는 부두 옆에 세워져 있는 지도를 올려다보았다. 산은 서쪽에서 갑작스러운 절벽을 이루며 깎여 있었다. 괴질 전, 그곳은 부자들의 별장터였다. 지금 그 별장들은 절반밖에 남아 있지 않았다. 절벽을 지탱하던 전기 봉들이 작동을 멈추자 별장들도 절벽과 함께 하나씩 붕괴되었던 것이다.

하지만 도시에 소속되지 않은 누군가에게 숨을 곳이 필요하다면 그 남은 별장들만큼 좋은 곳이 또 있을까?

내 머리는 계속 돌아갔다. 그는 어디서 왔을까? 물론 본토에서다. 본토와 우리 도시의 최단 거리는 어디인가? 바로 이 섬을 통하는 것이었다. 나는 썩은 시체들로 가득한 죽은 도시들 속에서 외로움에 떨었던 한 남자가 우리 도시의 불빛을 발견했을 때 느꼈을 희열을 상상했다. 그런데 온갖 희망을 품고 도착한 도시에서는 하루 종일 나노봇을 탄 물만 마시고 오줌 대신 민트 냄새 나는 핑크색 액체만 싸대는 축축한 기계들만 살고 있었던 것이다.

나는 다시 산을 올려다보았다. 이제 게임 따위는 머릿속에서 사라지고 없었다. 내가 지금 해야 하는 선택은 단 하나였다. 나는 숨을 크게 들이쉬고 그가 사라진 산길로 걸음을 옮겼다.

산을 오르는 동안 날씨는 점점 험악해졌다. 비는 송곳처럼 내 등을 찔러댔고 바람 때문에 걷기도 힘든 지경이었다. 올라가기 전에 삼림부 사람들한테서 우비라도 빌려 오는 건데.

별장은 다섯 채만 남아 있었다. 모두 불이 꺼져 있었지만 그가 어느 쪽에 숨어 있는지는 짐작할 수 있었다. 커튼이 쳐지고 문이 닫혀 있는 집은 하나밖에 없었던 것이다. 쌍안경으로 들여다보니 커튼 뒤에 쳐져 있는 빛막이까지 희미하게 보였다.

현관문은 잠겨 있었다. 하지만 나와 누나가 가지고 있는 열쇠는 도시의 모든 자물쇠를 열 수 있었다. 나는 문을 노려보며 잠시 망설이다 열쇠로 문을 열었다.

예상대로 작은 전구 하나가 집을 밝히고 있었다. 집 안은 시금치와 생선 비린내로 진동했다. 지난 몇 주 동안 통조림 도난은 없었다. 아마 다른 방식으로 음식을 구하는 게 안전하다고 생각했던 모양이다. 하긴 삼림부 텃밭이나 온실도 그렇게까지 엄격하게 관리되는 곳은 아니었다.

"여보세요……."

나는 조심스럽게 불러보았다. 대답은 없었다. 나는 그 자리에 조용히 서서 인기척이 날 때까지 기다렸다.

마루 판자가 삐걱거리는 소리가 왼쪽에서 들려왔다. 내 머리는 반사적으로 소리가 나는 쪽으로 돌아갔다.

날카로운 통증이 내 왼쪽 어깨를 찔렀다. 1초도 지나지 않아, 나는 바닥에 깔린 채 그 남자의 미친 눈을 응시하고 있었다.

357

뭐라고 말을 하고 싶었지만 겁에 질려 목소리가 나오지 않았다. 남자는 피 묻은 식칼을 내 목에 들이대고 뭐라고 고함을 질러대고 있었지만 한마디도 알아들을 수 없었다. 중간중간에 반복되는 '여자'와 '인형'이라는 단어들만 간신히 귀에 들어왔다.

갑자기 그의 말이 멎었다. 그의 눈에 힘이 풀리고 손에서 식칼이 떨어져 나오자, 나는 허겁지겁 그의 몸 밑에서 빠져나왔다. 남자는 골절된 뼈처럼 가슴에서 빠져나온 작살 끝을 멍하니 바라보다 조용히 바닥에 쓰러졌다.

나는 고개를 들었다. 검은 우비와 장화로 단단히 무장한 누나가 아직도 남자의 몸에 박힌 수족관 작살을 왼손에 쥐고 서 있었다. 내가 이 진부한 이미지의 비현실성에서 리얼리티를 끌어내려고 필사적으로 발버둥 치는 동안 누나는 나에게 오른손을 내밀었다.

"놀랐지."

누나가 말했다.

5.

"슬슬 다른 놀이를 찾아야 할 때가 됐어."

선글라스 너머로 야외무대를 바라보며 누나가 중얼거렸다.

"우린 42만 명이나 되는 지성체들과 함께 살고 있어. 그러면서 겨우 한다는 게 술래잡기랑 인형 놀이야? 상상력 부족도 이 정도면 끔찍하기 짝이 없어."

"그럼 뭘 해야 하는데?"

내가 물었다.

"애들을 더 만들어 밖으로 내보내는 건 어때? 시체들을 치우고 다른 도시들을 하나씩 식민화하는 거야. 안녕하세요, 교장 선생님."

교장은 우리에게 어색한 고갯짓을 하고 지나갔다. 나 역시 웃어주고 싶었지만 갑작스럽게 닥친 어깨 통증 때문에 얼굴이 가면처럼 굳어버렸다. 나는 의료 키트로 만들어낸 진통제 한 알을 꺼내 삼켰다.

벌써 봄이었다. 공원은 축축한 풀 냄새로 가득했고 공연을 보러 온 사람들의 나들이옷도 훨씬 얇아져 있었다. 솜사탕과 소시지를 파는 행상들만 보이지 않을 뿐 10년 전 우리가 마지막으로 참가했던 학생 장기 자랑 대회와 거의 똑같았다.

"생각해 봐."

누나는 말을 이었다.

"새 할리우드를 만들고 그 안에 우리가 만든 스타들을 채워 넣는 거야. 옛날 영화들만 돌려보는 게 지겹지도 않니?"

'만약 밖에 다른 누가 있다면?' 나는 누나에게 묻고 싶었지만 억지로 참았다. 우린 그 남자에 대해서는 더 이상 이야기하지 않았다. 나는 왜 그날 그 미치광이와 함께 별장 안에서 뒹굴고 있었는지 말하지 않았고 누나 역시 어떻게 그 사실을 알고 작살까지 준비한 채 대기하고 있었는지 말해주지 않았다. 아마 누나는 몇 년 동안 강박적으로 상하수도를 체크하고 있었으면서도 왜 몇 개월 동안 이방인의 배설물이 흘러 들어오는 걸 눈치채지 못했는지에 대해서도 말해주지 않을 것이다. 우린 시체를 절벽 너머로 던진 뒤 그에 대해서는 잊어버렸다. 적어도 나는 잊어버리려고 했다.

공연 시작을 알리는 종소리가 울렸다. 우린 선생들이 나누어 준 접는 의자를 하나씩 들고 적당한 자리를 찾아 앉았다.

막 너머로 아이들의 웃음소리와 무대장치 담당자들의 쿵쿵거리는 발소리가 들려왔다.

내 옆자리에 앉은 사람은 WID012312였다. 쇼핑센터에서 마지막으로 마주친 뒤, 나는 지금까지 그 사람에 대해 전혀 생각한 적이 없었다. 그동안 어떻게 되었을까? 이혼했을까?

가족과 아이들을 생각해서 꾹 참고 있을까? 남편의 애인과 남몰래 만났을까? 남편이나 애인 둘 중 1명을 죽이기라도 했을까? 돌아가면 확인해 봐야겠다. 아니, 나중에 공연이 끝난 뒤 누나에게 물어보면 되겠지. 이것 역시 누나의 이야기였으니까.

녹음된 팡파르 소리와 함께 막이 올랐다. 막이 오르기 전부터 피아노 앞에 앉아 있던 STU877209가 악보를 찾아 늘어놓는 동안 바이올린을 든 파란 카디건 차림의 깡마른 소녀가 포니테일을 휘날리며 걸어 나왔다. 관객들의 박수가 터져 나왔다.

"저 아이가 제 조카랍니다."

누나는 으스대는 어조로 나에게 속삭였다. 나는 누나의 엉터리 후견인 연기를 무시하고 ERW537743이 어린아이다운 아름다움을 뽐내며 연주하는 크라이슬러의 〈아름다운 로즈 마린〉 속으로 천천히 빨려 들어갔다.

🐰   홀쩍 21세기로 건너뛰었습니다. 그동
안 무슨 일이 일어난 걸까요. 단편집 《면세구
역》과 《태평양 횡단 특급》이 있었지요.

제 독자 중 1명은 〈술래잡기〉가 제가 '심즈'에
지나치게 몰입한 결과물이라고 했습니다. 그랬던
가. '심즈'를 정말 열심히 하던 때가 있었고 그
때가 이 시기와 겹치긴 합니다. 하지만 전 '심
시티'의 영향이 더 큰 거 같습니다. 전 '심즈'는
아주 재미있게 했지만 '심시티'는 그러지 못했는
데, 이 이야기를 통해 저만의 '심시티'를 해보고
싶었던 것일 수도 있습니다. 영감은 불만족스러
운 것에서 옵니다.

원래는 다른 매체를 의도하고 쓴 이야기입니다. 다
리가 무너지는 스펙터클에 의뢰인이 기겁하고 포기
해 다시 소설로 옮겨갔지만요. 그런데 정작 완성된
이야기엔 그 장면이 등장하지 않습니다.

제 이야기에서는 아무리 먼 미래, 낯선 공간을
배경으로 하고 있다고 해도 늘 구식 영화관이 들
어간다고 누군가 지적했습니다. 이 이야기에서도
예외가 아닙니다. 전 이런 경우 종종 제가 아는
영화를 설명 없이 넣는데, 오늘은 정답을 말할게
요. 영화관에서 나오고 있던 영화는 1999년에 나
온 제2차 세계대전 멜로 드라마 〈아이메와 야구
아〉입니다.

초반에 자살하는 남자 이야기는 실화, 적어도 필자가 실화라고 주장하는 몇몇 이야기에서 가져왔습니다. 그중 하나는 중병을 앓고 외모가 망가진 중년 게이 남자가 단골 클럽에 들어가려다 입구에서 쫓겨났다는 이야기였습니다. '플래닛아웃'과 같은 옛날 LGBT 사이트의 독자 사연란에서 봤던 거 같아요. '플래닛아웃'이라니 정말 옛날이네요. ◡̈ ◡̈

선택> █

¶
¶
¶
¶
¶

홍장표 씨는 30여 년 동안 남자 고등학교에서 썩다가 은퇴한 대머리 화학 교사였다. 보험 일로 짭짤한 수익을 올리는 뚱뚱하고 시끄러운 아내와 지금은 모두 대학에 다니는 덩치 크고 시끄러운 아들들 사이에서 그는 작고 조용하고 초라해 보였다. 그는 실제로도 초라한 남자였다. 그나마 아이들과 젊은 선생들 사이에서 으스댈 수 있었던 학교가 그를 밀어내자 그에겐 더 이상 살아야 할 이유가 없었다.

은퇴한 뒤 몇 개월 동안 그는 그 이유를 만들어보려 했다. 그는 인터넷에 매달렸고 남은 시간을 보낼 만한 일거리나 취미 생활을 찾아보려고도 했다. 그러나 공허함은 사라지지 않았다. 아이들이 점점 더 커가고 아내가 버는 돈이 점점 더 늘어날수록 그의 존재는 콩알만 한 크기로 말라붙었다. 텅 빈 집을 지키며 어쩔 수 없이 청소와 요리라는 가사 일을 익히는 동안 그는 자기를 무시하고 가장 대접을 안 해주는 가족들을 증오하기 시작했다.

모든 사람들에게는 임계점이라는 게 있다. 홍장표 씨의 분

노와 증오심은 2004년 8월 2일에 임계점에 도달했다. 우연히 큰아들의 컴퓨터로 인터넷 서핑을 하다 전에 다니던 학교 홈페이지 게시판에 들어간 그는 수십 년 동안 궁금해했던 미스터리의 해답을 찾았다. 그건 그의 별명 P.H.의 의미였다. 지금까지 그는 그것이 자신의 이니셜을 화학 교사라는 위치와 연결시켜 변형한 것이라고 짐작하고만 있었다. 그러나 천만에. P.H.는 'Penis Head'의 약자였다.

홍장표 씨는 폭발했다. 하지만 수십 년 동안 대를 이어가며 등 뒤에서 그 야비한 농담으로 그를 조롱했던 수천수만 명의 학생들 모두에게 분노를 폭발시킬 수는 없었다. 그는 씩씩거리며 아내가 올 때까지 기다렸다.

홍장표 씨의 아내는 7시에 돌아왔지만 남편의 유치한 하소연에 신경 쓸 여유 따위는 없었다. 그날 처리해야 할 보험 일과 교회 일만 해도 머리가 꽉 찼다. 홍장표 씨는 그러는 아내의 태도가 마음에 들지 않았고 결국 어느 순간 그의 분노는 두 번째 임계점을 넘어섰다. 그는 작은아들이 두고 간 야구방망이를 들고 아내의 머리가 곤죽이 될 때까지 휘둘러 댔다.

살인이 끝나자 거의 종교적인 희열감이 찾아왔다. 그는 은퇴한 뒤 처음으로 자기 자신이 존재한다는 느낌을 받았다. 하지만 언제까지 그러고만 있을 수는 없었다. 그는 그 존재감을 감옥 속에서 느낄 생각 따위는 전혀 없었다.

홍장표 씨는 끙끙거리며 아내의 시체를 욕실로 끌고 가 욕조에 던졌다. 그는 옷을 벗기고 물을 튼 뒤, 지하실에서 가져온 톱과 정원용 가위로 아내의 시체를 해체했다. 피와 배설물, 체액이 하수구로 쓸려 가는 동안 아내의 몸은 다루기 쉬운 가죽과 뼈, 근육과 내장으로 분리되었다. 해체가 끝나자 그는 흐느적거리는 내장은 믹서기로 갈아 흘려 보냈고 가죽과 뼈, 근육은 17개의 작은 덩어리로 만들어 비닐로 쌌다. 영화 보러 나갔던 아들들이 집으로 돌아왔을 때 집과 욕조는 깨끗하게 청소되어 있었고 시체 덩어리들은 지하실의 여행 가방 속에 얌전히 들어 있었다.

그 뒤 이틀 동안 홍장표 씨는 토막 난 시체를 처리하며 즐겁게 보냈다. 일부는 시멘트로 포장되어 한강 한가운데에 버려졌고 일부는 지나가는 고양이들의 성찬이 되었으며 일부는 재가 되어 사라졌다. 이틀이 지나자 그의 살인 증거는 거의 완벽하게 사라지고 없었다. 아직도 그의 옷과 피부와 욕조와 공구들엔 핏자국이 남아 있었지만 〈CSI: 과학수사대〉의 시청자가 아닌 그의 눈에는 멀쩡해 보였다.

뭔가 잘못되었다는 걸 깨달은 건 사흘 뒤의 일이었다. 집으로 돌아온 아들들과 저녁을 같이 먹던 그는 둘 중 누구도 어머니의 실종에 관심이 없다는 사실을 눈치챘다. 한동안 젓가락으로 먹지도 않는 나물을 뒤집던 그는 결국 아들들에게 물어보았

369

다. 혹시 어머니가 어디에 있는지 아느냐고. 아들들은 아버지에게 시선도 돌리지 않고 건성으로 대답했다. 이틀 전에 어머니는 친구들과 함께 해운대로 놀러 갔는데, 그것도 몰랐느냐고 말이다.

처음에 그는 그 절묘한 우연의 일치에 감사하려 했다. 하지만 뭔가 이상했다. 아내의 친구들은 아내만큼이나 시끄러운 아줌마들이었다. 왜 같이 여행을 떠나기로 한 친구가 사라졌는데도 지금까지 전화 한 통이 없었을까?

홍장표 씨는 기다렸다. 하지만 집 안은 여전히 조용했다. 아들들은 늦게까지 나가 있다가 한밤중에나 들어왔고, 그동안 경찰도 아내의 친구들도 집을 찾아오지 않았다. 그는 점점 더 불안해졌다. 도대체 뭐가 잘못된 것일까? 왜 그 덩치 크고 시끄러운 여자가 세상에서 사라졌는데도 아무도 신경을 안 쓰는 걸까? 그런 게 가능한가? 아무 일 없이 주말이 흘러가자 그는 심장이 터질 것만 같았다.

8월 9일 오후 4시 15분, 전화가 걸려 왔다. 받은 사람은 어쩌다가 집에 붙어 있던 큰아들이었다. 응응거리며 건성으로 전화를 받던 그는 전화를 내려놓고 휘파람을 불며 부엌으로 들어갔다. 홍장표 씨가 누구였냐고 묻자 아들은 대답했다. 엄마인데 9시쯤에 집에 도착할 거고 저녁은 밖에서 먹을 테니 준비할 필요가 없다고 말했다는 것이다. 아들은 냉동실 구석에 달라붙은 아이스크림을 꺼내느라 아버지가 새파랗게 질려 바닥에 쓰러지는 걸 보지 못했다.

그 뒤 홍장표 씨는 토막 난 신체 부위들이 엉성하게 연결된 아내의 시체가 피와 창자를 질질 흘리면서 문을 열고 그에게 다가오는 걸 상상하며 오후 시간을 보냈다. 상상 속에서 그는 아내의 십자가를 시체에 들이대며 고함을 질러댔지만 아내는 물러나지 않았다. 하긴 아내처럼 시끄러운 기독교인에게 십자가가 무슨 소용이겠는가.

9시가 되자 벨이 울렸다. 얼어붙은 채 식당 의자에 착 달라붙어 있는 아버지를 대신해서 큰아들이 문을 열었다. 46초 뒤 현관문이 열리고 언제나처럼 동네가 떠나가라 고함을 질러대며 아내가 들어왔다. 홍장표 씨는 비명을 질렀지만, 아내도 아들도 신경 쓰지 않았다. 아들은 휘파람을 불며 화장실로 들어갔고 아내는 소파에 몸을 묻고 텔레비전을 켰다.

드디어 홍장표 씨는 자기에게 무슨 일이 일어났는지 알 수 있었다. 그의 존재는 너무나도 미약하게 졸아붙어 더 이상 바깥 세계에 영향력을 행사할 수 없었다. 아내를 죽이고 시체를 처리하고 아들들을 위해 저녁을 차리고 텔레비전을 켜고 비명을 질러대는 모든 행동들은 처음부터 불가능한 환상이었다. 어느 순간부터 그는 조금씩 존재하기를 멈추었고 그의 아내와 아들들은 그가 한동안 존재했다는 사실마저도 잊어버렸다.

이제 이야기를 끝낼 때가 됐다. 하지만 나는 홍장표 씨의 이야기가 어떻게 끝났는지 모르고 이야기를 끝낼 만한 관심도 없다. 그가 이 글의 작가인 내 앞에서 고함을 질러대고 울부짖고 애원하는 동안에도, 나는 그에게서 여름날 아지랑이만큼의 무게감도 느끼지 못한다. 나는 그에 대해 완전히 잊어버렸고 이 글을 읽는 여러분도 곧 그렇게 될 것이다.

🐰 　　〈홍장표 씨의 경우〉는 〈한겨레21〉의 '엽기공포콩트페스티벌' 시리즈를 위해 쓰였습니다. 당시 제목은 〈나는 존재하지 않는다〉였는데, 제가 지은 건 아니고 또 스포일러였죠. 원래대로 돌렸습니다. 이 이야기의 아이디어는 알프레드 베스터의 단편인 〈모하메드를 죽인 사나이〉와 비슷한 구석이 있습니다. 단지 저는 홍장표 씨를 괴롭히기 위해 굳이 시간 여행을 쓸 필요가 없다고 생각했습니다.

전 홍장표 씨를 평범하게 시시한 인물로 그렸습니다. 구체적인 모델은 없었어요. 하지만 설정의 일부를 어떤 부패 교사에 대해 건너 들은 소문으로부터 가져왔지요. 그 이야기를 들려준 누군가로부터 어처구니없는 후일담을 들었습니다. 소문의 당사자가 말해주기를, 몇 년 전에 죽은 그 교사는 알고 봤더니 젊은 시절 아버지의 교사이기도 했고 아버지 역시 끔찍한 사람으로 기억하고 있더라는 거죠. 부자가 같은 교사에게 괴롭힘을 당했던 겁니다. 전 이런 이야기는 소설로 쓰지 못합니다. 제 장르가 아니기도 하지만 너무 인위적으로 느껴지니까요. 하지만 원래 실화라는 게 그렇죠. 세상은 우리에게 자연스럽게 보여야 할 의무감을 느끼지 않으니까요. ⟡

선택〉█

[ENTER] 를 누르십시오.

¶

¶

¶

¶

¶

한 달 전, 난 말리카 2의 식민지와 관련된 몇몇 외교적인 문제들을 해결하기 위해 라크메 8-3에 출장을 갔었다.

아마 여러분은 이 두 태양계와 관련된 법적 문제들에 대해 별 관심이 없을 것이며 사실 그렇게 흥미로운 이야기도 아니다. 여기서는 말리카와 라크메가 아직까지는 연성이 아니지만 72년 뒤엔 그렇게 될 위치에 있다는 것만 말해두자.

비교적 따분한 회의를 끝내고 호텔 라운지에서 토속 발효주를 홀짝거리고 있는 동안 나는 말리카의 총독과 이야기를 나누게 되었다. 총독 역시 말리카 태양계의 주권 문제 때문에 라크메 8-3에 온 것이었지만, 임기가 며칠 안 남은 그녀에겐 정작 회의의 결과보다 니키아에서 기다리고 있는 가족들과 재회하는 일이 더 중요한 듯했다.

몇몇 외교적 절차에 대해 가벼운 대화를 나누던 도중, 총독은 갑자기 말리카의 역사에 대해 얼마나 아느냐고 물었다. 나는 식민지의 현재 상태와 천문학적 위치 이외에 대해서는 거의 무지하다고 고백하지 않을 수 없었다. 그러자 총독은 이번엔 혹시 100여 년 전에 일어났던 게이트의 차단에 대해 아느냐고 물었다. 내가 그에 대해 아주 기초적인 정보만 가지고 있다는 걸 알자, 그녀는 그와 관련된 꽤 긴 이야기를 들려주었다. 다음은 내가 총독에게서 들은 이야기를 요약한 것인데, 숫자와 관련된 몇몇 구체적인 정보들은 나중에 확인한 뒤 보충했다.

새로운 식민지에서 일어날 수 있는 최악의 사태는 게이트 차단이다. 말리카의 개척자들도 그에 대해 알고 있었고 그에 대한 대비도 하고 있었다. 하지만 그들이 일어날 수 있는 모든 사태에 대비할 수 있었던 것은 아니었고 말리카에 일어났던 사태는 상상할 수 있는 한에서 최악의 것이었다. 게이트 차단은 거의 144년 동안이나 지속되었고 그 직후 발생한 갑작스러운 돌림병으로 대부분의 개척자들이 한 달 안에 몰살당했던 것이다. 아직도 많은 사람들은 이 두 사건이 연결되어 있다는 사실을 증명하려 한다. 하지만 은하 고속도로와 게이트들에 대한 수많은 질문이 그렇듯, 우린 아직 무엇이 진실인지 모른다.

식민지로부터 연결이 완전히 두절되자 우주개척협회에서는 말리카를 포기했다. 비극적인 사고였지만 드문 일은 아니었다. 고대 고속도로 설계자들은 우리에게 숨기고 싶은 것이 있는 것 같았고, 아직도 그에 대해 구시렁거리는 과학자들과는 달리, 우리는 그들을 존중할 줄 안다.

말리카에 대한 관심이 다시 살아난 건 20년 전 라크메 8의 궤도에 새 게이트가 열린 뒤부터였다. 라크메 8에 도착한 의무 탐사대는 라크메 8-3에 임시 기지를 세우고 이웃 태양계인 말리카에 무인 탐사선을 쏘아 보냈다. 탐사선은 3년 뒤에 말리카 2의 궤도에 도착했고 식민지의 잔해와 아직도 살아남은 거주민들을 발견했다.

우리는 모두 놀랐다. 당연히 식민자들이 절멸했을 거라고 믿었으니까. 단 1명이라도 살아남았다면 우리에게 연락하지 않았겠는가? 니키아만 해도 23광년밖에 떨어져 있지 않다. 그때까지 그들이 살아남았다면 1세기가 넘는 기간 동안 아무 소식이 없을 수는 없다.

탐사선이 정보들을 보내오는 동안 미스터리는 쌓여만 갔다. 일단 말리카의 거주민들은 미개인들이었다. 그들은 조상이 만든 옷을 입고 있었고 그들이 만든 도구들을 활용하고 있었지만 자전거보다 복잡한 기계들은 사용되고 있지 않았다. 다들 지치고 실제보다 나이 들어 보였으며 마흔을 넘긴 사람들은 거의 없었다. 왜 이들은 갑자기 야만인으로 퇴화한 것일까? 여전히 꽤 쓸 만한 문명의 이기들이 바로 옆에 굴러다니고 있었는데도 말이다.

탐사선의 프로브가 말리카 2의 대기에 섞여 있는 바이러스를 검출해 낸 뒤 미스터리가 어느 정도 밝혀졌다. 바이러스는 말리카의 모든 거주민들을 죽인 것이 아니었다. 항체가 생긴 4살 미만의 아이들은 보육 장치의 도움을 받아 어떻게 살아남았던 것이다. 살아남은 아이들이 자라나 자기만의 왕국을 만드는 동안 말리카의 기계문명은 거의 완벽하게 단절되었음이 분명했다.

우린 사실을 확인하기 위해 탐사대를 보내기로 결정했다. 지원자는 단 1명이었는데, 그는 미키스 잉그램이라는 인류학자였다. 그의 열성에 감복한 협회에서는 그에게 1인용 항성 간 우주선을 하나 양도했는데, 나중에 그건 굉장한 실수였음이 밝혀졌다. 시간이 조금 더 걸리고 자원이 더 든다고 해도 몇 명을 더 보냈어야 했다.

4년 뒤, 잉그램의 우주선은 말리카 2의 궤도에 도착했다. 그가 보내온 첫 번째 보고서는 우리의 추측을 확신시켜 주었다. 말리카인들은 문맹이었고 조상들로부터 제대로 된 어떤 지식도 물려받지 못했다. 그들은 포악하고 어리석었으며 생산적인 지식은 거의 갖추고 있지 못했다. 그들은 조상이 물려준 도구들을 이용해 그저 근근이 살아가고 있었다. 세 무리로 갈라진 그들은 종종 조상의 물건들을 놓고 피 튀기는 전쟁을 벌이기도 했는데, 그 야만성은 거의 침팬지를 능가할 만했다. 잉그램은 전쟁과 연결된 식인 풍습이 존재한다는 증거를 찾아내기도 했다.

당연한 일이지만 협회에서는 그들을 구제하기로 결정했다. 하지만 그건 말만큼 쉬운 일이 아니었다. 여전히 말리카의 게이트는 닫혀 있었고 라크메에서 항성 간 우주선을 이용해 이들을 정복할 만한 인원을 보낼 수도 없었다. 그런 시도가 엄청난 낭비로 끝날 가능성도 무시할 수 없었다. 당시 계산에 따르면 말리카의 게이트가 5년 이내에 다시 열릴 가능성은 87퍼센트였다.

그러나 가장 큰 문제점은 기술적인 것이 아니었다. 그건 바로 미키스 잉그램이었다.

우린 그의 네 번째 보고서를 읽을 때부터 무언가가 잘못되었다는 걸 알게 되었다. 그는 말리카의 거주민들을 야만 상태로부터 구제할 생각 따위는 없었다. 반대로 그는 어떻게 해야 그들의 문화를 방해하지 않고 관찰할 수 있는지, 어떻게 하면 이들의 새로운 문명을 보존할 수 있는지에 대해 이야기했다. 그가 여섯 번째 보고서에서 보호구역이란 단어를 쓰기 시작한 뒤부터 우리는 미키스 잉그램이 어리석을 뿐만 아니라 위험한 존재라는 사실을 깨달았다.

일단 그를 설득해야만 했다. 우리는 그에게 말리카의 '문화'는 보존할 가치가 없다고 설명했다. 우리에겐 그보다 더 효과적으로 사회학 실험을 할 수 있는 장비들이 있었고 말리카의 고립이 인간에 대해 특별히 새로운 걸 말해주는 것도 아니었다. 말리카는 기껏해야 대학원생의 논문 자료 이상은 아니었다. 겨우 이런 걸 가지고 과연 말리카에 있는 수십만 사람들의 고통과 무지를 정당화할 수 있는가?

하지만 잉그램의 생각은 달랐다. 지난 몇 세기 동안 은하 문명은 어떠한 새로운 것도 만들어내지 못했다. 말리카에서 일어나는 것은 완전히 독창적인 한 문화의 탄생이었다. 말리카의 변이를 막는 것은 학술적인 연구의 대상을 제거하는 것이 아니라 새로 태어나는 문명의 숨통을 끊어놓는 것이었다.

우리는 그를 막을 수 없었다. 사실 제대로 된 반박문을 보내기도 어려웠다. 그와 우리 사이엔 2광년의 거리가 놓여 있었다.

그와 우리가 서로의 입장을 확인할 때까지 4년이라는 시간이 걸렸다. 우리가 제2탐사대를 보낸다고 해도 그만큼의 시간이 더 소요될 건 분명했다. 그리고 그 몇 년은 잉그램이 자신의 음모를 실현하고 우리의 계획을 방해하는 데 충분한 시간이었다.

아마 당신은 물을 것이다. 어차피 방해 없이 관찰만 하려는 인류학자가 일을 꾸며봐야 얼마나 대단하겠느냐고. 하지만 잉그램은 단순히 관찰만 할 생각은 없었다. 그도 그런 소극적인 태도만으로는 협회를 막을 수 없다는 사실을 알고 있었다. 그는 지상으로 내려가 말리카의 거주민들이 주권을 인정받을 수 있는 위치에 오를 때까지 도울 생각이었다.

잉그램의 계획은 말리카의 '종교'에 바탕을 두고 있었다. 말리카에는 4살 아이들의 엉성한 기억과 지식에 바탕을 둔 초자연적인 믿음이 존재하고 있었다. 그들이 별에서 왔으며 언젠가 별이 데려갈 것이라는. 그들은 '어른들'에 대한 믿음도 가지고 있었는데, 말리카의 퇴화된 언어에서 '어른'이라는 단어는 일종의 신적 존재를 의미했다.

말이 나왔으니 하는 말인데, 말리카의 언어는 내가 지금까지 접한 것들 중 가장 우스꽝스러운 것이었다. 이 언어는 기본적으로 아기들의 말에 바탕을 두고 있었다. 어머니나 아버지와 같은 성인들의 언어는 마마나 파파와 같은 아기 말로 대체되었다. 나중에 그들은 자기만의 어휘들을 첨가하긴 했지만 그 어휘들도 아기 말의 유치함에서 벗어나지 못했다. 콩콩은 망치고 폴락폴락은 새인 식이다. 아, 그들은 살인과 강간을 지칭하는 단어들도 가지고 있었다. 끽까와 낀낀이었다. 당연히 그들의 사고 수준도 그 자리에서 머물렀다. 말리카의 '신생 문명'은 살인과 강간으로 양념한 아침 8시 어린이 오락 프로그램이었다. 잉그램은 아직도 4살 때 고아가 되어 정신적 상흔을 간직하고 있는 이 유치한 무리들이 자동차를 만들고 우주선을 쏘아 올릴 때까지 기다리자고 주장했던 것이다.

우리의 답변이 말리카로 날아가는 동안 이미 잉그램의 말리카 문화 보호 계획은 착착 진행되고 있었다. 그는 말리카의 언어를 익혔고(아마 학습 기계 없이도 일주일이면 충분했을 것이다) 애들처럼 징징거리는 그들의 습관을 배웠다. 준비가 충분히 되었다고 생각한 그는 드디어 말리카로 내려갔다.

우리는 잉그램이 말리카에서 어떻게 적응했는지 정확히 모른다. 그는 우주선에 스파이 로봇이 숨어 있을지도 모른다고 의심했고(사실이었다) 말리카에 머문 1년 동안 아주 적은 수의 기록만 남겼기 때문이다. 하지만 우린 나중에 말리카인들한테서 여러 가지 이야기를 들었고 그 정보들을 종합해서 대충 그의 이후 행적을 재구성할 수 있었다.

그는 첫 몇 개월 동안은 폐허 주변을 떠돌며 채집 생활을 하는 떠돌이로 행세했던 것 같다. 하지만 곧 그는 제2번 폐허 안으로 진입할 수 있었는데, 그가 말리카 식민지의 물건들을 모방해 만든 물건들이 꽤 쓸 만했기 때문이었다. 반년도 되기 전에 그는 퐁야퐁야가 될 수 있었다. 퐁야퐁야는 반은 하급 성직자이고 반은 어린이 프로그램의 진행자쯤 되는 존재들로 생식기를 드러낼 수 있게 앞에 구멍을 뚫은 커다란 고무 공룡 옷을 입고 어릿광대짓을 하는 게 일이었다. 그 어릿광대짓 중에는 두 번째 달의 보름밤에 여자들을 납치해 강간하는 것도 포함되어 있었다.

놀랍게도 잉그램은 그 역할을 꽤 잘했던 모양이다. 물론 17일마다 돌아오는 보름달마다 6명의 동료 퐁야퐁야들과 여자들을 집단 강간하는 것을 포함해서 말이다. 아마 그는 타 문화에 대한 존중을 담아 성심껏 자기에게 주어진 임무를 수행했을 것이다.

순식간에 그는 공룡 옷을 벗고 검은 망토를 두르고 올빼미 가면을 쓴 우엉우엉우엉우엉이 될 수 있었다. 우엉이 4번 반복된 것만으로도 당신은 그 올빼미의 직위가 상당했다는 걸 알 수 있을 것이다. 이제 잉그램은 진짜 성직자가 된 것이다. 그건 피용피용피용피용피용으로 불리는 폐허의 왕 바로 밑이었다.

잉그램이 그만큼이나 실력 있는 강간범 겸 어릿광대였던 걸까? 그런 것 같지는 않다. 나중에 말리카인들을 상대로 한 인터뷰에 따르면 그가 유명해진 건 퐁아퐁야 역을 잘해서가 아니라 그가 남모를 신성한 분위기를 풍기고 다녔기 때문이었다. 그는 폐허의 글씨들을 읽을 수 있었고 그들이 끝을 궁금해하는 이야기의 결말을 알고 있었으며 남몰래 폐허의 기계들을 작동시킬 줄도 알았다. 슬슬 사람들은 잉그램이 전설에 기록된 '어른'이 아닐까 의심하기 시작했다.

실수였을까? 아마 그랬을 것이다. 그는 자신의 정체를 완벽하게 숨길 수 있을 만큼 좋은 배우는 아니었다. 하지만 어느 정도는 의도적이기도 했을 것이다. 말리카의 거주민들을 협회와 맞서 싸울 수 있을 정도로 키우려면 그는 당연히 리더가 되어야 했다. 그러기 위해서는 그가 그들보다 나은 존재라는 사실을 증명해야만 했다. 그러기 위해 가장 손쉬운 방법은 무엇이었겠는가? 신이 되는 것이었다.

키플링이나 해거드의 소설에나 나올 법한 진부한 아이디어였지만, 진부한 설정이라고 위험하지 않은 것은 아니다. 쉽게 절대자가 될 수 있는 상황에서 사람들은 늘 필요 이상의 행동을 하기 마련이다. 은하 고속도로를 타고 어느 방향으로 날아가도 원시 문명을 만날 수 있었던 300년 전만 해도 타 문화권에 파견되는 학자들은 우주선에 타기 전에 반드시 이에 대한 경고를 들었다.

아마 잉그램도 신이 되는 것의 위험성에 대해서는 알았을 것이다. 하지만 그가 의무감과 자기에게 주어진 권력에 도취된 나머지 어느 순간부터 그 간단한 경고문을 무시하기 시작했다는 건 분명하다. 그리고 그 결과는 적어도 그에겐 치명적이었다.

우엉우엉우엉우엉이 된 잉그램의 첫 계획은 셋으로 나뉜 부족들을 통합하는 것이었다. 이는 생각만큼 쉬운 것이 아니었는데, 서로에 대한 이들의 증오심과 공포는 거의 습관화된 것이었기 때문이다. 사실 그건 그들의 유일한 삶의 목적이기도 했다. 그들은 형편없는 사냥꾼들이었고 그보다 더 형편없는 농사꾼들이었다. 그들이 그나마 잘하는 건 전쟁터에서 서로를 죽이는 것이었다.

외교술만 가지고 이 상황이 해결될 수 없다는 걸 알게 된 잉그램은 결국 술수를 쓰기 시작했다. 그가 몰래 고친 기계들과 로봇들이 부활했다. 밤에도 환히 빛을 내는 보육실은 이제 잉그램의 성전이 되었다. 그는 그가 만들어낸 기적에 둘러싸여 설교를 했다. 새로운 시대가 곧 다가오니 준비하라고. 그러기 위해서는 그를 따르라고. 부족끼리 싸우는 것보다 더 큰 일이 그들을 기다리고 있다고.

말리카인들은 정말 잉그램의 말을 믿었다. 당연한 일이 아닐까? 낡은 기계들을 작동시키면서, 잉그램은 어린애들이 부글거리는 이 행성의 유일한 어른임을 선언한 것이었다. 한동안 그의 인기가 얼마나 높았던지, 그는 잠시 말리카의 진정한 독재자가 될 생각도 해보았던 것 같다. 나중에 발견된 그의 수첩에는 응냐응냐응냐응냐응냐응냐라는 수상쩍은 단어가 적혀 있었는데, 내 생각에 이건 그가 되고 싶어 했던 새 통치자 직위의 명칭이 아닌가 싶다. 만약 이 명칭이 사용되었다면 효과는 엄청났을 것이다. 말리카어에서 어린아이의 울음소리와 닮은 소리들은 모두 굉장히 공격적인 의미를 갖고 있었다. 게다가 5까지밖에 세지 못하는 말리카인들에게 같은 음절이 6번이나 반복되는 저 이름은 거의 초월적인 외침으로 다가왔을 것이 분명하다.

당연한 일이지만 이런 과대망상은 진부한 몰락으로 연결되었다. 잉그램의 몰락 과정은 거의 키플링의 모 단편을 연상시킨다. 하지만 난 키플링처럼 그의 죽음을 장엄하게 묘사할 생각은 없다.

잉그램의 치명적 실수는 말리카 문화를 지키자는 내용의 설교를 하는 동안 하늘에 있는 다른 '어른들'에 대해 언급했다는 것. 말리카인들은 곧 다음과 같은 자명한 추론 과정을 밟았다. (1) 어른들에게 잘 보이면 상을 받지만, 그들의 신경을 거스르면 벌을 받는다. (2) 하늘 저편에 어른들이 많다. (3) 지금의 우엉우엉우엉우엉은 다른 어른들에게 맞서라고 한다. (4) 많은 어른들이 한 어른보다 세다. (5) 상을 더 많이 받고 벌을 받지 않으려면 더 많은 어른들의 말을 따라야 한다. (6) 우리보고 다른 어른들과 맞서라고 말하는 지금의 우엉우엉우엉우엉은 나쁘다.

그 순간부터 잉그램은 바닥으로 구르기 시작했다. 이제 잉그램은 존경받는 어른이 아니라 다른 어른들로부터 말리카인들을 떼어놓는 방해꾼이었다. 말리카인들은 잉그램에게 여러 가지를 캐묻기 시작했고 잉그램의 논리는 서서히 허물어졌다.

그리고 잉그램과 말리카인들의 긴장이 최고도에 이르렀을 때 말리카 2의 게이트가 열렸다.

혹시 게이트가 열리는 광경을 본 적 있는가? 만약 열리는 시기가 한밤중이라면 그건 무시무시한 장관이다. 오로라와 같은 빛이 하늘의 10분의 1을 덮고 밤은 낮보다 더 밝아진다. 한

밤중의 하늘에 뜬 십이각형의 인공 태양을 바라보면서 말리카인들이 누구에게 책임을 물었을지 생각해 보라. 잉그램은 그날 밤 그의 옛 신도들에게 쫓기다가 살해당했다. 목이 잘린 그의 시체는 서서히 빛을 잃어가는 게이트 밑에서 태워졌다. 잉그램의 잘린 머리는 나중에 제3부족 피용피용피용피용피용의 옷장 밑에서 발견되었다.

게이트가 열린 뒤 우린 잉그램이 망쳐놓은 일들을 바로잡기 시작했다. 가장 먼저 한 일은 아직 머리가 굳지 않은 아이들을 따로 떼어내 학교와 육아원으로 데려와 표준어와 문화를 가르치는 것이었다. 어른들은 일단 포기할 수밖에 없었다. 불완전한 언어와 습관 속에서 그들의 뇌는 반쯤 망가져 있었다. 당시 우리에겐 그들 모두를 치료할 만한 여력이 없었다.

대신 우리는 다시 전쟁을 시작한 성인 말리카인들을 위해 전쟁 대용으로 몇몇 구기 종목을 가르쳤다. 그게 처음부터 도움이 되었다고 할 수는 없는데, 그들은 이제 부족 간의 오랜 알력 대신 경기 결과 때문에 전쟁을 했기 때문이었다.

이들이 과거의 행적에 대해 죄책감을 느낄 만한 시기가 되자, 우린 비교적 해 없는 종교를 하나 만들어 그들에게 주었다. 우리는 성능 좋은 인공지능을 하나 구입해 작은 사원에 넣고 페르골레시의 〈스타바트 마테르〉를 배경음악 삼아 그들의 죄를 대신 슬퍼하게 했고 그들로 하여금 우리가 '성모'라고 이름

붙인 그 기계를 예찬하게 했다.

그 뒤, 우린 미키스 잉그램의 유품을 정리했다. 한동안 그
가 챙긴 정보들은 니키아와 주변 몇몇 태양계에서 인기 있는
연구 자료였다. 하지만 그의 명성은 오래가지 못했다. 말리카
와 잉그램의 이야기는 피상적인 재미를 제공하는 오락거리 정
도는 되었지만 정말 우리에게 새로운 무언가를 말해줄 만한 자
료는 아니었던 것이다. 대부분의 사람들은 잠시 잉그램의 자료
를 들춰보다 그 야만성과 진부함에 진저리를 쳤고 그 모든 소
동이 끝난 것을 다행으로 생각했다.

그러고 보니 내가 말리카에 처음 도착했던 때가 생각난다.
당시 나는 성모의 텅스텐 몸을 닦아주는 일을 하던 노인(이라고
해봤자 마흔둘이었다)을 만나 이야기를 나눈 적이 있었는데, 그
는 말리카어와 서툰 표준어를 동원해 나에게 필사적으로 무언
가를 물어보려고 했었다. 그에게 그 시도는 매우 중요했다. 말
리카어처럼 불구인 언어 속에서 평생을 살아왔던 그에겐 그런
생각을 하는 것 자체가 굉장한 일이었기 때문이었다. 몇십 분
동안 끙끙거린 끝에 나는 간신히 그가 하는 말을 알아들을 수
있었는데, 그걸 번역해서 정리하면 다음과 같은 뜻이었다. "우
리도 죽으면 어른이 됩니까?" 아마 그는 나에게 물어보기 전에
자기 아이들이나 손주들에게도 비슷한 질문을 했었을 것이다.
나는 아버지의 멍청한 질문에 가벼운 냉소로 대응하는 아이들

의 모습을 상상할 수 있었다. 말리카의 모든 아이들은 야만스러운 저능아인 그들의 부모들을 경멸하고 혐오했다.

내가 어떻게 대답했는지는 기억나지 않는다. 아마 나는 적당한 외교적 변명을 둘러댔을 것이고 그는 그런 내 대답을 이해하지 못했을 것이다. 아마 그는 그 뒤로도 그 질문에 대한 해답을 찾아 헤맸을 것이고 결국 대답을 얻지 못한 채 죽었을 것이다.

도대체 누가 그에게 사후 세계와 영생과 윤회에 대해 가르친 것일까? 우리가 만든 종교엔 그따위 것들은 없었다. 미키스잉그램이 만든 종교에도 그런 건 없었다. 그렇다면 그 개념은 자생한 것일까? 잉그램이 원했던 대로 이 행성을 그대로 방치했다면 사후 세계를 미끼로 사람들을 매수하고 협박하는 보다 세련된 수준의 종교가 만들어졌을까? 그 종교도 시스템을 구축하기 위해 교회를 세우고 사람들을 죽이고 억지 논리를 구축하고 그를 바탕으로 문학과 음악과 미술을 만들었을까? 미키스 잉그램의 이름은 그 종교에서 어떻게 기억되었을까? 그는 예수였을까, 세례 요한이었을까, 사도 바울이었을까, 유다였을까?

🐰   전 경력 초기에 정복해야 할 SF 장르 클리셰들을 모은 리스트를 작성한 적 있습니다. 〈어른들이 왔다〉의 소재인 '미개 종족 앞에서 신인 척하는 외계인'은 20번에서 30번 사이 어딘가에 있었어요. '외계인'이라는 단어를 넣지 않는다면 이 설정은 꼭 SF가 아니어도 됩니다. 본문에서도 언급한 러디야드 키플링의 《왕이 될 뻔한 사나이》가 바로 그 예지요. 키플링 특유의 백인 남자 지상주의가 거슬리긴 하지만 걸작임이 틀림없습니다. 요새 이 설정은 소위 '이세계물'로 분류되는 장르에 주로 쓰입니다. 여기에 대해서는 깊이 이야기할 생각이 없어요. 설정의 무게를 짊어지지 않는 이야기는 쉽게 허망해진다는 것밖에는요. ^<^^>^

선택> █

[ENTER] 를 누르십시오.

¶
¶
¶
¶
¶

1.

어제저녁, 나는 내 방 침대 밑에서 비밀 통로를 발견했다.

그것은 42분 24초를 주기로, 살아 있는 소화기관처럼 진동하는 구멍이었다. 입구가 가장 좁을 때는 지름이 2센티미터도 되지 않았지만 가장 넓을 때는 90센티미터에서 1미터까지벌어졌다. 안에는 부드러운 갈색 잔털이 나 있었고 건조했으며물컹거렸다. 벨벳 안감을 댄 거대한 고무 탕파 같았다.

나는 침대를 옆으로 밀어놓고 그 안에 물건들을 집어 던졌다. 깨진 찻잔, 조약돌, 여벌 단추…… 그것들은 조용히 통통거리며 밑으로 사라졌다. 나는 줄에 매단 손전등을 밑으로 내려통로가 어디로 연결되었는지 알아보려고도 했다. 실패였다. 통로는 끝을 볼 수 없을 정도로 굽어 있었다. 내가 볼 수 있는 건잔털로 덮인 통로 벽뿐이었다.

나는 엄마에게 통로에 대해 묻지 않았다. 나는 엄마가 내가통로에 대해 알고 있다는 걸 눈치채고 있는지 궁금했지만 역시 묻지 않았다. 나는 이미 우리 사이의 규칙에 대해 익숙해져 있었다. 엄마가 직접 알려주지 않는 것들은 나 스스로 알아내야 했다.

대신 나는 불을 끄고 침대 밑으로 기어 들어가 손전등 빛에 둔하게 번들거리는 그 통로를 1시간 동안 바라보았다. 안으로 뛰어내리려는 욕구를 필사적으로 억누르면서.

2.

일기를 쓰고 있는 동안 사스키아가 우리 집에 찾아왔다.

내가 일기장을 금고 안에 감추고 목에 건 열쇠로 자물쇠를 잠그는 동안 그 아이는 끌고 온 핑크색 수레에서 《신데렐라》 그림책과 인형들을 하나씩 꺼낸다. 그림책의 그림들은 화사하고 예뻤지만 멜리진 행성 사람들이 그린 그림들이 종종 그렇듯 해부학적 실수들이 한두 개씩 숨어 있고 실수를 저지르지 않은 몇몇 부분들도 조금씩은 어색하다. 이 그림책을 그린 화가는 아직도 왜 신데렐라의 발뒤꿈치에 엄지발가락이 붙어 있지 않은지 궁금해하고 있을 것이다. 아마 그들은 신데렐라의 유리구두에 달린 힐이 그 신체적 결함을 보충하기 위한 보철 장치라고 생각하고 있을지도 모른다.

"나, 롤레캉팅에 갔다 왔다."

사스키아는 그 애가 가장 좋아하는 인형인 마마롤리에게 새 초록색 드레스를 입히면서 으스댄다. '롤레캉팅'은 '롤렉캉틀링'이다. 아이들의 무른 혀를 일부러 학대하려고 작정한 것 같은 이 이름은 엄마들의 모임이 열리는 놀이터를 가리킨다.

놀이터라고 말했는데, 그건 전적으로 우리의 시점에서 보았을 때 하는 말이다. 우린 롤렉캉틀링에서 놀이 도구들과 간식거리들밖에 보지 못한다. 하지만 엄마들이 안개 너머 놀이터에서 노는 우리들을 그냥 구경만 할 것이라고 믿는 건 지나치게 순진하다.

내가 롤렉캉틀링의 정체에 대해 생각하는 동안 마마롤리는 벌써 자기만의 여정을 떠나기 시작했다. 사스키아의 인형 놀이는 언제나 여행으로 시작한다. 새로 산 나들이옷을 입고 가방을 챙겨 든 마마롤리는 핑크색으로 장식된 조그만 집을 떠나 온갖 종류의 동물들을 만난 뒤 집으로 돌아온다. 사스키아가 코 막힌 목소리로 마마롤리의 목소리를 흉내 내는 동안 나는 주변에 널린 인형들을 번갈아 집어 들며 인형에게 말을 건다. 더 이상 내 머리는 사스키아의 놀이를 자연스럽게 받아줄 수 있을 만큼 자유롭지 않기 때문에 나에게 '마마롤리 게임'은 자료 사냥과 고도의 연기력이 필수적인 노동이다.

마마롤리가 새로 사귄 인형 친구와 함께 집으로 돌아오자마자 작은 벨 소리가 우리 머리 위에서 들려온다. 그와 동시에 사스키아의 엄마가 나타난다. 문을 열고 들어오는 것이 아니라 일본 꽃처럼 허공의 한 점에서 확 터져 나오는 것이다. 사스키아가 까르륵 웃으며 엄마에게 몸을 던지고 그러는 동안 사스키아의 장난감들은 거꾸로 돌린 필름처럼 수레 안으로 차곡차곡 들어간다. 나는 일어나 사스키아에게 작별 인사를 하고 그 아이는 자기 엄마와 함께 집으로 돌아간다.

사스키아가 문을 닫으면 나는 다시 소파에 앉아 수를 센다. 하나, 둘, 셋, 넷, 다섯. 엄마는 언제나처럼 내 입이 '여섯'을 발음하기 위해 막 움직이려는 바로 그 순간에 나타난다. 허공에서 피어나는 일본 꽃처럼, 불꽃처럼, 나는 엄마에게 안긴 채 엄마의 몸에서 퍼져 나오는 가볍고 건조한 따뜻함을 느끼며 마마 롤리와 내가 오늘 겪은 새로운 모험에 대해 이야기한다.

3.

나에게 수학은 귀납적인 학문이다. 정상적인 세계에 사는 아이들은 덧셈과 뺄셈을 바탕에 깔고 차곡차곡 논리의 피라미드를 쌓아 올리겠지만, 나는 내 작은 도서관 안에서 수천 년 전에 죽은 조상들이 책 이곳저곳에 떨어뜨린 단서들을 모아 일반

론을 재구성한다. 결코 쉬운 일은 아니다. 내가 가지고 있는 책들은 대부분 소설책이다. 나는 흔해빠진 산수 교과서 한 권 가지고 있지 않다.

그래도 나는 지금까지 어느 정도 만족할 만한 수준의 단계까지는 와 있다. 나는 미적분을 할 줄 알고, 복식부기의 개념에 대해서도 알고 있으며 삼각함수도 더듬더듬 배우고 있다.

나는 내가 지금까지 고생고생하며 쌓아 올린 지식들을 현실 세계에 적용할 줄도 안다. 전에 엄마와 함께 멜리진 행성에서 열린 대규모의 롤렉칵틀링에 갔을 때, 나는 손목시계와 만능 자만 가지고도 행성의 자전주기를 직접 계산해 낼 수 있었다. 바로 등 뒤에 커다란 공중 시계가 떠 있었으니 완전히 무의미한 작업이었지만 그렇다고 내 성취감이 덜한 건 아니었다.

나는 내가 직접 이해할 수 없는 다른 법칙과 지식에 대해서도 안다. 애벗의 《플랫랜드》를 읽은 뒤로 나는 잠시 엄마들의 존재 방식을 설명하기 위해 4차원의 개념을 도입했었다. 물론 애벗이 생각한 것만큼 시공간이 단순하지 않다는 것을 알아내기까지 그렇게 오랜 시간이 걸리지는 않았다. 그거야 엄마와 함께 항성 간 여행을 서너 번만 해도 알 수 있는 일이다.

아마 나는 죽을 때까지 엄마들의 정체를 알 수 없을 것이다. 2층 바닥에 나 있으면서도 정체 모를 공간으로 열려 있는 침대 밑 터널의 정체를 설명할 수 없는 것처럼.

종종 나는 내가 보다 낮은 등급의 존재들에게 팔려 갔다면 더 편했을지도 모른다는 생각을 해본다. 엔드릴 행성 사람들은 지금 내가 살고 있는 집이나 도서관은 제공해 주지 못했을 것이다. 그러나 나는 적어도 그들의 세계를 이해한다. 부드러운 회색 모피 속에 어마어마한 보호 본능을 감추고 있는 거인들, 그들의 세계는 투박하지만 그만큼이나 단순하고 명쾌하다.

그러나 지저분한 내리닫이 옷을 입은 채 우리 안에 갇혀 나를 입양할 새 주인을 기다리고 있던 나에게 시선을 준 손님은 엔드릴인이 아니었다. 그녀는 물에 담긴 천처럼 끊임없이 흔들리는 육체를 가진 녹회색의 꽃이었다. 그녀의 시각기관 중 하나가 내 얼굴에 닿자마자 가게 주인이 잽싸게 그녀에게 달려왔다. 나는 벽에 귀를 붙이고 그들이 42호 은하어로 흥정하는 소리를 엿들을 수 있었다.

"나는 털 있는 동물이 더 좋은데."

손님은 비정상적으로 깨끗하고 바이브레이션이 없는 목소리로 말했다.

"가지고 노는 데엔 털 없는 종족이 훨씬 좋답니다. 옷을 갈아입히며 놀 수 있잖아요. 게다가 머리에 난 긴 털은 쉽게 모양을 바꿀 수 있지요."

"그래도 피부가 쉽게 상하지 않아요?"

"잘만 간수한다면 평생 갑니다. 게다가 우린 세포 복원 장치까지 따로 팔고 있어요."

"그래도 테라인들은 폭력적이라고 들었어요. 자멸한 종족이 아닌가요? 게다가 어른이 되면 몸에 엉성하게 털이 나고 냄새도 나는 데다가 얼굴도 일그러져서 보기 영 안 좋다고 하던데요? 예쁜 것도 한두 해지, 나중에 어떻게 감당하라고요?"

가게 주인은 더듬이를 떨면서 웃었다.

"마님도 참. 설마 제가 테라인 모델을 개량도 하지 않고 그냥 팔겠습니까? 제가 파는 것들은 모두 7살 이상 나이를 먹지 않는답니다. 그 뒤로는 그대로예요. 폭력 성향 역시 조절되어 있어요. 얘들은 벌레 한 마리도 못 죽입니다. 죽일 수가 없어요. 유전자조작으로 다 막아놨단 말입니다."

나중에야 나는 테라가 우리 은하의 제2사분원 구석에 위치한 솔이라는 노란 항성의 세 번째 행성이고, 그곳에 살던 내 종족은 4000년 전에 멸종했고, 지금 그 행성은 살릭 연합체의 식민지이며 표준력으로 7살은 그 행성의 태양력으로 6살에 살짝 못 미치는 나이라는 사실을 알게 되었다. 정보의 반은 엄마가 마련해 준 도서관에서 나왔고 나머지 반은 이웃 아이들한테서 들었다. 내 세계는 딱 거기까지다. 테라의 소설책들로 가득 찬 도서관과 세상에 대해서는 나보다 모르는 애완용 아이들.

하지만 우리가 과연 애완용이기는 한 걸까? 엄마들은 엔드릴인들이 아니다. 나는 그들이 모성 본능을 충족시키기 위해 우리를 기른다고 믿지 않는다. 아무리 그들의 보호가 애정에 차 있는 것처럼 보인다고 해도, 아니 정말로 우리가 정의한 애정에 가득 찬 것이라고 해도, 나는 우리가 엄마들을 완전히 이해할 수 없다는 걸 안다. 나는 엄마의 육체가 어떻게 이 세계에 존재하는지도 모른다. 그런 주제에 어떻게 엄마의 마음에 대해서까지 알 수 있을까?

나는 집에서 키우는 개들보다 무지하다. 개들은 인간들이 그들의 주인이며 그들을 사랑한다는 것 정도는 안다. 하지만 나는 내가 사는 이 인공적인 세계에서 내 역할이 무엇인지 감도 잡지 못한다.

어제 나는 사스키아와 다투었다. 싸운 이유는 기억도 나지 않고 기억하고 있다고 해도 제대로 이해할 수 있는 성질의 것이 아니었을 것이다. 아마 내 인형들이 마마롤리에게 특별히 못되게 굴었거나 내가 무의식중에 엄마들과 롤렉칵틀링의 신성을 해치는 말을 했는지도 모른다.

어느 쪽인지 분명히 알아차리기도 전에, 사스키아는 화를 내며 나에게 필통을 집어 던졌다. 그 행동이 폭력 제어 신경을 자극하자 그 아이는 손톱으로 온몸을 긁어대며 울었다. 나는 겁에 질려 허겁지겁 찬장에 있는 바나나 맛 시럽 약을 가져와 그 아이에게 먹였다. 간신히 진정한 사스키아는 눈물을 닦고 인형을 챙긴 뒤 집으로 돌아갔다. 벽에 걸린 스크린에는 아직도 우리가 보다 만 〈린틴틴〉 영화가 탁탁 소리를 내며 돌아가고 있었다.

나는 엄마의 꾸지람을 기다렸다. 엄마들은 단 한 번도 우리를 야단친 적이 없지만 우리는 아이다운 실수를 할 때마다 언제나 벌과 꾸지람을 기다린다. 역시 웃기는 일이다. 과연 그들이 우리를 야단쳐서 무엇을 하겠는가? 더 나은 어른으로 자라라고?

나는 6살이고 언제까지 그럴 것이다. 내 육체적인 나이는 내가 살아온 기간을 반영하지 않는다.

사스키아는 아직 그 사실을 이해하지 못한다. 그 아이에게 나는 또래 친구이고 그래야만 한다. 어른들은 언제나 '엄마들'이고 우린 언제나 '아이들'이다. 그 아이에게 내가 지금까지 살아온 34년의 세월은 아무런 의미가 없다.

엄마가 이번에도 나를 야단치지 않을 거라는 게 분명해지자마자, 나는 탈출 준비를 시작했다. 나는 소풍 가방에 잼이 든 병과 통조림을 10개씩 넣고 그 사이에 속옷과 나들이옷을 쑤셔 넣은 뒤 침대 밑에 숨겨놓았다. 엄마가 저녁 준비를 하는 동안 나는 손수건들을 묶어 임시 밧줄을 2개 만들었다. 그러는 동안 나는 계획 자체에 대해서만 생각하고 터널의 정체나 엄마가 지금 나를 의심하고 있는가에 대해서는 생각하지 않으려 했다.

밤이 되고 엄마가 내 방의 문을 닫고 나가자, 나는 침대를 옆으로 밀어붙이고 손전등으로 터널의 안을 비추었다. 터널은 언제나처럼 부드러운 벨벳 표면을 꿈틀거리며 늘어났다 줄어들었다를 반복하고 있었다.

터널 입구가 줄어들었다가 서서히 확장되기 시작하자 나는 손수건 밧줄을 침대 다리에 묶고 반대쪽에는 가방을 묶었다.

입구가 내가 들어갈 수 있을 정도로 넓어지자 나는 가방을 던지고 두 번째 밧줄을 허리에 감은 뒤 천천히 안으로 들어갔다.

처음 5미터는 상당히 가파른 편이었지만 내 여린 근육이 지탱하지 못할 정도는 아니었다. 5미터를 넘긴 뒤로는 밧줄 없이 기어갈 수 있을 정도로 평탄했다. 밧줄 끝에 다다르자 나는 가방을 풀어 등에 짊어진 뒤 아래를 향해 기어가기 시작했다.

그 뒤로 한 100미터쯤 기어갔던 것 같다. 아니 그보다 더 짧았을지도 모른다. 내 육체는 늘 거리와 무게를 과장하는 버릇이 있다. 모두 책 때문이다. 어른들이 주인공인 책에 익숙하다 보면 34살인 내가 이렇게 작다는 사실을 인정하지 못하게 된다.

처음엔 완만한 곡선을 그리고 휘어졌던 터널은 기어가면

갈수록 구불구불해졌다. 종종 나는 내가 기어가고 있는 부분이 바닥인지 벽인지 천장인지도 확신할 수 없었다. 터널이 굽을 때마다 중력의 방향도 조금씩 바뀌는 것 같은 기분이 들었다.

터널 끝의 입구는 위로 열려 있었고 트럼펫처럼 넓게 벌어져 있었다. 하지만 과연 입구가 향한 쪽이 위였는지는 확신할 수 없었다. 뿌연 안개에 가려져 확신할 수 없었지만 내가 올려다보고 있던 건 하늘이 아니라 10여 미터쯤 떨어진 곳에 있는 초록색 바닥이었다.

안개 속을 뚫어져라 노려보는 동안 나는 입구 앞을 조밀하게 막고 있는 초록색의 그물들을 구별해 낼 수 있었다. 나는 전에 읽었던 《잭과 콩나무》를 떠올렸다. 굵기가 내 검지만 한 그물들은 정체불명의 생명체들을 위한 이동 수단처럼 보였다. 나는 손을 뻗어 그물을 만져 보았다. 그것들은 터널 벽처럼 잔털이 나 있었고 질기고 부드러웠다. 그물을 잡고 있는 동안 나는 몸이 가벼워진 느낌을 받았다. 반대쪽을 향한 양쪽의 중력이 상쇄되어 입구 끝에 일종의 무중력 공간이 형성되었던 것이다. 나는 그물을 잡고 조금 더 앞으로 나아가 입구 밖으로 머리를 내밀었다. 그 순간 나는 머리를 잡아끄는 것 같은 가벼운 중력을 느낄 수 있었다.

밖은 정체불명의 초록색 존재들로 가득 차 있었다. 어떤 것들은 빠르게 움직였고 어떤 것들은 기구처럼 정지되어 있었다.

형태는 불가사리 모양에서부터 구형에 이르기까지 가지각색이었지만 멀리서 보면 어떤 조화가 엿보였다.

나는 현기증을 느꼈다. 처음엔 그게 단순한 고소공포증일 거라고 생각했지만 그게 아니었다. 바깥 세계는 내 시각과 균형감각이 견뎌내기엔 지나치게 부조리했다. 나는 이 세계가 원근법을 제대로 지키지 않는다는 사실을 알았고 내가 초록색 물체라고 생각했던 것들 중 일부가 연초록색 공간 속에 뚫린 구멍이라는 사실을 알아차렸다.

나는 10여 분 동안 밖을 바라보며 망설였다. 그물들은 단단해 보였다. 초록색 물체들 역시 그렇게 위협적으로 보이지는 않았다. 아마 무중력 공간을 잘 이용한다면 나는 방향을 제대로 잡고 아래로 내려갈 수 있을지도 모른다. 하지만 내가 지금 목적지로 삼는 바닥이 정말 바닥일까? 만약 그곳이 정말 바닥이라면 거기서 나는 무엇을 할 것인가? 그리고 그 뒤에는?

나는 돌아서서 집으로 기어가기 시작했다.

엄마는 어제 일에 대해 아무 말도 하지 않았다. 내가 일부러 침대를 옮겨 구멍을 드러내고 가방과 손수건 밧줄을 보란 듯 바닥에 벌려놓았는데도 그랬다. 아침을 먹고 다시 내 방으로 들어와 보니 방은 이전처럼 깨끗하게 정리되어 있었고 엄마는 언제나처럼 온몸을 찰랑거리며 웃고 있었다.

블록 쌓기를 하고 있는데, 사스키아가 다시 우리 집을 찾아왔다. 아이의 손에는 서툰 솜씨의 리본이 묶인 작은 상자가 들려 있었다. 그 애는 내 방에 들어오자마자 수줍게 상자를 내밀었다. 나는 상자를 풀어보았다. 그것은 손으로 뜬, 적어도 손으로 뜬 것처럼 보이는 작은 인형 스웨터였다.

사과 선물은 분명 사스키아의 아이디어였다. 엄마들은 우리에게 도덕적 선택을 강요한 적이 없었다. 우리가 지켜야 할 건 사전 주입된 최소한의 에티켓뿐이고 이런 희생은 분명 그 범위를 넘어서는 것이었다. 이 아이는 정신적으로 성장하고 있는 것일까? 그럴지도 모른다. 하지만 그게 무슨 상관이랴.

나는 연장자답게 사스키아의 선물을 받아들였고 어제 일에 대해 아무런 감정이 없다는 걸 분명히 하기 위해 아이를 한번 안아주었다. 사스키아는 내 두 팔이 그 애의 몸을 휘감자마자 울기 시작했다. 나는 놀라 한 발짝 뒤로 물러서서 그 아이의 얼굴을 바라보았다. 그 아이의 얼굴에서 공포와 분노, 무엇보다도 노골적으로 드러난 외로움을 읽을 수 있었다. 그 미묘한 감정의 결합 때문에 사스키아는 잠시 6살보다 훨씬 나이 들어 보였다. 나는 갑자기 이 아이의 나이가 궁금해졌다. 나는 당연히 그 애가 6살이라고 생각해 왔지만 따지고 보면 그래야 할 아무 이유도 없었다. 그 애는 단지 6살처럼 행동하고 있을 뿐이다. 나처럼.

"우리 마마롤리 할까?"

나는 수줍게 묻는다.

사스키아는 고개를 끄덕인다. 그 아이의 서툰 손이 마마롤리에게 새 옷을 입히는 동안 나는 내 인형들을 담요 위에 올려놓으며 새 모험을 준비한다. 천리안 곰인형과 정신 나간 토끼와 세상 어디로도 갈 수 있는 마법의 담요 동굴이 존재하는 신비로운 세계의 모험을.

🐰　　〈토끼굴〉은 제가 한동안 썼던 여러 앨리스 단편 중 출판된 유일한 이야기입니다. 여기에 대해 깊이 이야기할 생각은 없고, '일본 꽃'이라는 표현에 대해서만 설명할게요. 이 표현은 자크 프레베르의 〈미술학교(L'école des Beaux-Arts)〉라는 시에서 따왔는데, 역자인 민희식 교수는 이 시에 나오는 "La grande fleur japonaise"가 종이꽃을 뭉쳐 공으로 만든 것으로 물에 던지면 피어난다고 설명했습니다. 시에는 아버지가 작은 종이공(une petite boule de papier)을 물에 던진다고 했으니 정말 그런 거 같았어요. 단지 전 지금 프랑스 독자들이 이 시를 읽으면서 어떤 심상을 떠올리는지 모르겠습니다. 지금 같았다면 이 표현을 쓰지 않았을 거 같아요. ⟨^⟩

선택> █

아무 키나 누르세요...

[ENTER] 를 누르십시오.

정종주의 시선은 2분째 테이블 위에 놓인 거울에 걸려 있다. 얼핏 보면 분장을 체크하는 것처럼 보이지만 사실은 그의 며느리를 연기하는 한지윤의 다리를 훔쳐보는 중이다. 민망하지만 보이는 걸 어쩌랴. 영감들에게도 눈이 있다.

정종주는 다시 읽고 있던 대본으로 돌아간다. 이번 대본은 그가 세트에 도착하기 30분 전에 나왔다. 물론 캐릭터 연구나 동료 배우들과 합을 맞추어 보는 것은 상상도 할 수 없다. 어떻게든 스토리를 따라가며 분량을 채우는 것만으로도 족하다. 하지만 세상일이란 원래 그런 게 아닌가. 프로란 바로 그런 일을 위해 있는 거다. 그리고 그는 30년 넘게 이곳에서 프로로 일해 왔다. 단 한 번도 상 따위는 타보지 못했고 타고난 노안 때문에 젊었을 때부터 늘 누군가의 아버지나 삼촌이었지만 적어도 그는 살아남았다. 남들은 쉬라고 하지만 그럴 수 없다. 그는 늘 돈이 부족하다. 지금은 반년 전 죽은 아내가 남기고 간 병원비를 갚는 것도 벅차다.

지금 그가 연기하고 있는 사람은 대상산업의 왕회장 이한성이다. 한지윤의 캐릭터 김이선은 어머니를 배반해 자살로 몰고 간 이한성에게 복수를 하려는 중이다. 이선은 이한성의 바보 같은 큰아들 종호와 결혼했고 그를 허수아비 방패 삼아 대상산업을 조금씩 갉아먹고 있다. 딱하게도 이한성은 아직 며느리의 음모를 완전히 눈치채지 못했다. 정종주는 자신의 캐릭터에게 어떤 일이 닥치는지 뻔히 알고 있으면서 며느리에게 바보스럽고 친절한 미소를 보내야 한다.

갑갑하기 짝이 없는 상황이지만 그래도 일일연속극의 작업이 낫다. 적어도 이곳에서는 모두 그를 존중해 주며 역할도 중요하다. 2년 전 잘나가는 인기 스타 변 아무개가 주연이었던 모 미니시리즈에서 변의 상사로 나왔을 때는 끔찍했다. 자기가 마치 제2의 배용준이라도 되는 줄 알던 그 얼간이 때문에 촬영이 지체되고 길가에 버려진 소모품 취급을 받았던 걸 생각하면 지금도 그는 이가 갈린다. 현실은 일일연속극보다 끔찍하다.

하지만 과연 무엇이 현실인가? 정종주는 갑자기 궁금해진다. 현실이라는 단어를 쓰기엔 그가 속해 있는 세계는 너무나도 비현실적이지 않은가? 그는 그의 주변을 둘러싸고 있는 가짜 집과 가짜 사람들과 가짜 태양 노릇을 하고 있는 조명을 바라본다. 이름도 기억 못 하는 옛날 여자 친구의 딸에게 복수를 당하는 이한성의 세계가 그보다 더 현실적으로 보인다. 그 세계는 통속적이고 유치할지 몰라도 나름의 자기 일관성이 있다.

하지만 그가 속해 있는 세계는 이야기의 순서도 제대로 지키지 않는다. 모든 것이 가짜이고, 가짜이고, 가짜이다. 그렇다고 세트 밖으로 나서면 진짜 세계처럼 보이는 게 있을까? 그는 고개를 젓는다. 변과 같은 싸가지 없는 멍청이가 5년 동안이나 한류스타 행세를 하는 세계라면 그곳은 과연 진짜인가? 얼마 전 그는 방송법 관련 시위 때문에 미어터지는 여의도 거리를 누비면서 이상한 생각을 한 적 있다. 그들을 둘러싼 전경 버스들은 모두 세트의 벽이고 그를 넘어서면 진짜 세계가 나올지도 모른다고. 자기 딴에는 신기한 생각이라고 한지윤에게 그 이야기를 들려주었더니 그녀는 "〈트루먼 쇼〉군요"라고 무심하게 받아쳤다. 그는 그 영화를 본 적은 없지만 이런 생각을 한 게 그가 처음이 아니라는 사실에 실망한다.

"선배님, 준비해 주세요." 스태프 중 1명이 말한다. 그는 이번엔 진짜로 분장을 다듬고 준비된 책상에 앉는다. 그는 대본을 다시 검토하고 그의 앞에 놓인 서류를 들여다본다. 이번 소품 담당은 자기 일에 열심인지, 책상 위의 서류는 문장 하나하나가 진짜처럼 보인다. 이한성이 이 서류에 서명을 하면 대상산업의 경영권은 며느리에게로 넘어간다. 그 뒤부터 그에게 남은 건 몰락밖에 없다.

만년필을 쥐고 서명 연습을 하던 정종주는 갑자기 소름이 쫙 끼치는 걸 느낀다. 그는 이한성이 속해 있는 논리 정연한 세계와 그가 속해 있는 난장판 가짜 세계를 비교한다. 어느 것이 진짜인가? 아무리 생각해도 전자다. 후자는 그 자신이 가짜라고 인정하지 않는가? 하지만 전자가 진짜이고 후자가 가짜라면 이건 어떻게 되는 건가? 왕회장 이한성이 진짜이고 만년 조연 정종주는 가짜라면? 만약 이 모든 것이 김이선의 음모라면? 왕회장이 주어진 각본에 따라 자기 자신을 연기하는 배우라고 착각하고 있는 바로 이 상황이야말로 경영권을 넘겨받는 서류에 서명받기 딱 좋은 때가 아닌? 어떻게 그의 마음을 조작했는지 몰라도 녀석들은 바로 이런 식으로 그를 내쫓으려 하고 있는 것이다. 변가 놈이 한류스타인 세계를 진짜라고 믿게 하면서 말이다.

"선배님, 촬영 들어갑니다." PD의 목소리가 뒤에서 들린다. 반백의 가발을 덮어쓴 정종주의 머리는 그에게 집중되는 뜨거운 조명 때문에 멍하다. 그는 서류를 노려본다. 아무리 생각해도 이 서류는 진짜다. 하지만 그가 무엇을 할 수 있겠는가. 펜을 던지고 달아나? 서명을 하지 못하겠다고 떼를 쓰나? 그는 그를 지켜보는 PD, 카메라, 스태프, 한지윤을 번갈아 바라보다 다시 서류로 눈을 떨군다. 그가 이를 악물고 땀에 젖은 손으로 펜을 움켜쥐자 PD의 걸걸한 목소리가 울려 퍼진다.

"레디…… 액션."

🖐️ 　　이 단편은 《하퍼스 바자》 2009년 3월 호에 실렸는데, 당시 제목을 제가 기억하지 못합니다. 전 제목 없이 그냥 보냈거든요. 지금 잡지사에 문의 메일을 보내 바쁜 사람들을 귀찮게 할 수도 없는 것 같고. 〈홍장표 씨의 경우〉와 같은 맥락의 이야기라 그냥 〈정종주 씨의 경우〉라고 새로 제목을 붙였습니다. 드라마와 현실이 뒤바뀌는 음모론 아이디어는 나중에 〈대본 밖에서〉라는 단편에서 확장시켰어요.

끝입니다. 수고하셨어요. 다음 단편집에서 만나요. ≳ˆˇ≲

417

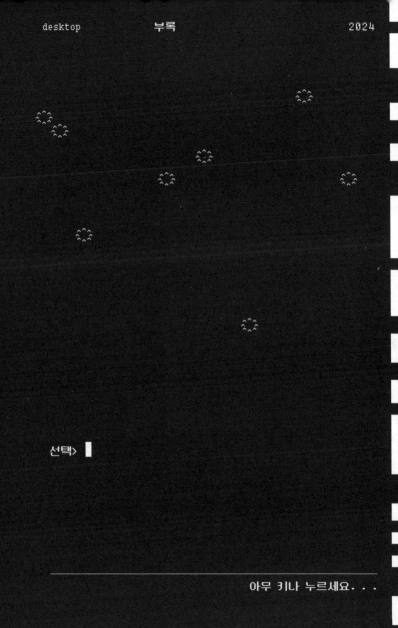

선택〉█

아무 키나 누르세요...

[ENTER] 를 누르십시오.

¶
¶
¶
¶
¶
불길한 장벽

아니에요. 사실 제가 읽은 책은 소년생활 칼라북스 96권이 었던 《지구인을 지켜라》였습니다. 작가 이름은 그냥 뜬금없이 러셀. 그리고 그 밑에는 (미국 명작)이라고 보충 설명되어 있었 는데 그중 어느 것도 사실이 아니었습니다. 소설 배경은 21세 기 초의 미국이었지만 작가 에릭 프랭크 러셀은 영국인이었고 명작이라고 부를 수 있는 책은 절대로 아니니까요.

소년생활 칼라북스는 컬러로 인쇄된 조악한 삽화가 5, 6페 이지마다 심어져 있는 어린이용 소설 축약본 시리즈였습니다. 책에는 이 시리즈가 '추리소설과 공상과학소설 분야를 따로 독 립시켜 발행하는 것을 기쁘게 생각한다'는 한낙원의 머리글이 붙어 있었지요. 당시 그 책을 샀을 때는 이 사람이 누군지 전혀 아는 바가 없었습니다. 그래도 제가 읽을 수 있는 추리소설과 SF가 늘어난 것에 대해서는 고마워하지 않을 수 없었지요.

소설은 저명한 과학자들이 수상쩍은 상황에서 죽음을 맞이

하면서 시작됩니다. 주인공인 정보부 요원 빌 그레이엄은 이 사건을 수사하다가 엄청난 사실을 알게 됩니다. 이 과학자들은 인간의 시각영역을 확장하는 기술을 발명했고 이를 통해 맨눈으로는 보이지 않는 바이튼이라는 공 모양의 생명체가 지금까지 인류를 가축처럼 조종하고 착취하고 있다는 사실을 알아냈단 거죠. 인간들이 자신의 존재를 눈치챘다는 사실을 깨닫자 바이튼은 세계 전쟁을 일으키려 시도하고 인류는 바이튼을 퇴치할 무기를 개발합니다.

에릭 프랭크 러셀은 이 책의 아이디어를 찰스 포트에게서 얻었습니다. 포트는 동시대 과학으로는 설명할 수 없는 수상쩍은 사건들을 수집하고 연구했던 저술가로, 이 사람의 글들은 수많은 유사 과학 연구가, SF, 판타지 작가들에게 영향을 주었는데, 《불길한 장벽(Sinister Barrler)》은 그중 영향이 가장 노골적인 작품입니다. 여러분은 이 책의 이야기가 수상쩍을 정도로 《엑스파일》스럽다고 느낄 수도 있을 텐데, 그건 착각이 아닙니다. 모두 같은 영역권 안의 작품이죠.

구시대의 유물입니다. 인종차별적이고 성차별적이죠. 축약본으로 읽었을 때는 여자들에 대한 이성애자 남자의 끈적거리는 시선과 태도 같은 건 잘 잡히지 않았습니다. 하지만 그때도 인종차별적인 면은 무시할 수 없었습니다. 아시아인들은 바이튼에게 쉽게 조종당하고 도구로 이용당하는 부류로 그려졌습니다. 체질상 그런 종족이라나요. 물론 이 세계엔 한국이나 한국인은 존재하지 않았습니다. 바이튼에게 조종당하던 일본인 중 일부는 한국인이었을까요. 이 작품은 1939년에 《Unknown》이라는 잡지에 처음 발표되었습니다. 러셀이 상상한 2015년의 미래에서 한국은 독립에 성공했을까요?

그럼에도 불구하고 재미있는 책임은 부인할 수 없습니다. 속도는 엄청나게 빠르고 액션도 무지 많습니다. 영어권 독자들은 질 떨어지는 구식 펄프 SF의 문체를 지적하지만 전 그런 게 그렇게까지 신경 쓰였던 적은 없어요. 전 소설을 쓸 때마다 "그래, 러셀의 이 웃기는 소설 정도의 속도는 내야지"라고 생각합니다. 많은 독자가, 제 소설이 너무 빠르다고 생각하는데, 그 기준이 된 러셀을 비난하세요. 저 말고. 그리고 제 단편 〈펜타곤〉에는 《불길한 장벽》의 흔적이 있습니다. 이 세계의 정보부 요원들은 눈에 뜨이는 반지를 끼고 있는데 전 그걸 《불길한 장벽》에서 가져왔지요.

이 책은 저작권이 풀렸고 인터넷에서 무료로 다운받아 읽을 수 있습니다. 제대로 텍스트화가 되어 있지 않아서 누런 종이를 캡처한 파일로 읽어야 합니다만. 추천할 만하냐고요? 랠프 맥쿼리가 끝내주는 일러스트를 그린 적 있어서 그 그림을 커버로 책이 나오면 재미있을 거라는 생각을 몇 분 정도 한 적이 있습니다만 번역본 같은 게 안 나와도 특별히 아쉬울 건 없을 것 같아요. 번역해야 할 더 좋은 책들이 많은걸요.

그래도 읽다 보면 중간중간에 오싹하게 느껴지는 문장들을 만나게 됩니다. 예를 들어 이런 거요.

이제부터 누군가 문제를 일으킬 때마다 우리는 스스로에게 "지금 누가 말하는 거죠?"라는 아주 중요한 질문을 던져야 합니다. 그는 길고 섬세한 손가락으로 논의 중인 기사를 가리켰다. "이것이 첫 번째 심리적 반격, 의도된 통일의 첫 일격입니다. 어딘가 독재의 위협이 도사리고 있다는 의심을 교묘하게 부추기는 것은 좋은 오래된 비방 기술입니다. 수백만 명이 매번 그에게 속아 넘어가죠. 진실을 의심하는 대신 거짓을 믿으려 하는 한 수백만 명은 언제라도 계속해서 넘어갈 것입니다."

지금과 같은 가짜 뉴스의 시대에 정말 정곡을 찌르는 말이 아닙니까? 러셀이 어느 방향을 향해 이야기하는지는 의심이 가지만.

스파이더맨: 5차원의 반란

가장 좋아하는 마블 영화가 뭐냐고 누가 물으면 전 종종 〈5차원의 반란(Revolt in the Fifth Dimension)〉이라고 대답합니다. MCU 영화는 당연히 아니고 사실 영화도 아니죠. 1967년부터 1970년까지 방영되었던 애니메이션 시리즈 〈스파이더맨〉의 에피소드 중 하나입니다. 전 이 시리즈에서 오직 이 에피소드만 생생하게 기억합니다.

5차원의 독재자 인피나타에 의해 멸망 직전의 위기에 놓인 외계 행성에서 이야기는 시작됩니다. 그 행성의 과학자는 도서관의 모든 책을 데이터로 압축해(전 종이책을 스캔해 전자책으로 만든다는 개념을 이 작품에서 처음 접했습니다) 공 안에 담은 뒤 우주선을 타고 지구로 옵니다. 과학자는 죽기 직전에 한가하게 뉴욕 시내를 날고 있던 스파이더맨을 만나는데, 와, 여기엔 놀라운 반전이 있습니다. 이 외계인은 사람 손바닥에 놓을 수 있을 정도로 작아요. 지금까지 우리가 본 크기에 대한 정보는 왜

곡되어 있었던 겁니다.

인피나타는 스파이더맨이 도서관 공을 갖고 있다는 것을 알아차리고 납치합니다. 여기서부터 이어지는 것은 순수하게 사이키델릭한 경험으로, 이 역시 제가 〈스파이더맨〉에서 전혀 기대하지 못했던 것이었습니다. 그리고 그 경험 끝에 스파이더맨은 인피나타의 함정에서 벗어납니다. 5차원은 오직 그걸 믿는 사람의 마음에서만 존재하기 때문에 믿지 않으면 됐던 겁니다. 인피나타에게서 해방된 스파이더맨은 거미줄 쏘는 구멍에 숨겨놓았던 공을 갖고 이를 해독할 과학자들을 찾아갑니다.

전 이 모든 게 놀랍기 그지없었습니다. 이렇게 많은 SF적 아이디어들이 슈퍼히어로 이야기에 이렇게 농축되어 있는 건 본 적이 없었으니까요. 이 에피소드의 이야기는 스파이더맨이 숨겨 갖고 있던 도서관 공처럼 작고 광대했습니다. 적어도 그 시절의 저에게는요.

인터넷 시대가 되자 전 제가 가장 좋아하는 〈스파이더맨〉 에피소드에 대한 다소 실망스러운 정보를 접하게 되었습니다. 이 에피소드는 재활용작이었어요. 〈스파이더맨〉 시리즈의 제작을 총책임졌던 랠프 박시는 비슷한 시기에 〈로켓 로빈 후드 (Rocket Robin Hood)〉라는 캐나다 애니메이션 시리즈를 만들었는데 그 시리즈 에피소드 중 하나를 그대로 가져와 주인공만 바꾸어 써먹었던 겁니다. 전 아마 박시가 이 이야기가 마음에 들어 더 팬이 많은 〈스파이더맨〉을 통해 기회를 한 번 더 주기를 바랐을 거라 짐작합니다. 그리고 전 두 편을 모두 봤는데, 〈스파이더맨〉의 설정이 이 이야기와 더 맞는 거 같습니다.

일단 전 로켓 팩을 짊어지고 다니는 미래의 로빈 후드 설정과 턱 큰 백인 남자 디자인이 그렇게 와닿지가 않아서. 이야기의 경이감이 최대한으로 살려면 아무래도 현대가 배경이어야 하고요.

¶
¶
¶
¶
¶

1999년생
- -

계보 이야기를 좀 하겠습니다. 머리말에서 전 제가 이 일을
시작할 무렵엔 한국어 SF의 계보가 거의 존재하지 않았다고 말
했습니다. 이건 한국어 SF가 당시 존재하지 않았다는 뜻도, 제
가 그 작품들을 읽지 않았다는 뜻도 아닙니다.

예를 들어 전 한낙원의 책을 알고 있었습니다. 하지만 당시
한국어로 쓰인 청소년 SF는 믿음이 안 갔습니다. 그건 이름만
슬쩍 바꾼 외국 소설의 번안물일 가능성이 컸어요. 저에겐 그
걸 구분할 수 있는 정보가 없었습니다. 문윤성의 《완전사회》라
는 책이 존재한다는 건 알았지만 그게 정보의 전부였지요. 복
거일이 《비명을 찾아서》와 같은 완성형 SF를 쓰고 있었지만 그
작품들이 어떤 계보나 커뮤니티의 시작 또는 일부였던 거 같지
않습니다. 그냥 독립적으로 존재했던 거죠. 무엇보다 SF를 쓰
기 위한 데이터를 얻기 위해 굳이 한국 작가들의 작품들을 챙
길 생각은 안 들었습니다. 그건 외국 작가들로부터 직접 얻을

수 있었습니다.

지금 한국 SF에는 계보가 존재합니다. 이걸 옛날 충무로 감독 도제 시스템과 같은 가부장적 혈통으로 이해할 필요는 없습니다. 그냥 영향을 주고받으며 같은 장르의 작품들을 써온 사람들의 커뮤니티가 수십 년의 역사를 쌓아온 것이죠. 그리고 맨땅에서 시작하지 않기 위해 거쳐야 할 한국 SF 문학의 리스트도 쌓였습니다.

제가 시작할 무렵엔 그게 없었습니다. 하지만 그건 문학으로 제한했을 때 그랬다는 것입니다. 당시 진지하게 한국어로 SF를 쓰면서 스스로의 계보를 쌓아가는 작가들의 무리가 있었습니다. 순정 만화요.

1980년대부터 1990년대 사이에 나온 한국어 SF에서 순정 만화의 비중은 무시하지 못할 정도로 큽니다. 강경옥의《별빛 속에》, 신일숙의《1999년생》, 권교정의《제멋대로 함선 디오티마》를 빼고 이 시기를 이야기하면 그림 전체가 이상해져 버립니다. 이에 관련해 더 많은 이야기를 읽고 싶으시다면 전혜진의《순정만화에서 SF의 계보를 찾다》를 참고하시기 바랍니다. 여기서 제가 말하고 싶은 것은 당시 제가 한국어 SF의 영향을 받았다면 그 대부분은 순정 만화에서 왔고 그게 저만의 이야기는 아니라는 것입니다.

오늘은 신일숙의《1999년생》이야기를 하겠습니다. 1988년

《르네상스》에 연재되었던 비교적 짧은 작품입니다.

　이야기는 단순합니다. 노스트라다무스가 예언했던 것처럼 지구에 멸망의 위기가 닥칩니다. 비행접시를 타고 온 외계인 무리가 지구를 침공한 거죠. 하필이면 딱 그때 지구에서는 초능력을 가진 아이들이 태어나 외계인과 맞서게 됩니다. 주인공 크리스탈 정은 제목에 나온 1999년생입니다. 크리스탈은 남자들만 있는 전투팀의 리더로 들어가고 교관과 사랑에 빠집니다. 그리고 반전이 있습니다. 그게 실렸던 《르네상스》 호가 나왔던 다음 날 학교에 가니 다들 "그거 봤어?"라고 속삭였던 그런 반전요.

　일단 재미있는 만화였습니다. 일단 순정 만화답게 로맨스를 다루는 방식 또한 강렬했습니다. (너무 강렬했을지도 모릅니다. 개정판 작품 해설에서 박인하가 지적한 것처럼 이 작품은 탈로맨스의 서사로 읽을 수도 있습니다. 하지만 그것도 로맨스의 언어로만 가능하지요.) 주인공 크리스탈은 강인하면서도 흥미로운 인간적 결점 역시 풍부한 캐릭터였고요, 무엇보다 박진감 넘치고 가차 없는 액션과 효과적이고 교활한 서술 기법이 있었지요. 지금 다시 보면 유명한 반전보다는 폭로 이후 결말까지 이어지는 액션이 얼마나 치밀한지가 더 먼저 눈에 들어옵니다. 초능력을 다룬 일련의 이야기를 쓰면서 전 이 작품의 영향을 엄청 받았어요. 쓸 때는 몰랐는데 얼마 전에 다시 읽어보니 알겠더군요. 특히 초능력자 팀의 협업을 다룰 때는요.

어쩔 수 없는 과거의 작품입니다. 이 만화에는 1980년대 한국이라는 시공간이 그대로 반영되어 있습니다. 특히 컴퓨터를 다루는 방식이요. 예를 들어 이 세계엔 노트북 컴퓨터가 없습니다. 가장 들고 다니기 좋은 건 커다란 가방 컴퓨터죠. 지구인이 외계인의 컴퓨터에 접근하는 과정의 묘사도 《인디펜던스데이》가 그랬던 것처럼 수상쩍은 면이 있습니다. 노스트라다무스가 진지하게 다루어진다는 것만 봐도 시대를 짐작할 수 있습니다. 과학을 다루는 방법도 재미있는 구석이 있는데, 당시에도 과학적으로는 사실이 아니라는 걸 알았지만 그래도 한동안 허구 세계에서는 용납되었던 장치들이 종종 나옵니다. 주변 생명체들을 완전히 소멸시키는 초능력자가 등장하고 그 능력이 중성자탄에 비교되는 것이 그렇죠. 7, 80년대엔 중성자탄이 주변 건물들은 그대로 두고 생명체만 소멸시키는 무기로 종종 그려졌습니다. 이 관습을 모르고 보는 지금 독자들은 어리둥절해할지도 모르겠습니다.

계보로서 이 작품은 방향성과 한계를 모두 보여준다는 점에서 모범적입니다. 크리스탈은 전 지구적으로 활동하는 씩씩한 한국 여성 액션 주인공입니다. 하지만 그렇게 되기 위해 유럽계 혼혈이 되고 백인 남성 위주로 구성된 서구인들의 인정을 받아야 합니다. 퀴어 이슈가 언급되긴 하지만 그건 이성애 관계를 보여주기 위한 도구이고 1980년대 한국스러운 편견이 개입되어 있습니다. 하지만 《1999년생》이 모든 과정을 이미 거쳤기 때문에 우린 그다음 단계로 진입할 수 있습니다.

¶
¶
¶
¶
¶
우리는 곧……

지금은 없어진 을지서적은 외국어 서적 코너에 Women's Press라는 출판사에서 나온 페미니즘 도서들을 상당수 보유하고 있었는데, 그 책들 3분의 1은 제가 산 것 같습니다. 그리고 그중 상당수가 조애나 러스의 책들이었어요. 어차피 읽을 작가였지만, 그래도 종종 생각합니다. 1990년대에 을지서적 외국어 서적 코너에서 일하던 직원들이 그 책들을 무더기로 사들이지 않았어도 저는 지금과 같은 이야기꾼이 되어 있었을까요.

조애나 러스의 장편소설 중 가장 자주 언급되는 책은 《여성 인간(The Female Man)》이지만 저에게 가장 큰 영향을 준 책은 《우리는 곧…(We Who Are About to…)》입니다. 영어와 한국어의 문법 구조 차이 때문에 이렇게 문장이 중간에 끊긴 제목은 번역하기 쉽지 않지요. 여기서 …와 함께 사라진 부분은 "About to die. And so on. We're all going to die"입니다.

로빈슨 크루소 소설입니다. 낯선 행성에 우주선과 함께 추락한 한 무리의 사람들 이야기지요. 보통 이런 이야기에서 주인공은 갖고 있는 모든 지식을 총동원해서 자연과 맞서며 생존을 위한 투쟁을 이어가죠. 이 소설에 나온 사람들 대부분이 그 길을 따르려 합니다. 주인공인 화자를 제외하고요. 화자는 이들에게 미래가 없다고 믿습니다. 이들 중 어느 누구도 생존에 필요한 기술을 갖고 있지 않고, 갖고 있다고 해도 지구 문명으로부터 영구적으로 차단된 게 분명하고, 무엇보다 그 실패로 끝날 수밖에 없는 과정은 끔찍할 것이기 때문입니다. 그리고 그 끔찍한 과정에서 성폭력이 없을 가능성이 얼마나 될까요. 생존하고 번성하려면 임신해서 애를 낳아야 하니까요. 그럴 수 있는 몸을 가진 사람이 동의하건 동의하지 않건.

《우리는 곧…》은 저에게 결정적인 것을 가르쳤어요. 생존과 번식은 당연한 게 아니라는 것을요. 우리는 어떤 경우 그냥 저항 없이 죽어야 한다는 것을요. 저에게 이 책은 코페르니쿠스적 전환이었습니다.

전 조애나 러스의 이 책처럼 단호한 결말을 내는 소설을 쓴 적이 없습니다. 아무래도 마음이 약해서요. 하지만 우주선이 고립된 행성에 떨어지는 이야기를 쓸 때마다 전 늘 러스의 이 짧은 장편을 떠올렸습니다. 그리고 이 책의 사고방식과 말투를 여기저기에 조금씩 흘려 넣었어요. 이 책의 흔적은 〈어른들이 왔다〉에도, 《용의 이》에도, 《브로콜리 평원의 혈투》에도, 《제저벨》에도 〈죽은 고래에서 온 사람들〉에도 있습니다. 생존은 당연하지 않아. 우리는 그냥 사라져도 괜찮아. 저는 종종 소설 끝에 이 책의 마지막 문장을 수입해 넣고 싶다는 유혹에도 시달렸습니다. Well, it's time 마침표는 없습니다.

당연히 《여성 인간》이 먼저 번역되어야 하겠지만, 전 이 책이야말로 지금의 대한민국에서 가장 필요한 조애나 러스의 책이라고 생각합니다. 읽다 보면 그 동시대성에 기가 찰 지경이에요. 생존과 번식이 점점 더 불가능해지는 환경을 만들어놓고 그 안에서 여자들에게 임신과 출산의 의무를 강요하는 이 나라가 러스의 이 소설 세계와 뭐가 다른지 모르겠습니다.

¶
¶
¶
¶
¶

바이오닉 우먼

저는 여성 슈퍼 영웅의 존재가 당연시되던 시절에 어린 시절의 초반을 보냈습니다. 70년대 말, 당시에는 린다 카터 주연의 〈원더우먼〉이 있었고 린지 와그너 주연의 〈바이오닉 우먼〉이 있었습니다. 이들의 존재가 너무나도 당연했기 때문에 전 이 두 시리즈가 종영되고 혼란을 겪었습니다. 여자 주인공이 한 손으로 악당들을 집어 던지는 드라마가 더 이상 안 나왔어요. 세상의 정상성이 파괴된 것입니다. 제가 80년대를 힘겹게 보낸 이유도, MCU 유니버스에 냉소적이었던 이유도 그 때문이었습니다. 전 백인 남자로만 구성된 라인업의 정상성을 인정할 수 없었습니다. 그리고 우린 한참 시리즈를 우려먹은 뒤 선심 쓰듯 하나씩 비백인, 비남성 캐릭터를 하나씩 던져주는 것에 대단한 의미 따위를 부여해서는 안 되었습니다. 그게 마블 세계라면 더욱 그렇고요. 마블은 저에게 주빌리를 준 곳이었습니다. 주빌리를 처음 보았을 때 전 눈을 비비면서 지금 보고 있

436

는 게 사실인지 의심했습니다. 미국 사람들이 이렇게 저를 잘 대해줄 거라고 생각도 못 했어요.

〈원더우먼〉 이야기는 여기저기에서 많이 했고, 오늘은 〈바이오닉 우먼〉 이야기를 하겠습니다. 우리나라에는 〈특수공작원 소머즈〉로 소개되었던 작품이지요. 〈600만불의 사나이〉의 스핀오프입니다. 주인공 제이미 소머즈는 원래는 이 시리즈의 게스트 캐릭터였어요. 600만 불의 사나이 스티브 오스틴의 고등학교 시절 여자 친구인 테니스 선수였는데 스카이다이빙 사고로 중상을 입었고 오스틴과 비슷한 수술을 받아, 두 다리, 한쪽 팔, 한쪽 귀를 기계로 교체하지만 부작용으로 죽습니다. 소머즈에 대한 반응이 좋자 제작사에서는 이 캐릭터를 살려 독립된 시리즈를 만들었습니다. 전 이 시리즈를 통해 두 작품을 연결하는 연속적인 허구의 우주에 대한 개념을 처음으로 접했습니다. 재미있는 건 우리나라에서 〈600만불의 사나이〉와 〈특수공작원 소머즈〉가 다른 방송국에서 방영되었고 두 시리즈 모두에 나오는 오스카 골드먼 역의 성우와 이름 표기가 달랐다는 것이죠. 골드먼과 골먼인가 그랬을 겁니다.

한계는 있었습니다. 일단 남자가 주인공으로 나와 히트한 시리즈의 공식을 반복하는 스핀오프였지요. (심지어 여자 몸이라 부품이 작아 싸게 먹혔다는 농담도 나옵니다.) 지금의 시청자들은 시리즈의 진취성과 함께 당시 사람들이 완전히 벗어던지지 못했던 보수성도 함께 볼 수 있습니다. 하지만 〈원더우먼〉이 그랬던 것처럼 〈바이오닉 우먼〉은 앞으로 전진하는 시리즈였고 제이미 소머즈는 끝까지 주인공으로서 작품의 중심에 존재했습니다. 몇십 년 뒤에 나와 주변 남자들의 엄마, 여자 친구, 간호사, 선생, 코치, 상담사, 유모 노릇까지 해주어야 했고 죽은 다음에야 선심 쓰듯 던져주는 솔로 영화를 간신히 챙겼던 MCU의 블랙 위도우와 비교해 보세요.

이 두 시리즈, 정확히 말하면 〈600만불의 사나이〉에는 원작이 있었습니다. 마틴 카이딘이라는 작가가 쓴 《사이보그》라는 소설이었어요. 그리고 소설과 드라마는 모두 당시 사람들이 인간과 기계의 연결에 대해 생각했던 하드 SF적인 상상력을 작품에 진지하게 투영했습니다. 여기서 주목해야 할 건 '당시'라는 단어입니다. 지금 보면 이 시리즈 세계의 과학기술은 좀 이상합니다. 기계 팔, 기계 다리는 몸에 어떻게 연결되어 있을까요. 과연 팔이 기계라고 해서 팔의 힘만으로 자동차를 들 수 있을까요? 2007년에 나온 〈바이오닉 우먼〉의 리메이크는 이 논리를 해결하기 위해 나노봇과 같은 첨단 기기를 도입했고 몸의 설계도 바꾸었는데 당연히 옛날 드라마 맛은 안 났습니다. 옛날 SF의 멋과 재미의 일부는 지금은 허용되지 않는 구식 과학적 상상력의 단순함에서 나오니까요.

아, 그리고 이 시리즈는 정말 멋진 로봇들을 갖고 있었습니다. 인간이 구별이 안 될 정도로 똑같이 생겼지만 싸울 때마다 얼굴이 떨어져 나가 안의 기계가 보이지요. 이 로봇들은 여성형과 남성형 모두 있었지만 이상하게도 사람들은 펨봇이라는 명칭만을 기억합니다. 처음 보았을 때는 정말 무서웠고, 저에겐 최초의 호러 경험 중 하나였던 것 같습니다. 〈바이오닉 우먼〉이 인기였을 때 70년대 아이들은 소머즈 인형뿐만 아니라 얼굴이 떨어져 나가는 펨봇 인형도 살 수 있었습니다. 왜 저에게 그 인형을 사 주는 어른들이 없었을까요. 물론 이 역시 유통기한이 지난 과학적 상상력에 바탕을 두고 있었지요. 얼굴 안에 그렇게 회로가 가득 차 있는데 이목구비를 어떻게 움직일 수 있었겠어요.

¶
¶
¶
¶
¶

괴유성 엑스

이번에도 소년생활 칼라북스 책입니다. 79권.《지구인을
지켜라》때와 마찬가지로 이 책도 작가 소개에 무신경했습니
다. 라이트(미국 명작). 인터넷 시대가 되어 열심히 검색한 끝에
이 책에 대한 정보를 더 얻을 수 있었지요. 책의 원제는《The
Mysterious Planet》. 윈스턴 사이언스 픽션이라는 청소년
SF 문고 중 일부였고 작가 이름 케네스 라이트는 레스터 델 레
이의 필명이었습니다. 명작인지는 모르겠지만 작가는 미국인
이 맞았으니《지구인을 지켜라》보다 정보 정확성이 높았지요.

지구가 국가 간의 전쟁에서 해방되었지만, 아직 우주 갱단
때문에 골치를 썩이고 있는 미래가 배경입니다. 태양계에서 열
번째 행성이 발견되는데, 그 행성은 아무래도 태양계 바깥에서
왔으며 고도로 발달한 문명을 가진 외계인들이 살고 있는 것
같습니다. 두 문명은 전쟁 일보 직전까지 가지만 우리의 청소
년 주인공들이 그 사이에 끼어듭니다.

1953년 작입니다. 당연히 모든 게 구식입니다. 긍정적으로
나 부정적으로나. 일단 부정적인 면을 말하라면, 이 책은 억센
턱을 가진 백인 남자가 아닌 사람들에겐 어떤 기회도 주지 않
습니다. 열 번째 행성 주민 역시 무릎 모양과 손가락 수를 제외
하면 인간과 크게 다르지 않은 모습인데, 전 이걸 '분장한 백인
남자처럼 생겼다'로 해석합니다. 긍정적인 면을 말한다면, 이
소설이 그리는 미래는 귀엽게 복고적입니다. 사람들이 태양계
전체를 식민화한 미래지만 여전히 팩스와 라디오가 첨단 기기
로 묘사됩니다. 델 레이는 최대한 물리법칙을 지키려고 노력하
기 때문에 이 소설 속 세계는 시대에 뒤떨어졌지만 공허하지는
않아요.

1953년 작이라는 건 이 소설이 한참 험악하던 냉전시대에
나왔다는 뜻이기도 합니다. 지구와 열 번째 행성 간의 갈등은
미국과 소련의 대립을 연상시킵니다. 여기에 국지적인 전쟁과
위험한 대학살 무기, 스파이 행위가 끼어들면 괴유성 엑스의
세계는 냉전시대의 지구 역사와 거의 겹치지요. 그런데 놀랍게
도 소설은 《스타십 트루퍼스》 스타일의 타협 없는 전쟁으로 이
를 해결하지 않습니다. 양쪽 모두 서로를 이해하고 오해를 바
로잡으려 최선을 다하고 있지요. 그리고 그 과정은 만족스럽
게 비폭력적인 해피 엔딩으로 이어집니다. 그러니까 당시 백인
남자애들이 좋아할 법한 우주전 묘사 같은 게 있기는 해도 반

전 소설이에요. 당시 타깃 독자들이 이 책의 내용을 어떻게 받아들였는지 종종 궁금합니다. 하긴 소설가가 창작한 외계인이 실제로 존재하는 공산국가 사람들보다 받아들이기가 쉬웠겠지요. 마찬가지로 그 사람들은 외계인 남자들과 이야기하는 걸 상상하는 게 지구인 여자와의 대화를 상상하는 것보다 편했을 거예요.

저는 지금도 종종 제 어린 시절에 SF라는 장르에 대한 상을 만들어준 이런 옛날 청소년 SF 소설들에 대해 생각합니다. 백인 남자애들이 로봇과 외계인들을 만나지만 지구의 다른 부류 인간들과는 별 교류를 하지 않는 그런 이야기들이요. 이런 이야기를 읽다 보면 독자인 저 자신이 노골적으로 소외되는 이런 상황에 어떻게든 금을 그어주고 싶어집니다. 그게 정상적인 사고방식이겠지요. 하지만 그런 남의 이야기가 재생산되는 것을 당연하다고 생각하는 사람들도 만만치 않게 많습니다. 그러고 보니 생각나는 것. 제가 하이텔의 과학소설 동호회 회원이었을 때, 오로지 서양 사람들만 나오는 영어 소설만을 쓰는 회원이 있었습니다. 그 장르가 다른 언어와 다른 인종들을 통해서도 존재할 수 있다는 걸 견디기 어려워했던 것 같아요.

¶

¶

¶

¶

¶

미래 세계에서 온 사나이

《미래 세계에서 온 사나이》는 프레드릭 브라운의 단편집입
니다. 원제는 《Nightmares and Geezenstacks》. 종종 SF를
포함시켰던 동서추리문고 시리즈의 일부였어요. 이 시리즈를
복원한 동서 미스터리 북스에서는 추리물만을 다루기 때문에
이 책은 없습니다. 하지만 새로 출간된 《아레나》와 《아마겟돈》
에 이 단편들 상당수가 실려 있습니다.

SF, 판타지, 추리 기타 등등이 마구 섞여 있는 책입니다.
브라운은 이 모든 영역을 자유자재로 커버하는 작가였지요. 단
편 상당수는 거의 아이디어만으로 구성된 농담이고 정말로 짧
아요. 이 책에는 수록되어 있지 않지만 브라운은 세상에서 가
장 짧은 SF로 알려진 〈노크〉의 작가입니다. 그 단편은 전문을
인용할 수 있어요. '지구 최후의 인간이 방에 혼자 앉아 있었
다. 그리고 누군가 문을 두드렸다…….'

〈노크〉만큼은 아니더라도 만만치 않게 짧은 단편들이 이어

집니다. 전 세계 모든 사람들을 복종시킬 수 있는 능력이 갑자기 생긴 남자가 외딴 산속에서 세계 정복 계획을 짜다가 "모두 죽어라!"라고 외쳤는데 그 메아리를 듣고 자기가 죽었다, 완벽한 방어막을 만든 발명가가 수소폭탄 실험장에서 발명품을 테스트하려고 했는데 그만 폭발로 우주로 튕겨 나가 질식해 죽었다, 정력이 떨어진 플레이보이에게 악마가 마술 팬티를 주었는데 그건 오직 입고 있을 때만 효과가 있었다…… 기타 등등. 상당수는 인터넷 게시판 여기저기에 굴러다닐 것 같은 농담이고 실제로 일부는 정말 그렇게 소비되고 있을지도 모릅니다. 남성 중심적이고 종종 음란하다는 점도 언급해야겠군요. 저 마술 팬티 이야기만 봐도 알 수 있겠지만.

이 단편들은 저를 포함한 수많은 풋내기 통신망 SF 작가들에게 영감을 주었습니다. 당시 저희에겐 별게 없었죠. 약간의 지식과 약간의 경험 그리고 한꺼번에 500줄의 텍스트를 올릴 수 있는 게시판. 그런데 브라운의 단편들은 아주 적은 노력만으로도 SF 장르의 단편을 쓸 수 있다고 유혹하고 있었습니다. 그리고 저를 포함한 많은 사람이 그 유혹에 넘어갔어요. 이 책 앞에 실린 단편들이 그 증거입니다.

물론 SF를 쓰는 건 쉽지 않았습니다. 브라운의 단편들도 생각만큼 쉽게 쓰인 작품이 아니었습니다. 더 길고 정교하게 쓰인 브라운의 단편들도 많았지요. 하지만 막 장르소설을 쓰려고 하는 사람들에게 비교적 쉬워 보이는 목표를 제시한 작가들은 위대한 작가들만큼이나 소중합니다.

　이런 역할을 한 작가가 브라운만은 아니었습니다. 호시 신이치도 그런 작가들 중 1명이었죠. 하지만 이 작가의 작품도 쉽게 쓰인 건 아니었고 쉽게 쓰였다고 해도 수백 편의 작품을 쓰면서 만들어진 플로 위에서 존재했습니다. 그리고 브라운과 호시 신이치를 모방하려는 시도는 대부분 몇십 년 시대에 떨어진 아류작으로 멈추었지요. 그런 글을 쓰는 건 재미있습니다. 하지만 그러면서 경험을 쌓았으니 그다음 단계로 가야 했습니다.

¶
¶
¶
¶
¶
타임머쉰

제가 처음 읽은 시간 여행 이야기는 허버트 조지 웰스의 《타임머신》이 아니었습니다. 방학기의 《타임머쉰》이었지요. 어린이 잡지 《소년중앙》의 별책 부록으로 연재된 작품이었습니다. 제가 앞에서 순정 만화의 계보에 대해 길게 이야기했는데, 당연히 한국 SF 만화의 계보는 그보다 길죠. 단지 수상쩍기 짝이 없는 계보였습니다. 상당수가 일본 만화의 번안, 표절물이었으니까요. 예를 들어 제가 열심히 봤던 김우영의 《검은 독수리》는 사실 히라이 카즈마사와 쿠와타 지로의 《에이트맨》이었습니다.

방학기의 《타임머쉰》은 오리지널이었고 매우 한국적이었습니다. 일단 두 어린이 주인공 중 창민은 태권 소년이었고 첫 시간 여행은 노량대첩을 구경 가는 것이었으니까요. 그리고 방학기의 다른 작품에서도 볼 수 있는 무지 한국적인 느낌이 있었습니다. 그중 상당수는 신파로 받아들이게 됩니다만.

말 그대로 창민과 소연이라는 두 한국 어린이들이 시간 여행을 하는 이야기입니다. 이웃집 미친 과학자가 타임머신을 만들었거든요. 그래서 그걸 타고 과거에도 가고 미래에도 가는데, 처음엔 좀 관광객스러웠던 주인공들은 보다 자유롭게 이야기를 펼칠 수 있는 미래로 가면 호탕한 모험가가 됩니다.

이 작품에서 가장 기억에 남는 캐릭터는 인간이 아닙니다. 창민과 소연이 미래 세계에서 폐기 직전에 구출한 로봇 솔로몬이지요. 솔로몬은 저에게 깊은 인상을 남긴 최초의 인공지능 캐릭터였습니다.

이 캐릭터에 대한 제 감정은 복잡합니다. 우선 전 솔로몬의 무조건적 헌신과 장엄한 희생에 깊은 감명을 받았습니다. 하지만 이 캐릭터의 모든 것이 엉클 톰스럽다는 생각을 하지 않을 수 없습니다. 무엇보다 전 이 캐릭터의 '인간보다 더 인간스러움'이 좀 도가 지나치다고 생각했습니다. 일단 금속 로봇이라는 설정에도 불구하고 얼굴과 몸이 인간적으로 그려졌으니까요. 감정은 그냥 인간이었고. 이 만화를 읽었을 때 전 정말 애였지만 로봇은 좀 달라야 하지 않을까?라는 생각을 하지 않을 수 없었습니다.

이 생각은 지금의 제 소설들에도 이어지는 거 같습니다. 그렇다면 저는 제가 신일숙이나 강경옥에서 이어지는 계보 어딘가에 속해 있는 것처럼 방학기의 계보에도 희미하게 속해 있는 거겠죠.

  계보는 과거 작품과의 대화를 통해 이어지는 것입니다.

¶
¶
¶
¶
¶

우주복 있음, 출장 가능

저에게 '한국인이 나오는 한국 SF를 읽었는데 이게 몽땅
번안이고 표절이더라' 경험의 끝판왕은 로버트 A. 하인라인의
1958년 작 청소년 소설 《우주복 있음, 출장 가능》입니다. 저는
이걸 유치원 책장에 있던 어린이 잡지 《어깨동무》에서 연재소
설로 읽었어요. 한국 남자애가 우주로 나가 역시 한국인인 천
재 여자애와 함께 모험을 펼치는 신나는 이야기였지요. 어딘가
에 번안이라는 정보가 인쇄되어 있었는지는 모르겠는데, 전 아
무 의심도 없이 이걸 한국 소설로 받아들였습니다. 주인공이
'학교에서 배운 라틴어로' 로마 시대 백부장과 대화를 나누기
전에는요. 우주에 왜 로마 시대 백부장이 있냐고요? 궁금하시
다면 직접 읽어보시길.

물론 하인라인의 주인공은 그냥 표준적인 백인 아이였습니
다. 그래도 전 이 책을 한국인이 나오는 SF로 읽으면서 나름의
특별한 경험을 했다고 생각합니다. 단지 그건 하인라인이 타깃

으로 잡았던 1950년대 미국 백인 남자애들에겐 일상이었겠죠. 전 종종 우주 어디에 가도 자기의 존재를 당연시하는 세계관을 내재한 사람들의 내면이 궁금했습니다. 제 장르 경험은 그것과는 많이 달랐으니까요. 저는 이 장르를 파면서 '나를 여기에 넣어도 될까'라는 생각을 지운 적이 없었어요.

소설의 원래 제목은 《Have Space Suit—Will Travel》입니다. 당시 상영된 〈Have Gun—Will Travel〉이라는 텔레비전/라디오 서부극 시리즈 때문에 미국 아이들은 이 형식의 제목에 익숙했습니다. 이 시리즈는 1957년에 연재를 시작했어요. 하지만 이미 밥 호프가 1954년에 《Have tux, will travel》이라는 자서전을 낸 적이 있습니다. 하인라인이 호프의 책에서도 영향을 받았을까요? 엄밀하게 따지면 우주복은 총보다 턱시도에 가깝습니다.

근미래 배경 이야기입니다. 미국 고등학생인 주인공 킵은 비누 광고 콘테스트에 당첨되어 중고 우주복을 받습니다. 그런데 이걸 입고 나갔다가 그만 비행접시에 납치당하고 말아요. 네, 비행접시요. 영화판에서와는 달리 당시 주류 SF 소설가들은 외계인 음모론과 그렇게 안 친했는데, 하인라인은 예외였습니다. 그리고 그 뒤의 이야기는 외계인에게 납치되었다가 돌아온 접촉자들의 경험처럼 전개됩니다. 단지 훨씬 현란하고 재미있지요. 아무래도 하인라인은 이 재료로 이야기를 만드는 일급 전문가였으니까요.

아까 백인 남자애 이야기를 하긴 했는데, 사실 이 소설에서 그게 완전히 맞지는 않습니다. 지구인 백인 남자애의 존재를 아주 당연하게 여기는 세상 이야기는 아니에요. 우주는 온갖 종류의 외계 문명으로 가득 차 있고 지구인은 이들의 기준에 한참 못 미치는 열등한 존재지요. 그래도 이 불리한 상황에서 주인공이 되어 최선을 다하는 건 여전히 백인 남자애가 맞습니다. 옆에서 천재 여자아이 피위와 베가에서 온 엄마 생물이 도와주지 않았다면 중간에 그냥 죽었겠지만.

¶
¶
¶
¶
¶

UFO: 우주인이 오고 있다

전 1시간 동안 집에서 '조경철 박사의 UFO 책'을 찾고 있었습니다. 결국 찾았고 왜 못 찾았는지 그 이유도 알아냈습니다. 과학 도서가 아닌 SF로 분류를 했더군요. 책 제목은 《UFO: 우주인이 오고 있다》입니다. 1982년에 나왔어요.

고 조경철 박사는 생전에 한국에서 가장 유명한 천문학자였습니다. 가장 유명했던 이유는 아폴로 11호 달 착륙 때 텔레비전에 출연해 '아폴로 박사'라는 별명을 얻었기 때문이었지요. 엄청난 양의 과학책을 저술하고 번역했으며 대외 활동도 많았습니다. 아, 물론 텔레비전 출연도 많았고.

그런데 조 박사는 열성적인 UFO 신봉자이기도 했습니다. 그냥 '하늘에서 보이는 수상쩍은 물체 중 일부가 인간이 만들지 않은 인공물일 수도 있다' 정도를 받아들인 게 아니라, UFO와 관련된 온갖 음모론을 믿었던 것 같아요. 이건 시대 분위기 때문이었을 수도 있습니다. 7, 80년대 사람들은 정말 별별 것들을 다 믿었습니다. 버뮤다 삼각지대, 네시를 포함한 거대한 은서동물, 사라진 고대 문명, 1999년 지구 멸망, 기타 등등. 과학자라도 그 분위기에 말려들 수 있지요. 과학자도 사람이니까요.

《UFO: 우주인이 오고 있다》는 주류 과학자가 쓴 UFO 책이라는 면에서 중요하다고 할 수 있습니다. 지금 한국에서 UFO학의 대표는 《UFO 신드롬》의 저자 맹성렬 교수일 텐데, 맹 교수는 전기전자공학과 교수이니, 아무래도 천문학자인 조경철 박사 쪽이 조금 더 전문성을 띠고 있다고 할 수 있겠지요.

하지만 이 책을 읽으면 그 전문성에 좀 의심이 가게 됩니다. 《UFO 신드롬》의 신중함은 찾아볼 수가 없으니까요. '외계 문명은 존재하는가?'의 원론을 넘어서면 조 박사는 그냥 가차 없이 전진합니다. 온갖 접촉담을 다 받아들이고 심지어 예언자들 이야기도 심각하게 근거로 내세웁니다. 물론 2023년에 읽어보면 그 예언은 하나도 안 맞았습니다. 외계 문명의 신호도 안 왔지만 일본도 침몰하지 않았고 아틀란티스 대륙도 솟아오르지 않았으니까요.

이 책의 정점은 정말 심각한 뻘짓입니다. 금성인 밸리언트 토르가 백악관 자문으로 있다고 주장하는 음모론자 프랭크 스트레인지스가 1981년에 한국에 온 적이 있었는데, 당시 조 박사는 그 사람의 가이드 겸 통역자이기도 했습니다. 그리고 스트레인지스의 경험담을 아무 의심도 없이 이 책에 그대로 실었지요.

나름의 전문성을 갖춘 학자가 이런 책을 내게 된 과정에 대해 생각해 봅니다. 앞에서도 말했지만 이해를 못 하는 건 아니에요. 심지어 전 아직도 UFO 음모론에 절대적으로 희의적이지는 않거든요. 제가 소설에서 그레이 외계인을 등장시키지 않는 이유는 정말 그레이 외계인이 존재해 떡하고 나타난다면 쑥스러울 것이기 때문입니다. 반대로 스트레인지스의 이야기를 전혀 믿지 않는 게 분명한 《아메리카 호러 스토리》의 작가들은 아무 주저 없이 밸리언트 토르를 자기 이야기에 등장시킬 수 있습니다. 그게 SF 작가의 사고방식입니다. 하지만 조 박사는 SF 작가가 아니었고 진지했습니다. 전 가끔 상상해 봐요. 당대의 베스트셀러였지만 지금은 인터넷 검색에도 거의 걸리지 않는 이 책에 대해 말년의 조 박사가 어떻게 생각했는지.

시간을 거슬러 간 나비
: 데뷔 30주년 기념 초기 단편집

발행일 2024년 2월 11일 초판 1쇄

지은이 듀나
기획 그린북 에이전시·읻다
편집 김준섭·이해임·최은지
디자인 withtext
제작 영신사
펴낸곳 읻다

펴낸이 김현우
등록 제2017-000046호. 2015년 3월 11일
주소 (04035) 서울 마포구 양화로11길 68 다솜빌딩 2층
전화 02-6494-2001
팩스 0303-3442-0305
홈페이지 itta.co.kr
이메일 itta@itta.co.kr

ISBN 979-11-93240-20-5 03810

DJUNA